mare

Olli Jalonen

Vierzehn Knoten bis Greenwich

Roman

Aus dem Finnischen von Stefan Moster

mare

Die Übersetzung wurde gefördert
von
FILI – Finnish Literature Exchange –
sowie vom Deutschen Übersetzerfonds.

Die Deutsche Nationalbibliothek
verzeichnet diese Publikation
in der Deutschen Nationalbibliografie;
detaillierte bibliografische
Daten sind im Internet unter
http://dnb.ddb.de abrufbar.

Die finnische Originalausgabe
erschien 2008 unter dem Titel
14 Solmua Greenwichiin
bei Otava Publishing Company Ltd.

1. Auflage 2010

Typografie und Einband
Farnschläder & Mahlstedt, Hamburg
Schrift DTL Dorian und Linotype Syntax
Druck und Bindung
CPI Clausen & Bosse, Leck
Printed in Germany
ISBN 978-3-86648-124-4

www.mare.de

So habe ich mir gedacht anzufangen, Maaria:
Die Welt spült die Menschen auseinander …

1

Vor dem Knüpfen der Knoten

... oder aber direkt aus Petrs Notizbuch:

[Im Grunde gibt es auf der Erdkugel ein einziges Weltmeer, alle einzeln benannten Meere sind bloß seine Buchten und die Länder seine Ufer, mit oder ohne Eis. Auf dem Globus dominiert der blaue Lack und mitten im Meer sieht man eine bunte Insel.

Wären da nicht einige schnurgerade ausgebaggerte Kanäle, und wäre das Wasser bloß ein wenig unterhalb der Beringstraße getrocknet, dann gäbe es tatsächlich nur einen einzigen Kontinent, eine Weltinsel. Alle übrigen kleinen Inseln wären genauso verirrte Flecken wie die vom Muttermeer abgetrennten Seen und Salzpfannen.

So sieht die Welt im Maßstab 1:100 000 000 aus. Den Globus überzieht ein Meer, das Kontinente und Länder ein bisschen ausstanzen und aufsplittern. Die Entfernungen auf so einem Stück Land sind verblüffend kurz. Die blau eingefärbte Fläche liegt ruhig da und die Luft ist für immer und ewig windstill, der gesamte Erdball wölbt sich gleichmäßig wie eine lackierte Salatschüssel.]

Die Welt spült die Menschen auseinander, dachte er, als sich hinter den Steinhaufen ein Streifen graugrünes Wasser auftat. Obwohl es zunächst wie ein Fluss mit geraden Flanken aussah, wusste er, dass es ein Fjord war, denn er hatte sich den ganzen Weg bis Killary Harbour auf der Karte angesehen. Irgendwo musste er übersetzen. Nicht weit weg ragten am anderen Ufer Berge auf, im Innern der Bucht gingen die Lichter an, in Reihen und Punkten, obwohl hinter dem Gipfel der Devilsmother noch vom Abendrot gefärbte Wolkenfetzen hingen. Unten waren die wie ausgeschabt wirkenden Felsen violettschwarz.

Die Zeit spült die Menschen auseinander, oder die Entfernung, manchmal auch, wenn sie sich noch so nahestehen; per E-Mail kann man sich gegenseitig bestenfalls auf den neuesten Stand bringen, auf eine Weihnachtskarte passt nicht mal die neue Adresse. Graham und Isla waren viele Jahre lang wie verschollen gewesen. Sie waren in eine leere Gegend im hintersten Winkel der Welt gezogen, so hatte Graham es geschrieben, aber mit einer lappischen Ödnis, wie er sie nun vorfand, hatte mein Bruder nicht gerechnet.

und wie soll man mit Sicherheit erkennen, was erst später alles ins Ryman-Notizbuch geschrieben worden ist, man kann ja nicht mal jede Zeile entziffern, schon allein die Tatsache, Maaria, dass sie mich zu ihm machen, ändert alles.

Er hatte Graham und Isla zuletzt vor sieben Jahren gesehen. Im Frühling jenes Jahres war er noch Stipendiat gewesen und hatte den anschließenden Sommer in Haslingfield bei Cambridge verbracht. Zu Beginn des Herbstes war er nach Hause gefahren, aber sie hatten sich Mails geschrieben, zuerst in dichten Intervallen, dann seltener, bis auf einmal die Adressen nicht mehr stimmten und die Mails wie Bumerangs zurückkamen.

Sie hatten sich gekannt, seit mein Bruder Petr das erste

lange Doktorandenstipendium in England bekommen hatte. Zwischendurch hatte er ein, zwei Jahre in Finnland verbracht, aber er war immer wieder ans Churchill College zurückgekehrt. Wenn er länger weg gewesen war, hatte Graham inzwischen jedes Mal mit etwas vollkommen Neuem angefangen, mit einem Forschungsprojekt oder einer gut bezahlten Vertretungsstelle, und wenn Graham etwas in Angriff nahm, beschäftigte er sich von morgens bis abends damit. So kriegt man viel zustande, aber nicht immer hat man die Geduld, auf die Langsameren hinter einem zu warten.

Graham und Isla hatten von Cambridge genug gehabt, beziehungsweise Graham hatte genug davon gehabt, und waren auf die Nachbarinsel gefahren, um nach einem abgelegenen Haus zu suchen, das sie schließlich im County Mayo fanden, am Killary Harbour, an dem Fjord. So hatte es Graham in einer seiner Mails, die nach langer Pause wieder eintrafen, geschrieben.

Beim ersten Mal kam im Postfach meines Bruders lediglich eine Datei an, eine abfotografierte Seite aus dem *Independent*, auf der das Inserat einer gewissen Halley-Gesellschaft und eines Kabelkanals blau eingekreist war. Die Länderkennung des Absenders lautete »ie«. Mein Bruder kam nicht auf die Idee, sie mit Graham und Isla in Verbindung zu bringen, denn seit der letzten Weihnachtskarte war zu viel Zeit vergangen, und anstatt eines Namens stand im Absenderfeld nur eine Firma, »HisOceanOs«. Graham hatte während der Studienzeit nicht von einem eigenen Forschungsunternehmen gesprochen und Petr nicht gewusst, dass die beiden an die Atlantikküste gezogen waren, an den äußersten Rand eines anderen Landes.

Ausschreibung für einen Teamwettbewerb. Die Edmond Halley Memorial Society, die in diesem Jahr ein Jubiläum feiert, und der führende britische Produzent von historischen Reisedokumentarfilmen, der Kabel- und Satellitensender TradChannel-14, schreiben einen Teamwettbewerb aus, bei dem es darum geht, in möglichst kurzer Zeit den gesamten Erdkreis zu umrunden. Die Route verläuft streckenweise durch Orte und Regionen, die mit dem Lebenswerk Edmond Halleys in Verbindung stehen. Die Fortbewegung hat unter den im Wettbewerbsvertrag und einem gesonderten Regelwerk festgelegten Bedingungen zu erfolgen. Die Auswahl der Teams erfolgt nach den im Regelwerk spezifizierten Kriterien zur Beurteilung von Planung, Ressourcen und stufenweiser Qualifikation …

In der ersten Mail fand mein Bruder beim besten Willen keinen Hinweis darauf, warum sie ausgerechnet an ihn geschickt worden war. Er versuchte dem Absender und dem angehängten Dokument auf die Spur zu kommen, aber vergebens.

Eine halbe Stunde später erreichte ihn die nächste Mail. Dann war plötzlich alles klar, wie bei einer Straßeneinweihung, wenn mit einem kurzen Schnitt durchs Seidenband der Weg frei gemacht wird.

Graham berichtete ihm zunächst von den Änderungen in seinem und Islas Leben, von der Firma und vom Umzug in den Westen Irlands, dann ging er darauf ein, warum er blanko so eine dubiose Wettbewerbsausschreibung geschickt hatte.

Wir haben in der Uni so gut zusammengearbeitet, dass ich sofort dachte, ob du wohl für so einen langen Lauf a) die Begeisterung, b) die Möglichkeit, c) wenigstens Interesse hättest. Er wird nämlich mehr Zeit in Anspruch nehmen als der Doppelmarathon auf den Feldwegen rund um Cambridge im September 1994. Bald wird man von allem sagen können, es ist lange her.

Damals haben wir gewonnen, zumindest in der Post-Graduate-Kategorie, weil es da nicht so viele Teilnehmer gab. Auf jeden Fall aber 84 Kilometer und 390 Meter in weniger als zwölf Stunden, trotz Blasen an den Füßen und blauschwarzer Fußnägel. In meinem Arbeitszimmer hängt ein vergrößertes Foto vom Start: wir mit den Nummern 109 A und B, beide mit Gürteltaschen vom SPRI, vom Scott Polar Research Institute, vorne und hinten, noch voller Flüssigkeit und Energieriegel in portionierten Stücken, Ersatzsocken und Vaseline für die wund geriebene Haut. Neben dem Foto habe ich eine Kopie der Ergebnisliste aufgehängt: 1) Graham Richard Hugo and Peter Jarvi 11 hrs 52 mins 30 secs.

Ich weiß, deinen Namen haben sie falsch geschrieben, so ist es dir ja immer gegangen.

Das letzte Mal dürften wir uns vor sieben Jahren gesehen haben, aber ich habe gute Erinnerungen. Du bist mir sofort eingefallen, als ich anfing, mir Gedanken über ein mögliches Team zu machen. Ich muss die Finanzierung klären und mit dem Büro der E. H. Memorial Society noch einige Details der Regeln besprechen, aber ich frage dich jetzt schon mal prophylaktisch: Glaubst du, du könntest dir freinehmen und mitkommen?

Mein Bruder erinnerte sich gut an den Marathon, an das Joggen entlang der Uferböschungen des Cam, an den brütend heißen, entsetzlich langen Septembertag, an die beginnenden Krämpfe in den Waden und das Zerdrücken der Magnesium- und Koffeintabletten an einer Mauer, damit sie schneller vom Wasser und vom Blutkreislauf aufgenommen wurden.

Seit er als Stipendiat nach Cambridge gekommen war, kannte er Graham, der als Tutor dafür zuständig gewesen war, den Ausländern alles zu zeigen und in praktischen Angelegenheiten mit Rat und Tat zur Seite zu stehen. Als mein Bruder dann auch noch Isla kennenlernte, wurden die drei schon in Petrs erstem Jahr dort Freunde.

Später beschlossen Isla und Graham nach einigen Umwegen, zu heiraten, und Petr schenkte ihnen zur Hochzeit eine Heizdecke im Doppelformat, in deren Innerem dünne elektrische Widerstände liefen. Rentnerehepaare in Häusern mit zugigen Einfachfenstern und ohne nächtliche Heizung benutzten solche Decken. Sie lag zwischen lauter geschmackvollen Trendgeschenken und die Hochzeitsgäste lachten darüber, aber mein Bruder sagte, er wisse, wie asketisch Graham in seiner Dachkammer mit Aussicht in der Chesterton Road wohne, und wolle daher sicherstellen, dass Isla wenigstens einen warmen Platz habe.

Ich bin interessiert, auch wenn ich nicht weiß, woran. Ein paar Monate kann ich mir auf jeden Fall freinehmen: Das Projekt zur Geschichte der Binnengewässer ist für mich ohnehin beendet. Ein Jahr lang habe ich für einen finnischen Wasseratlas Kartierungen gemacht und Grundlagentexte geschrieben (nichts Besonderes, keine Herausforderung und auch nicht schwer). Viele Grüße und eine Umarmung für Isla. Petr

Seine Antwort schickte er ab, ohne sich groß Gedanken zu machen, und genau das erwies sich als der Schritt, den man vom Rand des Abgrunds macht, worauf einen der Gleitschirm an einen Ort bringt, den man gar nicht kennen kann, weil er zuvor in keiner Form für einen existiert hat.

[Je älter ich werde und je mehr ich in alle möglichen Projekte hineingerate, umso öfter treffe ich meine Entscheidungen nach dem Prinzip des Sichfallenlassens. Es ist sinnlos, sich sinnlose Gedanken zu machen, am besten, man vertraut der ersten starken Empfindung. Wenn man sich in etwas hineinfallen lässt, bringt einen das immer ein Stück weiter, und man braucht nicht wochenlang alternative Zukunftsentwürfe an der Handwaage baumeln zu lassen. Wenn man eine Richtung wählt, ist man schon so gut wie dort. Immer kommt man an neue Kreuzungen und alle Varianten verzweigen sich so oft, dass letztlich jede getroffene und jede nicht getroffene Entscheidung in Zusammenhang mit jeder anderen steht. Wie kann man da noch wissen, ob man durch eine andere Entscheidung anderswo hingeraten wäre und nicht genau an dieselbe Stelle?]

Graham hatte sich bereits über die Flugzeiten und die Buchungslage Klarheit verschafft und versprochen, HisOceanOs werde das Ticket bezahlen.

Mein Bruder startete früh am Morgen und stieg dann in Dublin in eine kleinere Maschine um, die zwischen den Wolkenschichten das Land überquerte. Als sie vor Galway zur Landung ansetzte, tat sich unten ein Patchwork aus Feldern und Weiden auf. Die Sonne schien durch den hellen Tunnel zwischen Meer und Wolken direkt blendend in die Fenster.

Mithilfe der Karte rechnete mein Bruder aus, dass er es mit dem Bus rechtzeitig vor dem Abend zumindest bis in die Ortschaft Leenane schaffen würde, aber während der Fahrt über Nebenstraßen, bei der jede Abzweigung zu einem Bauernhof abgeklappert wurde, beschloss er dann doch, zu Fuß direkt zum Killary Harbour zu gehen und dort zu versuchen, jemanden zu finden, der ihn mit dem Boot zum anderen Ufer des schmalen Fjords übersetzte.

Beim Blick zurück auf die Lichterreihen, die im Innern der Bucht angegangen waren, nahm seine Gewissheit zu, dass es die falsche Entscheidung gewesen war, nach Karte und in der Abenddämmerung die Abkürzung einzuschlagen, aber er ging auf der nur wegbreiten Straße, bis sie sich gabelte, und dann sah er auch schon erste Lichter vor sich. Im Schein der Hofbeleuchtung konnte man das Triangelschild einer Jugendherberge erkennen. Unter einem Dach standen zwei Fahrräder neben einem großen Haufen Wurzelstöcke und Holzklötze, die wie herausgerissene Zähne aussahen, Moorholz, das unter dem Torf zum Vorschein gekommen war und hier trocknete.

Ein Mann war damit beschäftigt, es zu hacken, er hatte eine großformatige Spaltaxt in den Händen und neben ihm auf der Erde lagen ein Vorschlaghammer mit kurzem Stiel und Metallkeile. Ein großer Hund kam angetrabt, schnupperte und verschwand im Schatten, wo er unsichtbar wimmerte und knurrende Laute ausstieß.

Mein Bruder erklärte dem Mann, dass ein befreundetes Paar in einem alten Haus am anderen Ufer des Fjordes wohne. Der Mann sagte, das wisse er, der Brite mit den Salzbecken. Petr fragte nach einer Möglichkeit, mit dem Boot übergesetzt zu werden. Der Mann nickte nur und hörte auf, die Wurzelstöcke zu verrücken. Er pfiff dem Hund, drehte sich um und ging. Der Hund folgte ihm durch den Lichtfleck im Hof und sprang die Treppen ins Haus hinauf.

Nachdem er zurückgekehrt war, gab der Mann meinem Bruder eine Taschenlampe aus Metall und den Rat, wie man am besten auf den Pfad vor sich leuchtete, nicht zu weit weg und nicht zu dicht. Gleich hinter der Anhöhe schlug ihnen der Wind entgegen. Es roch stärker nach Meer und Tang und alter, kiesiger Erde.

Auf dem Weg zum Ufer erzählte der Mann von einem unbeleuchteten Boot, das zwei Nächte zuvor auf der anderen Seite des Killary Harbour angelegt habe, aber am nächsten Morgen schon wieder weg gewesen sei. Als er durchs Fernglas geschaut habe, habe er am unteren Hang des Mweelrea jemanden klettern sehen.

Mein Bruder erwiderte, er sei nie zuvor in der Gegend gewesen und an diesem Tag erst aus Finnland gekommen. Der Mann zuckte mit den Schultern, dann holte er aus den Sachen, die er bei sich trug, lange Watstiefel hervor, zog sie an und ging auf ein Boot zu, das weiter draußen zwischen Bojen befestigt war. Das Licht der Taschenlampe warf Flecken auf die Meeresoberfläche, der Kegel war so hell, dass man den Rückspiegel und den hochgeklappten Motor deutlich sehen konnte.

Die letzten Meter musste der Mann langsamer waten. Er suchte auf dem Grund sicheren Tritt und stieß sich ab, sodass er ein Bein ins Boot bekam und sich dann mit den Händen über den Rand hieven konnte. Es dauerte nicht lange, bis er den Motor herunterklappte und Knoten und Haken öffnete und das Boot sich mit langen Kielwellen von den Bojen löste.

Der Mann steuerte an eine Stelle, wo das tiefe Wasser bis auf fünf Meter ans Land heranreichte. Er fuhr den Bug in den Sand und warf die hohen Stiefel ans Ufer. Mein Bruder stopfte seine Schuhe unter die Deckelklappe seines Rucksacks und watete in den Gummistiefeln Schritt für Schritt über den abschüssigen Sandgrund.

Als das Boot mit den beiden Männern Geschwindigkeit

aufnahm, verursachte der Bug bei jedem Aufsteigen einen Schlag. Die Dunkelheit war hier nicht so dunkel wie an Land, das aufspritzende Wasser und die Schaumspur zeichneten sich heller ab. Jenseits der Fjordmündung des Killary Harbour sah man weiter draußen einen Leuchtturm im langsamen Rhythmus ticken, und dann unerwartet, nach zwei Bootswendungen, in unmittelbarer Nähe vorne gelbes Licht. Da war bereits das gegenüberliegende Ufer.

Der Mann riet, im Dunkeln vorsichtig zu gehen, falls im Haus niemand etwas hörte, wegen der Salzbecken. Eine Bezahlung für das Übersetzen wollte er nicht nehmen, er leuchtete mit der Lampe aufs Land, sodass man sah, wo es den Hang hinaufging, dann steuerte er das Boot im Rückwärtsgang langsam aus dem Sand heraus. In der Luft blieb der Motorgeruch zurück, der Wind kam aus der Dunkelheit.

Ohne Taschenlampe war es schwierig, den Hang hinaufzusteigen, auch wenn er nicht steil war, man musste nach Löchern und Steinen tasten und weiter oben sorgte das Außenlicht des Hauses für Unsicherheit, denn gegen das Licht, jedoch außerhalb seines Kreises, war es noch schwärzer und man wurde geblendet.

Mein Bruder hatte das Grundstück noch nicht erreicht, als ihm von der Seite eine Frage zugerufen wurde. Er nannte sofort seinen Namen, obwohl er die Stimme nicht erkannt hatte, und sicherheitshalber auch die Namen von Graham und Isla.

Was kommst du mitten in der Nacht hier aus der falschen Richtung angestolpert, Mensch?, hörte er Graham antworten. Das Licht einer Taschenlampe hüpfte näher, bis seitlich ein steiniger Weg zu erkennen war. Petr schaffte es bis an den Rand der hellweißen Hofbeleuchtung, dort umarmte

Graham ihn, wie es Verwandte tun, und klopfte ihm mehrfach auf die Schulter, wie Männer es tun, wenn zwischen ihnen viele Jahre und eine Menge mehr liegen. Er rief Isla zu, es ist Peter, er ist schon da, er ist geschwommen. Isla kam vom Haus herbeigeeilt und drückte sich lange an meinen Bruder, zuerst eine ganze Weile still, bis sie erklärte, sie habe Schritte gehört und Worte, das Fenster habe offen gestanden, Graham sei noch in seinem Schuppen beschäftigt gewesen.

Mein Bruder erzählte, wie er gekommen war, dass er nicht hatte anrufen können, weil unmittelbar nach Galway das Netz weg gewesen war und nicht mehr wiederkam, entweder falscher Anbieter oder ein Defekt.

Isla ging voraus, schaltete den Wasserkocher ein und machte Brote. Graham und Petr sahen von der Veranda aus zu, wie ein helles Hoflicht nach dem anderen erlosch, als letztes der weiße Halogenscheinwerfer, der auf die Hofmitte gerichtet war. Graham erklärte, er habe sie nach und nach dazugekauft, auch wenn noch nie etwas vorgefallen war. Jede Lampe besaß einen eigenen Bewegungsmelder und war mit den anderen verbunden, sodass die unsichtbaren Infrarotkämme das gesamte große Hofgelände abdeckten. Sobald sich etwas, das größer war als ein niedriges Tier, nachts auf den Hof traute, ging eine Lampe nach der anderen an, und zusammen kehrten sie mit ihrem hellen Licht jeden Winkel hervor.

In windstillen Nächten höre man manchmal Geräusche, was Isla immer mal wieder Angst mache, erklärte Graham, um zu begründen, warum er ein solches System installiert hatte. Petr fragte, ob es auch im Englischen die Redewendung ›gottverlassene Gegend‹ gebe. Er erzählte, nach einer Weihnachtskarte sei es mit Post vorbei gewesen. Die Karte sei noch aus Cambridge gekommen, aber danach seien alle seine Briefe und E-Mails wie ins Nichts gegangen und wegen unbekannt verzogener Adressaten zurückgekommen.

Ich werde es dir irgendwann erklären, sagte Graham und tippte meinem Bruder auf die Schulter, wie ein Vogel, der etwas aufpickt. Die Scheinwerfer im Hof waren ausgegangen, es brannten nur noch zwei gelbliche Lampen an der Hauswand, deren Licht gerade ausreichte, um die Treppe und ein Stück von der weiß gekalkten Fassade zu erleuchten.

Von außen war es ein altes Haus, aber innen sah es so aus, als wäre viel geändert worden. Außer in der Küche gab es überall braune und rötliche Wandpaneele und dicke Kokosteppiche, unter anderem vor dem offenen Kamin aus quadratischem, geschwärztem Stein.

Graham zerstieß die ausgebrannten Torfbriketts im Kamin. Dadurch stieg ein süßlich-scharfer Geruch auf, wie ein fremdartiges Gewürz. Gleichzeitig erklärte Graham, warum er Petr gebeten hatte, so schnell zu kommen. Bis zum Beginn des Wettbewerbs waren es nur noch zwei Monate, der Startschuss würde gleich zum Jahresbeginn 2007 fallen. Nach neuen Erkenntnissen der Edmond Halley Memorial Society war Halley im Herbst 1657 geboren worden und nicht ein Jahr früher, wie es in den Geschichtsbüchern stand, und darum legte die Gesellschaft die Jubiläumsfeierlichkeiten zu seinem 350. Geburtstag auf 2007. Der Reisewettkampf war eines der Ereignisse des Festjahres.

Die Qualifikationsphase sei bereits abgeschlossen; während mehrerer Etappen, die vom Fernsehen übertragen wurden, seien die Konkurrenten von hundert auf zwölf Teams reduziert worden. Graham und Isla waren nach jedem Abschnitt weitergekommen.

In der ersten Qualifikation hatte man Halleys Interesse für Durchgänge von Himmelskörpern und Finsternisse kennen und bis an die äußerste Spitze der Halbinsel Land's End fahren müssen, über die im August 1999 die Zone der vollkommenen Sonnenfinsternis hinweggezogen war.

[Es gibt keine Zufälle. Es gibt Bedeutungen, es gibt Sinn und Schichten, eine Schicht über der anderen –]

[– der gleiche Tag im August, an dem ich in Haslingfield meinen Abschied feierte und Isla und Graham und andere eingeladen hatte, um die letzte Sonnenfinsternis des Jahrtausends zu erleben. Es hatte geheißen, man werde sie auch in der Nähe von Cambridge vollkommen genug sehen, wer wollte da schon in die Hundertprozentzone fahren, zwischen drängelnde Finsternisfans und Touristen.

Graham brachte aus dem Institut eine Serie Thermometer mit, und spaßeshalber stellten wir auch Magnetofone vor dem Vogelgebüsch auf. Thermometer und Aufnahmegeräte waren mit Zeitschaltuhren versehen, aber wir taten erst gar nicht so, als handelte es sich um wissenschaftliche Messungen des Temperaturabfalls oder um die gezielte Aufzeichnung der Veränderungen im Vogelgesang, es sollte lediglich ein bisschen Programm neben dem Essen und Trinken sein, ungefähr so, als würde man sich gemeinsam das FA-Cup-Finale anschauen und dabei ein paar Bier trinken.

Durch die dünner werdende Wolkenschicht sah man den schwarz anlaufenden Sonnenkringel durch ein Fernglas auf einem Fotostativ, und man musste nicht einmal die ganze Zeit die Linse mit belichtetem Schwarz-Weiß-Film abdecken, denn die Wolken schützten genug. Zwischendurch sahen wir im Fernsehen, wie eine große dunkle Wand über den Atlantik kam, schnell wie ein Flugzeug, der Horizont färbte sich in Orange- und Rosatönen.

Graham war in Fahrt, er mochte solche Dinge. Als die Minuten der Finsternis vorüber waren, wollte er sofort am Computer die Temperaturkurven durchgehen, und am Nachmittag spulte er die Tonbänder vor und zurück und lauschte mit Blick auf die Stoppuhr, ob die Drosseln und Tauben im Moment der tiefsten Dämmerung gedämpfter gerufen hatten.

Am nächsten Morgen war die kleine Finsternisfeier vorbei, die letzten Gläser tranken wir darauf, dass die schwarze Sonne das nächste Mal im Jahr 2090 in der Nähe auftauchen würde, nur noch einundneunzig Jahre bis dahin, zu diesem Anlass hätte es sich gelohnt, noch viel mehr zu trinken. Meine Rückreise trat ich zwei Tage später an, alles kam mir schon etwas fremd vor, flüchtig, oder so, als hätte ich es verloren.]

In seinem Notizbuch berichtete mein Bruder, es sei ihm wichtig geworden, dass der Beginn der Qualifikation zum Halley-Wettbewerb genau so stattgefunden habe. Das konnte nicht ohne Bedeutung gewesen sein, sagte auch Graham, obwohl er sich normalerweise unter keinen Umständen in die Grauzone der Vorherbestimmung verirrte.

[Mehr sprachen wir in der Nacht nicht über den Wettbewerb. Graham ging schlafen. Isla und ich tranken noch einen Becher Tee und ein bisschen Whiskey. Wenn man aus einer Zitronenscheibe Saft in den schwarzen Tee presste, klarte er auf, und man konnte den Becherboden sehen.

Nachdem Graham in den ersten Stock hinaufgegangen

war, fragte Isla mich, was ich eigentlich von dem Plan und dem Aufbruch zum Wettbewerb hielt. Ich sagte nur, ich sei gekommen, weil man mich eingeladen habe und ich gerade ein bisschen Luft hätte. Und dass es schön sei, sich nach so langer Zeit mal wiederzusehen, deswegen sei ich wohl hauptsächlich gekommen.

Das hat alles überhaupt keinen Sinn, sagte Isla und fing an zu lachen, hielt sich die Hand vor den Mund.

Diese Angewohnheit hatte sie früher schon gehabt. Zu Hause gelernt und in teuren, stillen Schulen. Man durfte lächeln, aber nicht lachen, dass man die Zähne sah, so lachten nur unkultivierte Menschen und Amerikaner, hatte Isla erzählt, als die Rede von ihren zwei Eliteschulen gewesen war, irgendwann in dem Winter von Grahams Aufenthalt in Boston.

Sie holte zusätzliche Wolldecken aus dem Kleiderschrank. Ich trank meinen Teewhiskey aus, betrachtete die vertrauten kleinen Gegenstände im Wohnzimmer, und es kam mir vor, als setzte sich das Vergangene fort, aber da war noch etwas anderes. Die Zeiten lagern sich Schicht für Schicht übereinander. Wenn man sich erinnert, erinnert man sich an Blätter auf einem Stoß: Es werden Löcher hineingebrannt, in immer anderen Formationen, und dann werden kurz unterschiedliche Teile sichtbar.

Wir richteten mir das Bett im Arbeitszimmer, dann flüsterte Isla Gute Nacht und ging die Treppe hinauf.

Das Arbeitszimmer war klein und feuchtkalt, viel drang von der Kaminwärme aus dem Wohnzimmer nicht durch die Tür. Das einzige Fenster ging zum Meer, es zog. Im Dunkeln war nicht mehr zu erkennen als ein dann und wann aufglimmendes Licht, vielleicht vom Leuchtturm oder von dem

Schein, den man jenseits der Fjordmündung des Killary Harbour vom Boot aus gesehen hatte, er hatte vor Untiefen gewarnt oder Schiffen die Richtung gezeigt. Ich zog beide Wolldecken über mich und schaute aus der Tiefe des Bettes heraus auf die Fensteröffnung und das seltene Aufleuchten des Lichtscheins, zuerst scheinbar unregelmäßig, aber dann, wenn man länger hinsah, fand man die Regel, nach der man ihn auf dem dunklen Meer erkennen konnte.

Ich war gerade am Einschlafen, da muss ich an die Unbesiegbare Armada gedacht haben, deren Schiffe sich im Sturm voneinander entfernt hatten, worauf eines womöglich genau bis an diese felsige Westküste getrieben wurde und zerschellte, vom Atlantik Stück für Stück zu Wrackholz zerhackt, und auch das war nicht viel mehr als vierhundert Jahre her, weniger, als Moorholz alt wurde, eine sehr kurze Zeit, alles beinahe ein einziges Nebeneinander.]

Kahlkopf, Kahler König

Man muss es nicht komplett erzählen, Maaria, denn beim Meer geht das sowieso nicht und bei einer Reise von einem Jahr kann man nicht auf jeden einzelnen Tag eingehen. Da folgt doch ziemlich viel Gleiches aufeinander.

Der Memorial Society reicht es, dass überhaupt was notiert worden ist. Von den aufeinanderfolgenden Tagen suchen wir die aus, die ein bisschen unterschiedlich sind, die Lücken dazwischen schreiben wir. Im Ryman-Buch steht vieles schon fertig da, ich habe es bekommen, weil man seinen Bruder ja immerhin seit jeher kennt und ich die Handschrift lesen kann.

Grahams Logbuch kann man zur Kontrolle verwenden, Zeiten und Orte sind mit Sicherheit richtig. Das allein ist nicht genug, aber wenn man aus allem was nimmt.

[Obwohl ich am Morgen zuvor nur zwei Zeitzonen weiter östlich aufgewacht war, lebte der finnische Rhythmus in mir, und ich konnte nicht länger schlafen als bis sieben. Draußen war alles in Nebel gehüllt, glaubte ich zunächst, aber das Fenster war in der Nacht beschlagen, man konnte nicht hindurchsehen, bevor ich unter dem warmen Deckenbündel hervorkroch und mit der Hand eine Öffnung aufs Glas wischte.

Hof und Hang fielen zum Ufer hin ab, kurz vor der Wasserlinie waren längliche Becken mit schwarzen Rändern zu erkennen und dahinter die fjordartige Bucht. Ich zog meine kalten Kleider an und ging ins Wohnzimmer hinüber. Dort war Wärme vom Kamin übrig und es schien trockener zu sein, durch das große Sprossenfenster sah man einen faltigen Berghang mit Gras und Felsen aufragen.

Am Fenster stand ein Fernglas mit Stativ, und auf der Fensterbank lag eine Karte mit dicht gedrängten Höhenlinien. Ich zog einen Stuhl heran und setzte mich. Noch lag der Hang im Schatten, aber an der Stelle, auf die das Sichtfeld des arretierten Glases gerichtet war, konnte man Steine erkennen, eine steinerne Schulter ziemlich weit oben, und sobald sich die Augen gewöhnt hatten, sah man zwischen den Felsbrocken eine pfadähnliche, hell ausgewaschene Rinne.]

Es war der Mweelrea, den mein Bruder und Graham an dem Tag besteigen wollten. Isla schlief lange dank ihrer Nachmitternachtstablette. Graham erzählte, die Gegend sei noch immer zu still für Isla, die sich nicht daran gewöhnen wollte, dass man manchmal nichts hörte, bei Sturm aber alles ringsum krachte und donnerte. Dann konnte sie fast besser schlafen, in den stillen Nächten jedoch wurde ihr Schlaf regelmäßig unterbrochen, und sie musste sich mit einer Tablette wieder einschläfern, damit sie nicht anfing, zu grübeln und sich sinnlos über alle möglichen Dinge zu grämen.

Auf dem Kartenblatt zeigte Graham die Route auf den Berg und versicherte, wegen der Aussicht lohne es sich, ihn zu besteigen, es gebe keine schwierigen Stellen, hier und da verlaufe ein alter Passweg, und sonst könne man im Zickzack gehen.

Zum Frühstück gab es Spiegeleier und Toast. Graham bereitete es zu, und dabei redete er die ganze Zeit von dem Wettbewerb, davon, wie er und Isla die Qualifikation überstanden hatten und welche Zahlungsgarantien sie den Veranstaltern anschließend hatten geben müssen, um die Unterlagen für den nächsten Abschnitt und das Regelbuch mit allen Anlagen zu erhalten.

Eine Glasschüssel enthielt Salz, das wie grauer Sand aussah. Graham streute es mit einem Löffel über die Eier. Es war selbst gewonnenes Salz aus dem Atlantik. Für seine Salzexperimente und die Beobachtung der langsamen Verdunstung, erklärte Graham, habe er sich die länglichen, mit schwarzem Kunststoff isolierten Becken bauen lassen. Im Schuppen standen große Aggregate, mit denen er bei Bedarf so viel zusätzlichen Strom erzeugen konnte, dass die Prozesse in Gang kamen. Über die sprach Graham nicht weiter, er sagte nur, er mache die Versuche als Hobby, weil ihm seine Hauptarbeit zu viel Freizeit lasse.

[Ich hatte noch immer mit keinem Wort versprochen, mitzumachen, aber Graham sprach den ganzen Tag schon von uns: dass dies genau die richtige Herausforderung für uns sei, dass die Zukunft uns vielerlei Gutes bringen werde.

Jetzt ist die Bahn frei, in all ihrer Pracht. Dieses Projekt kann einen neuen Anfang für uns bedeuten, sagte Graham beinahe feierlich, zumindest aber so, dass ich ihm nicht widersprechen oder wenigstens Zweifel äußern mochte.

Was weiß man schon vom Leben der anderen, ich wusste ja auch von Graham und Isla nichts mehr, seit ich das Churchill College zum letzten Mal verlassen hatte.

Nicht wegen der Aussicht kletterten wir auf den Berg, sondern damit Graham mir in Ruhe seinen Plan erläutern konnte. Er wollte sicherstellen, dass ich in der Lage war, mich von allen Pflichten zu entbinden, dass nichts Wichtigeres anlag.

Während des Studiums war der eigene Wille bei mir knapp. Ich war zufrieden, wenn ich gebeten wurde, mitzumachen. Wenn ich selbst Ideen für Projekte entwickeln und dafür Graham oder andere um Hilfe bitten musste, war mir das peinlich und ich konnte es nicht richtig und so vertrockneten meine ganz eigenen Sachen immer.]

Ohne außer Atem zu kommen, redete Graham während des gesamten Aufstiegs zur Mittelschulter des Mweelrea. Ab und zu blickte er hinter sich, aber hauptsächlich, um die erklommene Höhe zu messen, und dann fuhr er mit seinen Erläuterungen fort.

Im Dezember, vor Beginn des Wettkampfs, müssten sie ins Büro der Edmond Halley Memorial Society in London gehen und die ökonomischen Verpflichtungserklärungen sowie den Gesamtvertrag für die Teilnahme an der Erdumrundung unterschreiben. Grahams Firma würde die Verpflichtungen übernehmen. Mit den Verträgen wollte die Memorial Society sicherstellen, dass die Teams nicht wegen Kleinigkeiten die Reise abbrachen.

Graham half Petr beim letzten steilen Anstieg vor der Schulter. Oben gab es ein Stück ebene Fläche und Windschatten. Petr musste sich auf einen Stein setzen und verschnaufen, er hatte das Gefühl, zu glühen, und auf seinem Hemd bildeten sich Schweißflecken, schrieb er später in sein Ryman-Buch. Graham wollte wissen, ob der Gewinner eines Doppelmarathons mit seiner Kondition schon am Ende sei, und empfahl, sich mit zunehmenden Jahren nicht hängen zu lassen, und dann meinte er noch, dass eine Ehe guttue, denn da führe man sein geregeltes, kleines Leben. Er fragte nach potenziellen Kandidatinnen. Petr antwortete, es habe welche gegeben, ging aber nicht weiter darauf ein. Auch Graham wechselte das Thema. Sie tranken Wasser aus ihren Plastikflaschen und schauten den Hang hinauf, wo man ganz oben Schneeflecken sah, wie die Herbstnächte sie mit sich brachten, so hoch war der Mweelrea dann doch, auch wenn er wie eine Wand aus der relativ warmen Feuchtigkeit des Atlantiks aufragte.

[– vom Flugzeug aus ist die Welt ein unterbrochenes Band, man kriegt nichts Ganzes zusammen.

Hat man eine Perspektive, sieht man tiefer. Hat man eine ausreichend große Aufgabe, stellt sie keine Last mehr da, sondern erleichtert das Entscheiden, weil es weniger fruchtlose Alternativen gibt.

In seinem Hydrologiestudium spezialisierte sich Graham auf die Ozeanografie und entwickelte in eigenen Projekten einen schmalen paläo-ozeanologischen Zweig, in dem sich die Ozeanforschung mit der Historik des Meerwassers verband. Alle Projekte und Pläne fasste er als Einzelbestandteile auf, als Steine, aus denen man Stück für Stück ein Haus baut. Wenn er, von Amts wegen oder weil es ein Auftraggeber wollte, Amöben herstellen musste, wie er Darstellungen und Berichte nannte, in denen sich seiner Meinung nach nichts Gescheites fand, das zur Bildung des Gesamtverständnisses beitrug, wurde er unwillig, verfuhr, wie es ihm passte, oder fing an, mit dem Geldgeber zu streiten. Auf diese Weise hatte er sich in Cambridge den Ruf eingehandelt, schwierig zu sein. Was seinen Eifer und seine Kombinationsfähigkeit anbelangte, hielt man ihn für glänzend, ansonsten aber für unfähig zur Zusammenarbeit.]

Graham wies auf zwei schmale Rinnen in einem steinlosen Stück Erde. Als wäre dort etwas Schweres gezogen worden, dessen Kanten Spuren hinterlassen haben, notierte mein Bruder später. Sie kletterten weiter hinauf. Graham steuerte eine Stelle zwischen den Felsen an, von der aus man direkt unter sich das Haus sehen konnte. Der Wind wehte einen so stark an, dass es schwierig war, das Fernglas ruhig zu halten, weil man von den Böen ins Schwanken gebracht wurde. Das Meer und die schmale Reihe der Becken glitzerten.

Isla war aufgewacht und ging mit einem weißen Eimer in der Hand über den Hof zum Schuppen. Sie füttert die Hühner, sagte Graham. Fünf Hühner und ein stummer Hahn, fast alle hier haben welche, erklärte er, als mein Bruder sich wunderte.

[In so einem Winkel zwischen Meer und Berg waren die beiden also gelandet. Ein geregeltes und kleines Leben, fiel mir ein, als ich nach unten schaute. Sehr klein sah Isla mitten auf dem kleinen Grundstück aus, das Meer hinter ihr und neben ihr setzte sich als grüngraue Fläche so weit fort, bis die Form der Erdkugel sie zum Rand hin krümmte. In früheren Zeiten sahen die Menschen hinter dieser Grenze alles enden und das Meer als horizontbreiten Wasserfall tosend aus der Welt stürzen.

Mit Isla hätte ich mir einmal vorstellen können zu leben, dieser Punkt ist ein kleiner schwarzer Fleck. Aber ich habe ihn so weit von mir weggeschoben, dass er an Farbe verloren hat. Isla ist eine gute Schwester für mich geworden, die große Schwester, genau hundert Tage vor mir geboren.

Ansonsten kann ich mich nicht erinnern, während der Studienzeit je neidisch auf Graham gewesen zu sein. Jeden

Schritt in seiner Wissenschaftskarriere, der eine Verbesserung zu bedeuten schien, feierte ich mit, oft engagierter als Graham selbst, als fiele auch für mich etwas davon ab, weil ich ihn so gut kannte.]

Zwischen dem Geröll sah man feuchte, kiesige Erde. An ihrem Rand entdeckte mein Bruder eine Fußspur, nicht von einem Schuh, sondern den Abdruck eines nackten Fußes, Zehen, Ferse und in der Mitte wie eine Mondsichel ein Stück des Fußgewölbes. Graham schaute es sich an und wunderte sich ebenfalls darüber. Niemand konnte barfuß den Mweelrea bestiegen haben, denn das war kein Pilgerhügel wie der Croagh Patrick, an dessen Geröll sich immer einige die Zehen anstoßen wollten, um Christi Blut zu vergießen. Petr machte mit Spitze und Absatz seines Schuhs einen Abdruck daneben, ungefähr ebenso groß, 43, der Fuß eines Mannes. Graham suchte auf dem Kamm nach weiteren Spuren, aber als er zurückkam, sagte er, da seien keine gewesen, keine einzige Spur, und das Ganze habe wohl nichts zu bedeuten, da habe wohl nur einer die Schuhe ausgezogen, um die Füße zu kühlen, und sei dabei aus Versehen in den Schlamm getreten.

Auf dem Rückweg fragte Graham, ob Petr sich schon entschieden habe, aber mein Bruder wollte noch nicht antworten, sondern erkundigte sich nach Isla, und Graham sagte, Isla komme selbstverständlich mit, aber besser wäre es, wenn Petr als zweiter Mann die Verpflichtungserklärungen unterschriebe. Zwei mussten die gesamte Strecke zurücklegen, es gab da einen entsprechend konstruierten Kontrollmechanismus. Helfer konnten mehrere dabei sein, doch der Kern eines Teams bestand aus zwei Leuten. Isla komme mit, aber falls sie unterwegs nicht mehr könne, müsse sie nicht weitermachen.

[Auch wenn ich hätte nachfragen müssen, überging ich diesen Punkt. Ich fühlte mich gut und geschmeichelt wie früher, wenn ich gebeten wurde, bei etwas Besonderem mitzumachen. Wenn man von anderen ausgewählt wird, ist man gleich unter den Auserwählten und muss nicht mehr tun als aufspringen. Ich hatte mich schon entschieden, auch wenn ich es noch nicht sagte, es kam mir nicht einmal vor, als ließe ich mich in etwas hineinfallen. Ich habe Graham immer bewundert, ich habe immer auf seiner Seite sein wollen, und jetzt bin ich es mit Sicherheit.]

Als sie vom Berg herunterkamen, waren seit dem Frühstück viereinhalb Stunden vergangen. Isla fragte als Erstes, warum sie nicht abgewartet hatten, bis sie aufgewacht war, dann hätte sie mitkommen können. Graham erwiderte, man könne für so etwas nicht den ganzen Tag opfern, worauf Isla wieder etwas sagte. Mein Bruder ging ins Wohnzimmer und versuchte auf der Karte nachzuvollziehen, wie sich der Weg den Hang hinaufgeschlängelt hatte. Auf dem irisch beschrifteten Kartenblatt war unter dem Mweelrea mit Bleistift die englische Übersetzung eingetragen worden: Kahlkopf, Kahler König.

Später notierte Petr in seinem Notizbuch, dass die Beine vom Klettern ganz steif gewesen seien und das Hemd unter der Jacke so schweißnass, dass er unbedingt ins Meer gehen musste. Isla hatte ihm erzählt, sie sei den ganzen Winter über geschwommen, und Petr wollte demonstrieren, dass er aus einem noch viel kälteren Land kam.

Er zog die meisten Kleidungsstücke aus und ging mit umgehängter Jacke und einem Handtuch als Rock ans Ufer, in der Nähe von Grahams mit schwarzem Kunststoff abgedichteten Salzwasserbecken. Sie waren flach, nur gut zehn Zentimeter tief, und das Wasser darin roch abgestanden, als Petr zwischen ihnen hindurch zu der sandigen Stelle ging, die Isla zum Schwimmen empfohlen hatte.

[Ich zog mich schnell aus, legte Jacke und Handtuch auf meine Turnschuhe und Kleider und ging in das wogende Meer hinein; ich versuchte gleichmäßig zu atmen, damit das Kältegefühl das Luftholen nicht zu sehr beeinträchtigte. Ich ging in die Hocke, wusch mir Achseln und Brust und dann machte ich ein paar schnelle Schwimmbewegungen ins Tiefe, nur für den Fall, dass Isla und Graham mir vom Haus aus zusahen.

Als ich mir mit dem Handtuch den Rücken abrieb, spürte ich das Blut zirkulieren und die Haut heiß werden. Die Luft war wärmer als das Wasser. Ich trocknete mich in aller Ruhe ab, zog mir die frischen Kleider an, die ich in einer Plastiktüte mitgebracht hatte. Danach spürte ich den Wind nur noch am Haaransatz, wo ein feuchter Rand zurückgeblieben war.

Das gegenüberliegende Ufer des Killary Harbour war viel näher, als ich es in der Nacht geglaubt hatte. Die Jugendherberge konnte man nicht sehen, dafür ragten drüben zu viele Hügel auf, außerdem bildete die Uferlinie Kurven.

Ich fühlte mich gut und klar. Als wäre ich in die Studienzeit zurückgekehrt, in dem Moment, in dem ich zu Graham und Isla kam; was sich später an Geröll angesammelt hatte, war von mir abgefallen. Auf dem Weg am Ufer entlang versuchte ich mir alles durch den Kopf gehen zu lassen, bevor ich zum Haus hinaufstieg. So große Verpflichtungen gab es bei mir zu Hause nicht, dass ich mich nur anders hätte entscheiden können. Sollte ich mich auf Grahams Projekt einlassen, würden die Dinge in Finnland schon warten, es würden sich neue Arbeitsmöglichkeiten ergeben, um meinen Vater würde man sich in dessen Seniorenheim kümmern, mein jüngerer Bruder wohnte näher dran und kam ohnehin öfter dazu, ihn zu besuchen.]

Später fingen sie am Esstisch wieder an, von den alten Zeiten zu reden, von den Leuten am College, von den gemeinsamen Sommerjobs am Scott Polar Research Institute. Graham brachte das Gespräch auf die Vorbereitungen für den Reisewettbewerb. Zu Isla sagte er, Petr habe fast schon zugesagt, aber Petr warf plötzlich ein, so weit sei er doch noch nicht.

[Obwohl ich mich schon entschieden hatte, aber als Graham über meine Arbeit sprach, als wüsste er darüber mehr als ich, gab ich es nicht zu. Deine Projekte scheinen ja nichts Besonderes zu sein, soweit ich das von anderen gehört habe, sagte Graham. Isla sah mich über den Rand ihrer Lesebrille hinweg an, als hätte ich etwas erwidern müssen. Aber wie hätte ich fragen sollen, über wen Graham in irgendeiner Form hatte verfolgen können, was ich tue, oder wenigstens Gerüchte gehört hatte? Ich wurde einfach still, Isla musterte mich in gleichbleibender Haltung, den Kopf ein wenig nach vorn geneigt, damit sie über den Rand ihrer Brille hinweg sehen konnte.

Graham erklärte, Isla halte ihr gemeinsames Leben im Westen für zu klein, und nicht zuletzt deswegen seien die Reisen des Qualifikationswettkampfs eine angenehme Abwechslung gewesen.

Nicht für zu klein, sondern für zu langweilig; nicht jedem ist es genug, sich an den Badetagen zum Schwitzen zu bringen, indem er wie verrückt über die Hänge des Kahlkopfs rennt, sagte Isla dazwischen.

Das war gut gesagt, fand ich, aber ich versuchte zu besänftigen, damit der Wortwechsel nicht in Streit ausartete.

Bei uns ist alles immer so verdammt provisorisch, redete Isla noch weiter, stand dann aber auf, um Tee zu kochen und den aufgetauten Kuchen zum Nachtisch in Stücke zu schneiden.

Ich gab mir Mühe, die Rede auf etwas anderes zu bringen, und erkundigte mich nach den Nachbarn. Es stand kein Haus in der Nähe, aber am Morgen hatte ich vom Mweelrea aus viele Rauchfahnen aus Schornsteinen neben der Straße gesehen. Graham fing an, detailliert von den Bewohnern der näheren Umgebung zu erzählen, am meisten von dem ältesten Paar, das schon Anfang der Achtzigerjahre von Dublin in die Gegend gezogen sei. Eigentlich die einzigen Bekannten hier, die man ab und zu besuche, erzählte Graham, ungefähr einmal im Monat gingen sie hin, um ein paar Gläser Holunderwein mit ihnen zu trinken.

Sie bauen fast ihr ganzes Essen selber an, es gibt dort einen hervorragend vor dem Wind geschützten Garten, Isla hätte gern genau solche Anpflanzungen, aber Edna und Mike sind immerhin schon bald dreißig Jahre hier, in der Zeit kann man beinahe einen Wald wachsen lassen, sagte Graham. Nicht genau solche, aber wenigstens etwas, erwiderte Isla.]

Graham trank seinen Tee so heiß, dass er Milch dazugeben musste, und dann ging er in den Schuppen, um noch zu arbeiten. Isla kann dir besser erzählen, wie die Qualifikationstouren verlaufen sind, und ihr könnt zusammen Pläne machen für das, was kommt, sagte er von der Tür aus.

Mein Bruder stand auf und sah aus dem Fenster. Graham ging ans linke Ende des Schuppens. Dort war isoliert und ein Arbeitszimmer eingerichtet worden, das man mit einem elektrischen Heizkörper beheizen konnte. Über das einzige Fenster zum Hof waren Metallstangen gezogen worden, sodass es von Weitem aussah wie ein Sprossenfenster. Isla sagte, in das Arbeitszimmer folge man ihm besser nicht, Graham wolle unfertige Arbeiten und Pläne für sich behalten, um nichts Wichtiges davon zu verlieren.

Wenigstens in dieser Hinsicht ist er abergläubisch. Edna und Mike sagen immer zu ihm, das Meer könne man nicht besitzen, und Graham antwortet, natürlich nicht, aber beherrschen, wenigstens ganz kleine Stücke davon. Teilkomplexe oder Entwicklungsverläufe von Erscheinungen, so denke ich es mir, sagte Isla.

In den letzten Jahren hatten sie auch zusammen Teile von Auftragsberichten erstellt, aber Graham hatte neben den Arbeiten, die Geld brachten, ständig noch eigene, größere Vorhaben laufen, über die Isla nicht genau Bescheid wusste. Sie suchte einen schmalen Band aus dem Regal heraus, auf dessen Rücken und Vorderseite die Angaben zur Publikationsreihe des SPRI und als Verfasser Gr. R. Hugo und I. M. Fetterley-Hugo genannt wurden. Es handelte sich um einen technischen Nachweis der Salzveränderung im nördlichen Atlantik, mit Auflistungen von Probenentnahmen aus mehreren Jahrzehnten und einer auf deren Basis vorgenommenen tabellarischen Zusammenstellung des Eigenschaftsspektrums kalter Salzgewässer, der Salinität, Alkalinität und anderer Basismessergebnisse.

Der Name Isla Fetterley ist mir immer noch vertrauter, sagte Petr beim Blick auf das Titelblatt des Berichts. Isla schaute ihn über ihre Brille hinweg an und nickte nur. Mein Bruder stellte den Band ins Regal zurück, und Isla fragte ihn, ob er sich schon entschieden habe. Petr fragte zurück, ob er das hätte tun sollen.

[Weil Isla nicht gleich antwortete, drehte ich mich vor dem Bücherregal um und sah sie an. Sie ging um den großen Esstisch herum, kam zu mir und umarmte mich, richtig fest, und ließ mich lange nicht los.

Ich konnte mich an viele solcher guten Momente mit Isla erinnern, in denen man wusste, beide haben etwas verstanden, obwohl nichts erklärt worden ist. So wird man alt, unvermutet öffnet sich im Gedächtnis ein Augenblick von früher, etwas wie Splitter von einem selbst gehen da auf, Zeit ist vergangen, schrecklich viel Zeit liegt zwischen damals und heute. Zwar weiß man, dass sich nichts so wiederholt, wie es war, aber weil man so nicht fühlt, akzeptiert man es nicht.]

Brief an den Earl von Nottingham

[Kein Fallenlassen vom Plateau des Überdrusses, sondern mehr die Suche nach dem, was war.

Ich bin nicht der Dritte, sondern zwei Mal der Zweite. Ich verstehe beide, aber nicht gleichzeitig, sondern der Reihe nach.]

Isla gab meinem Bruder das Logbuch zu lesen und zeigte ihm auf DVD Ausschnitte von der Fernsehserie, die über den Ausscheidungswettkampf gedreht worden war. Die Qualifikation hatte am 8. Juni 2004 begonnen, am Tag eines seltenen Venusdurchgangs zwischen Erde und Sonne. Die Teams hatten sich auf dem Hof des alten Observatoriums von Greenwich versammelt. Als Startzeichen hatte man einen hellgelben Signalball vom Fahnenmast fallen lassen und den Teams war die Anweisung für die erste Etappe gegeben worden: an das Ufer des Endes der Welt, wo in voriger Zeit zum letzten Mal der Tag die Nacht war.

Für Petr klang das unbegreiflich, so hat er es in seinem Notizbuch geschrieben, aber Isla schilderte ihm, wie Graham das Rätsel noch auf dem Hof des Observatoriums löste. Sie hatten als eines der ersten Teams Land's End in Cornwall erreicht und waren weitergekommen.

Log (I. F.-H.)
11.6.04, 10:00 Uhr

Wieder auf dem Hof des Observatoriums von Greenwich, jetzt noch 50 Teams
Die Namen von zehn Ländern: Niederlande, Italien, Österreich, Kroatien, Polen, Schweden, Deutschland, Slowenien, Dänemark, UK. Nur in ihnen oder durch sie darf man sich bewegen. »Nur unter Benutzung öffentlicher Oberflächenverkehrsmittel der oben genannten europäischen Länder«, steht im Regelbuch.
Die Fassade des Meridiangebäudes ist mit einem Stoff verhängt, über den die Logos der Sponsoren laufen. Oben steht an beiden Seiten mit großen Buchstaben TradChannel-14 und Edmond Halley Memorial Society. In der Mitte sieht man ein altmodisches, bräunliches Konterfei von Halley und die Jahreszahlen 1656/1657–1742.

Isla und Graham hatten während der gesamten Qualifikation Logbuch geführt. Darin hatten sie die Route aufgeschrieben, die Reisekosten verzeichnet und außerdem tagebuchartige Anmerkungen und Empfindungen hinzugefügt. Über die spätere Nutzung und die Nutzungsrechte stand in den Regeln eine Seite.

Der juristische Jargon des Regelbuchs wurde durch Beispiele verständlicher gemacht. Bei der Qualifikation ging es nicht darum, um die Wette GPS-Verstecke zu suchen, sondern darum, Hinweise auf das Leben Edmond Halleys zu entschlüsseln und möglichst schnelle Verbindungswege von einem Ort zum nächsten zu finden.

Vor seiner Abreise aus Finnland hatte mein Bruder immerhin so viel Grundwissen gesammelt, dass er Halley am Übergang vom 17. zum 18. Jahrhundert situieren konnte, zu einer

Zeit, als die Naturwissenschaften und umfassende Kartierungen hohe Anerkennung genossen. Halley war fast ein Vierteljahrhundert lang als Königlicher Astronom in Greenwich tätig gewesen, aber schon vorher hatte er allerlei Phänomene zwischen Himmel und Erde untersucht.

Kein einziger Venusdurchgang fiel in Halleys Lebenszeit, doch er hatte vor seinem Tod fertige Pläne erstellt, sodass Expeditionen in abgelegene Winkel der Welt ausgerüstet wurden, um die Durchgänge der Jahre 1761 und 1769 zu messen. Durch die kleinen Unterschiede in den Messergebnissen würde man exakter als je zuvor den Abstand der Erde zur Sonne sowie die Größe des gesamten Sonnensystems berechnen können.

Isaac Newton hatte er dazu inspiriert, seine Berechnungen zur Anziehungskraft und zur Bewegung der Himmelskörper zu Papier zu bringen, und er hatte später auch dessen *Principia* veröffentlicht, das Werk, das für die nächsten hundert Jahre das Fundament der Physik bildete. Der Name Newton war noch immer allen bekannt, aber Halley stand lediglich als derjenige in den Lexika, der das Erscheinen eines Kometen im Abstand von sechsundsiebzig Jahren vorhergesagt hatte.

Mein Bruder hatte keine Lust, das Logbuch ganz durchzulesen, obwohl es nicht einmal sonderlich detaillierte Erläuterungen enthielt. Grahams Eintragungen unter dem Kürzel Gr. H. wiesen außer dem Datum eigentlich nur den jeweiligen Ortsnamen und eine kurze Nennung der bevorstehenden Route auf, vielleicht noch die Wetterlage und hier und da wenige Sätze über Müdigkeit und schlechte Züge oder die Platzierungen anderer Teams.

Islas I. F.-H.-Aufzeichnungen bestanden aus mehr Text, aber die Handschrift war stellenweise schwer zu lesen, und Petr mochte nicht Zeile für Zeile entziffern und ständig fragen oder raten, was die und die eilig in einem fahrenden Zug oder Bus notierte Stelle bedeutete.

An den Daten und Streckenangaben konnte er sehen, dass die Reise sprunghaft kreuz und quer über den Kontinent geführt hatte. Nach dem Auftakt von Land's End war das Wettbewerbsgebiet eingegrenzt worden und man hatte den verbliebenen fünfzig Teams mitgeteilt, die künftigen Ziele befänden sich mehr als hundert, aber weniger als tausend Meilen von Greenwich entfernt. Wie bei einer Meisterschaft im Orientierungslauf hatte man versucht die Routen zu streuen und für jedes Team wurde eine Etappe samt dazugehörigem Hinweis ausgelost. Bei Isla und Graham hatte es geheißen: dorthin, wo sich das zuckende Auge des Karsts befindet.

Die Teams sollten möglichst so lange im Hof des Observatoriums bleiben, bis sie ihre Hinweise entschlüsselt hatten. In den Interviews hörten sich alle gleich kompliziert an, aber Isla war der Meinung, dass die anderen es leichter getroffen hatten als sie mit ihrem Karst.

Es waren auch Journalisten und Kamerateams von anderen Sendern und Zeitungen zugelassen. Man konnte sich überhaupt nicht konzentrieren, sondern musste inmitten des Trubels so tun, als versuche man herauszufinden, in welches Land man als Erstes zu stürmen hatte, erzählte Isla und skippte an die Stelle der DVD, an der Graham interviewt wurde. Isla stand daneben und durfte den einen oder anderen kurzen Kommentar einwerfen. Graham zeigte eine Karte, auf der er bereits die Grenzen des Wettbewerbsgebiets eingezeichnet hatte, eine ringförmige Zone, mit dem

Zirkel gezogen, deren nächster Rand hundert Meilen von London entfernt lag und deren fernster tausend.

Dazwischen lag halb Europa. Lässt man bei diesem Donut den Atlantik weg, bleiben vielleicht vier Millionen Quadratkilometer. Da ist es leichter, eine Nadel im Heuhaufen zu finden, sagte Graham auf dem Bildschirm, ging dann aber trotzdem dazu über, zu erklären, wie man den Hinweis logisch enträtseln konnte. Die Szene ist später gedreht worden, man hat das nur verdichtet, die Zeitspanne dazwischen herausgeschnitten, sagte Isla.

Grahams Erklärung klang vernünftig und folgerichtig. Zuerst grenzte er die europäischen Gegenden ein, wo es das poröse Kalkgestein gab, das man als Karst bezeichnete. Am häufigsten kamen solche Gebiete an der Küste des ehemaligen Jugoslawien sowie in Italien und Frankreich vor. Dann kombinierte er die drei eingrenzenden Informationen, den Donut, die erlaubten zehn Länder und die Karstregionen, und kam zu dem Schluss, dass sich das Ziel irgendwo zwischen der Adria und den Alpen befinden musste. Aber das entspricht noch immer der Fläche eines großen Reiches, der Heuhaufen ist kleiner geworden, die Suche jedoch noch immer schwierig, sagte er auf dem Bildschirm.

Petr wunderte sich, dass Graham so klar und deutlich antworten konnte. Die Szene ist mehrmals gedreht worden, sagte Isla. Dazwischen hatte der Redakteur von TradChannel immer wieder Ratschläge gegeben, wie man die Antwort möglichst verständlich machen könne.

Nachdem sie das Zielgebiet mit einem Radius von einigen Hundert Kilometern geortet hatten, fingen Graham und Isla an, den Schlussteil des Hinweises zu lösen, das zuckende Auge. Es war Abend geworden, bis sie darauf kamen, dass es sich bei dem zuckenden Auge um einen Geysir oder einen periodischen See handeln musste. Diese Spur schien ihnen so sicher die richtige zu sein, dass sie noch am Abend in die Universitätsbibliothek gingen. Nachdem sie stundenlang Halley-Material und Studien zu Geografie und Hydrologie durchgeblättert hatten, war Isla schließlich in einem Nebensatz auf den Zirknitzer See gestoßen, »dessen seltsame Flächenveränderung u.a. der junge Edmond Halley bereits Ende des 17. Jh. zu erklären versuchte«.

Sie hatten die Information so zufällig in einem alten historischen Werk entdeckt, dass es ihnen wie ein Geschenk vorkam. Sie waren dann noch im Lesesaal geblieben, um die Lage des Sees herauszufinden, was leichter gewesen war. Der von den Römern als See des Kummers, Lugea Palus, bezeichnete See hieß heute Cerkniško jezero oder jazero, denn er lag in Slowenien.

Log (I. F.-H.)

12. 6. 04, 10:30 Uhr

Noch immer in London

Spät aufgewacht. Graham klärt ab, wie man nach Ljubljana kommt.

Muss noch duschen und zu Ende packen. Nicht mehr so heiß wie unter der Woche und die Sonne hinter den Wolken. Graham hat gesagt, wir müssen zuerst mit der Fähre nach Hoek van Holland und dann von Amsterdam weiter mit einem Nachtzug, der quer durch den Kontinent fährt. Auch wenn man nicht einmal mehr Sitzplätze reservieren könne.

Einige Teams sind bereits gestern losgekommen. Wir liegen einen halben Kontinent zurück, hat Graham gesagt. So ernst kann das Ganze doch nicht sein.

Mein Bruder fragte Isla, warum sie so etwas ins Logbuch geschrieben habe. Isla erklärte, das sei ihnen als Anweisung gegeben worden: Wenn es zu Meinungsverschiedenheiten oder Streiten kam, musste es notiert werden, das konnte für die TV-Folgen nützlich sein.

Sie erzählte dann vom Chaos beim Aufbruch. Sie mussten sich mit ihrem ganzen Gepäck vorwärtsbewegen, ohne andere als öffentliche Verkehrsmittel zu benutzen, kein Flugzeug, keinen Privat-Pkw, nicht einmal ein Taxi. Sie mussten mit dem Zug nach Harwich fahren, fast direkt von dort fuhr die Fähre nach Holland. Nach einer Stunde war die erste Frauentoilette von Erbrochenem verstopft. Zufällig herrschte schaukelnder seitlicher Seegang, da fühlte man sich nicht wirklich gut, berichtete Isla. Sie hatten mit all ihren Sachen von Zug zu Zug hetzen müssen, klatschnass vor Schweiß. Weil sie sich in den Zügen geirrt hatten, saßen sie die ganze Nacht in Amsterdam fest, und von dort ging es dann einen ganzen langen Tag weiter bis nach Ljubljana.

Log (I. F.-H.)

14.6.04, 13:00 Uhr

Kleinstadt Cerknica

Wir müssen auch hier noch einmal übernachten, aber morgen früh dann zum See, von mir aus zu Fuß. Haben auch andere Teams gesehen. Jemand wusste, dass die Ersten es schon zur nächsten Etappe geschafft haben.

Man hatte sie gefilmt, als sie das Ufer des Zirknitzer Sees erreichten. Dazwischen kamen Bilder vom Schilf und Aussichten von den Bergen herab, an deren Hängen dicht an dicht

Fichten standen und Birken mit hellgrünen Blättern. Isla und Graham hatten den Zielpunkt leicht gefunden, am Anfang eines Weges, bei den Informationstafeln in einer Schutzhütte. Der See war ein großer Vogelsee, dessen Wasser stieg und schwand, je nachdem, wie die porösen Felshänge des Karsts den Regen und das Fließwasser binden konnten.

In der Hütte waren mit Reißnägeln Umschläge befestigt worden, darauf standen die Nummern der Teams, und in jedem Umschlag befand sich ein separat verschlossener Hinweis auf die Fortsetzung. Bei Isla und Graham stand dort, sie müssten weiter nach Ljubljana und dort eine slowenische Patenfamilie mitnehmen. Zusammen mit dieser sollten sie den Weg zum nächsten Etappenpunkt zurücklegen.

Auf diese Weise erreichte man zusätzliche Öffentlichkeit für den Wettkampf. Mit uns kam eine sechsköpfige Familie, sie hatte die Reise bei einem Lokalsender gewonnen, alles wurde bezahlt, die Fahrt auf die österreichische Seite nach Graz und ein langes Wochenende in einem Spa in der Steiermark, erzählte Isla und schaute sich auf dem Bildschirm die Abfahrt vom Busbahnhof Ljubljana an. Neben ihr und Graham standen vier Mädchen im Teenageralter und deren angestrengt wirkende Eltern. Graham wurde interviewt, er berichtete, wie er den neuen Etappenhinweis entschlüsselt hatte.

Auf dem Zettel in dem Briefumschlag hatten sechs Wörter gestanden: Brief an den Earl von Nottingham.

So wenig hatte Graham genügt, um in den Dateien, die er auf seinem Laptop geladen hatte, auf Graz zu kommen und darauf, was Halley mit der Stadt zu tun hatte. In den ersten Jahren des 18. Jahrhunderts war Halley von seiner Spionagereise entlang der Adriaküste zurückgekehrt und hatte dem Earl, der für sämtliche Angelegenheiten der britischen Flotte zuständig gewesen war, eine genaue Schilderung der geschützten Häfen Istriens und Dalmatiens, in denen man britische Kriegsschiffe positionieren konnte, geschickt. Wir machen uns also nun auf den Weg dorthin, wo der Brief an den Earl von Nottingham abgeschickt wurde, teilte Graham auf der DVD mit.

Der Ausscheidungswettkampf ging so weiter, dass die Teams auf einem kleinen Territorium zwischen Österreich und Kroatien hin und her hasten mussten. Und von jedem neuen Ort kam eine neue Patenfamilie zum nächsten Ziel und ins andere Land mit, auf dem Bildschirm wechselten sich Interviews, eilige Reisevorbereitungen und herrliche Landschaften ab, als wären die einzelnen Stationen von den Touristenbüros der Länder geplant oder zumindest finanziert worden.

Von Graz ging es über die Berge in die Stadt Bakar, wo es nicht viel mehr zu geben schien als eine riesige Ölraffinerie, eine Burgruine und zwei dunkelbraune Bierschwemmen. Halley hatte für die Stadt starke Geschützbatterien vorgesehen, mit denen die gesamte Bucht von Bakar hätte abgeriegelt werden können.

Log (I. F.-H.)

18.6.04, 14:30 Uhr

Beim Essen. Der Bakarska Vodica spült die gewürzten Fettwürste herunter. Zum Nachtisch habe ich etwas Halbgefrorenes namens Bura bestellt. Der Name kommt von den kalten Nordostwinden, die hier manchmal eisig durch die Gebirgstäler ziehen. Jetzt aber über 30 Grad Celsius. Am Ufer riecht es nach Öl. Morgen holen wir in Rijeka eine neue Familie ab.

Kleine Streitereien. Was im Menschen ist konstituierender, der Freiheitswille oder der Wille, andere zu beherrschen?

Von Bakar aus war es nach Italien weitergegangen. Halley hatte in der Nähe des alten Hafens von Triest gewohnt, sich aber nachts weit von den Lichtern der Stadt entfernt, um den klaren Sternenhimmel im Februar besser sehen zu können.

In Triest kam die sonderbare Familie eines Blechschmieds mit. Isla erzählte, sie habe lange geglaubt, dass zumindest die Kinder stumm seien, weil sie nur Handzeichen gemacht hatten. Die Familie war vom Land und samt und sonders schweigsam, sie aßen im Zug ihren Proviant aus einer gelbblauen Plastiktüte, sie saßen alleine für sich und sprachen kein Wort.

Mit der Dachblechschmiedfamilie fuhren sie mit Bussen und Zügen die lange Strecke über Deutschland in Richtung Wrocław in Polen, aber in Chemnitz verschwand die Familie über Nacht. Damals war das Juniwetter miserabel, es regnete heftig, es war kalt und ermüdend.

Das Hinweiskuvert für die Wrocław-Etappe enthielt lediglich eine Liste mit großen europäischen Versicherungsgesellschaften: Rosno-Pocho, Groupama, Gruppo Generali. Die Lösung nahm viel Zeit in Anspruch, konnte aber durch die Information herbeigeführt werden, dass Halley auch Mathematiker gewesen war. Dadurch kam man auf die Versicherungsmathematik und fand heraus, dass Halley als einer der Ersten Sterblichkeitsraten untersucht und in dem Zusammenhang von den Toten der Stadt Breslau, dem heutigen Wrocław, Tabellen angelegt hatte.

Dort waren sie erst in der letzten Juniwoche angekommen. Im Logbuch konnte man nachlesen, wie Graham sich über die Verzögerungen und Umwege ärgerte, die den Teams unterwegs immer wieder vorgeschrieben wurden.

Petr sah sich gerade die Polen-Folge an, als Graham aus seinem Arbeitszimmer zum Essen kam und einen Moment neben dem Fernsehsessel stehen blieb. Grauenhaftes Zickzack hin und her, ein einziges sinnloses Gerenne die ganze Tour, sagte er. So war das eigentlich nicht, entgegnete Isla darauf.

Am Anfang und am Ende jeder Folge wurden die Teams in eine Rangliste gebracht, obwohl die Etappen nicht einmal für alle identisch waren. Wenn man von den Routen eine auf der Karte lokalisierte Lichtgrafik zeichnete, gezackte Linien von hier nach da in unterschiedlichen Farben, sah es aus, als wäre ein großer Rechen über den europäischen Kontinent hin und her gezogen worden, von Ost nach West und von Süd nach Nord und zwischendurch wieder ein Stück zurück.

[Graham sagte offen, dass sie sich nicht qualifiziert hätten, wäre nur die Geschwindigkeit gemessen worden, aber der Rumpf des Teams passte und die Finanzierung stand wenigstens einigermaßen.

Ich stellte keine Fragen. Isla sah man nicht an, ob sie gezwungen gewesen waren, sich ihren Platz im Wettbewerb zu erkaufen.

Bei Isla hatten sich die finanziellen Dinge umgekehrt. Wenn man an viel gewöhnt ist, will man über Geld nicht reden, und eigentlich will man es nicht einmal in die Hand nehmen. In Cambridge hielt es Isla oft so, dass sie vor einem Geschäft oder im Restaurant Graham ihr Portemonnaie aufdrängte und nur zu verstehen gab, dass gezahlt werden solle.

Dann sorgte sie dafür, dass sie auf der Toilette war, wenn es ans Zahlen ging. Ich erinnerte mich sogar an ihr Portemonnaie, es war aus seltsam dünnem Leder, weich und rissig schon, vielleicht war das Leder nicht einmal echt, und es waren Aufkleber darauf, Rotes Kreuz und Nestlé- und Shell-Boykott-Sticker.

Graham und Isla gaben zu, dass ihr Team sich qualifiziert hatte, weil der Fernsehsender und das Wettbewerbsbüro es so wollten; genau sie sollten noch mit dabei sein. Ein Paar war ein gutes Team, außerdem hatten sie bei keiner Etappe schlecht abgeschnitten, sondern waren die meiste Zeit unter den ersten dreißig gewesen.

Ein solcher Ausscheidungswettkampf klang merkwürdig, aber wahrscheinlich kann man kein Wettrennen durch ganz Europa veranstalten, in dem für alle die gleichen Voraussetzungen gelten.]

Isla ging nach draußen und Graham telefonierte nach London. Petr skippte auf der DVD weiter. Die einzelnen Folgen des Qualifikationswettbewerbs waren immerhin so gut und dramatisch gemacht, dass man sie sich anschauen wollte, zumindest im Schnelldurchlauf.

In Wrocław wurde den Teams überraschend, so als wären mittendrin die Pläne geändert worden, mitgeteilt, dass von fünfzig nur noch fünfundzwanzig weiterkämen. Den Qualifizierten gab man die neue Anweisung, so schnell wie möglich in Richtung Gdańsk aufzubrechen. Auf der Anfangsgrafik der Folge sah man, dass Grahams und Islas Team als eines der allerletzten zugelassen worden war.

In Gdańsk versammelten sich die Teams in einer Kneipe, neben der sich dreihundert Jahre zuvor das Observatorium von Johannes Hevelius befunden hatte. Hevelius war ein berühmter Zeitgenosse Halleys gewesen, und Halley hatte das damalige Danzig besucht, als Gast des Ehepaars Hevelius, er hatte die Messgenauigkeit der Beobachtungen in ihrem Heimobservatorium überprüft und im Nachhinein aus London ein modisches Kleid aus Seide an Elisabetha Hevelius geschickt.

In der Eckkneipe in Gdańsk befahl man ihnen, die Reise achtzig Kilometer weit entlang der Ostseeküste fortzusetzen, bis in die Kleinstadt Frombork. Unter dem Fußboden des dortigen Doms war Nikolaus Kopernikus, der als Kanonikus der Kirche gedient hatte, begraben. Damals war Frombork noch Frauenburg gewesen, die Gynopolis von Kopernikus, deren Himmel er am liebsten schwärzer gemacht hätte, durch Winde, die allen Seenebel und die obersten Wolken vor den Sternenhimmeln hinweggefegt hätten.

Halley und das Ehepaar Hevelius hatten bereits in der neuen Welt gelebt. Ihren Vorgängern war noch mit Kirchenbann und Tod gedroht worden, wenn sie wussten, dass die Erde sich um die Sonne drehte, doch bald schon war der Himmel in die Tiefe hinein kartiert worden und man begann, den Lauf der jahrzehntelang unsichtbar auf ihren Bahnen wandelnden Kometen zu verstehen.

Über solche Dinge wurde in den Interviews der Polen-Folge gesprochen. Graham und Isla waren nicht auf dem Bildschirm zu sehen, dafür wurden andere Teams interviewt, und wieder wurden in einem lokalen Gewinnspiel neue Patenfamilien für die Reise zum nächsten Ziel ausgewählt.

Als mein Bruder sich den ganzen Rummel und Vermarktungstrubel vor dem alten Dom ansah, registrierte er mitten in einem Kameraschwenk einen Mann, der ihm bekannt vorkam. Er sah exakt so aus wie der Vater der Familie, die Graham und Isla von Ljubljana aus begleitet hatte.

Petr sah die Folge zu Ende, skippte zurück, schaute sich noch einmal die Stelle an, wechselte die DVD und skippte zum Slowenien-Abschnitt. Es war derselbe Mann, auch trug er fast dieselben Kleider, nur ein Hemd in anderer Farbe. Petr rief Graham ins Wohnzimmer und fragte ihn, wie das sein konnte, er skippte abwechselnd die beiden DVDs und hielt das Bild an, als der Mann erschien.

Das kann nicht derselbe Mann sein, sagte Graham. Petr widersprach und zeigte alles noch einmal.

Oder es ist einer von den Veranstaltern, steht zufällig da, ich kann mich nicht an jeden Einzelnen erinnern. Die Osteuropäer kann man sowieso nicht auseinanderhalten, alles ein und dieselben schwarzhaarigen Stumpen, sagte Graham, aber Petr meinte, wenn die Patenfamilie aus Slowenien stamme und dieser Mann aus Polen, könne es sich hier eigentlich doch nicht um ein und denselben Stumpen handeln. Graham erwiderte, dass er darauf nicht herumreiten wolle; er zog seine Jacke an und ging in sein Arbeitszimmer, um dort weiterzuarbeiten, an der Tür sagte er noch, Isla könne sich bestimmt besser erinnern. Isla kam und sah sich die Standbilder an. Sieht genauso aus, ist aber nicht derselbe, sagte sie schließlich.

[– weil es vielleicht auch so war. Dinge, die sich zufällig in gleicher Form wiederholen, und kleine Déjà-vus, wenn hinter den Augen im Gehirn kurze Stromschläge zucken, als funkten mitten in das, was abläuft, Stücke aus einer eigenen Aufnahme herein.

Nach Mutters Tod mindestens drei Mal eine, die so aussah

wie sie. Immer näher herangehen und die Ähnlichkeit verschwindet nicht, obwohl man weiß, dass das nicht sein kann. Erst unmittelbar davor sorgt eine andersartige Bewegung für einen Bruch, oder wenn man aus unmittelbarer Nähe hinsieht –]

Log (I. F.-H.)

12.7.04, 13:30 Uhr

Frombork

Mit dem Mountainbike sind wir am Ufer entlang bis an die Grenze von Kaliningrad gefahren. Dort beginnt der Große Osten, Kaliningrad ist das Tor nach Sibirien, sagte Graham, als wir die Räder an einem Zaunpfosten abstellten und uns hinsetzten und die Gegend betrachteten.

Das Meer ist an dieser Küste eingepfercht. Eine schmale, sandige Nehrung erstreckt sich von einer Seite zur anderen. Im Sonnenlicht erkennt man sie als Linie, erst dahinter öffnet sich die Ostsee richtig nach Westen und Norden.

Das ist nicht der Atlantik. Sogar die Wellen sind wie in einem See, aber es ist warm und der Grund ist schön. Mit solchen kleineren Gewässern beschäftigt sich Peter irgendwo wissenschaftlich.

[Ich hielt beim Blättern im Logbuch inne, als ich meinen Namen las. »Mit solchen kleineren Gewässern beschäftigt sich Peter irgendwo wissenschaftlich«, mehr stand dort nicht, aber doch immerhin so viel und in Islas schwieriger Handschrift. So etwas fühlt sich gut an. Wenn man in der Erinnerung dabei ist, dann ist man nicht vergessen worden. Ich dachte richtig darüber nach: ob der Mensch so lange lebt, wie sich noch jemand an ihn erinnert. Falls ja, dann ist die Zehn-Milliarden-Marke auf der Erde bereits überschritten. Aber vielleicht nur knapp. Ich versuchte die Zahl der Menschen danach zu berechnen, wie ich mich selbst an Verstorbene erinnerte, an einige erinnerten sich zwar mehrere, aber an einige oder einen vielleicht niemand außer mir.]

Petr fragte Isla nach den in der Qualifikationsphase zurückgelegten Kilometern. Isla antwortete, Graham habe die Zahlen besser parat, sie seien für die TV-Gesellschaft und die Memorial Society addiert worden, mehr als dreitausend Meilen auf jeden Fall. Der Etat für sie beide habe 4500 Pfund betragen, das Büro und TradChannel hätten einen Teil davon bezahlt.

Nicht wahnsinnig viel, immerhin sind wir fast zwei Monate lang unterwegs gewesen und haben ziemlich viel gesehen. Bahnhöfe und flaches Land rechts und links der Bahnlinie, ab und zu schöne Berge und dazwischen Werkstätten aus Wellblech und Reklame an Zäunen, unfertige Lagerhallen und rostige Fässer. Dann hässliche Häuser auf ehemaligen Brachflächen, von denen man nicht wusste, was in ihnen vor sich ging, sagte Isla und ging die Bücher im Regal durch, fand, was sie suchte, blätterte und zeigte zwei unterstrichene Zeilen. Es war ein Band mit Gedichten von Werner Aspenström, aus dem Schwedischen ins Englische übersetzt. Die Unterstreichungen waren mit Bleistift gemacht worden.

Ich finde es schön, ganz einfach.
Ich finde es schön, manchmal.

Das reicht für eine Reise, sagte Isla und schaute zu, wie ich las.

[Ein ganz ähnlicher Moment. Im Lesesaal der Bibliothek, andersherum, Isla saß da und las für eine Prüfung und ich kam durch die linke schwere Tür herein, deren Messingklinke war im Lauf der Jahrhunderte so glatt geschliffen worden, dass das Metall dort, wo die Hand auflag, dünner geworden war. Ich betrachtete Isla von weiter weg, dann ging ich zu ihr. Sie hörte auf zu lesen, ließ das Hydrologiebuch aber aufgeschlagen liegen, auf der einen Seite sah man die schematische Darstellung der Sprungschichten an Eisrändern. Isla flüsterte, so wie es sich in einem Lesesaal gehörte. Ich nickte, sah sie aber nicht an, sondern in das offene Buch, auf die Temperaturen, waagerecht auf blau gestrichelten Linien, auf die korrelierenden Tiefen der Wasserschichten in der Senkrechten.]

Sie hatten die Ausscheidungstour von Polen aus mit dem Schiff nach Schweden fortgesetzt, nach Karlskrona, denn dort in der Nähe gab es eine Verbindung zur Insel Ven. Der Hinweis dieser Etappe – zur selben wie dieser, aber schwerer und ferner – schien von allen der schwierigste zu sein, doch Isla erzählte, Graham habe die Lösung in weniger als zwei Stunden gefunden.

Zuerst hatte er gedacht, der Hinweis beziehe sich auf die Kirche, denn die Kuverts hatten auf einem Eichenholztisch im Vorraum des Doms von Frombork bereitgelegen, aber dann kam er auf die Domburg von Frauenburg und von dort aus weiter. Alle vorigen Etappen hatten entweder mit Halleys Leben oder mit dem anderer Astronomen zu tun gehabt, aber bislang war noch nicht Tycho Brahes gedacht worden, und dann war es leicht, auf Uraniborg und die Sternwarte Stjerneborg zu kommen, errichtet auf der Insel Ven, die schwerste und fernste Burg, erzählte Isla. Etwas in der Kette der Schlussfolgerungen stimmte nicht ganz, schrieb mein Bruder in sein Ryman-Buch.

[– aber Graham war in solchen Sachen immer gut gewesen, schon in Cambridge hatte er über Allgemeinwissen auf fast allen Gebieten verfügt, am meisten in den Naturwissenschaften und in Geschichte. Kam es im Pub zufällig zu einem Quiz, verlor er normalerweise nicht, außer wenn die entscheidenden Fragen mit Filmen oder Musik zu tun hatten.]

Die letzten Kuverts des Wettkampfs waren in den Museumsruinen auf der Insel im Öresund versteckt gewesen, in einem Karton vor einer Kopie von Tycho Brahes großem Mauerquadranten. Dort stand nur noch: das Ziel liegt am selben Punkt wie der Start, dorthin so schnell wie einem Menschen möglich.

Dann kam im Qualifikationswettkampf nichts mehr als das chaotische Schlussstück nach London, zuerst weg von der Insel Ven und mit Bussen und Zügen über Brücken nach Holland, und auf dem Kanal holprige Verhältnisse, wo die Tabletten gegen Seekrankheit nichts nützten. Isla sagte, die letzten Etappen sollte man sich nicht einmal im Schnelldurchlauf ansehen. Sie und Graham waren darin nicht mehr zu sehen, und die DVD mit der Zusammenfassung der Qualifikation vom Anfang bis zum Schluss hätten sie auch nicht da, die hätten sie den Nachbarn geliehen. An der irischen Westküste konnte man TradChannel-14 nicht empfangen, und Edna und Mike hatten sehen wollen, weshalb Isla und Graham ihr Haus am Killary Harbour verlassen und die Hühner bei ihnen in Obhut gegeben hatten.

Es war Ende Juli und schon weit nach Mitternacht gewesen, als sie im Fährhafen den Zug nach London erreichten. Graham bestand darauf, sicherheitshalber noch in derselben Nacht Greenwich zu besuchen und nicht bis zum Morgen abzuwarten. Falls für die Dauer der Reise Punkte verteilt würden, konnte jede Stunde wichtig sein.

Das letzte Stück mussten sie zu Fuß gehen. Taxis fuhren vorbei, aber die waren in den Regeln verboten, und Graham wollte nicht das Risiko eingehen, jetzt noch disqualifiziert zu werden.

Isla erzählte, dass der Aufstieg zur alten Sternwarte fast zu viel für sie gewesen war, mittendrin fing es an zu regnen, der Rasen und die Ziersträucher von Greenwich rochen nach dem vergehenden Sommer, sie waren nass bis auf die Haut, weil sie keine Lust mehr hatten, im Dunkeln die Regenumhänge aus den Rucksackfächern zu nehmen.

Etwas wie ein Ziel war im Hof des Observatoriums nirgendwo zu sehen. Graham ging alle Wände ab und suchte mit der Taschenlampe nach einer Stelle, an der irgendeine Nachricht zum Qualifikationswettkampf deponiert sein konnte, aber es war nichts zu finden. Als er im Büro der Memorial Society anrief, war dort nicht einmal der Anrufbeantworter eingeschaltet.

Hundeschatten auf dem Bildschirm

Wenn man damit anfängt, dass die Welt die Menschen auseinanderspült, und nicht mit einem Zitat aus Petrs Notizbuch, bräuchte man dann irgendein Motto? Zum Beispiel aus Jules Vernes Schwimmender Stadt*?*

»Le vent avait évidemment beaucoup fraîchi. Le Great Eastern *naviguait d'ailleurs dans ces parages féconds en sinistres, où la mer est toujours mauvaise.«*

(»Der Wind hatte deutlich zugenommen. Überdies segelte die Great Eastern *nun in jenen schwierigen Gewässern, auf denen es bei schwerer See häufig zu Unglücken kam.«)*

Jules Verne: *Une ville flottante*, 1871

Aber wegen der Memorial Society wäre es natürlich besser, Halley zu zitieren. Wie wäre es mit einem Stück Logbuch aus der eiskalten Kajüte der Paramour*?*

»At nine in the Morning the Wind came up at East extream Cold, The Thermometer being below in the Frezzing point in my Cabbin so I stood to the N Eastwards, in hopes of warmer weather.«

(»Um neun Uhr am Morgen kam Ostwind auf, extrem kalt, das Thermometer in meiner Kajüte war unter den Gefrierpunkt gefallen, weshalb ich nach Nordost steuerte, in der Hoffnung auf wärmeres Wetter.«)

Edmond Halley, 30. Januar 1699

[Grahams Salzbecken waren mit dicker, wasserdichter Kunststofffolie ausgelegt. Ich schaute sie mir bei Sonnenuntergang an und ging dann noch ein Stück weiter am Ufer entlang, da sah ich im Wasser einen länglichen, dunklen Gegenstand treiben, der schaukelnd gegen die Steine stieß. Die ersten fünfzig Meter sah er aus wie ein mit Wasser vollgesogener Baumstamm, dann wie ein Plastiksack, dann wie ein verschnürtes Bündel.

Es war ein toter Mann. Der Oberkörper war mithilfe von breitem Isolierband in durchsichtiges Plastik verpackt worden, unter dem Plastik bogen sich Spünde, die wie Peddigrohr aussahen. Die Hände lagen über dem Kopf und waren an die Spünde gebunden, das Plastik endete unterhalb der Brust und war dort mehrfach mit Isolierband an der Haut festgeklebt worden. Der gesamte Unterkörper war aufgeschürft und trug tiefe Wunden. Blut konnte man nicht sehen, aber an den Schenkeln und Füßen hatte das Fleisch Risse, als wäre der graublaue Hautanzug aufgeschlitzt worden und helle, rot-graue Masse herausgequollen.

Ich streckte mich, bekam das Plastik zu fassen und konnte den Mann zwischen die Tanghaufen auf dem Uferkies ziehen. Dann lief ich über die Böschung zum Haus und rief nach Graham. Auch Isla kam heraus, worauf ich alles noch einmal schilderte.

Das hat nichts mit dem Ort hier zu tun. Alles Mögliche wird angetrieben, zufällig, sagte Graham auf der Böschung, als die Leiche bereits zu sehen war.

Es war ein dunkelhäutiger Mann, die Hände gefesselt, als hätte er sich beim Schwimmen abgestoßen und ganz gerade gestreckt, der gesamte Oberkörper in die starke, dichte Plastiktüte gewickelt.

Ich drückte mit der Schuhspitze dagegen. Noch immer war das Plastik von der Luft darin gespannt. Ich fragte mich laut, woher der Mann angetrieben sein mochte und warum sein Oberkörper so fest verpackt war. Isla hatte sich abgewendet, sobald sie die Fleischfetzen an den Füßen gesehen hatte. Graham vermutete, der Mann sei von einem Schiff ins Meer geworfen worden, in Plastik gehüllt, aber der untere Teil der Verpackung sei an den Felsen der Untiefen abgerissen worden. Ich versuchte auf andere Erklärungen zu kommen, aber Graham hörte mir nicht zu. Er holte ein Stück Treibholz von der Böschung und hebelte mit dessen Hilfe die Leiche weiter auf den Uferkies, an eine trockene Stelle. Wir müssen sofort anrufen, damit er geholt wird, sagte er.

Graham versuchte die Polizei zu erreichen, aber bis es dunkel wurde, mussten wir uns um den Toten kümmern. Wir deckten ihn mit einer grünen chinesischen Plane zu, um ihn vor den Vögeln zu schützen, da bückte sich Graham, um ihn genauer anzuschauen, er drückte sogar die beschlagene Plastikfolie auf das Gesicht.

Aus irgendeinem afrikanischen Mittelmeerland, von irgendeinem Schiff, sagte er und erzählte, was alles schon an den Strand getrieben worden war, Bojen von Fischern, Fetzen eines Plastiksacks aus Südamerika, leere Sonnencremetuben von den Kanaren, Bretter und Latten mit Nägeln und sogar eine gelbe Plastikente, vielleicht ein Überbleibsel von dem Jahre zurückliegenden Experiment, bei dem Zigtausende helle Plastikspielzeuge an verschiedenen Orten der Welt ins Meer gekippt worden waren, um die Strömungen zu erforschen, gelbe Enten in den nördlichen Atlantik, rote Fische ins Japanische Meer, blaue, sechszackige Sterne in den Stillen Ozean oberhalb des Marianengrabens.

Mit der Polizei kam auch ein Arzt. Als die Autos auf den Hof fuhren, schlug Graham vor, dass er als der Finder der Leiche auftrat. Besser, wenn es kein Ausländer ist, da spart man sich unnötigen Aufwand.

Ihr seid doch auch Ausländer, sagte ich. Aber wir wohnen hier, das ist etwas anderes, erwiderte Graham darauf.

Am Strand machte einer der Polizisten Aufnahmen mit einer kleinen Kamera, die in seine Brusttasche passte; auf einem Block notierten die Beamten lediglich die Fundzeit und unsere drei Namen. Der Arzt trug seinerseits etwas sehr Kurzes in ein Formular ein und redete den Rest der Zeit über alle möglichen anderen Dinge. Graham sprach vom Winter, der so feucht gewesen sei, dass sogar in jenen Salzbecken, die durch Überdachungen vor dem Regen geschützt waren, die Verdunstung zwischenzeitlich ins Minus ging.

Die Leiche wurde in eine Plane gewickelt und über Sand und Gras den Hang hinauf zum Haus geschleift. Der ältere Polizist geriet ins Schwitzen und erklärte, die Funde am Strand entwickelten sich allmählich zum logistischen Problem; so unangenehm wie der Abtransport eines Klaviers aus einem Haus ohne Aufzug oder das Vernichten von Sondermüll, viel unnötige Arbeit, besser, der Atlantik hätte den Jungen für sich behalten.

Nachdem die Autos weg waren, wurde es leer und wortlos, jeder ging seinen eigenen Beschäftigungen nach, machte mit dem weiter, womit er am Nachmittag aufgehört hatte. Ich ging ins Arbeitszimmer und setzte mich ans spiegelnde Fenster. An diesem Tag war meine Entscheidung gefallen und ich hatte versprochen, mich mit Graham und Isla auf die Reise zu begeben. So waren die beiden Dinge, mein Versprechen und der Fund der Leiche, miteinander verbunden wie ein geflochtener Ring, bei dem ein Metalldraht um einen anderen Draht geschlungen wird, bis ein geschlossener Kreis entsteht, an dem man weder Anfang noch Ende erkennen kann.

Isla kam und sagte, sie müsse die Nachmitternachtstablette gleich jetzt am Abend nehmen, damit nichts davon in ihren Träumen auftauche.

Zuerst haben wir einen Berg bestiegen, danach sind wir zwei Monate lang kreuz und quer durch den Kontinent gereist, und dann haben wir noch eine Leiche gefunden – das war ein langer Tag, sagte ich zu Isla, als sie bereits die Treppe hinaufstieg. Sag nichts, man muss das Schlechte aus dem Kopf bekommen, antwortete sie und bauschte sich im Gehen mit beiden Händen die Haare, als wollte sie zeigen, wie die Gedanken ausgelüftet wurden.

Graham und ich setzten uns noch zu einer Tasse Tee an den Tisch. Zuerst fand sich nichts, worüber wir hätten reden können, obwohl ich das Gefühl hatte, es müsse sein. Auch wenn man für das, was die Wellen anspülen, wohl nicht den Finder verantwortlich machen kann.

Das Meer gehört niemandem, sagte Graham und ging dazu über, von allerlei anderen Dingen zu reden, und je länger er sprach, desto schneller kam das Vergessen, als wäre der angetriebene Tote nie ein Mensch gewesen.

Ich hörte zu und nickte nur. Über die Nachbarn kam Graham auf sein Lieblingsthema: die Geschichte der Meere. Darüber hätte er mitten in der Nacht mit einer Vorlesungsreihe von hundert Stunden anfangen können. Auch von Irland aus hatte er hin und wieder an der Uni unterrichtet und Vorträge gehalten, am UCD in Dublin im Frühlingssemester sogar eine Vorlesung. Graham mochte seine Selbstgespräche, schon immer, ich konnte mich gut erinnern, wie schwer es war, zwischendurch etwas einzuwerfen, denn das eigene Wissen und die eigenen Ansichten reichten einfach nicht hin.

Ich nickte und stimmte zu, denn ich war ungefähr gleicher Meinung, Graham kannte sich in diesen Dingen trotzdem besser aus und konnte sie überzeugend darstellen, weil er von Berufs wegen aus unterschiedlichen Perspektiven darüber nachgedacht hatte und in seiner HisOceanOs-Firma wohl auch noch immer Forschung betrieb. Ohne Grund hatte er sie sicherlich nicht gegründet.

Im Allgemeinen war Graham in allem, was er angefangen hatte, zu Beginn erfolgreich gewesen, an neuen Arbeitsstellen, bei neuen Projekten. Zu Reibungen und Komplikationen war es immer erst später gekommen, wegen des Prestiges, wegen anderer schwieriger Personen, aber auch, weil Grahams Begeisterung schnell nachließ, wenn er sich lange mit kleinen, gewöhnlichen Dingen abrackern musste.

Zwischenzeitlich hatte er von den britischen Universitäten komplett die Nase voll, erst recht von den abgespaltenen Forschungsinstituten, weshalb er für ein Semester über den Atlantik nach Boston ging. Isla blieb wegen ihrer Abschlussseminare in Cambridge, und im Frühling kehrte Graham irgendwie enttäuscht und amüsiert zurück. Obwohl ihm dort eine Karriere offenstand: eine Allee, die geradewegs auf das Amt des Institutsleiters und die gläserne Villa des Dekans zuführte, wie er sich ausdrückte.

Als er mir das erzählte, saßen wir beim Bier vor einem Gartenpub namens Arrow am Fluss. Es herrschte schönster Frühling und im Ufergebüsch des Cam tönten die Reviergesänge, das Gezwitscher und die Rufe der Vögel.

Irgendwann im Lauf des Abends fragte ich nach dem wahren Grund seiner Rückkehr aus Amerika, aber gerade in dem

Moment kam ein brennendes Kajak um die Flussbiegung und trieb auf uns zu. Der ganze Pub leerte sich im Nu, denn alle rannten ans Ufer. Es war ein Doppelsitzer, jedoch ohne Paddler, ein leeres Kajak, bei dem aus beiden Sitzöffnungen hohe blaue Flammen in die Luft schlugen. Am gegenüberliegenden Ufer wurde mit zwei Kameras gefilmt. Das Oberflächenmaterial des Kajaks hatte sich nicht entzündet, der Brand war so arrangiert worden, dass es nur langsam mit der Strömung flussabwärts trieb, zwei Feuerfontänen als Fackeln, die sich mit dem Wind von einer Seite zur anderen drehten wie ein senkrechter, vom Licht gefärbter Wimpel.

Es erinnerte mich an etwas und ich wollte Graham schon fragen, ob er sich an etwas Ähnliches, viele Jahre Zurückliegendes erinnern könne, aber dann ließ ich es bleiben.]

[Die folgenden Wochen bis zum Dezember, in denen es immer dunkler wurde, vergingen mit Organisatorischem, mit dem Kauf von Ausrüstungszubehör und Besuchen bei der Krankenschwester in Westport wegen der vorgeschriebenen Impfungen, und so kam ich nicht einmal dazu, wenigstens kurz nach Finnland zu fahren, um meine Angelegenheiten dort zu regeln und meine Arbeiten einigermaßen abzuschließen. Das Korrekturlesen des Wasseratlas erledigte ich per E-Mail, für meine Wohnung fand ich einen Untermieter, den ich kannte und der sich um alles kümmern und mit meiner Vollmacht alle Rechnungen bezahlen würde. Er war am Wasseratlas-Projekt beteiligt und mindestens fünfzehn Jahre jünger als ich, noch Student, aber vollkommen begeistert von seinem Fach, so wie ich es selbst in meiner Erinnerung noch während meiner Cambridge-Zeit gewesen war.

Mit meinem Vater telefonierte ich ein Mal, mit meinem

Bruder Kari ein paar Mal. Meinem Vater erzählte ich noch nicht, was ich vorhatte, erst als ich kurz vor Weihnachten ein zweites Mal anrief, wollte ich ihm meine Reisepläne auseinandersetzen, aber die Altenpflegerin war nicht bereit, ihn aufzuwecken. Ich rief Kari an, der gerade in Finnisch-Karelien an einer Stromschnelle entlangging, wie er sagte, was ich zunächst gar nicht verstand. Er sprach leise in sein Handy und erklärte, er habe die Kinder weit in den Wald hineingeführt, zu einem teilweise zugefrorenen Fluss, damit sie an den offenen Stellen nach Wasseramseln Ausschau hielten und zur Ruhe kamen. Mit den Kindern meinte er die Bewohner des Jugendheims, in dem er arbeitete, das wusste ich, die er zu erziehen versuchte, oder wenigstens groß werden zu lassen, wie er einmal gesagt hatte, als ich mich darüber gewundert hatte, dass er auch nach dem Studium noch dort weitermachte, wo er in den Sommern gejobbt hatte, und auch noch so nahe an zu Hause.

Ich berichtete ihm von meinem Versuch, im Altersheim anzurufen, und bat ihn, Vater Grüße zu bestellen und ihm Frohe Weihnachten zu wünschen, falls ich ihn vor den Feiertagen nicht mehr erreichen sollte. Falls du keine Zeit oder Lust hast, sagte Kari, wie es manchmal seine Art ist.

Als das Gespräch beendet war, erinnerte ich mich an eine gemeinsame Wanderung in Lappland. Kari ging noch zur Schule, ich studierte bereits seit einigen Jahren in Helsinki. Es war klar und trocken, nachts knapp unter null, sodass Stech- und Kriebelmücken tot waren, die Laubfärbung hatte bereits die Bodenpflanzen erfasst und stieg in die Sträucher und Fjällbirken auf. Nacht für Nacht wurde es kälter, aber über den Fjälls wölbte sich ein glasklarer Sternenhimmel, und tagsüber wärmte die Sonne noch. Wir wanderten auf baumlose Landrücken hinauf und übernachteten in windgeschützten Senken im Zelt, nicht eine Tagesetappe war zu lang, kein einziges Mal litten wir unter schlimmer Erschöpfung oder Hunger. Ich hatte meinen Rucksack absichtlich doppelt so schwer gepackt wie Karis, denn ich wusste, wie man sich im Gelände bewegte, und wollte meinen kleinen Bruder nicht gleich durch zu viel Gewicht abschrecken und zum Lappland-Hasser machen. Seit diesem ersten Mal war Kari beim Wandern geblieben.

Und falls er aus dieser Erfahrung heraus die Kinder aus seinem Jugendheim zum Wandern in den Wald schickte, dann war ich der Co-Autor seines Erziehungsrezeptes. Wer gesund ermüdet, wird stärker und wächst, eigentlich wird er gar nicht müde, sondern munter, hatte Kari einmal erklärt, als ich mich über die Methoden seiner Einrichtung wunderte. Es hatten sich auch schon andere darüber gewundert, wegen der Überbetonung des Physischen, des halb obligatorischen Trainierens von Ausdauersportarten und wegen der körperlichen Arbeit; man hatte das zu reduzieren versucht, weshalb es nicht mehr in die Pläne und Wochenprogramme eingetragen, sondern einfach getan wurde.

Lange war der Altersunterschied zwischen uns so groß gewesen, dass ich für Kari eine Art Lehrer sein konnte. Von den ersten Schritten an hatte er versucht mich nachzuahmen und war mir voller Bewunderung hinterhergelaufen.

Ein kleiner Bruder ist die pure Tabula rasa, bis man anfängt, erste Zweifel zu haben, oder einem etwas zu Ohren kommt. Als Kari noch nicht zur Schule ging, spielten wir Schule, ich gab ihm Stunden und erzählte ihm, was mir gerade einfiel, normalerweise so, wie ich es wusste, aber manchmal auch umgedreht und falsch, zum Beispiel, dass zwei plus zwei acht sei und Finnland eine Insel im Meer, in dem es von Walfischen nur so wimmele. Hinter dem Kiosk fand ich ein benutztes Kondom, schenkte es meinem Bruder und sagte, jemand habe so fest versucht den Luftballon aufzublasen, dass man noch die Spucke darin sehe. Kari blies es sogleich zum ovalen Ballon auf, an dem eine mit Spucke gefüllte Spitze wippte.

Wenn ich etwas Falsches lehrte, wusste ich, dass ich gleichzeitig log und das Richtige tat, in der Schule würde so nicht unterrichtet werden, Kari würde irgendwann alles wieder vor sich haben, falls er es nicht vergaß, zwei plus zwei ist acht oder vier, Finnland ist eine kleine Insel oder eine längliche Halbinsel, der Russe hat Finnland mit dem Beil einen Arm abgeschlagen, Mädchen haben eine Scheide, weil sie als kleine Kinder nicht gelernt haben, im Stehen zu pinkeln, die Erde ist an den Stellen, wo die Millionenstädte liegen, glatt lackiert, so wie der Globus in der Schule, in großen Städten bleibt man nur mit Lackschuhen am Boden haften, aber in Peking fallen manchmal Chinesen in den unteren Himmel.

Nach dem Telefongespräch dachte ich, dass es auch die guten gemeinsamen Wochen in Lappland im August nicht mehr gab. Jetzt führte Kari die Kinder von seinem Arbeitsplatz zum Fluss, in Finnland war längst Winter, Frost und Schnee und der Fluss zugefroren, sodass er selbst zur Brücke wurde, in die die Stromschnelle Spalten schnitt, aus denen sie wirbelnden Dampf aufsteigen ließ.]

[Mitten in der Nacht wurde ich durch Licht und Geräusche wach. Alle Lampen auf dem Hof waren angegangen. Isla und Graham waren bereits halb angezogen aus dem ersten Stock heruntergekommen.

Ich bleibe hier nicht mehr allein, sagte Isla als Erstes, als ich die Arbeitszimmertür öffnete. Isla hielt den Stoffgürtel ihres Morgenmantels umklammert wie einen Griff. Graham versuchte sie zu beruhigen, er sagte, in der Woche zuvor habe man in der Nähe von Louisburgh verwilderte Hunde gesehen. Sie bildeten normalerweise nur dann Rudel, wenn die Schafe hochträchtig waren und die Lämmer auf den Weiden geboren wurden. Sogar normale Hofhunde, die nicht festgebunden waren, schlossen sich ihnen bisweilen an, zogen mit ihnen nachts durch die Gegend und stürzten sich auf bewegungsunfähige Mutterschafe und Lämmer und zerfleischten und töteten sie mitunter.

Isla fiel Graham ins Wort: Wegen Hunden geht die Hofbeleuchtung nicht an. Eigentlich nicht, aber wenn es ein ganzes Rudel ist, sagte Graham, doch Isla schrie beinahe: Nein.

Ich schlug vor, von den Fenstern der Veranda aus nachzusehen und draußen auf Geräusche zu lauschen. Ich holte meine Jacke, Isla und Graham gingen voraus. Von der dunklen Veranda aus sah der erleuchtete Hof ringsum weiß aus, aber er war leer und vollkommen still. Als Graham die Haustür öffnete, hörte man nichts als Nacht, Leere und weiter unten das Meer.

Die Hoflampen erloschen eine nach der anderen. Die Verzögerungszeiten unterschieden sich um mehrere Minuten, obwohl Graham sich erinnerte, bei allen die gleiche Verzögerung eingestellt zu haben. Er schaltete den Strom aus, bevor wir nach draußen gingen, um zu horchen. Über den Himmel zogen Wolkenfetzen, spärlich erleuchtet von der schmalen Mondsichel.

Da ist nichts mehr, sagte Isla und ging wieder zurück.

Graham folgte ihr und sagte, er sehe sich sicherheitshalber die Bilder auf der Festplatte an.

Ich blieb alleine. Durch die Wolkenlücken fiel so viel Licht, dass Flecken davon auf den halb zum Himmel aufragenden Mweelrea fielen, nicht eigentlich Licht, sondern nur ein Widerschein, und die Flecken wechselten auf dem Berg, wie oben die Wolkenlücken wechselten.

Als ich wieder hineinging, vergewisserte ich mich, dass die Haustür verschlossen war. Graham hatte den Computer im Arbeitszimmer eingeschaltet. Mit den Bewegungsmeldern für die Lampen, erklärte er, habe er zwei billige Überwachungskameras bekommen und diese zum Spaß installiert, als er die Hoflichter zum Funktionieren gebracht habe. Jedes Mal, wenn etwas Größeres die Strahlen der Infrarotkämme unterbreche, knipsten beide Kameras mit kurzer Verzögerung Standbilder. Diese würden gespeichert und könnten abgerufen werden, indem man den Zeitpunkt der Aufnahme eingab.

Auf dem Bildschirm erschien das erste grobkörnige, neblige Bild vom Hof. Der Unterschied zwischen Licht und Schatten war extrem: überbelichtetes Grau und tiefes Schwarz.

Graham klickte mit der Maus ein zweites Bild eines Ausschnitts in der Nähe der Hofgebäude an und dann ein weiteres von der Mitte des Hofs, immer abwechselnd, wodurch das leere nächtliche Hofgelände immer in einen anderen Winkel gedreht wurde. Erst zum Schluss fand er die jüngsten Aufnahmen aus den Stunden nach Mitternacht.

Und dann war da auf einem Bild tatsächlich etwas: als wäre in einer Ecke ein Schatten vorbeigehuscht, der dort nicht hingehörte. Graham rutschte auf seinem Schreibtischstuhl hin und her und beugte sich nahe an den Bildschirm heran.

Auf dem Bild der anderen Kamera sah man bereits zwei voneinander getrennte, niedrige Schatten. Graham deutete auf die Stelle, wobei er mit dem Finger fast das Glas des Monitors berührte.

Er zeigte Isla die Form der Schatten, denn irgendwie glichen sie beide einem lang gestreckten rennenden Hund, aber Isla schaute auf eine andere Stelle des Bildschirms, kam näher und zeigte auf das linke Ende des Schuppens. Die Tür stand halb offen, eine schmale schwarze Öffnung in der überbelichteten weißen Wand.

Graham klickte auf das Bild der anderen Kamera, darauf war der Schuppen überhaupt nicht zu sehen, er klickte weiter, doch diese beiden waren die letzten Bilder, er ging wieder zurück und verglich die Aufnahmen, aber auf allen anderen war die Schuppentür zu, ebenso das Gitterfenster und das gesamte grobkörnige Rechteck der Wand.

Vielleicht war es der Wind, sagte ich. Ohne den Computer auszuschalten, ging Graham auf die Veranda. Ein Licht nach dem anderen sprang an, als er den Hof überquerte. Ich folgte ihm, Isla schien in die Küche gegangen zu sein und die Augen mit den Händen abzuschirmen, damit sie durchs Fenster etwas sehen konnte.

Graham rüttelte an der Schuppentür, aber sie war abgeschlossen. Er nahm den Schlüsselbund aus der Tasche und schloss auf. Vielleicht hat es nur auf dem Bild so ausgesehen, sagte ich leise, eine optische Täuschung.

Graham betrat den Schuppen, streckte die Hand nach dem Lichtschalter aus und knipste zwei Neonröhren an. Es sah nach Büro und Labor aus, an allen Wänden standen Regale und Tische und darauf Ordner und Geräte und zwei große Bildröhren nebeneinander.

Ich blieb an der Tür stehen. Graham ging den Raum Tisch für Tisch ab, dann zog er erneut den Schlüsselbund hervor. Mithilfe eines Sicherheitsschlüssels mit schwarzem Plastikgriff gelangte man durch die schmale Tür in der gegenüberliegenden Wand, ich konnte nicht viel erkennen, aber dort schien nicht mehr zu sein als ein leerer Raum von der Größe eines begehbaren Schranks. Graham schloss die Tür hinter sich, blieb eine Weile drin, und als er wieder herausgekommen war, schloss er die Tür hinter sich ab.

Anscheinend nichts, sagte er und bedeutete mir, zu gehen, folgte mir und rüttelte ein paarmal an der Tür, um sich zu versichern, dass sie zublieb, dann ging er mit der Taschenlampe in der Hand um den Schuppen herum.

Das Fenster auf der Rückseite war mit einem Laden aus Blech verschlossen und der Laden mit einem Riegel an der Wand befestigt. Graham streckte sich, um heranzukommen, aber es war zu hoch. Das Vorhängeschloss, das an dem Riegel schimmerte, schien unversehrt zu sein.

Isla wartete auf der Veranda. Graham sagte, da sei nichts Außergewöhnliches gewesen. Isla sah mich an, ich nickte leicht, sagte aber nichts, denn ich hatte das Gefühl, nicht alles zu wissen.

Und ich weiß auch nicht alles. Mehr als die Entfernung spült die Zeit die Menschen auseinander. Graham wollte nicht mehr über alle seine Angelegenheiten reden. Aber was ging mich das an?

Ich zerbrach mir nicht weiter den Kopf über die Nacht, die Tür und die Hundeschatten auf dem Bildschirm. Wenn ein Mann nicht über alle seine Angelegenheiten reden will, wird er dafür schon seine Gründe haben.]

Kapitän Kordel

Petr kritisiert Graham nicht ein einziges Mal in seinen Ryman-Notizbüchern, es gibt keine entsprechende Stelle.

[– als ginge man zwischen hohen Geländern den einzigen vereinbarten Weg entlang. Man geht bloß mit, und unterwegs wird das Tempo höher.

Weil ich einfach nicht dazu gekommen bin, habe ich es nicht geschafft und werde es nicht mehr schaffen.

Ich hätte mir mitten in der Vorbereitung ein paar Tage nehmen müssen, dann hätte ich Vater gesehen, es wäre leichter gewesen, ihm alles zu erzählen, leichter als am Telefon, weil das keine Pauschalreise war, was ich vorhatte, weil es etwas war, das sich nie wiederholen würde. Aber man kann nicht von einem fahrenden Zug abspringen. Wenn man einmal etwas versprochen hat, hat man auch unterschrieben, da braucht man keinen Stift.]

[Über Beziehungen beschaffte Graham zusätzliche Mittel für die Tour und musste deshalb kurz nach London. Weil Isla sich nicht traute, allein im Haus zu bleiben, konnte ich Graham nicht begleiten, weshalb die Unterschriftszeremonie auf die letzte Woche verschoben wurde.

Weihnachten ging als Nichtweihnacht über die Bühne. Graham musste viel in seinem Schuppen sitzen und verbat sich, dort unnötig gestört zu werden. Er versuchte von seinen Projekten eines zu Ende zu bringen, damit er dem Auftraggeber vor der Reise die Papiere übergeben konnte.

Die Hühner und der stumme Hahn wurden zu Edna und Mike in Pflege gebracht. Isla packte die Hühner in zwei Kartons und den Hahn in einen Jutesack. Sie saß mit ihnen auf der Rückbank, von wo man immer wieder hörte, wie am Karton gekratzt wurde.

Edna und Mike empfingen Graham, Isla und mich vor ihrem Haus. Wir trugen die Kartons und den Sack mit dem Hahn in den alten Hühnerstall an der Stirnseite des Schuppens. Die anderen richteten den Stall her, ich ging inzwischen hinter das Haus. Zwischen Schutzzäunen und unterschiedlich hohen Hecken war es gelungen, einen üppigen Garten im südlichen Stil anzulegen. Er war etwas ganz anderes als das steinige Areal rings um Grahams und Islas Haus am Ufer und die plumpen, vom Wind gebeugten Grashuckel, die sich zwischen den Steinen aus dem Sand schoben. Die Gemüsebeete waren bereits abgeerntet worden, zwischen ihnen verliefen gleichmäßig gestampfte Pfade und an der wärmsten Stelle an der Hauswand stand ein gläsernes Gewächshaus. Den Atlantik sah man weit unten als große, farbige Scheibe, an deren Vorderrand bergige Inseln trieben.

Als ich wieder auf die andere Seite des Hauses kam, wurde ich dort schon erwartet. Alle vier hatten Kristallgläser mit Holunderwein in der Hand. Graham erzählte von der bevorstehenden Reise, aber nur ganz allgemein, denn in den Regeln standen strikte Publikationsverbote, und Graham hatte uns mehrmals beschworen, besser zu schweigen, wenn uns jemand etwas fragen sollte.

Er erzählte trotzdem gut und konnte das Ganze so erklären, dass er sich über sich selbst und seine Begeisterung fast lustig machte und alle lachen mussten. Edna hielt das Projekt eher für eine tolle und teure Urlaubsreise. Es hat mehr mit Arbeit als mit Urlaub zu tun, es geht darum, an der Zukunft zu arbeiten, und es ist eine Gelegenheit, sich zu beweisen, unterbrach Graham sie sofort.

Dann gingen wir ins Haus. Die anderen fingen an, die Listen mit allem, woran gedacht werden musste, durchzugehen. Ich blieb in einem abgewetzten Sessel im Wohnzimmer sitzen. Im großen Kamin brannte getrocknetes Moorholz, knorrige, gespaltene Brocken. Ich erinnerte mich, wie ich gerade mal anderthalb Monate zuvor an den Killary Harbour gekommen war und alles Neue vor mir lag, ohne dass ich etwas davon wusste. Nie hätte ich so etwas geahnt, man sieht nicht besonders weit vor sich, wenn überhaupt, dachte ich mit dem leeren Holunderweinglas in der Hand; durch das Sprossenfenster sah ich, wie es draußen über dem abfallenden Land vor dem Ufer allmählich dämmerte, dann färbte sich das Meer dunkler, auf einer Insel gingen ein paar dünne Lichter an.]

[Haus und Schuppen wurden mit zusätzlichen Riegeln und Vorhängeschlössern abgesperrt. In der Woche zuvor waren die Computer und ordnerweise Unterlagen nach Westport ins Bankdepot gebracht worden. Von den Hoflampen hatte Graham die Bewegungsmelder abgebaut, die Dämmerungsschaltung aber drangelassen, sodass das gesamte Grundstück nachts hell erleuchtet wäre, und so war es die letzten Nächte auch. Das Einschlafen war schwierig, weil das Weiß eines Scheinwerfers direkt ins Arbeitszimmer fiel.

Am 27. Dezember um 10:30 Uhr fuhren wir mit dem Auto

vom Hof. Unterwegs stieg Edna zu, sie hatte versprochen, den Wagen vom Flughafen Galway zurückzubringen.

Graham saß am Steuer. Ich schaute durchs Seitenfenster auf die verwitterten Felshänge, als Graham auf der Uferstraße entlang des tief wirkenden Lake Doo nach Leenane abkürzte. Auf beiden Seiten ragten hohe Berge auf, und als wir anhielten, um uns die Beine zu vertreten, und der Motor ausging, war es ringsum so still und unverstellt offen wie in den Fjälls in Lappland.

Die Fahrt zum Flughafen dauerte mehrere Stunden, wir unterhielten uns unterwegs so ziemlich über alles, außer über das, was uns bevorstand, denn Graham hatte gewarnt, es sei besser, wenn auch Edna nicht mehr erfahre, als sie schon gehört habe – eben das, was Graham mitzuteilen beschlossen hatte.

Die gesamte Öffentlichkeitsarbeit, die mit dem Rennen um die Welt zu tun hatte, war im Wettbewerbsbüro konzentriert. Das Schweigen gehörte zu den verbindlichen Vereinbarungen, und für jede Regel, die nicht befolgt wurde, führten die Unterlagen detaillierte Sanktionen auf. Sie bestanden in unterschiedlich hohen Schadenersatzzahlungen an das Wettbewerbsbüro und an die Stiftung. In der Cafeteria des Flughafens Galway zeigte mir Graham die Entwürfe der Verträge, die am nächsten Tag unterschrieben werden sollten. Eigentlich sprach er da erst richtig über den bevorstehenden Wettkampf.

Nach der Qualifikation hatte sich TradChannel zunächst aus dem Projekt zurückgezogen, weil sich die Kosten als höher erwiesen hatten als die Werbeeinnahmen. Wegen der Finanzierung wäre der Wettbewerb fast abgesagt worden, aber dann war er ins Jahr 2007 verschoben worden, ins Jahr des neuen 350. Geburtstags von Edmond Halley. Die Leute von der Memorial Society hatten dank ihrer gesellschaftlichen Beziehungen einen neuen Mäzen gefunden, der den Erinnerungswettkampf gern unterstützen wollte, aber zu fast entgegengesetzten Bedingungen wie TradChannel-14. Hatte die Qualifikation noch für das Fernsehen stattgefunden, so wurde »From Greenwich to Greenwich« in den Vertragsunterlagen als »hinsichtlich der Route und der Beschränkungen der Fortbewegungsmittel genau geregeltes Ereignis ohne flächendeckende Medienöffentlichkeit« definiert.

Die erfolglose Sendereihe über die Qualifikationsphase, »Through Europe«, hatte für ihre Verworrenheit und ihre halbseidenen Machenschaften so viel Tadel geerntet, dass der neue Sponsor nichts anderes sehen und finanzieren wollte als eine einfache Reise um die Welt.

Graham sprach so offen und direkt über den Status und über die Verbindlichkeit der Unterschriften, dass auch ich verstand, wo mein Platz war. Graham würde seinen Namen unter jeden Hauptpunkt setzen. Ich wiederum sollte mit meinem Namen die Regelung akzeptieren, aber die Verpflichtung wäre eine gemeinsame, und zwar wegen des internationalen Rechts.

Islas Status war der einer teamexternen Mitfahrerin. Bis zu sieben Mitfahrer und Helfer durfte es geben. Isla brauchte nicht auf der gesamten Strecke dabei zu sein, im Gegensatz zu Graham und mir. Für schwierige Etappen mussten über das Wettbewerbsbüro Hilfskräfte engagiert werden. All diese Dinge waren neu für mich, aber Isla schien darüber Bescheid zu wissen.

Im Flugzeug saß ich allein. Islas und Grahams Plätze waren zehn Reihen weiter vorne. Ich wusste nichts Genaues über all diese Regelungen, aber besser, ich höre noch vor dem Start etwas, hatte ich mich zu denken bemüht, das weiß ich noch, irgendwo über der walisischen Küste, und versucht mir das Ganze so deutlich zu erklären, wie ich konnte.]

[Die erste Nacht quartierten wir uns in einem billigen Familienhotel in der Nähe des Hyde Parks ein. Von meinem Fenster aus sah man nur die Mülltonnen im Hinterhof, aber das Zimmer war warm, und es zog fast nicht. So etwas weiß man in London im feuchtkalten Dezember zu schätzen. Diese feuchte Kälte ist anders als die, an die ich mich in anderthalb Monaten an der irischen Westküste gewöhnt hatte.

Graham hatte alles vorab organisiert. Es war vereinbart, dass wir in ein Hotel kämen, das näher am Startpunkt lag und von den Organisatoren bezahlt wurde, und zwar schon am nächsten Tag, obwohl die meisten der zwölf Teams erst einen Tag später, am Samstag, dort einziehen würden. In den Seminarräumen des Hotels sollten an Silvester die Reise und die Regeln besprochen werden.

Als Tag des Starts war der 1. Januar bestätigt worden, man würde früh am Morgen aufbrechen dürfen, aber nicht bevor sich der Trubel der Feierlichkeiten in der Stadt gelegt hatte. So käme man das erste Stück am friedlichsten und unbemerkt durch London.

Graham hatte die Termine vereinbart. Zuerst trafen wir den Geschäftsführer der Memorial Society. Er empfing uns in einem Konferenzraum, an dessen Stirnwand ein Porträt von Edmond Halley hing und an dessen Seitenwand ein Wappen, auf dem Buchstaben und Stäbe zu erkennen waren und in ihrer Mitte eine Raute, die aussah wie ein Sprossenfenster. Auf einem Monitor, der in die Wand eingelassen war, wechselten sich in der Art von Bildschirmschonern Karten unterschiedlichen Maßstabs ab.

John R. McCollister, der Geschäftsführer, war Jurist, hatte in jungen Jahren jedoch Naturwissenschaften studiert. Als Graham auch mich als Zögling des Churchill College vorstellte, freute sich McCollister ganz offensichtlich und erklärte, dass man lieber solche Leute bei dem Projekt dabeihaben wolle als Theologen oder Abenteurer.

Der Ausscheidungswettkampf hat manch einem die Flausen aus dem Kopf vertrieben, da sind wir diejenigen losgeworden, die sich zu viel eingebildet hatten. Mit euch wird das schon klappen. Und unsere Aufgabe besteht darin, zu kontrollieren und aufzupassen, aber auch das ist keine Kleinigkeit, sagte McCollister, zog eine Tastatur unter der Tischplatte hervor und bewegte den Finger so lange auf dem Touchpad, bis die in einer Endlosschleife wechselnden Karten auf dem Wandmonitor verschwanden und an ihrer Stelle eine detaillierte erschien, in deren Mitte ein kleines, blinkendes Kreuz erkennbar war. So würde man das Fortkommen jedes der zwölf Teams beobachten, aber die Navigationskoordinaten seien nur für den Gebrauch des Wettbewerbsbüros bestimmt. Die Memorial Society besitze das alleinige Recht, vom Voranschreiten des Wettkampfs zu berichten oder nicht. Dem müsse man verbindlich zustimmen, wie auch den Kontaktaufnahmeverboten, dem Nutzungsverbot und vielem anderen, was in einem Stapel von Dokumenten verzeichnet war, die alle am unteren Rand mit Unterschriftlinien bedruckt waren.

Aber mit Graham haben wir das alles ja schon weitgehend vereinbart, und ihr wisst bestimmt genug, sagte McCollister und stand auf, um uns die verschließbaren Fächer des

Wandschranks zu zeigen. In denen würden sämtliche Informationen zu jedem Team gesammelt. Das Wettbewerbsbüro würde die ganze Zeit über möglichst vollständige Informationen in Echtzeit verfügen, und zwar von der gesamten Strecke, die schon auf dem direkten Weg mehr als 40 000 Kilometer betrage.

Zu den Informationen gehörten auch die Biografien, Krankheiten und Allergien jedes einzelnen Teilnehmers und Helfers, die physischen Kennzeichen und sämtliche Registereinträge. Als Ausländer musste ich wegen der Datenschutzbestimmungen ein zusätzliches Papier unterschreiben. Ich wunderte mich über diese Gründlichkeit, widersprach aber nicht. Auf dem Flughafen Galway hatten wir vereinbart, dass Graham die Verhandlungen zum größten Teil übernehmen sollte, weil er von allem am meisten wusste.

Ich überprüfte die Formulare mit den Angaben zu meiner Person, und das waren so viele, dass ich zuerst nur darauf schaute. Meine gesamten Studien in allen Einzelheiten, Arbeitsstellen, eine Notiz zu meiner Kreditfähigkeit, ein großer Teil der Krankheiten, die ich je gehabt hatte, Angaben zu meinen Eltern, sogar der Tag, an dem meine Mutter begraben worden war, in Klammern hinter dem Todestag.

Zusätzliche Identifizierungen und Messungen müssen natürlich vorgenommen werden, damit alles auf dem aktuellen Stand ist, und für alle findet eine ärztliche Untersuchung der Versicherungsgesellschaft statt, sagte McCollister, als ich mit meinen Unterschriften die bisherigen Angaben zu meiner Person und auch die Art, wie sie gesammelt worden waren, akzeptiert hatte.

Dann setzten Graham und ich uns nebeneinander hin und gingen den Dokumentenstapel durch. Der Geschäftsführer las zunächst die Kapitelüberschriften vor und erläuterte kurz, was die einzelnen Punkte in der Praxis bedeuteten.

Ich glaube, wir sind hier gerne mit dabei, sagte Graham nach der letzten Seite und schaute zuerst mich und danach Isla an. Isla nickte, ich nickte.

Graham schrieb seinen Namen am unteren Rand eines jeden Blattes in die Mitte und ich rechts, mit demselben Stift, aber unter meinen Unterschriften stand fertig gedruckt: Ich akzeptiere die oben aufgeführten Verpflichtungen. Peter Jarvi (Petr Järvi).

Nachdem wir den Stoß durchhatten, brachte eine Bedienung Bual-Madeira in Kristallgläsern. Das war das Getränk, mit dem man im 18. Jahrhundert anlässlich feierlicher Vereinbarungen angestoßen hatte. McCollister hieß uns dazu willkommen, die Pflege des Gedenkens an Halley zu fördern.

Am oberen Rand unseres Fachs standen bereits die Namen, Hugo & Jarvi, blaue Buchstaben auf einem weißen Schild. So sicher waren sie sich im Büro gewesen, Graham musste vorab alles geregelt haben. Ich betrachtete das Hugo und meinen eigenen, falsch geschriebenen Namen und hatte dabei ein zugleich gutes wie sonderbares Gefühl, gut, weil ich an so etwas Großartigem teilnehmen durfte, aber sonderbar und wirr, weil ich ahnte, dass vielleicht noch mehr daran war, als man wissen konnte. Aber wenn man sein Leben vom Prinzip des Sichfallenlassens leiten lässt, muss man Momente des unnötigen Innehaltens und überflüssige Fragen verscheuchen. Hat man weder Zeit noch Lust zum Grübeln, läuft alles wie geschmiert.

Wir begaben uns zum nächsten Termin. In einem gewöhnlichen Büroraum am Ende des Gangs nahm ein junger Mann namens Dewey unsere Fingerabdrücke, scannte die Augen, fragte nach der Kragenweite und maß zusätzlich mit einem schmalen Maßband den Hals wie ein Schneider. Dabei war er die ganze Zeit sehr höflich, verriet aber nicht, warum er gerade diese Identifizierungsmerkmale von uns aufnahm. Zum Schluss wurden Fotos gemacht, Einzelfotos und ein Gemeinschaftsfoto, zuerst eines von uns dreien und dann eines mit Graham und mir. Von Isla und Graham wurde kein Bild gemacht.

Dewey öffnete eine Holzkiste, die auf seinem Schreibtisch stand. Sie war mit Stoff ausgekleidet und enthielt aufgewickelte Schnur. Sie sah aus wie altmodisches Hanfseil, nur dünner, von der Stärke eines kleinen Fingers. Es waren mehrere Stränge und an jedem war mit Faden eine Nummer befestigt.

Dewey wählte Strang Nummer 6 und wickelte ihn auf. Zwei gleich lange Stücke kamen zum Vorschein, die richtete er auf dem Tisch gerade, sodass sie an einem Ende über die Kante hingen.

Das werden eure sein, hoffentlich bis zum Ziel, sagte er und erklärte, wie die Schnüre für den Gedächtniswettkampf geknüpft und hergestellt worden waren. Keines der beiden Stücke dürfe beschädigt werden, man dürfe keine Fasern daraus lösen, denn es seien darin die Codes der Teams eingepackt, feinste Ortungselektronik. Zusammen fungierten sie als Sender und Empfänger. Neben einer eigenen Antenne sei auch eine kinetische Energiequelle eingebaut.

Die Schnüre, oder eigentlich das Doppelseil, sind Teil eures Teams, Anführer oder Diener, je nachdem. Auf jeden Fall müsst ihr sie bis ins Ziel tragen, beide Schnüre, sagte Dewey und legte die Schnüre in eine Schablone aus Plastik, die mit Maßstrichen und Zahlen versehen war. An Punkten, die auf der Schablone vorgegeben waren, markierte er die Schnüre und machte dann feste Knoten, und zwar so, dass an einem Schnurende eine dichte Reihe davon entstand. Jeden Knoten färbte er anders, indem er einen nach dem anderen in flache Farbschalen tauchte.

Falls ihr etwas vom Orientierungslauf versteht – das hier ist praktisch das Stempelsystem. Unterwegs wird sich an den jeweiligen Posten ein Gegenstück befinden, das mit demselben Pigment markiert ist, und dagegen muss der Knoten mit der entsprechenden Farbe gedrückt werden. Dadurch wird eine Information an das Wettbewerbsbüro weitergegeben und gleichzeitig im eingeflochtenen Speicher der Schnur aufgezeichnet, erklärte Dewey und bewegte die Schnüre sachte hin und her, bis die Farbe getrocknet war. Die Knoten schienen ungefähr der Reihenfolge des Spektrums zu folgen, nur an manchen Stellen wichen sie davon ab, auf Rot folgte Magenta und dann Weiß, Violett kam vor tiefem Schwarz.

Jedes Team ist allein unterwegs, es gibt keine anderen, sagte Dewey und wickelte die gefärbten Schnüre auf. Einen Strang reichte er Graham, den anderen mir, dann wünschte er uns beiden viel Glück.

Kapitän Kordel, sagte Isla leise.

Ob Kapitän oder Diener. Ihr müsst auf jeden Fall mit dem Doppelseil vorankommen. Wenn es verloren geht, wenn auch nur eines von beiden Teilen verloren geht, ist der Wettbewerb für euch zu Ende. Ich würde sie bis zum Start unters Kopfkissen legen, sagte Dewey und lächelte zum ersten Mal ein wenig.

Wir machten uns nun daran, die praktischen Dinge durchzugehen, die Listen mit den notwendigen Sachen, die wir noch besorgen mussten, wie man Kontakt zum Wettbewerbsbüro aufnehmen konnte, wenn etwas Unvorhergesehenes passierte, den Stapel mit den Visa und Passierscheinen, Bankkonten und Valuten, den Geltungsbereich der Versicherungen.

Man übergab uns einen kleinen, von allem Überflüssigen befreiten Computer, der entweder durch kinetische Bewegung, durch Drehen eines walzenförmigen Griffes oder durch Ausbreiten einer gefältelten Solarfolie bei gutem Wetter mit Strom versorgt wurde. Das Gerät stand in Verbindung mit dem Sender und Empfänger, der in die Schnüre eingeschlossen war. Auf dem Monitor würden die Navigationsdaten sowie Mitteilungen des Wettbewerbsbüros erscheinen. Alle anderen Kontaktmöglichkeiten waren abgekoppelt worden. Es gab nichts Überzähliges an dem Gerät, nicht einmal eine Tastatur, dadurch war es sehr leicht.

Dewey erzählte, er habe eine Stelle als Forscher bei der Memorial Society. Beim Wettbewerb fungiere er als technischer Assistent, als Techniker, wie er sagte, außerdem berichtete er von seiner weiteren Tätigkeit im Büro. Dort schien alles eine Kombination aus Alt und Neu zu sein, es wurde in der Geschichte gegraben und auf der Geschichte aufgebaut, es ging um neue Anwendungen der technischen Wissenschaften, sodass Halleys Zeit sichtbar wurde.

Mit den Schnüren und den Kopien der unterschriebenen Dokumente in der Tasche verließen wir das Büro. Am Vormittag hatte es Schneeregen gegeben, er überzog die Bänke und Metallgeländer im Park, es fielen noch immer große, nasse Flocken, die an den Kleidern und in den Haaren hängen blieben und zu schwarzen Punkten schmolzen. Graham schützte die große Aktentasche unter seinem Ulster. Isla jagte mit der Zunge nach den Schneeflocken wie ein kleines Mädchen.

Die Zeitungen hatten recht gehabt. Es begann zu schneien und es war an der Zeit, aufzubrechen. Schnee fiel überall auf die dunkle Zentralebene, auf die baumlosen Hügel, auf den Bog of Allen, und weiter gen Westen fiel er sacht in die dunklen, aufrührerischen Wellen des Shannon.

Ging es so?, fragte Isla, nachdem sie auswendig Joyce zitiert hatte. Ich kannte die Stelle, Graham kannte sie nicht, aber ich konnte nicht sagen, ob sich Isla richtig an die Fassung erinnerte, die einst aufgeschrieben worden war, oder ob sie nur insofern stimmte, als Isla sich eben so daran erinnerte, wie sie es aussprach.

Manche Momente kann man sich als Bilder vor Augen führen. Hell und klar liegen sie nebeneinander, in ihrem Inneren tragen sie Glut und Kraft. Isla erinnerte sich, die Stelle gelesen zu haben. Ich erinnere mich an das Bild: wie Isla auf dem Fußweg im Regent's Park, unweit des sich zum Fluss verengenden kleinen Sees, die Stelle aus *Die Toten* auswendig zitiert und dabei mit dem Mund Schneeflocken jagt.

Der Tag der Unterschrift ist mir gut in Erinnerung geblieben. Es war mein Geburtstag, es passierte viel, und dieses schnelle Leben fand ich nach den endlosen Binnenwasserstatistiken und all den Jahren, die zu Beobachtungsreihen zusammengeschrumpft waren, großartig. Wir regelten alles Denkbare, das mit der Reise zu tun hatte. Alles lief wie am Schnürchen.

Am Nachmittag wurde uns ein spätes Mittagessen in einem vornehmen Uferrestaurant in Wapping serviert, wo in einem meerartig gestrichenen Aquarienlabyrinth Schalentiere schwammen, und nach dem Essen begaben wir uns noch zu dritt auf eine Kneipentour, um den ersten Anfang des Wettbewerbs zu feiern und uns, dem Team Nummer 6, eine glänzende Zukunft zu wünschen.

Graham trug die Schnüre und die Dokumente in seiner Aktentasche mit sich. Im vorletzten Pub stellten wir die Tasche vorsichtshalber mitten auf den Tisch, damit wir sie nicht am Tischbein vergaßen. Durch den Wein und das Bier war ich milde gestimmt und lobte Graham und Isla. Ich wollte an die guten alten Zeiten zurückdenken.

Der letzte Pub war karg und spärlich möbliert. Die Tische standen weit voneinander weg und waren aus Metall. Zwischen Graham und Isla kam es wieder zu einer Reiberei. Ich versuchte zu beschwichtigen und sprach, wie ich es gewohnt war, abwechselnd zum einen und zum anderen, in jeweils leicht unterschiedlichem Ton. Sie schienen sich beide nicht um meine Worte zu scheren, aber die Unstimmigkeit zwischen ihnen artete dennoch nicht in Streit aus. Wir tranken auf unseren Erfolg und auf die Tasche mitten auf dem Tisch, doch gleich danach ging Graham einfach davon. Ohne ein Wort, ohne eine Erklärung stand er auf und verließ das Lokal. Ich lief ihm nach, aber da stieg er bereits in ein Taxi.

Als ich zurückkam, war auch Isla verschwunden. Nur die Aktentasche stand noch auf dem Tisch. Ich bestellte mir noch ein Bier und wartete, falls Isla auf die Toilette gegangen war. Ich öffnete die Tasche und prüfte, ob die Schnüre noch da waren. Ich befühlte die Stränge mit den Fingerspitzen, es war keine feine Schnur, auch keine glatte Kunststoffschnur, sondern stach wie ein altmodisches, grob gedrehtes Seil.

Weder Graham noch Isla kam zurück. Ich wartete eine Zeit lang, dann ging ich. Es war spät in der Nacht und vom Hotel wusste ich nur den Namen. Wir hatten unsere Sachen von dem Hotel der vorigen Nacht dorthin gebracht, aber die Zimmer waren noch nicht gemacht gewesen. Wir hatten die Koffer hinter der Rezeption lassen müssen, damit wir unsere Termine einhalten konnten. Die Schlüssel hatten wir jedoch bekommen, denn es gab in dem Hotel keinen Nachtportier.

Der Taxifahrer fand hin, ohne die Zentrale um Hilfe bitten zu müssen. Als er anhielt und auf das beleuchtete Schild wies, vergewisserte ich mich noch einmal, bevor ich zahlte und ausstieg. Die Straße war nass und es tropfte aus den Bäumen. Es war so nasskalt, wie es in England im schlimmsten Fall sein kann, ich konnte mich an ähnliche Winternächte in Cambridge erinnern.

An einen sehr kleinen Eingangsbereich schloss sich die gedämpft beleuchtete Lobby an, mit Türen an beiden Wänden und einer Treppe nach oben mit rotem Teppichboden. Aus der Nummer am Schlüssel schloss ich, dass mein Zimmer oben sein musste. Ich holte mein Gepäck hinter dem Rezeptionstresen hervor und stieg die Treppe hinauf. An der letzten Tür in dem halbdunklen Flur stand die gleiche Nummer wie auf meinem Schlüssel. Ich stellte das Gepäck ab und machte auf.

Im Zimmer war so viel Licht, dass ich Isla sofort erkannte und gleich darauf Graham. Sie waren nackt, außer dass Isla lange, dunkle Strümpfe trug. Sie saß im Reitersitz auf Graham und hielt sich die Hände vors Gesicht.

Ganz leise schloss ich die Tür, hütete mich, das Schloss klacken zu lassen. Mein Kopf rauschte vor Trunkenheit und Müdigkeit, aber es dominierte die Frage: Und jetzt? Sie waren ins falsche Zimmer gegangen, oder ich war an den falschen Schlüssel geraten, aber die Nummer des anderen Zimmers kannte ich nicht.

Mir fiel nichts Besseres ein, als mein Gepäck wieder nach unten zu tragen. In einer Ecke der Lobby stand ein Stuhl, auf dem jemand Prospekte und kostenlose Stadtpläne von London gestapelt hatte. Ich räumte sie auf den Fußboden und setzte mich hin, um zu warten. Ich konnte nicht verstehen, warum sie den letzten Pub auf diese Weise verlassen hatten, wie im Streit und zu unterschiedlicher Zeit. Durch Nachdenken versuchte ich das widerliche Gefühl wegzubekommen, zur Seite gestoßen worden zu sein. Ich hoffte, es würde niemand mehr ins Hotel kommen und mich in der Lobby sitzen sehen und mich für einen Dieb oder einen Geisteskranken halten.

Ich beschloss, ihnen genau eine halbe Stunde Zeit zu geben, das wäre auch für die Nachbehandlung noch genug. So definiert wurde das Ganze zu einer gewöhnlichen, gleichgültigen Geschichte. Und auch wieder nicht.

Um die Minuten herumzubringen, öffnete ich Grahams Aktentasche und nahm die aufgerollten Schnüre auf den Schoß. Die farbigen Knoten waren feste kleine Knollen, Dewey hatte es fertiggebracht, sie alle gleichförmig hinzubekommen.

Das mittlere Fach der Tasche enthielt Grahams eigene Papiere in Plastikhüllen und in kleinen Stößen, die von Gummis zusammengehalten wurden, um die verschiedenen Dinge voneinander zu trennen. Im spärlichen Licht blätterte ich die Stöße durch. Die meisten Papiere trugen am oberen Rand das Logo von HisOceanOs. Ich sah mir die Betreffzeilen und die Adressaten der Briefe an, mir fremde Namen und Institutionen und Firmen beiderseits des Atlantiks.

Unter den letzten Stößen fand ich eine dünne Klarsichthülle mit Informationen über mich. Sie enthielt alles, bis hin zum polizeilichen Führungszeugnis. Zum Teil entsprach das, was ich hier sah, den Basisinformationen, die ich im Büro der Memorial Society hatte lesen dürfen. Dort hatte Graham sie bekommen, oder umgekehrt, er hatte sie dort hingegeben. Ich fragte mich, wozu eine solche Ausführlichkeit bis ins Detail nötig war, wie das Bestätigen einer Bestätigung.

Ein Blatt war von Rand zu Rand bedruckt mit vier Schwarz-Weiß-Fotos von mir. Drei von ihnen stammten erkennbar aus der Cambridge-Zeit, im Labor, im SPRI, am Tresen von Hamlet's Pub, aber das vierte musste in Finnland aufgenommen worden sein. Hinter mir sah man einen verschneiten Strauch, oder einen kleinen Baum, vielleicht in irgendeinem Park. Es konnte nicht besonders alt sein. Die Winterjacke auf dem Foto hatte ich mir erst vorigen Herbst gekauft. Wo das Bild entstanden war, konnte ich nicht identifizieren, hinter mir war ein ortloser Ort nur zufällig zum Hintergrund geworden. Ich begriff nicht, warum und wie das Foto ohne mein Wissen hatte gemacht und an Graham oder nach London geschickt werden können.

Das durfte nicht ungeklärt bleiben, beschloss ich. Gleich am Morgen musste ich mit Graham reden. So kann man etwas Gemeinsames nicht anfangen. Ich versuchte mir zu überlegen, wie ich das Thema am besten ansprechen sollte, denn ich wollte nicht sagen, dass ich in den Papieren in der Tasche gewühlt hatte. Irgendwie eben, und vielleicht war das Bild ja auch nur ein merkwürdiger Zufall, oder es war zur Vorbereitung des Wettbewerbs gebraucht und deswegen über das Büro organisiert und beim Fotografen in Auftrag gegeben worden. So musste es gewesen sein, entschied ich.

Als ich mir zurechtgelegt hatte, wie es hätte gewesen sein können, hatte ich schon ein klareres Gefühl, so also müsste man keine große Nummer daraus machen. Ich packte die Papierstöße und die Klarsichthüllen wieder ein, blickte auf die Uhr, und da die Zeit, die ich den beiden oben eingeräumt hatte, noch nicht um war, nahm ich noch einmal die Stränge mit den Schnüren aus der Tasche. Durch die gefärbten Knoten sahen sie ein wenig wie Rosenkränze aus. Ich berührte die raue Oberfläche eines Knotens nach dem anderen und bog die Schnur vorsichtig in alle Richtungen. Sie war elastisch wie jedes gewöhnliche dünne Seil, und doch war darin so viel Information und Elektronik eingeflochten, wie Dewey zu verstehen gegeben hatte. Vielleicht sogar noch mehr, kam mir kurz in den Sinn.

Dann beschloss ich, nach oben zu gehen. Ich stieg die Treppe hinauf und klopfte an, lange machte ich mich bemerkbar.

Ich bin's nur. Kapitän Kordel ist noch da. Ich öffnete die Tür einen Spaltbreit und bat um den Schlüssel für mein Zimmer, als im Dunkeln leichte Aufwachgeräusche zu hören waren.]

Eia's Frosted Marsh

Sämtliche letzten Vorbereitungen und auch noch den Anfang der Reise hat Petr detailliert in seinem Ryman notiert, dann werden die Aufzeichnungen spärlicher.

[From Greenwich to Greenwich, Anweisungen im Morgen-Kabinett:
- Start vor dem Observatorium am 1.1., 6:00 Uhr
- im Hof ein Nullmeridian aus Messing, auf dessen Linie gerade nach Süden
- so lange ohne umzukehren, bis man wieder am selben Punkt ankommt
- sich selbst kann man übrigens nicht in den Rücken laufen
- der direkteste Meridianweg über die Pole: 40 008 Kilometer
- aber auch, wenn man eine Strecke von tausend Marathons ansetzt, reicht das nicht (Passierbarkeit, Abweichungen)
- ein Jahr Zeit, Rückkehr in den Hof des Observatoriums senkrecht von Norden her
- an jedem Tag müssen mehr als 100 Kilometer auf dem Längengrad zurückgelegt werden –]

[Als Gott die Zeit schuf, schuf er genug davon, hat Isla in Mayo gesagt.]

Nur Petr und Graham standen auf, als Team Nummer 6 vorgestellt wurde, Isla nicht, aus jedem Team nur die zwei, die offiziell für die Reise nominiert waren.

Nach der Vorstellung fing McCollister damit an, dass »From Greenwich to Greenwich« kein gewöhnlicher Wettkampf und auch keine Wette sei, und mehr als dem von Jules Verne beschriebenen Reformation Club gleiche das Morgen-Kabinett des Hotels dem Child's Coffee-House, das Halley vor den Donnerstagssitzungen der Royal Society aufzusuchen pflegte. Dort diskutierte er mit seinen Freunden über die neuesten Ideen und Erfindungen der Naturwissenschaft. Sie planten Forschungsreisen und machten ihren Einfluss geltend, damit Britannien sich auf künftige Kriege auch dadurch vorbereitete, dass überall Informationen über alles gesammelt wurden. Sie brachten die Krone dazu, Expeditionen in alle Welt zu schicken, um mit den vortrefflichsten Instrumenten jener Zeit mal dies und mal das zu messen, den Abstand der Erde von der Sonne, den Magnetismus der Erde, Himmelskörperfinsternisse und wie man die Zeit vollkommen richtig bestimmen konnte.

Auch wenn eine Greenwich-Reise um die Erde heute nicht mehr die Suche nach etwas völlig Unbekanntem sein könne, so sei sie doch ebenfalls eine wichtige Entdeckungsreise für ein zersplittertes Zeitalter, sagte McCollister. Während sich im 18. Jahrhundert neue Erkenntnisse und neue Bedeutungen über wenige Personen langsam ausbreiteten und zum kollektiven Eigentum wurden, entstünde in unserer Zeit der kleinen Inseln das Gemeinschaftliche durch schnelle, öffentlich verbreitete Inhalte.

McCollister versprach, die Teams während der gesamten Reise vor den Medien abzuschirmen, denn das Unvollständige reiche nicht aus, erst aus der gesamten Umrundung der Erde entlang des Nullmeridians könne etwas so Neues entstehen, dass es eine große kollektive Bedeutung erhalte. Das Ziel der Memorial Society bestehe darin, dass die Erde zwar unsichtbar umrundet, danach jedoch alle Welt vom Halley-Gedächtniswettbewerb erfahren werde. Den fertigen Komplex werde man wachsen lassen, auf dass er von Nachricht zu Nachricht größer und bekannter werde, bis daraus schließlich eine Erdumrundung im kollektiven Besitz geworden sei, die sich als solche ins Gedächtnis eingrabe. Darum sei sie wichtig, denn schon ein winziges Stück Bedeutung, das dauerhaft ins Bewusstsein eingehe, sei etwas Seltenes und unvergleichlich viel mehr als der nichtige Alltag.

Edmond Halley habe das Ziel gehabt, mit dem Schiff *Paramour* die Erde entlang der Breitengrade zu umrunden. Die Aufgabe des Gedächtniswettbewerbs bestehe darin, Halleys Vorhaben in neuer Form zu vollenden und in Nord-Süd-Richtung genau entlang des Greenwich-Längengrades um die Erde zu reisen. Jedes Team habe diese Aufgabe für sich alleine und nicht gegen die anderen zu bewältigen.

Auf dem Wanddisplay des Kabinetts nahm eine Weltkarte Gestalt an und darauf erschienen die Anteile von Eisflächen, Meeren und Kontinenten in Prozentwerten sowie mit den jeweiligen Entfernungen. Die Etappenkilometer waren schwarz geschrieben, die Meilen blau. Weit über die Hälfte der Strecke bestand aus Meer, mehr als ein Viertel aus Eis und Schnee. Bewohntes Land entfiel auf den Meridian am wenigsten, kaum siebentausend Kilometer, und Europa wurde von der Linie nicht einmal zu vier Prozent berührt.

Für die gefährlichen und ökologisch verwundbaren Abschnitte plane das Büro Sondermaßnahmen, aber über die

Einzelheiten werde noch mit einer Transportfirma verhandelt. Gemeinsame Pace-Abschnitte dieser Art gebe es nicht zuletzt deshalb, weil dadurch mehr Zeit frei werde für das Zurücklegen der anderen Etappen. Jeder Pace-Abschnitt werde separat mitgeteilt, das gelte auch für alle anderen wichtigen Dinge während der Reise, sagte McCollister.

[– Kontrollposten mit gefärbten Verifikationsdimpeln für die Knoten
– können sich auch jenseits des Meridians befinden, dann Mitteilung auf dem Monitor
– eingehende Nachrichten und Koordinaten beachten
– alle anderen Wege des Datenverkehrs verboten
– vom Meridian darf nach Osten/Westen auf dem Land höchstens eine Meile, auf dem Meer zehn Seemeilen abgewichen werden
– wenn man sich dem Rand dieses Korridors nähert, gibt der Computer Alarm, auch wenn die Verbindung ausgeschaltet ist –]

Von den Begrenzungen des Streckenkorridors erfuhr Petr erst jetzt. Auf dem Wanddisplay wurden die Meilenkorridore im Maßstab gezeigt.

1 mile W < 0° > 1 mile E
(1609 metres + 1609 metres = 3,218 kilometres)
10 nautical miles W < 0° > 10 nautical miles E
(10 × 1852 metres + 10 × 1852 metres = 37,040 kilometres)

Darunter baute sich eine animierte Weltkarte aus zwei Kugelhälften auf, auf welcher der Nullmeridian als heller Ring durch die Mitte lief. Nacheinander erschienen Kartenbilder der verschiedenen Länder und Meeresregionen, und entlang des Rings bewegte sich ein violetter Streifen von London aus über den Kanal nach Frankreich und Spanien, über das Mittelmeer hinweg nach Afrika und über den riesigen südlichen Atlantik und die weiße Ebene der Antarktis in den Pazifik, der sich von Karte zu Karte fortsetzte, bis eine Scheibe Russland auf den Meridian traf und dann wieder das Weiß und Grau und Blau der Polarregion und das Eismeer und der nördliche Atlantik und schließlich wieder ein Stück England.

So aufgesplittert wirkte die Reise unendlich lang. Erst als der blinkende Streifen London traf, merkte man, dass der Animation die ganze Zeit Ton unterlegt gewesen war: das Geräusch von Wind oder Meer, aber in so geringer Lautstärke, dass es nur von dem Streifen selbst zu stammen schien, als hätte jemand geblasen und ihn so in gleichmäßiger Vorwärtsbewegung gehalten.

Das ist das, wozu Sie sich verpflichtet haben. Der morgige Tag und das beginnende Jahr sind für die Memorial Society die wichtigsten in ihrer Geschichte. Das Büro wird jeder Reisegruppe unparteiisch helfen, aber von nun an dürfen die Teams keinen Kontakt mehr untereinander halten, sagte McCollister und beendete seinen Vortrag, indem er noch weitere Regeln und Verbote aufzählte.

Die Kontaktaufnahme zur Außenwelt war auch technisch eingeschränkt, denn sowohl Mobiltelefone als auch fremde Netzverbindungen waren untersagt. Es war möglich, die Signalumgebung der Teams zu beobachten. In dem kontrollierten tragbaren Computer, den man vom Büro bekam, und in der Elektronik, die in die Schnüre gepackt worden war, hatte man Überwachungsprogramme installiert, mit denen der gesamte Datenverkehr in der näheren Umgebung aufgezeichnet werden konnte. Dieser Punkt der Restriktionen war der seltsamste. Er stand in Zusammenhang mit einem Passus des Vertrags, in dem es hieß, nach außen hin müsse die Reise in möglichst gleicher Weise vonstattengehen, wie man sie zu Halleys Zeiten hätte absolvieren können.

Auf dem langen Sideboard des Kabinetts wurden Speisen in Wärmewannen und auf Eissplitterbetten aufgetragen. Beim Warten fing Petr an, Isla und Graham von dem buddhistischen Kloster am Berg Hieizan zu erzählen, wo die japanischen Mönche ihren Geist trainierten, indem sie im Lauf der Jahre Zigtausende Kilometer rannten, symbolisch einmal um die gesamte irdische Welt herum. Die tieferen geistigen Übungseinheiten dauern hundert Tage, dann muss an jedem Tag die doppelte Marathonstrecke gelaufen werden und wir haben mehr als tausend davon vor uns und die müssen an den Enden zusammengeklebt werden, sagte Petr.

Graham legte sich nur Gemüsestücke auf den Teller. In den Jahren am Churchill College war er teilweise Vegetarier geworden und leistete sich nur dann einen Ausrutscher, wenn er ein paar Pints zu viel getrunken hatte. In den ungeraden Monaten aß er auch Fisch, aber rotes Fleisch überhaupt nicht mehr. Spezies für Spezies weiter vom Menschenähnlichen weg, nach dieser Vorgabe hatte er sich irgendwann zu richten beschlossen. Die Hühner hielt er wegen der Eier, auch Isla war nicht fähig, die eigenen Tiere zu schlachten, hatte er Petr erklärt, als ginge es um irgendeine gewöhnliche Küchentätigkeit, sie sei einfach nicht imstande gewesen, ihr erstes zu töten, obwohl es längst Zeit gewesen wäre.

[Nach dem Mittagessen feierliche Anbringung der Schnüre im Octagon Room in Greenwich. Für jede Reisegruppe gab es zwei mit Namen versehene Plastikbeutel und darin die nach Halsumfang bemessenen Knotenschnüre und Stoffbänder. Zuerst wurde das Band mit einem Siegelmechanismus an der Haut befestigt. Dewey erklärte, der weiche Stoff sei nur dafür da, dass die Knoten in der Schnur nicht unterwegs die Haut wund rieben. Auf dem Band waren enge Schlaufen befestigt, durch die man die Knotenschnur fädelte und anschließend mit Siegelverschlüssen fixierte, sodass man sie nur losbekam, indem man sie kaputt machte.

Die Schnur ist genau dem Hals angepasst, nicht zu eng und nicht zu weit, sondern gleich von Anfang an so, dass sie für immer bleibt, wo sie ist.]

Dewey machte das offizielle Startfoto. Sie sehen darauf ängstlich aus, sie sitzen nebeneinander wie unähnliche Brüder, Graham der Größere mit kahlen Stellen, die an den Schläfen nach oben steigen, und Petr direkt in die Kamera stierend, die Haare in einer strähnigen Platte über der Stirn und der Mund so weit offen, dass die Lücke des in Schulzeiten gezogenen Eckzahns zu sehen ist wie der schwarz überkritzelte Zahn auf einem Werbeplakat.

Als alle Schnüre befestigt waren, erinnerte McCollister im Quadrantenraum an die Regel, dass man sich wegen der Elektronik unterwegs stets in Sichtweite zueinander bewegen müsse, und wenn Wände oder Hindernisse im Gelände auftauchten, sei es besser, noch näher beieinanderzubleiben. Sobald der Informationsfluss unterbrochen werde, erscheine auf dem Monitor im Büro eine Störmeldung, und wenn die Unterbrechung länger andauere, komme dort, in der Wellington Road, der Verdacht auf, es werde versucht zu betrügen, getrennt vorwärtszukommen oder mit schnelleren Fortbewegungsmitteln, die von den Regeln ausgeschlossen waren.

[– ihr seid jetzt enger miteinander verbunden als Graham und ich. Ich kann kommen und gehen, wann ich will, aber ihr stiefelt die ganzen verdammten tausend Marathons lang nebeneinanderher, sagte Isla.]

Ich weiß nicht, ob man aus dem Folgenden noch etwas für den Bericht herausholen kann. Petr hat so viel geschrieben, entweder gleich am Abend und in der Nacht noch oder später, auf die Datierungen kann man sich an dem Punkt nicht mehr verlassen. Petr kann Vervollständigungen oder Ergänzungen vorgenommen und die leeren Seiten am Ende seines ersten Ryman erst im Nachhinein gefüllt haben.

[Am Abend packten wir erneut unsere Sachen. Trotz allen Aussonderns und Überlegens waren noch immer überflüssige Ausrüstungsgegenstände darunter, die wir loswerden mussten. McCollister sagte, man müsse nicht alles auf einmal mitnehmen.

Das wäre auch unmöglich gewesen, denn der erste Teil der Reise musste zu Fuß zurückgelegt werden. Essen und Trinken konnte man unterwegs kaufen, solange es noch innerhalb der erlaubten Grenzen zu bekommen war. Zumindest am Anfang gab es genug Geschäfte und Lokale auf dem Weg von London nach Süden.

Die Landkarten schnitten wir in schmale Streifen, auf denen man das Gelände und die Straßen des Korridors und nur wenig darüber hinaus sah. Auch so wurden wir etwas Gewicht los, aber das Bündel mit den Streifen blieb trotzdem dick, denn wir brauchten die genauen Kartenblätter, um auf Kurs bleiben zu können. Graham hatte sie bei seinen Besuchen in London besorgt.

Als die Streifen auf dem Fußboden des Hotelzimmers ausgebreitet waren, nahm allein die Strecke bis zur Kanalküste mehrere Meter in Anspruch. Ich schlug vor, die Stücke aneinanderzukleben und aufzurollen, sodass man die Route verfolgen könne wie beim Lesen einer Papyrusrolle, aber Graham hielt das für unnötige Arbeit und so eine Rolle für ungünstig bei Regen. Er nummerierte die Streifen, packte sie in einem Stoß in seinen Rucksack; er hatte längst geplant, wie er die Blätter in der wasserdichten Plastiktasche seines Bauchrucksacks am leichtesten wechseln konnte.

Bei meinem Rucksack kamen über fünfzehn Kilo Gewicht zusammen, bei Grahams noch mehr, und Graham wollte außerdem den Bauchrucksack tragen, aus dem man schnell die Trinkflasche und Sonstiges, was man den Tag über brauchte, herausholen konnte. In Islas Rucksack kamen Kleider und andere leichte Sachen, doch auch er wog mehr als zehn Kilo.

Wir packten in Grahams und Islas Zimmer. Im Hintergrund lief im Fernseher ein Nachrichtensender, aber wir hielten nur inne, um uns die Wettervorhersage für Südengland in den nächsten Tagen anzusehen. Die Nachrichten bestanden zum großen Teil aus wiederholten Verkehrsmeldungen, Staus und der Zusammenarbeit von Sanitätern und Polizei in der Silvesternacht. Ein grauhaariger Taxifahrer erinnerte sich an vergangene Zeiten, als in der Silvesternacht nur Junggesellen fuhren, weil es für die Fahrer, die kleine Jungen zu

Hause hatten, zu hart war, Kinder zu chauffieren, die durch Raketen ein Auge verloren und an dessen Stelle nur noch ein blutendes Loch hatten.

In Finnland kam der Jahreswechsel zwei Stunden früher. Mein Handy war noch eingeschaltet, aber bevor es in London Mitternacht wurde, musste ich es abgeben. Die Regeln wurden ständig präzisiert, auf dem Monitor des tragbaren Computers erschienen den ganzen Abend über neue Zeitangaben und detaillierte Anweisungen. Das schien dazu zu dienen, den Umgang mit dem Gerät zu lernen und es gleichzeitig zu testen, denn zwischendurch tauchten auf dem Monitor seltsame Koordinaten von verschiedenen Stellen der Welt auf, sogar aus Ozeanien. In den Inselstaaten dort schien bereits die Sonne des nächsten Tages, obwohl in den westlichsten von ihnen der letzte Tag des Jahres noch lange andauerte. All solche Dinge konnte man den Zahlenfolgen und kurzen Sätzen auf dem Monitor entnehmen.

Die Informationen kamen in Textform und möglichst einfach, bloß schwarze Buchstaben auf weißem Grund und ohne große Anfangsbuchstaben. Es war ein altes Telegrafenamt, aber nur für eintreffende Telegramme.

Als Anweisungen zum Ausprobieren der Gerätschaften auf dem Monitor erschienen, verließen Graham und ich das Hotel. Wir mussten so lange von einem Viertel zum anderen gehen, bis Dewey per Handy mitteilte, wir dürften umkehren. Er fragte, an welcher Straßenecke wir uns gerade befänden, und überprüfte die Genauigkeit der Koordinaten. Auf diese Weise wurde die Funktionstüchtigkeit der in den Schnüren verpackten Elektronik getestet. Das System, das die Memorial Society angeschafft hatte, basierte auf Satellitenlokalisierung und auf verschiedenen Netzen zugleich, damit auch in Innenräumen oder im toten Winkel der Satelliten die Verbindung nicht unterbrochen wurde.

Als die Kalibrierung gemacht war, endeten die Anweisungen auf dem Monitor. Als Letztes kam die Mitteilung, man dürfe den Computer bis zum nächsten Morgen ausschalten, und als Allerletztes gute Wünsche für die Reise:

good night and good luck graham peter and isla

Es war erst 21:00 Uhr, da klingelten die ersten SMS aus Finnland herein, Neujahrswünsche und fertige elektronische Karten vom Telefonanbieter. Einige beantwortete ich, aber mir fehlte die Inbrunst der langsam zunehmenden Betrunkenheit, wie sie dort oben in den Restaurants und den Saunas der Wochenendhäuser herrschte. Bis halb elf trafen noch Nachrichten ein, dann waren in Finnland die Raketen verschossen.

In London kam das Feiern da erst richtig in Gang. Vom Hotelzimmer aus sah man auf große Straßen und über die Themse hinweg. Ich saß im Dunkeln und schaute zu. Wir hatten ausgemacht, früh ins Bett zu gehen und eventuell Schlaftabletten zu nehmen, um wenigstens einige Stunden Schlaf zu bekommen.

Ich wollte schon das Handy ausschalten und den Technikern zur Aufbewahrung bringen, das klingelte es. Ich meldete mich, ohne aufs Display zu schauen, denn ich war sicher, dass nur Graham noch etwas fragen wollte.

Es war aber Kari, der direkt von Vater aus anrief. Unmittelbar nachdem sie ihn vom Altersheim verständigt hatten, dass Vater am Abend ins Krankenhaus gebracht werden musste, war er losgefahren. Und diesmal ist es nicht dasselbe wie immer, sagte er und schien ein Stück zur Seite zu gehen, man hörte das Geräusch der Schritte.

Diesmal ist es schlimmer. Ich hörte nur zu, versuchte mich zu beruhigen, obwohl alles anfing, in Unordnung zu geraten. Mein Kopf fühlte sich an wie ein Knäuel, ich hielt das Telefon ans Ohr, schaute aber aus dem Fenster, wo Tausende Menschen vom großen Platz in die Gassen strömten und weiter hinten die Themse in bunten Lichtern glitzerte, von den Lampen schwappten Muster und Tupfen ins Wasser, die ständig ihre Form änderten.

Er ist bei sich. Lässt dich grüßen, kann aber nicht mehr sagen, erklärte Kari neben Vaters Bett in dem kleinen Krankenhaus, vor dem die einzige Straße der Ortschaft verlief, an der sich die Parkplätze von Krankenhaus und Gemeindehaus befanden und auf der anderen Seite der Supermarkt und die Poststelle im Kiosk, neben dem Kiosk Kaartinens Motoren & Maschinen, falls es das noch gab, über der Tür ein nachgedunkeltes braunrotes und erloschenes Valmet-Leuchtschild, die erste Neonreklame des Ortes und Kaartinens ganzer Stolz. Das alles konnte ich sehen, obwohl ich die Augen offen hatte und es Nacht war und ich durch das Hotelfenster die farbigen Lichter im Wasser der Themse betrachtete.

Auf drei Seiten des Krankenhauses war nichts als Wald, Fichten und Kiefern, und etwas weiter weg lag ein Moor namens Eianhallansuo, wo man im Oktober beim ersten richtigen Frost, wenn der Boden hart wurde und trug, bonbonharte Moosbeeren finden konnte.

Ich bat Kari, Grüße von mir auszurichten. Es wird bestimmt alles wieder gut werden, sagte ich, hörte Kari aber im Zimmer oder auf dem Gang weitere Schritte Abstand nehmen, bevor er sagte, diesmal vielleicht nicht.

Ich erklärte ihm, warum ich auf keinen Fall nach Finnland kommen könne. Bis zum Greenwich-Start waren es weniger als sieben Stunden und ich hatte mich verpflichtet, in jeder anderen Situation wäre ich selbstverständlich gekommen, aber jetzt kann ich wegen der anderen Beteiligten nicht, sagte ich zu Kari, doch er schien überhaupt nicht zu verstehen, worum es ging, und ich konnte ihm auch nicht alles erklären.

Er versprach, mich anzurufen, ob Tag oder Nacht, aber darauf musste ich erwidern, dass ich dann vielleicht nicht mehr erreichbar sein würde. Ab morgen habe ich kein Telefon mehr. Beziehungsweise es wird keine Verbindung mehr zustande kommen, korrigierte ich, denn was ich zuerst gesagt hatte, kam mir wie eine Lüge vor, obwohl es stimmte, aber ich konnte es nicht erklären, und da war es besser zu lügen, weil Verbindungsprobleme im Netz eines fremden Landes mir als Erklärung realer und besser erschienen.

Was geht da eigentlich vor?, wollte Kari wissen. Nichts. Alles ist in Ordnung. Bestell Vater schöne Grüße, ich komme ihn irgendwann besuchen. Und ich rufe an, machen wir es so, ich rufe an, sagte ich und hoffte, das Telefonat und meinen Bruder damit loszuwerden. Kari brauchte mir keine Vorwürfe zu machen oder Fragen zu stellen, denn es war einfach nichts zu ändern.

Ich bat Kari, Vater ein gutes neues Jahr zu wünschen, und wünschte das auch ihm, aber er legte auf. Ich schaute auf das kleine erleuchtete Viereck, auf dem zuerst das Wort »Beenden« und dann das Licht erlosch. Ich überlegte mir, ob ich das Handy doch mitnehmen sollte, ich könnte es ja nur ab und zu einschalten, dann wäre ich besser darüber auf dem Laufenden, wie es meinem Vater ginge, in so einem Fall würde man vom Büro vielleicht eine Sondergenehmigung erhalten, aber dann entschied ich mich anders. Ich zog die Jacke an und brachte das Telefon auf der Stelle in den Raum der Techniker, übergab es Dewey im ausgeschalteten Zustand, er schrieb eine Quittung und erklärte an der Tür, nach der Reise könne man all diese Dinge wieder im Büro abholen, sie würden in den Schließfächern der Teams aufbewahrt.

Ich sagte, ich wolle noch einen kurzen Abendspaziergang machen.

Draußen knallte, pfiff und knatterte es. Durchs Fensterglas hindurch hatte man es kaum vernommen, aber auf der Straße schlugen einem die Geräusche unangenehm in die Ohren. Vom Fluss her blies ein kalter Wind, und ich bog an der nächsten Ecke in den Windschatten ab. Vor zwei Pubs standen so viele ausgelassene Leute, dass ich den Bürgersteig verlassen und mich zwischen den Autos hindurchschlängeln musste. Ich fühlte mich nicht mehr so leicht wie am frühen Abend.

Ich schaute durch die Kneipenfenster, ging ins Plume of Feather hinein, aber gleich wieder hinaus und in die nächste Straße. Dort entschied ich mich für das ruhigere von zwei nebeneinanderliegenden Lokalen. An dessen Decke drehten sich träge antik aussehende Spiegelkugeln. Ich bestellte mir am Tresen ein Bier, nahm einen Schluck und war so für mich, wie man es bei zunehmender Silvesterstimmung in einer Kneipe sein konnte.

Einen schlechteren Zeitpunkt hätte sich Kari für seinen Anruf nicht aussuchen können. Ich dachte über alles nach, was einmal gewesen war. Ich selbst war nach Cambridge gegangen, fort aus dem Leben dort oben, aber Kari war geblieben und nur hundert Kilometer von Mutter und Vater weggezogen, hatte am Wochenende die schmutzige Wäsche gebracht und Taschen voller gebügelter Kleider und vertraute

Hausmannskost für die ganze Woche wieder mitgenommen. Seinen Studienort hatte Kari so nahe wie möglich gewählt und als Fächer solche, in die man am leichtesten hineinkam.

Jetzt war das ein Glück, denn Kari wohnte auch im Winter nur eine Stunde Autofahrt von Vaters Altersheim und vom Krankenhaus entfernt, und als Junggeselle konnte er ihn fast jederzeit besuchen. Er musste nur seinen Schichtdienst entsprechend legen.

Ich hatte mir manchmal gedacht, dass Kari seine Wahl getroffen hatte und etwas dafür bezahlen musste, und darum war ich nicht sonderlich oft die mehreren Hundert Kilometer mit dem Zug nach Joensuu gefahren, um dort auf einen schlechten Busanschluss zu warten. Mein Vater wohnte im Altersheim, und unser Elternhaus lag hinter dem Moor namens Eianhallansuo und einigen Waldstücken in einem noch abgelegeneren Dorf und stand schon viele Jahre leer. Im Winter lag es dank Elektroheizung und Thermostaten im Fünf-Grad-Schlummer, im Sommer diente es Kari als Ferienhaus, als Lager für die Fischnetze, und die sonnigste Ecke des ehemaligen Gemüseackers nutzte Kari als Schrebergarten, in dem er nur noch seine eigenen Kartoffeln fürs ganze Jahr anbaute, Sieglinde und kümmerlich wachsende Lappische Mandeln. Den Rest des Ackers ließ er hässlich verwildern, bis er ihn Anfang Oktober immer zu einem stinkenden schwarzen Stoppelfeld abflämmte, und zwar mit einem selbst gebauten Blechapparat, der einem Flammenwerfer ähnelte, mit Metalltrichter und Gasflasche, einer großen Düse, die wie ein Rechen aussah, und mit einem motorisierten Balg.

Ich könnte von unterwegs zum Beispiel jeden zweiten Tag anrufen. Dieser Entschluss gab mir etwas Leichtigkeit zurück. Ich ließ ihn mir durch den Kopf gehen. Am Anfang könnte ich öfter nachfragen, und falls Vaters Zustand wieder der alte wäre oder diesem näherkäme, eben seltener. Ich bestellte mir noch ein Bier und fing an, mich mit der Frau im roten Pulli zu unterhalten, die neben mir stand. Sie erzählte, sie sei nach London gekommen, um mit ihrer Cousine Silvester zu feiern, und redete wortreich über alle möglichen anderen Dinge, bis auch ihre Cousine und deren Arbeitskolleginnen auftauchten, um für Cider anzustehen.

Eine von ihnen war Ausländerin, ich erkannte es sofort an der Art, wie sie die Worte betonte, eine Estin. Halblaut sagte ich die wenigen estnischen Wörter, an die ich mich erinnern konnte, die Frau freute sich und schlug die Hände zusammen, als beklatschte sie eine richtige Antwort, und ging dazu über, ihren Freundinnen alles zu erklären und gleichzeitig weitere Fragen an mich zu stellen. Soweit ich es verstand, war sie im vorigen Frühjahr zum Arbeiten nach London gekommen und wohnte im ersten Stock eines sechzehnstöckigen Hauses zur Untermiete, der Blick aus dem Fenster ging über einen Park, der immer grün blieb. Je näher Mitternacht rückte, desto mehr stieg der Lärmpegel in der Kneipe, die Unterhaltung beschränkte sich auf Fragmente und gute Anfänge. Da mich mehrere nach der Schnur mit den Knoten um meinen Hals fragten, versuchte ich sie unter dem Hemd zu verstecken.

Wir haben sogar dieselbe Nationalhymne, *Unser Vaterland*, sagte die Estin und versuchte ein Stück vom Anfang zu summen. Ich erklärte den anderen, dass wir ein wenig wie England und Irland seien, großer Bruder und kleine Schwester, der große Bruder hat entlang der Grenze einen Papierstreifen aufgestellt und daraufgemalt, wie er seine kleine Schwester sehen möchte.

Ich bin die kleine Schwester, sagte die Frau, drückte sich an mich und reichte mir fast bis zur Schulter, so angeschmiegt blieb sie und fragte, ob ich aus Helsinki oder aus Kotka sei.

From east, from a small village, surrounded by marshlands and woods. From nearby Eianhallansuo, it's Eia's Frosted Marsh, or Fen, I don't know, far away, sagte ich und überlegte, was Moosbeere auf Englisch heißt, denn ich wollte erzählen, dass ich als kleiner Junge welche gesammelt hatte, nach dem ersten Frost; wenn sie ein bisschen von Eis überzogen waren, wurden die Moosbeeren zu süßen Bonbons.]

2

Ein Streifen Greenwich-Welt

Der erste Knoten
Der Wanderer von Peacehaven

[Obwohl es weit weg ging, gab es beim Start keine großen Zeremonien.

Das wird ein langer Lauf, sagte Graham, als wir durch die mit Reklame gepflasterte Glastür des Hotels traten. Es war immer noch Nacht, nasskalt und sehr still, der stillste Teil der Nacht kurz vor dem Morgengrauen, der erste Morgen des neuen Jahres, es gab noch nichts, dem man entgegen –]

[Hinter der Kreuzung sah man schon die leere Creek Road, im Fluss schwappten schimmernde Lichter, aber klecksiger als um Mitternacht, als alle Neonreklamen gebrannt und sich überdies Fenstervierecke und Straßenlampen als Lichtflecken im Wasser gespiegelt hatten. An der Ecke des Theaters führte die Allee zum kleinen Schloss der Sternwarte hinauf. Gleich beim ersten Anstieg wurde mir der Rucksack schwer. Ich musste den Beckengurt fester ziehen und die Reißverschlüsse an den Achseln öffnen, damit sich nicht gleich am Anfang zu viel Wärme unter der Jacke staute.

Niemand sagte es laut, aber es schien unmöglich, so auch nur bis zur Kanalküste zu Fuß zu gehen. Solange keine anderen Anweisungen auf dem Monitor erscheinen, ist die Fortbewegung auf das Gehen beschränkt. So lautet eine der endlosen Zusatzregeln von McCollister.

Der Nullmeridian schneidet die Kanalküste bei Peacehaven, zwischen Brighton und Newhaven. Bis dahin sind es lediglich achtzig Kilometer Luftlinie, aber zu Fuß kann man nicht die Luftlinie nehmen. Der Wanderer stößt auf Hindernisse und versucht sie zu umgehen.

Graham hatte auf den Kartenstreifen ausgemessen, dass an befahrbaren Straßen bis zur Küste hundert Kilometer zusammenkommen. Mit dem Auto brauchte man dafür zwei Stunden, aber was das Gehen und die Kondition anbelangte, konnte man nichts Genaueres sagen als mindestens ein paar Tage. Für den Wanderer entspricht eine Autostunde einem Tag oder zwei; Isla meinte, diese Faustregel irgendwann in der Schule gelernt zu haben.]

[Auf dem Hof des Observatoriums ging Graham sich erkundigen, wie der Start den Regeln gemäß vonstattengehen sollte.

Als er weg war, sagte Isla, sie sei auf einmal so richtig glücklich. Manchmal habe ich für einen Moment das Gefühl, von allem Überflüssigen und Ehemaligen loszukommen, nichts anderes zählt, man muss sich nur ums Vorwärtskommen sorgen und um sich selbst und ein bisschen um uns drei, erklärte sie mir und umarmte mich. So standen wir eine Zeit lang da. Unten waren die Lichter der Stadt wie ein Teppich ausgebreitet, und mitten hindurch lief der dunkle Streifen der Themse.

Eine Meridianlinie aus Metall quert den Hof des Observatoriums. Darauf kann man so stehen, dass sich ein Fuß auf der östlichen und der andere auf der westlichen Halbkugel befindet. Genau an der Stelle würde das große Sägeblatt die Erdkugel in zwei gleich große Hälften teilen.]

[Die Techniker der Memorial Society und die Museumsleute vom Observatorium warteten im Meridiangebäude. Dort waren die Wände mit alten Holztäfelungen verkleidet, dort gab es Instrumente aus vergangenen Zeiten mit feinen Gravuren und in Vitrinen lagen komplizierte Miniaturgerätschaften, die kein Goldschmied heute mehr herstellen könnte. Auf einem Eichentisch war eine Plastiktischdecke ausgebreitet worden, darauf standen zwei rote Thermoskannen, eine Dose mit Milchpulver und ein Teller Schokoladenmuffins. Bis zum offiziellen Start dauerte es noch über eine halbe Stunde. Da kein anderes Team kam, fing Dewey an, uns die Räume zu zeigen.

Den Längengrad sieht man im Gelände nirgendwo. Außer auf Denkmälern und Meridianschildern, aber aus irgendeinem Grund stehen oder hängen die normalerweise etwas abseits, so wie Schilder mit der Aufschrift »geboren in diesem Haus«, die an der falschen Stelle angebracht sind, an einer schöneren oder an der Wand des Nachbarhauses, das sich als Museum besser eignet.

In Greenwich gibt es vier Nullmeridiane, nicht weit voneinander entfernt, aber in verschiedenen Räumen. Als Erster etablierte Flamsteed, der erste Königliche Astronom, seinen Meridian, dann Halley als Zweiter den seinen, weil Flamsteeds Witwe das Haus ausgeräumt und die Gerätschaften mitgenommen hatte und die Meridianmauer, die Flamsteed aus Backsteinen hatte errichten lassen, anfing, in der Erde zu versinken. Der Meridian sollte an einer Stelle sein, an der man den Mauerquadranten am besten so befestigen konnte, dass er sich nicht mehr bewegte. Über ihn zogen die Gestirne hinweg, wobei sie in Beobachtungsreihen registriert und bestimmt wurden.

Halleys Linie passte dem nächsten Astronomen James Bradley jedoch nicht, ebenso wenig wie Bradleys Linie dem Nachfolger George Airy. Zu guter Letzt wurde Airys Meridian nach den Streitigkeiten der Konferenz von Washington zum einzig wahren Nullmeridian auf der Welt erklärt, sodass schließlich sogar Paris sich beugte und seine eigene Null aufgab, aber auf den Karten des Britischen Amtes für Landesvermessung blieb die Nulllinie von Bradley erhalten, denn es lohnte sich nicht, wegen einer Abweichung von neunzehn Fuß alle Karten neu drucken zu lassen, sechs Meter zu weit rechts, und das nur, weil Airy und Bradley zufällig ihre Nullen auf verschiedenen Wänden platziert hatten und das Vermessungsamt bei der Erstellung der Karten zu schnell gewesen war.

Obwohl dies ein Wettbewerb zum Gedenken an Halley war, reisten wir nicht speziell auf seinem Meridian; zeichnet man jedoch mit Lineal und Bleistift die Meridiane von Halley, Flamsteed, Airy und Bradley auf Kartenpapier, verlaufen sie alle vier nebeneinander unter der Bleistiftspitze und auch die neueste Nulllinie der GPS-Navigation verläuft nicht sonderlich weit daneben. So würde die ganze Reise vonstattengehen: entlang einer Mittellinie, kombiniert aus einem Bleistiftstrich und den Signalen der Satelliten, höchst genau, mit Abweichungen, die auch in toten Zonen bei wenigen Bogensekunden liegen, im Gelände entspricht das weniger als hundert Metern, wobei man sich an der absoluten Null entlang nur momentweise fortbewegen kann, die Route schlängelt sich notgedrungen und tastet sich rechts und links am unsichtbaren Meridian entlang. Würde man auf dem Bildschirm im Kontrollraum der Memorial Society die Routen aller Teams gleichzeitig öffnen, wäre das so, als versuchte man verzwirnte Wollfäden zu glätten, in denen dann aber trotzdem Zotteln und Schlingen zurückbleiben.

Dewey sagte, der pünktliche Start könne für uns noch von Vorteil sein und den ein oder anderen Zusatzpunkt bringen, weil bislang kein anderes Team ins Observatorium gekommen sei. Er empfahl, sämtliche Einzelheiten im Logbuch zu notieren, man könne sie später allesamt brauchen.

Fotos oder andere Aufnahmen durften nicht gemacht werden, ohne sie erinnert man sich besser und die einzelnen Momente verflachen nicht und werden auch nicht inszeniert. Das stand im Zusammenhang mit dem, was McCollister über Bedeutungen gesagt hatte. Die Öffentlichkeit ist ein Mittel, mit dem Bedeutungen publik werden, ja, sie entstehen erst, indem sich durch sie für viele gleichzeitig neue Bindungen ergeben. Der Sinn der Öffentlichkeit liegt allein im kollektiven Hervorbringen und Verbreiten von Bedeutungen. Das Neue und Kollektive ist etwas so Seltenes, dass man über seine Entstehung wachen muss, und darum muss verhindert werden, dass es zu früh zu unkontrollierbarer Publizität kommt.

Hinter allen Einschränkungen steckte ein Plan, der Aufbruch im Morgennebel war nicht nur der Start zum Wettrennen, sondern auch zum großen Sammeln von Bedeutungssplittern.

Wenn man einen Kater hat, stellen sich manchmal visionäre Momente ein, in denen man glaubt, mehr als sonst zu verstehen. Auch wenn man nicht einmal total verkatert ist, sondern nur schlapp, mit schwerem Kopf. Ich hatte mit Anu und Anus Freundinnen ein paar Bier und ein paar Malt-Whiskys zu viel getrunken. Anu schob die Hand unter mein Hemd, streichelte die Schnur mit den Knoten und wollte wissen, warum um Himmels willen ich so ein raues Folterseil mit mir herumtrug.

Ich wollte nicht antworten, weil die Verbote in den Regeln so eindeutig formuliert waren. Ich lachte nur dümmlich und sagte, die Schnur hätte ich mir für Erwachsenenspiele um den Hals gebunden, und so war es ja auch. Zunächst schien Anu die Erklärung zu gefallen, aber dann wurde sie vorsichtiger, und auch diesen Menschen werde ich nie mehr –]

Um Viertel vor sechs wurden sie von den Männern des Observatoriums zu zwei Fernrohren geführt, die man bereits in südliche Richtung gedreht hatte. In die Mitte des runden Sehfeldes war ein dünner schwarzer Streifen auf den Filter des Objektivs oder Okulars gezeichnet worden. Das musste der ausgerichtete Nullmeridian sein; so dunkelgrau, wie er sich von der Finsternis abhob, sah er wie eine auf Wolkenstoff gemalte Mittellinie aus.

Eines der beiden Fernrohre war ein elektronisches Nachtsichtgerät, das Infrarotstrahlung bündelte, und erinnerte in seiner Konstruktion eher an einen stählernen Kasten als an ein Fernrohr. Man konnte damit durch die Dunkelheit sehen, zuerst bis in die Nähe von Ranger's House, dann sah man unterhalb davon weitere Gebäude und die Linien der Straßen als rot-schwarze Anhäufungen, sofern sie wärmer als ihre Umgebung waren, oder als kalte leere Zwischenräume. Wenn man das Gerät entlang der vertikalen Achse bewegte, konnte man noch weiter sehen, dann aber zunehmend nur Schwarz und in der Mitte den dünnen Laserstrahl, der vom Greenwicher Turm aus die Meridianlinie über zig Kilometer hinweg in südliche Richtung zeichnete. Der Strahl war absolut gerade und passte sich nicht der Erdkrümmung an, die

Erde hätte sich von ihm weggebogen, wenn man es im Dunkeln hätte sehen können.

Großartige Abschiedsreden wurden nicht mehr gehalten. Dewey erinnerte ein weiteres Mal daran, dass es ratsam war, alles ins Logbuch einzutragen.

Log (Gr. H.)
1. 1. 07, 6:00 Uhr GMT/UTC
51° 28' 35" N, 0° 00' 00" E&W

Altes Observatorium von Greenwich
Reiselogbuch. An diesem Datum und um diese Zeit von London aus nach Süden. Ziel der Reise: eine Doppelschnur um die Erde herum tragen.
Noch keine anderen Teams am Start.
Ca. 40 °F, Gegenwind aus südlicher Richtung, Morgennebel.

Log (P. J.)
1. 1. 07, 11:20 Uhr
51° 16' 56" N, 0° 00' 03" W

Viereinhalb Stunden Fußmarsch, ab und zu Umwege und Suchen nach der Route. Wir haben nur zwei Pausen eingelegt. Das nächste Ziel ist die M25, deren Überquerung und dann die Straße nach Oxted. Schnell verlängert sich die Strecke und man macht unnötige Umwege, vor allem, wenn man einer bestimmten Straße folgt, die zufällig innerhalb des Meile-plus-Meile-Korridors verläuft. Auf dem Land müssen wir versuchen, mehr abzukürzen und so dicht am Meridian zu bleiben, wie es ohne große Anstrengung zu schaffen ist. Das beschlossen wir sofort, nachdem wir Beckenham hinter uns hatten und aus den schlimmsten Sackgassen und endlos sich kreuzenden gleichartigen Straßen heraus waren. Am meisten Zeit verliert man, wenn man auf dem

Kartenstreifen die Namen und Biegungen der Straßen mitverfolgt.
Es war die richtige Entscheidung, gleich um sechs aufzubrechen. Ein Feiertag am Morgen, so still ist London selten, als hätte eine Seuche zugeschlagen und alle Straßen und Plätze leer gefegt, nur die Lichter sind geblieben und hier und da ein paar Lebende unter den Toten.
Vielleicht übernachten wir schon in Oxted, zumindest müssen wir dort eine lange Essenspause einlegen und uns ausruhen. Beine und Rückgrat schmerzen, Isla hat wund geriebene Stellen an den Schultern.
Der Anfang der Reise wirkt eher wie Arbeit, wie etwas, das man jetzt durchziehen muss.

In Oxted wählten sie von mehreren Pubs denjenigen, dessen Schild eine Krone zierte und in dessen Fenster auf einem Stück Pappe der Hinweis B & B zu lesen war. In der Zimmerwärme der Kneipe stieg von den Beinen her die Müdigkeit auf. Die Haut begann zu glühen, das Gesicht war rot von Luft und Wind und es fehlte die Kraft, das Weitere zu planen.

Während des langen Vormittags waren sie erst ein halbes Promille weit vorangekommen, hatte Graham nach der Überquerung der Autobahn ausgerechnet. Von den tausend Marathons war der erste noch im Gange, und sie hatten nicht einmal Lust, diesen im Lauf des Tages zu beenden.

Isla war die Erste, die sagte, heute nicht mehr. Sie hatte sich auf der Toilette den Pulli ausgezogen und den getrockneten Schweiß mit Papiertüchern abgewischt. Die aufgeriebenen Stellen befanden sich an den Schultern und den Schlüsselbeinen. Graham grub in seinem Rucksack nach Vaselinegel und Sprühpflaster.

[Wenn Graham etwas bereits entschieden hat, dann geschieht es auch. Graham entscheidet, wo die Pausen gemacht werden. Die ganze Reise ist schließlich mehr sein Ding als meines oder Islas. Graham hat für die Tagesetappen die Zeiten berechnet, die er einhalten will, und er hat auch mehr Vorabinformationen über die Route, mehr als Isla und viel mehr als ich.]

Für den Greenwich-Wettbewerb hatte jedes Team eine Vorauszahlung von 20000 Pfund für Transporte und Organisation leisten müssen. Zusätzlich hatte ein eigenes Reisebudget gesammelt werden müssen, worum sich Graham von Anfang bis Ende gekümmert hatte; er hatte lediglich erklärt, dass er durch seine geschäftlichen Verbindungen über genügend Kredit verfüge und außerdem über die Zuversicht, dass die kleinen Investitionen durch die Reise ordentlich Zinsen trügen.

Mit 240000 Pfund für zwölf Teams könnte das Wettbewerbsbüro nicht alle Kosten decken. Das würde nicht einmal für die Pace-Abschnitte und den Transport der Ausrüstung reichen, meinte Graham im Pub in Oxted. Allein an Dokumenten, Visa, kostenpflichtigen Passierscheinen und gestempelten Zertifikaten für die Meridianländer der Welt hatte man für jede Gruppe einen teuren Stapel besorgen müssen.

Graham nahm den Computer aus dem Rucksack und stellte ihn auf den Kneipentisch. Das Ladesymbol zeigte einen vollen Akku an. Allein durch die Bewegung beim Gehen schien sich genügend Energie aufzuladen, damit das Gerät mit dem Büro in der Wellington Road in Kontakt blieb.

Auf dem Monitor erschienen das Verbindungssymbol,

eine tickende Uhr, das Datum und auf die Sekunde genau die Koordinaten. Sonst nichts, keine Nachrichten und keine guten Wünsche für die Reise. Graham klappte den Deckel zu, packte das Gerät wieder in die durchsichtige, wasserdichte Folie und beschloss, über Nacht in Oxted zu bleiben, aber am nächsten Tag möglichst früh aufzubrechen, da es bis zur Kanalküste noch mehr als fünfzig Kilometer waren. Man möchte sich ja nicht gleich am Anfang vom Fahrplan verabschieden, sagte Graham, er sagte es wie etwas, dem man sich beugen musste, als hätte er alles komplett durchdacht.

[Das bisschen, was auf dem Monitor zu sehen gewesen war, ging mir noch durch den Kopf, als ich mich bereits in mein Zimmer über dem Pub zurückgezogen hatte. Was ist, wenn überhaupt keine Anweisungen und Mitteilungen auf dem Monitor erscheinen? Dann hat man uns einfach mit einem Schubser in Bewegung gesetzt und lässt uns von da an alleine weiterlaufen.]

Die Nacht war lang und wurde immer wieder unterbrochen. Die Einwohner von Oxted schienen sich in der High Street versammelt zu haben, um auf jede erdenkliche Weise Lärm zu machen. Bis weit nach Mitternacht herrschte viel Verkehr, man hörte Hupen und fröhliche Rufe, die nicht genau zu verstehen waren. Ein altmodischer Lastwagen fuhr immer dieselbe kurze Strecke hin und her, auf beiden Seiten der Ladefläche flatterte ein mit Schnüren befestigter bunter Stoff, auf dem in verschnörkelten Buchstaben ACSTEDE stand. Die Ladefläche war vollgepackt mit unterschiedlich großen Strohbündeln in Menschengestalt. Die Leute strömten aus den Pubs und Häusern und versammelten sich am Straßenrand, und jedes Mal, wenn der Lastwagen auf einer neuen Runde an ihnen vorbeifuhr, riefen sie ihm zu und der Fahrer hupte zurück.

Vor dem Start hatten sie darüber gesprochen, dass die Route entlang des Meridians weit weg von allen Touristenregionen verlaufen würde, aber sie waren nicht darauf vorbereitet, schon in Surrey auf etwas zu stoßen, von dem sie vorab nichts gewusst hatten. Die Oxteder schienen ihren Spaß zu haben, es wurden Getränke aus den Pubs auf die Straße gebracht, es war wie Silvester, aber einen Tag zu spät und ohne Feuerwerk, irgendeine altertümliche Sonnenfeier, ein Fest anlässlich des Sieges über die Finsternis, später würden die Strohballen in Menschen- oder Teufelsgestalt irgendwo auf einer dunklen Wiese verbrannt werden, oder gleich der ganze Lastwagen.

Den zweiten Tag nahmen sie ohne Frühstück in ihrer Pension in Angriff. Es war noch niemand auf. Isla hatte am Abend in Folie eingewickelte Sandwiches gekauft und über Nacht in dem kühlen Raum zwischen den Fensterscheiben aufbewahrt, sie aßen die Brote unten im Eingangsbereich des Pubs und machten sich auf den Weg.

Oxted war ebenso menschenleer wie London am Morgen zuvor. Graham und Isla hatten den nächtlichen Lärm nicht gehört, sie waren nicht einmal von dem Hupen des Lasters aufgewacht. Petr erzählte ihnen, was er gesehen hatte, konnte es aber nicht weiter erklären.

Graham hielt einen zurechtgeschnittenen Kartenstreifen in der Hand und versuchte damit einen möglichst direkten Weg zu finden. Erst kurz vor East Grinstead nahm der Verkehr allmählich zu. In den Fenstern gingen Lichter an, die ersten Hunde wurden ins Freie gelassen. Autos kamen von hinten und von vorne, sodass man aufpassen und immer wieder auf die Böschung ausweichen musste.

Als es dämmerte, waren sie bereits mehr als zwei Stunden gegangen. Am Anfang war es kalt gewesen und der Wind war durch die Kleider gedrungen. Nun aber fiel das Gehen leichter als am Vortag. Die Landschaft war waldreicher geworden, das heißt, für Petr sah es eher nach Parklandschaft aus, aber für Isla und Graham war es Wald. Graham versuchte quer über die geschlängelten Wege zu navigieren. Etwas abseits der Straße wurde es unter den Bäumen rasch sehr still, alles ringsum war feucht, obwohl es nicht einmal regnete.

Als der Wald dichter wurde, nahm Graham den Computer aus dem Gestellrucksack und legte ihn vor sich auf den Bauchrucksack. In seiner Schutzhülle aus Plastik funktionierte das Gerät wie ein großer Kompass. Auf dem Monitor ging das gleiche Feld auf wie im Pub in Oxted: Verbindungssymbol, Uhrzeit, Datum und Koordinaten. Die Sekundenangaben von Breitengrad und Nullmeridian wurden beim Gang durch den Wald von Ashdown in südliche Richtung ständig aktualisiert. Mithilfe dieser Werte war es leichter, sich zu orientieren. Gemäß den Ziffernfolgen korrigierte Graham die Route zwischen den Bäumen hindurch und über die Lichtungen.

[– von Oxted aus habe ich nicht angerufen. Und die Pausen sind auf ungünstige Stellen gefallen. Falls es nicht zu spät wird, dann am Abend, oder spätestens morgen –]

Das Waldgebiet ringsum zerfaserte lange, bis es rechts und links des Weges in offene Feldlandschaft überging. Sie aßen an einer Tankstelle und kauften sich zusätzlich Proviant für unterwegs. Für weitere Abstecher fehlte ihnen am Nachmittag die Kraft, die letzten zehn, zwanzig Kilometer mussten auf möglichst geraden, leicht zu begehenden Wegen und Straßen zurückgelegt werden.

Als sie wieder auf den Meridian einbogen, stießen sie auf ein pfeilförmiges Schild, das mit schwarzem Filzstift beschriftet war. Der Pfeil wies mitten aufs Feld, und es stand nicht mehr darauf als: Confluence Point 51°00'00" N and 0°00'00" b h2310th W and E! Dazu das Piktogramm einer Erdkugel im gebogenen Gitterkäfig. Sie blieben davor stehen und Graham beschloss, dem Pfeil vorsichtshalber zu folgen. Er wies auf einen mit Sträuchern bewachsenen Graben, der zwischen den Winteräckern verlief.

Ein zweites Schild fanden sie mitten auf dem Feld. Es war ebenfalls ein Pfeil an einem Holzstock, aber am unteren Rand hing ein laminiertes Blatt Papier mit Informationen zum Degree-Confluence-Projekt, bei dem es darum ging, alle Schnittpunkte von vollen Breiten- und Längengraden aufzusuchen und zu fotografieren. Es gab auf der Erde insgesamt 64442 solcher Kreuzungspunkte, aber bei dem Degree-Confluence-Projekt wurden diejenigen außer Acht gelassen, die auf das offene Meer entfielen, 40000 waren das, ein so großer Teil der Welt besteht aus Meer, von dem aus man kein Ufer sieht.

Graham erinnerte sich, auf einer Internetseite von GPS-Fans von dem Vorhaben gelesen zu haben; Paare und junge Männer machten sich auf die Jagd nach diesen unsichtbaren Punkten und schossen zum Beweis Fotos von der entsprechenden Stelle sowie von ihrem Navigationsgerät. Die Fotos und Berichte wurden im Netz gesammelt, bis die Ketten der Bilder irgendwann von Koordinate zu Koordinate den ganzen Erdball umspannten. Dann würde man anhand Zigtausender Punkte sehen können, wie die Welt überall ist oder einmal war.

Sie gingen in Pfeilrichtung über das Feld. Die Wanderschuhe versanken tief in der feuchten Erde. In der Nähe des 51°/0°-Punktes steckten zwei kleine Fähnchen im Boden, wie sie Bergsteiger hinterlassen, wenn sie einen schwierigen Hang gemeistert haben. Mitten auf dem winterlichen Acker gab es zwar keinen Gipfel zu bewältigen, dennoch wehte dort die englische Fahne mit dem roten Kreuz auf weißem Grund, und ein Stück weiter die schwarz-rot-goldene Deutschlands.

Genau an der Stelle zeigte der Monitor jedoch keinen Nullpunkt. Die Navigationssysteme waren unterschiedlich kalibriert, und der Meridian der GPS-Navigation verlief mehr als hundert Meter weiter östlich desjenigen, der mit einer Reihe von Nullen auf dem Monitor verzeichnet war.

Nach den Parks von Sheffield, als sie gerade wieder über ein Feld abkürzten, hielt ein alter, rostiger Vauxhall neben ihnen an. Der Fahrer kurbelte das Fenster herunter und rief etwas. Isla erschrak und blieb stehen, Graham ging einfach weiter. Der Mann forderte sie auf, umzukehren und aufzuhören, den Acker kaputt zu machen. Graham ging zu dem Wagen und sprach ganz ruhig mit dem Fahrer, bot ihm Geldscheine aus seinem Portemonnaie an, worauf der Mann etwas brummte, sich aber das Geld schnappte und so schnell davonfuhr, dass der an den hellblauen Kotflügeln rot ausgebesserte Wagen in den Furchen des Feldwegs schlingerte.

Er hat gesagt, er habe die Nase voll von all den Vogelguckern, Dieben und Wanderern. Ich habe ihm gesagt, wir sammeln Proben von saurem Regen in Surrey und Sussex, aber die zehn Pfund haben mehr Eindruck auf ihn gemacht, berichtete Graham und ging geradeaus weiter über das nächste Feld, weil er vermutete, es sei in der entrichteten Gebühr eingeschlossen. Bis zur Frühjahrssaat war es noch weit, später im Jahr konnten die Felder gesperrt und ein größerer Teil Privateigentum sein. Isla erzählte, wie sie als Kind die Ferien auf dem Land verbracht hatte und wie genau man darauf hatte achten müssen, wem die Felder gehörten, wo man es wagen konnte, eine Abkürzung zu nehmen.

Von dem Mann mit dem Vauxhall blieb das Gefühl zurück, dass man auf der Hut sein musste. Graham navigierte jetzt mehr über Straßen und Wege, auch wenn das zu unnötigen Umwegen führte. Am Rand eines kleinen Dorfes, wo sich zwei Straßen kreuzten, wurden sie das nächste Mal angehalten, wieder von einem älteren Mann mit runzligem Gesicht, der wissen wollte, ob sie Leute aus Slothringen seien. Die Gegenfragen überhörte er.

Nein, sind wir nicht, unterbrach Graham den Mann schließlich laut und unfreundlich mitten im Satz. Aus sehr geringer Entfernung sagte er, sie seien Wanderer, die Pilger von Peacehaven, auf dem Weg von London zum Meer. Der Friede Gottes sei mit dir, Bruder, sagte Graham leiser und unmittelbar vor dem Gesicht des Mannes, als vertraute er ihm ein großes Geheimnis an, und deutete mit dem Finger nach Süden. Der Mann geriet aus der Fassung und wandte sich ab, sah ihnen aber von seinem Gartentor aus noch lange nach.

Es war fast schon Abend, als sie Lewes erreichten, den ruhigeren Teil von Brighton. Auf den Hügeln dämmerte es bereits und man sah von oben die Lichter der Schiffe und die Schönheit des Ärmelkanals.

Den Rest des Weges nach Peacehaven absolvierten sie mit Müh und Not. Zum Reden fehlten ihnen Lust und Kraft. Graham war wegen irgendetwas sauer und machte eine böse Bemerkung zu Isla, Petr ging die verbleibende Strecke zwischen den beiden. Immer wieder hörte er Isla hinter sich in ein Papiertaschentuch schnäuzen, und vor ihm ging Graham viel zu schnell, für diesen Takt fehlte am Ende eigentlich allen die Kraft.

Die erste Übernachtungsmöglichkeit, auf die sie stießen, war ihnen recht. Sie befand sich in der Ortschaft Telscomb, ein großes weißes Gebäude mit Schlafsälen so groß wie Klassenzimmer, voller Pritschen und Matratzenstapel. Bilder und Broschüren verrieten, dass hier Landschulheimaufenthalte stattfanden, aber es war billig, ein ganzes Zimmer für dreißig Pfund, und die Besitzerin versprach, zusätzliche Wolldecken zu bringen, denn die Heizung war mitten im Winter nun mal, wie sie war.

[Als ich unter der Decke lag, hatte ich kurz das Gefühl, mich in einem schaukelnden Boot zu befinden. Dann versank ich in totaler Schwärze.

Am nächsten Morgen wachte ich mit geschwollenen Augen und verstopfter Nase auf. Das kam vom Staub der blaugrauen Wolldecken. Isla saß mitten im Raum, hielt mit den Fingern ihre Zehen fest und dehnte sich. Graham hatte in die Stadt gehen wollen, um etwas zu erledigen, aber auf dem Monitor war die Mahnung erschienen, die Verbindung der Schnüre funktioniere nicht. Ich ging schnell unter die kalte Dusche, dann aßen wir den Proviant auf, den wir noch vom

Vortag in der Plastiktüte der Tankstelle hatten. Anschließend ging ich zusammen mit Graham ins Zentrum von Peacehaven. Isla blieb zurück, um auf unsere Sachen aufzupassen und sich auszuruhen.]

Graham hatte einen Notizzettel mit einer Adresse und ein Stück Stadtplan, das er sich aus dem Internet ausgedruckt hatte, dabei. Über den Streit vom Vortag sagte er nur, bei jedem alten Paar gebe es manchmal Reibereien, das sei nichts Besonderes.

Der Adresszettel führte in den Innenhof eines heruntergekommenen Doppelhauses. Auf einem Streifen vergilbten Grases döste ein Hund mit dem Kopf zwischen den Pfoten, und aus einem Fenster sah man schwarzhaarige Kinder spähen. Graham zählte zwischen den beiden Türen ab, denn es standen keine Namen daran, aber noch bevor er an einer von beiden anklopfen konnte, ging die linke auf.

Graham nannte seinen Namen. Der Mann war ebenso schwarzhaarig wie die Kinder und in der Bauchgegend aufgequollen, obwohl er das Gesicht eines schlanken Mannes hatte. Er drehte sich um und schloss die Tür, kam kurz darauf zurück und brachte eine braune Papprolle von der Größe eines Ziegelsteins mit, die mit braunem Klebeband umwickelt und mit einem weißen Aufkleber versehen war, auf dem man das Logo und den Schriftzug der Memorial Society erkennen konnte. Graham bedankte sich und schob das Päckchen in seinen Rucksack. Der Mann wartete nicht weiter ab, die Kinder lugten durch den Vorhangspalt, und der Hund hob nicht einmal den Kopf.

[In dieser Ecke von Peacehaven hörte man nichts als ab und zu ein Auto und den Wind, näher am Ufer war das Rauschen des Meeres auszumachen und dazwischen das Aufbrausen, wenn die Wellen des Ärmelkanals unten gegen die Uferlinie schlugen. Hier hörte England auf und es begann eine geriffelte Fläche, an deren Rand man die Krümmung fast ebenso deutlich sehen konnte wie beim Blick vom Mweelrea hinab auf den Atlantik.

Die Semester in Cambridge und dazu zwei Sommer, vier Jahre insgesamt, ein Zehntel meines bisherigen Lebens, habe ich in England verbracht. Etwas muss das bewirkt haben, zumindest unterbrach es das Verharren auf einer Stelle. Bis zum dreißigsten Lebensjahr konnte ich alle Jahre genau auseinanderhalten. Danach ist alles mehr oder weniger Wiederholung gewesen.

Auf den Straßen, die am Uferwall endeten, hielt ich nach Telefonzellen Ausschau, aber die gab es auch hier nicht mehr. Auf einige Obelisk- und Meridian-Monument-Schilder stieß ich, und dann neben einem Zaun auf das Denkmal selbst. Von weiter weg sah es aus wie eine hohe Grabkammer oder wie ein Kachelofen, auf dem ein grünlicher Ball befestigt war.

Aus der Nähe sah der Ball nach einem Globus aus oder nach einer grün oxidierten Kupferkugel. Durch das Sichtfenster des Obelisken waren das Wasser des Kanals, Wolken, Rasen und Zaunpfosten zu erkennen. Wasser spritzte, aber Graham setzte sich auf die Bank und sah im Schutz der Regenfolie nach, ob eine Nachricht auf dem Computer eingegangen war. Irgendwo in der Nähe des Meridianmonuments sollten eigentlich Anweisungen kommen, weil dort das Land endete.

Den Obelisken hatten die Leute von Peacehaven nach dem Tod ihres Königs in den Dreißigerjahren auf dem Uferwall errichtet, an der Stelle, wo auf den Karten vom Reich Georgs V. der Nullmeridian von der Klippe zum Meer hin abfiel.

Auf dem Monitor erschien lediglich das Übliche: Die Koordinatenangabe tickte bei exakt 0°00'00". Vielleicht sind wir zu schnell gewesen, sagte Graham und wischte die Tropfen vom schützenden Kunststoff.

Ich ging um die Bank herum zum Zaun und blickte aufs Ufer hinunter. Vielleicht sollen wir einfach weiter bis zum Wasser gehen, ohne besondere Anweisungen, schlug ich vor, aber Graham schaute auf den regengeschützten Monitor und hörte nicht zu.]

Petr schaute auch von der Meerseite her durch das Sichtfenster des Obelisken und sah dabei zufällig an der Wand der Fenstervertiefung ein kleines Kästchen hängen. Es war mit einem Stahlseil am Stein befestigt, aber man konnte es herausziehen.

Das Kästchen enthielt nichts als eine violette Vertiefung. In diese konnte man die um den Hals gebundene Knotenschnur drücken, an der gleichfarbigen Stelle.

So waren sie also die Ersten am englischen Knoten, wie mein Bruder später in sein Ryman-Buch schrieb. Der Regen wurde stärker, der Wind vom Ärmelkanal schlug gegen die Klippe.

[Ich weiß nicht, wie, aber irgendwie wurde der Stempelvorgang sofort registriert. Auf dem Monitor erschienen zeilenweise Instruktionen aus London.

Der Etappensieg bot so viel Anlass zum Feiern, dass wir uns auf der Böschung über dem Meer umarmen und laute Schreie ausstoßen mussten.]

Der zweite Knoten

Als ich südlich der Garonne hinzukam, von dort aus noch zwölf Tage

Mehr als für die Memorial Society ist das hier für dich gemacht, Maaria, wir nehmen dann zusammen was weg und wählen aus, die Lücken schreiben wir neu, falls etwas fehlt oder wir noch etwas brauchen.

Als ich bereits beschlossen hatte, selbst die Unterschriften zu holen, und von einem Amt zum anderen ging, um die offiziellen Dokumente zu besorgen, erst da sah ich wohl zum ersten Mal in meinem Leben die Daten nebeneinander. Im Auszug aus dem Familienbuch war als Petrs Geburtstag der 28. 12. 1967 eingetragen, der Tag der unschuldigen Kinder, und als Hochzeitstag meiner Eltern der 13. 6. 1968, das war fast ein halbes Jahr später. Mutter hatte in dem Jahr ihren zweiundzwanzigsten Geburtstag gefeiert, Vater war neunundzwanzig gewesen.

Für mich hatten bei Petrs Namen nie größere Unklarheiten bestanden, außer dass ich manchmal das fehlende i am Ende erklären musste. Wenn mich ein Fremder danach fragte, habe ich immer dasselbe geantwortet, das, was man mir immer gesagt hat. Dass er Petr heißt, weil unser Vater jahrzehntelang ein Fußballfanatiker gewesen sei, der sogar ausländische Zeitungen gelesen habe, um die Ligen anderer Länder verfolgen zu können, und in der Tschechoslowakei habe Ende der Sechzigerjahre in der Meistermannschaft ein guter Spieler mit dem Vornamen Petr gespielt, und mein

Vater habe seinen Erstgeborenen nach dem Besten von allen benennen wollen.

So hatten sie es mir immer erzählt. Petr selbst hatte noch mehr zu erzählen gewusst: Der Verein war der FC Spartak Trnava gewesen, auf der slowakischen Seite, der Stolz der ganzen Stadt, zuerst Überraschungsmannschaft, dann Erfolgsteam. Ich kann mich nicht erinnern, den Nachnamen des Spitzenspielers mit dem Vornamen Petr je gehört zu haben. An der Stelle sagten meine Mutter und Petr immer Petr Soundso, viel zu kompliziert, die ganzen osteuropäischen Namen, und meinen Vater hatte ich kein einziges Mal gefragt, ihn fragte man solche Dinge nicht, ihn fragte man nur um Rat, wenn es um Arbeiten auf dem Hof ging, oder beim Holzfällen nach dem Zündkerzenschlüssel für die Kettensäge, wenn einem der eigene mal wieder aus der Tasche gerutscht und in den Tiefschnee gefallen war.

Die beiden Daten ließen mir keine Ruhe, und da ich ohnehin die Schubladen leeren musste, ging ich systematisch die in der Kommode aufbewahrten Papiere durch, alte Teilzahlungsbelege für die Trecker, Heizölrechnungen, TV-Gebührenquittungen aus Jahrzehnten, von mürbem Gummiband zusammengehalten, dazwischen aber auch Briefe, die meine Mutter erhalten hatte, und Karten mit Rosen, die ihr Verwandte zu den Geburtstagen geschickt hatten. Wenn alles dem Ende zugeht, ist von allem viel da, den anderen bleibt das Aufräumen, und selbst einfache Dinge will man nicht mehr klären, weil man zu niemandem mehr hingehen und fragen kann.

So hieß Petr, der immer wieder zu Petri gemacht wurde, also nicht Petr nach einem Petr Soundso von Spartak Trnava, sondern nach seinem Vater, der Sänger in einem Chor gewesen war und ein Gastvisum gehabt hatte. Zwischen den Postkarten mit Rosen und Margeriten steckte eine Schwarz-Weiß-Postkarte mit dem Schriftzug »Flooding Vltava« über einem Foto von grauem Hochwasser und feuchten, heruntergekommenen Gebäuden, auf der Rückseite in kleiner und geneigter Schrift der sehr höfliche Wunsch, das Kind möge den Namen Petr bekommen, nach seinem guten Vater. Die Entfernung, die dazwischenlag, war groß, mehrere Länder, das größte davon Polen, dieses Land mochte der Sänger aus dem Männerchor der Prager Gewerkschaften nicht, und das hatte er auch auf die Karte geschrieben, in Polen würden die Tschechen als Verräterratten beschimpft, sie zumindest, als der Chor und die Gewerkschaftsfunktionäre mit dem Bus durch Polen gefahren seien.

Ich konnte Petr einfach nicht erreichen. Sein Telefon war ständig ausgeschaltet oder funktionierte nicht, SMS kamen nicht an, keiner seiner Freunde wusste etwas und auch Graham erreichte ich nicht, obwohl ich schließlich nach vielen Umwegen seine Adresse ausfindig gemacht hatte, Carrowniskey P. O., Co. Mayo, Ireland, aber auch das brachte mich keinen Schritt weiter.

In der Woche der Wende versuchte ich sicherlich hundert Mal anzurufen, an den schwersten Tagen kam ich dann nicht mehr dazu oder mir fehlte die Kraft, und eine andere Form, mit Petr Kontakt aufzunehmen, fiel mir nicht ein. Irgendwo-unterwegs-Durchsagen gab es im Ausland wohl nicht, ich hatte keine Lust, das herauszufinden, und selbst wenn ich Lust dazu gehabt hätte, so hätte ich gar nicht gewusst, an welchen Radiosender ich mich hätte wenden sollen. Vielleicht an die lokalen Stationen der BBC, an die gesamte

Kette, aber das wusste ich damals nicht, im Nachhinein ist man schlauer, wie bei vielem anderen auch, Besserwisserei im Nachhinein hat etwas mit Verfälschung zu tun.

Meine Tage um den Jahreswechsel sehe ich einzeln vor mir, getrennt voneinander wie die Zähne einer Säge, in Vaters Wendewoche aber toste dann nur noch ein großer Wasserfall. Alles geschah gleichzeitig und gleichzeitig zu langsam und zu schnell, im stürzenden Wasser rotierte so viel überflüssiges und unschönes Zeug, denn das Sterben hat nichts mit klarem Wasser zu tun und reinigt nicht, es ist kein sauber dahinplätschernder Fluss, sondern etwas, das zerrt und das wehtut.

Petr stand abseits davon. Wenn man die Aufzeichnungen aus diesen Tagen in seinem Ryman-Buch liest, stellt man sich unweigerlich die Frage, ob es denn auf der Erde nicht so etwas wie einen Faden der Verbindung gibt. Offenbar nicht. Die Uhren bleiben nicht stehen, die Vögel fliegen nicht mit einem Klopfen gegen die Fenster.

Gerade über den Jahreswechsel hat mein Bruder viel in seinem Notizbuch notiert. Dann werden die Eintragungen unter dem Zeitdruck schnell spärlicher. Petr war bei der Reise und im Team vom Start an voll engagiert, das sieht man an seinen Notizen, ich war anderswo engagiert, und keiner von uns beiden konnte an beiden Orten gleichzeitig sein.

Der 4. Januar, morgens zwischen drei und vier. Als Todeszeitpunkt wurde 3:30 Uhr eingetragen. Ich war da, merkte aber nichts, saß wach oder schlafend auf einem Stuhl zwei Meter neben Vaters Bett, der Moment des Übergangs entsprach einer so kleinen Bewegung, dass ich vielleicht nicht einmal etwas bemerkt hätte, wenn es Tag gewesen wäre.

Erst kurz vor vier begriff ich, dass man nichts mehr hörte. Ich spürte nur einen kleinen Hüpfer, wie wenn das Herz vor Schreck schneller schlägt.

Ich ließ die Lichter, wie sie waren, nur die Nachtbeleuchtung hinter dem Fernseher und über der Tür das grüne Licht, das den Ausgang markierte. Ich strich den Rand des Lakens gerade, betrachtete meinen Vater einen Augenblick lang und wandte mich dann ab, ohne zu weinen, ich spürte nichts als das Rauschen des Kreislaufs im Kopf. Ich trat ans Fenster und öffnete die Jalousie einen Spaltbreit, damit ich hinaussehen konnte, dort war nichts als Schnee, weiß und gelblich unter der einzigen Lampe vor dem Gebäude, und dahinter blaudunkle Schatten mit gebogenen Rändern, von den ersten Fichten sah man den unteren Teil der Stämme und die mit schwerem Schnee beladenen Äste.

Ich nahm das Handy aus der Tasche und versuchte Petr zu erreichen, aber sein Telefon war ausgeschaltet wie immer. Ich hörte mir die Litanei des Anbieters bis zum Ende an und schaute auf den leeren Schnee hinaus.

Die Beerdigung und alle anderen amtlichen Dinge, die von den Angehörigen erledigt werden müssen, wenn ein Mensch aufhört zu sein, regelte ich allein, aber als ich mich dann über die Daten wunderte und die Postkarte vom Moldauhochwasser in Prag fand, wurde ein Teil der überflüssigen Bitterkeit weggewischt. Die Karte war ein Zeichen für mich, und die Tatsache, dass die Information unmittelbar nach Vaters Tod kam, war für mich ein größeres Zeichen, als es das Stehenbleiben der Uhr für Petr gewesen wäre.

Zwischendurch dachte ich sogar schon, dass es so recht war, ich sollte allein da sein, Isaak Wortkarg sollte von seinem einzigen Sohn zu Grabe getragen werden. Das war keineswegs Vaters Name, aber der Nachbar nannte ihn so, im Gemeindehaus, nach der Beerdigung.

Natürlich fragten bei der Gedenkfeier alle. Ich erklärte es, so gut ich konnte, im Allgemeinen sagte ich nur, Petr sei an einem internationalen Forschungsprojekt beteiligt und derzeit mit einem britischen Forschungsschiff so weit auf dem südlichen Atlantik draußen, dass es unmöglich war, von dort aus zum Begräbnis zu kommen. Man hätte das gesamte Großprojekt stoppen müssen, weil das Schiff Tausende Kilometer von seiner Route hätte abweichen müssen, um irgendeinen Hafen in Südamerika anzusteuern. In der Kapelle legte ich an Petrs Stelle Blumen nieder, aus dem Sprüchebuch im Blumenladen hatte ich ein Gedicht ausgesucht. Ich weiß nicht, ob Petr dieselbe Wahl getroffen hätte.

Solche Intrigen sind nicht schön, wie ein Wurm kommt man sich vor, aber ich dachte, genau so, ohne Aufsehen und Gerede, hätten Vater und Mutter es gewollt, auf keinen Fall hätten sie ein anderes Begräbnis haben wollen, als es alle anderen schon immer gehabt hatten. Alle im Ort mussten eingeladen werden, dazu alle Verwandten natürlich, im Gemeindehaus musste es Moltebeerkuchen und etwas Salziges geben, am liebsten sowohl Sandwichtorte als auch Karelischen Braten mit Beilagen, Heringssalat und rund geschälte, gute Salzkartoffeln, die Kondolenzkarten mussten laut vorgelesen werden. Die Söhne des Verstorbenen hätten sie gemeinsam vorlesen müssen, abwechselnd, zuerst Petr als der Ältere, dann ich, dann wieder Petr, sämtliche Verse und Wünsche für die letzte Reise und die Erwartung des Jüngsten Tages, aber da es keinen zweiten Sohn gab, las ich sie alleine vor, ich hatte eine an Petrs Stelle geschrieben, die ich als erste vorlas, wie als Erklärung, falls noch nicht alle gehört hatten, dass einer der Söhne von Isaak Wortkarg aus beruflichen Gründen weit draußen auf dem Meer war und darum nicht hier sein konnte, um mit den anderen Moltebeerkuchen zu essen. Viel zu süßen, mit Buttercreme überzogenen Moltebeerkuchen, ich weiß noch, wie ich am Tisch in der Mitte des Gemeindehauses dachte, die Beeren für diesen Kuchen können unmöglich im Sumpf gepflückt worden sein, nicht in der Nähe, ihr Geschmack hatte nichts Frisches und Stilles an sich, außen glänzend orange gefärbt, innen Geschmacksverstärker.

Log (P. J.)

4. 1. 07, 11:00 Uhr
50° 48' 45" N, 0° 00' 26" W

Den ganzen Tag Suchen und Warten. Die weiteren Anweisungen kamen zwar, nachdem beide Knoten gestempelt waren und die Information darüber in der Wellington Road eingegangen war, dann aber funktionierte nichts mehr. Wir brauchten sofort ein Boot, mussten ein Stück in Richtung Newhaven gehen, als Adresse wurde der Bootsschuppen von Smith-Besson angegeben.

So wenig schrieb Petr ins offizielle Logbuch, aber umso mehr in sein Notizbuch. Solche Differenzen gibt es während der ganzen Tour, man muss auswählen und weglassen.

[Die Bruchbude war mit Ketten und Vorhängeschlössern abgesperrt und auf einem Schild stand, der Bootsverleih sei den Winter über geschlossen. Damit schien die Reise früh zu enden. Man konnte nirgendwo anrufen, es gab keine Nummer und wir hatten ja auch gar keine Handys.

Isla fragte an den Häusern in der näheren Umgebung, niemand wusste, wo Smith und Besson den Winter über hingezogen waren. Sie waren beide Surfer, also vielleicht auf die Azoren oder noch weiter zu den großen Wellen in Asien, berichtete Isla von dem wenigen, was sie gehört hatte.

Wenn den Veranstaltern der Zeitplan und die Abläufe schon durcheinandergeraten, bevor die Reise richtig angefangen hat, was soll dann aus der ganzen Geschichte werden? Graham war zwischenzeitlich so wütend, dass er auch uns Vorwürfe machte, völlig unnötigerweise. Isla tut mir leid, sie sollte sich nicht Dinge anhören müssen, die Graham eigentlich den Leuten von der Memorial Society an den Kopf werfen müsste.

Aber Graham ist natürlich nicht schuld, keiner von uns ist schuld.]

Die neuen Anweisungen kamen, als sie schon bis zum Nachmittag gewartet hatten, die Adresse eines anderen Bootsverleihs tauchte auf dem Monitor auf, ohne weitere Erklärung. Er befand sich außerhalb der Meilengrenze, in Newhaven, neben dem Campingplatz. In einer weiteren Nachricht wurde mitgeteilt, jetzt sei es erlaubt, abzuweichen, der Alarm zwischenzeitlich ausgeschaltet worden.

Als sie den Bootsverleih erreichten, waren bereits zwei andere Greenwich-Teams da gewesen. Das konnte man auf dem Quittungsblock lesen. Graham stellte Fragen, aber der Besitzer des Verleihs verriet nichts, er überprüfte nur die Ausweise, zeigte die Stelle, wo Graham die Übergabe des Segelbootes quittieren sollte, und forderte sie auf, ihm zum Anlegesteg zu folgen.

Das Schiff war bereits fertig gemacht worden. Fast identische kleine, weiß-blaue Segelschiffe schaukelten eines neben dem anderen zwischen Tauen und Pollern, den Bug zum

Steg hin ausgerichtet. Der Verleiher zeigte ihnen schnell, wo was war, Graham und Isla verstanden davon mehr, weshalb Petr die Rucksäcke und das vom Verleih angekarrte Zubehör ins Boot lud und unter Deck verstaute.

Auf dem Meer war der Korridor mit zehn plus zehn Seemeilen so breit, dass Graham schätzte, sie würden es schaffen, ohne Leihbesatzung innerhalb dieser Grenzen zu bleiben. Es gab die Möglichkeit, Hilfskräfte in Anspruch zu nehmen, der Besitzer des Verleihs versicherte sich noch einmal, dass sie die Regeln der Memorial Society auch richtig verstanden hatten, aber aus irgendeinem Grund wollte Graham nicht.

Mein Bruder schrieb später in sein Ryman, er habe sich beim Auslaufen unsicher gefühlt, auch wenn Graham und Isla früher irgendwann in ihrer Freizeit ein bisschen gesegelt waren, Isla etwas mehr, während der Schulzeit und mit ihrem Onkel sogar einmal um die Isle of Man herum und in den schwierigen Gewässern der Scilly-Inseln.

Um die Regeln nicht zu verletzen, durfte man nicht einmal bei der Ausfahrt aus dem Hafen den Motor benutzen. Der Verleiher war auf dem Steg geblieben und sah zu. Da aus dem Rückwärts-Herausstoßen bei dem wirbelnden Wind nichts zu werden schien, rief er, sie sollten das Boot nicht an den anderen Booten kaputt machen, sprang an Bord und nahm Graham die Steuerung aus der Hand. Er gab genaue Anweisungen, wann und wie die Segel gehisst und justiert werden mussten, und auch wenn der Stoff zunächst flatterte und knatterte, setzte sich das Boot doch zwischen den anderen in Bewegung und glitt exakt an die einzige Stelle, die groß genug war, damit es wenden konnte, und von wo es der Seitenwind direkt und gleichmäßig in Richtung offenes Meer schob.

Der Besitzer des Verleihs steuerte das Boot aus dem Labyrinth des Hafens hinaus an eine Stelle am Ende des letzten langen Stegs, an dem er noch an Land kommen konnte. Von dort mussten sie zu dritt weiter. Bis zur französischen Küste waren es hundert Seemeilen, der Nachmittag ging bereits in den Abend über, und es nieselte, wobei man nicht wusste, ob die Tropfen vom Himmel kamen oder vom Meer aufspritzten.

Graham konzentrierte sich aufs Steuern. Er versuchte das Boot ungefähr nach dem schaukelnden Kompass auf Kurs zu halten. Isla kümmerte sich um die Segel und mein Bruder half, wo er konnte, und hielt zumindest den Computer an einer vor Wasserspritzern geschützten Stelle auf den Stufen vor der Kajüte geöffnet. Die schnell wechselnden Koordinatenangaben mussten im Auge behalten werden, um dem westlichen oder östlichen Rand des Korridors nicht zu nahe zu kommen.

Sie hatten gerade erst die Küste verlassen, da setzte auch schon die Dunkelheit des Mittwinters ein. Die Lichter von Brighton tauchten als gelblicher Klumpen seitlich hinter ihnen aus dem Nieselregen auf, und die kleineren Städte und Ortschaften bildeten eine Lichterreihe entlang der Uferlinie.

Als der Wind auf der offenen See weiter zunahm, fühlten sie sich nicht mehr besonders sicher. Das Schaukeln zeigte zuerst bei Isla Wirkung, sie übergab sich zweimal über die Reling und spuckte dann lange noch den Geschmack im Mund aus. Der Nieselregen hörte auf, aber Meerwasser spritzte seitlich über den Bug bis in den Sitzkasten.

Mitten in der Nacht hat mein Bruder den einzigen, hüpfenden Logbucheintrag der Kanalüberquerung gemacht, und vielleicht auch nur, weil Graham befohlen hat, etwas zu schreiben.

Log (P. J.)

5. 1. 07, 00:10–00:20 Uhr
50° 22' 08" N, 0° 04' 32" E

Der Kanal liegt im Dunkeln ziemlich oft Schiffe man sieht Lichter Graham am Ruder ab und zu Isla. Ich halte die Taschenlampe damit man den Kompass besser sieht. Computer ist immer eine halbe Stunde aus und dann wieder fünf Minuten an für die Navigation weil der Strom vielleicht nicht reicht obwohl's schaukelt wie verrückt. Am schlimmsten sind die eiskalten Finger alle Handschuhe nass hab einen Karton Gummihandschuhe gefunden. Ist gerade alles nicht so angenehm die Rettungswesten halten den Wind ab wenn der Morgen kommt sehen wir weiter.

Und durch dieses Meer ist jemand von England nach Frankreich geschwommen, schrieb mein Bruder später in sein Notizbuch, ein Thema, bei dem sie die ganze Nacht über Gesprächsstoff suchten. Graham hatte erzählt, dass die entsprechenden Versuche immer im Sommer unternommen wurden, wenn es am wärmsten und am wenigsten windig war, aber die Schwimmer trugen trotzdem eine wärmespeichernde Vaselineschicht von einem halben Zoll auf der Haut, und die wenigsten schafften es hinüber, die meisten ermüdeten durch den Seegang und mussten ins Begleitboot steigen.

Hätte man unter der Haut braunes Fett, würde man vielleicht nicht so zittern. Wäre man regelmäßig im Eisloch geschwommen oder hätte man mehr im Freien gearbeitet, dann wäre man besser daran gewöhnt, schrieb Petr.

Am Morgen mochte sich niemand mehr über nichtige

Dinge unterhalten. Alle waren nur noch müde, sie befanden sich in dem klammen und matten Zustand, aus dem man sich am liebsten mit Gewalt herausreißen möchte. Alles, was vor ihnen lag und nach dem Ärmelkanal folgen würde, erschien ihnen schon vorab unmöglich.

Aber als sich kurz nach Mittag zum ersten Mal die Silhouette der Küste im Dunst abzeichnete, stieg die Stimmung. Es war Land in Sicht, und dieses Land war Frankreich, das Segeln hatte also doch einigermaßen hingehauen, im Dunkeln und mitten auf der Schiffsroute hatte es keinen einzigen Gefahrenmoment gegeben, jedenfalls hatten sie nichts dergleichen bemerkt. Graham hatte es geschafft, das Boot, wenn auch im Zickzackkurs, in der Nähe des Nullmeridians zu halten, und es waren nicht allzu viele unnötige Meilen hinzugekommen.

Solche Dinge notierte mein Bruder in seinem Ryman, als sie nach weiterem mehrstündigen Segeln endlich am Ufer angelegt, das Boot im Hafen von Villers-sur-Mer an der angegebenen Stelle abgeliefert und in der Stadtmitte ein Hotel gefunden hatten.

Dort war nur noch ein Zimmer frei. Sie nahmen es, baten um eine zusätzliche Matratze, die sie auf den Fußboden legen konnten, gingen der Reihe nach unter die heiße Dusche und schliefen dann den ganzen Abend und die ganze Nacht, mein Bruder unter einer Wolldecke auf der Matratze vor dem Kleiderschrank. Nach sechzehn Stunden wurde Petr als Erster wach und stand vorsichtig auf, um die anderen nicht zu wecken. Der Vorhang war offen geblieben, die Sonne über dem Parkplatz schien herein, Isla und Graham schliefen Rücken an Rücken.

[Wie siamesische Zwillinge, am Buckel miteinander verwachsen. Isla sieht im Schlaf aus wie ein Kind, der Mund ein wenig offen, Spucke rinnt heraus.

Fast wie Schwester und Bruder für mich, mehr noch. Seine Schwestern und Brüder kann man sich ja nicht selbst aussuchen.]

So hat es Petr im Hotel in Villers-sur-Mer in sein Notizbuch geschrieben. Acht Doppelseiten hat er schreiben können, bis die anderen aufgewacht sind. Ryman 1 war voll, und er fing mit Ryman 2 an, beide mit gleichem schwarzem Einband, bei Nummer 2 hat dieser sich später auf der Reise gelöst. Der Wechsel hat an der Küste stattgefunden, das zweite Buch fängt dort an, wo Frankreich schon so nahe ist, dass man die ersten weißen Häuser vor grünem Hintergrund erkennen kann.

Petrs Notizbücher habe ich benutzt, um den Anfang der Reise und die Vorbereitungen zu beschreiben. Diese Phase war mehr eine Rekonstruktion, ein Zusammensetzen von kleinen Teilchen und ein ständiges Überprüfen, ob ich in den Logbuchaufzeichnungen die Stellen richtig verstanden habe, die ich für wichtig hielt und von denen auf den Seiten der Notizbücher ausführlicher zu erzählen versucht worden ist.

Wenn man aus den Einzelteilen eines anderen etwas aufbaut, hat man nie die Gewissheit, dass in dem Haufen Bauklötze nicht etwas Wichtiges fehlt. Petrs Notizen wirken ehrlich und er scheint sie für niemanden außer sich selbst gemacht zu haben. Er hat geschrieben, wenn er dazu kam und Lust dazu hatte, nicht regelmäßig, aber wenn er einige Tage ausließ, versuchte er sie beim nächsten Mal wenigstens grob zusammenzufassen.

Zu Beginn der Frankreich-Etappe erhielten sie neue Reiseanweisungen auf ihrem Monitor. Nach wie vor waren alle Fortbewegungsarten außer dem Gehen ausgeschlossen, weshalb ihnen nichts anderes übrig blieb, als ihren Weg durch winterliche, feucht-grüne ländliche Gegenden in gerader südlicher Richtung fortzusetzen.

Die Karten waren schlechter als zwischen Greenwich und Peacehaven. Sie mussten neue kaufen, aber in Nordfrankreich berührt der Nullmeridian keine einzige größere Stadt, und in den Dörfern gab es keine Geschäfte, wo sie mehr bekommen hätten als die Straßenkarten mit kleinem Maßstab, die an Tankstellen verkauft werden.

In der Nähe von Argentan und Alençon war Islas Helferstatus erstmals von Nutzen. Da für sie die Meilenbegrenzung nicht galt, konnte sie in die Stadt gehen und detailliertere Karten kaufen.

Auch die Fortbewegungsbeschränkung berührte Isla nicht. Sie fuhr mit einem Bus nach Argentan und von dort in das noch größere Alençon, kaufte Karten und etwas zu essen, rief vom Fernsprechamt aus ihre Mutter an und stieg dann wieder in den Linienbus. In der Ortschaft, die sie vorher vereinbart hatten, wartete sie, bis Graham und Petr angestiefelt kamen.

Log (I. F.-H.)

8. 1. 07, 17:00 Uhr

St-Christophe-le-Jajolet

Habe auch einen Teil der Sachen der anderen mitgenommen. So kann man das Fortkommen leichter machen. Ich spiele gern den Kurier, wenn ich dafür mal von den schlammigen Feldwegen wegkomme. Ist auch nicht schlecht, vor einem Kaminfeuer zu sitzen und die Jacke zum Trocknen über den Stuhl zu hängen. Tasse Kaffee, Apfelkuchen, eine kleine Karaffe Wein, Brot und Käse auf einem Keramikteller. Auch eine Übernachtungsmöglichkeit ist wieder gesichert, das ist jeden Tag ein Grund zur Sorge, weil man vorab nichts Genaues weiß. Graham ist der Meinung, dass man besser nicht vom Quartier aus anrufen und für den nächsten Abend etwas ausmachen soll, auch wenn es möglich ist, er meint, das darf man nicht, weil es die Einschränkung gibt und auch weil man nie weiß, ob man nicht aus irgendeinem Grund weiter gehen will und noch ein Stück Etappe mehr hinter sich bringt. Darüber reden wir jeden Tag. Peter nimmt dazu nicht Stellung, außer dass er sich irgendwie immer auf Grahams Seite schlägt.

Habe eine neue wasserdichte Jacke gekauft und die alte in das Loch eines Altkleidercontainers gestopft. Es gibt keine Francs mehr, sondern nur noch das bunte Spielgeld. Es ist fast zehn Jahre her, seit ich das letzte Mal in Frankreich gewesen bin, obwohl ich vorher so oft da war.

Petr rief mich erst nach Vaters Beerdigung an. Als auf dem Handydisplay eine ausländische Ziffernfolge erschien, war ich sicher und erwartete nichts anderes als die vertraute Stimme und fing direkt damit an, dass Vater gestorben ist, und warum hast du dich nicht gemeldet. Da war kein Taktgefühl und nicht einmal Trauer, in meiner Wut sind mir wahrscheinlich ziemlich schlimme Sachen herausgerutscht. Ich kann mich nicht daran erinnern, aber Petr hat es im Ryman 2 notiert: Kari hat mich angeschrien. Ich glaube nicht, dass ich geschrien habe, denn so hätte ich doch nicht von Vaters Tod berichtet, aber vielleicht hat Petr es so erlebt.

[– aber wenn er nicht mal versucht mich zu verstehen. Kari muss mir nicht bis nach Frankreich Schuldgefühle zuschieben. Vater hat seine Beerdigung nicht mehr erlebt. Punkt. Jeder hat seinen eigenen Kram. Ich hab ihn hier.]

[Jetzt kann er niemandem mehr sagen, wie man durch tiefen Schnee fährt, ohne dass der Traktor stecken bleibt.]

[Ich habe Kari angerufen. Er hatte sich beruhigt. Ich konnte es ihm erklären, und er hat es wohl auch verstanden.]

[– ein Traum, in dem Vater einen weißen Futon gekauft hat –]

Es waren unnötig hektische Wochen voller Erledigungen. Die Angehörigen sollen gar nicht erst die Gelegenheit haben, zu trauern und sich zu viele Gedanken zu machen. Gestorben wird die ganze Zeit, die Gesellschaft würde bloß ins Stocken geraten, wenn eine Zeit der Ruhe beschlossen würde.

Ich wollte die offiziellen Angelegenheiten so schnell wie möglich hinter mich bringen und nahm mir frei; meinen schon geplanten Winterurlaub konnte ich auf Mitte Januar verschieben, und in der Zeit wohnte ich in unserem alten Haus. Ich hatte mich um das Haus schon gekümmert, als Vater im Altersheim gewesen war, es war ein wichtiger Ort für mich geworden, auch wenn ich vor vielen Jahren gerne weggezogen war.

Petr war seit zehn oder fünfzehn Jahren nicht mehr zu Hause gewesen, außer mal an einem Wochenende und an Weihnachten, an Renovierungen hatte er sich nicht mehr beteiligt und sich auch sonst um nichts mehr gekümmert. Auch deshalb war es klar, dass ich das Haus, das Ufer und die Insel bekommen würde. So hatte ich es mir schon gedacht, bevor ich beim Zusammenstellen der Dokumente anfing, mich über die Daten im Familienbuch zu wundern.

Im Sommer zuvor hatte ich fast meinen gesamten Urlaub dort verbracht, den Garten gepflegt und die Fenster auf der Sonnenseite gekittet und gestrichen; zum Zeitvertreib hatte ich aus den Schubladen der Kommode Unterlagen und Karten herausgesucht, auf denen man die Grenzen des gesamten Besitzes auf den Meter genau erkennen konnte. Die Marksteine waren im Lauf der Jahrzehnte zwischen Moos und Heideröschen versunken, ich grub sie mit dem Spaten aus, an einige Eckpunkte konnte ich mich sogar noch erinnern, Grenzsteine wurden sie genannt, dahinter wurde nicht einen Meter weit ausgeforstet, es wurde nicht einmal mit dem Traktor gefahren, damit auf dem Nachbargrund keine Spuren zurückblieben.

Wald gehört nicht viel zum Hof, auch ehemalige Äcker gibt es nicht viele, das Ufer ist zum größten Teil schlecht und verschilft, aber mitten auf dem See liegt die Insel Silmäsaari. Es ist eine anderthalb Hektar große, fast vollkommen runde Insel mit einem Quellteich in der Mitte und im Teich gibt es wieder eine ovale Insel, mit sumpfigen Rändern, aber sandiger Mitte.

Im Nachhinein kommt es mir vor, als wäre ich wegen Silmäsaari nach Frankreich gefahren, um von meinem Bruder die Unterschriften für die amtliche Erbschaftsregelung zu holen. Für die Nachlassaufstellung brauchte ich Vollmachten und für die Erbschaftsregelung alle möglichen Handlungsbevollmächtigungen, Zustimmungen und Einverständniserklärungen.

Die Insel war mir das Wichtigste, aber ich wollte auch den Hof haben, so komplett wie möglich. Für Petrs Anteil schlug ich vor, ein Ufergrundstück von fairer Größe am Rand des Besitzes abzutrennen, das er leicht zu Geld machen konnte, indem er es später entweder an mich verkaufte oder, wenn er mich ärgern wollte, an Fremde. Falls er es nicht doch behalten wollte, aber das glaubte ich nicht. In einer Anwaltskanzlei ließ ich einen entsprechenden Teilungsvertrag anfertigen, und den wollte ich Petr zum Unterschreiben bringen.

Es ist doch wohl nichts falsch daran, wenn man an etwas Eigenem festhalten will? Du wirst es sehen, Maaria, wenn wir auf dem Vuojärvi rudern und Silmäsaari mitten aus dem See aufsteigen wird, rund wie ein Möwenei. Wir gehen an Land und steigen auf den Hügel, dort oben ist der Teich und in dessen Mitte wieder eine Insel. Man kann da auch im Sommer hin, man muss nur ein paar Meter durchs Wasser waten, auch wenn es so tief ist, dass man am besten alle Kleider auszieht. Wenn man dann dort ist, hat man zuerst das Gefühl, es kippelt und schwankt wie eine Schaukel oder eine Wiege, die Ränder sind nicht mit dem Grund verbunden, aber in der Mitte gibt es eine gleichmäßige sandige Stelle mit ein paar Steinen, vielleicht nicht mehr als einen halben Meter Kantenlänge; wenn man da steht, fühlt man sich so sehr in der Mitte von allem, wie es nirgendwo anders sein kann.

So kam es, dass ich nach allen möglichen Vorbereitungen und Telefonaten, die Petr von Telefonzellen und Pensionen aus mit mir geführt hatte, am Morgen des 23. Januar nach Frankreich aufbrach.

Sie waren bis dahin schon mehr als fünfhundert Kilometer vom Kanalufer aus die Meridiangerade entlanggewandert, Umwege und Besorgungen kamen noch hinzu. Das offizielle Logbuch führten sie abwechselnd, jeder machte seine Eintragungen, aber manchmal eher nachlässig. Bei Graham steht oft nicht mehr als das Datum, die Uhrzeit und die Koordinaten, und Petr und Isla notierten auch nichts Überflüssiges. Den Reiseverlauf kann man trotzdem nachvollziehen, Tag für Tag immer zwanzig Meilen weiter nach Süden, auf Feldwegen und durch kleine Dörfer.

Das Gehen ist schnell zur Routine geworden und durch die alltägliche Wiederholung zur Arbeit, das merkt man den Aufzeichnungen spätestens seit den Wäldern von Argentan an. Früh aufstehen, schnell waschen und zum Frühstück etwas Proviant vom Vortag, dann sofort raus ins Dunkle und den Nullmeridian entlang in südlicher Richtung. Es wurden zwei Stunden am Stück gegangen, dazwischen kurze Pausen gemacht, dann immer alle zwei Stunden fünfzehn oder zwanzig Minuten Rast, mittags eine etwas längere Pause zum Essen in irgendeinem Lokal, das innerhalb der Meilengrenzen lag, und am Nachmittag dann wieder Gehen, so dicht an der Nulllinie entlang, wie es im Gelände und auf dem Netz der sich überschneidenden Wege vernünftig und möglich war.

Am Spätnachmittag oder, falls es auf der Tagesetappe wegen nötiger Umwege nur langsam vorangegangen war, erst abends suchten sie ein Nachtquartier auf, das ihnen zufällig begegnete, eine Pension oder eine Hütte oder auch ein Hotel, ohne dabei besonders wählerisch zu sein. Nicht immer war es leicht, eine Unterkunft zu finden. In Frankreich verläuft der Nullmeridian stellenweise durch sehr abgelegene Gegenden, und auch dort, wo Menschen wohnen, war es manchmal schwer, eine Übernachtungsmöglichkeit zu finden, da mitten im Winter viele Unterkünfte geschlossen waren. Ein paarmal mussten sie etwas extra zahlen oder jemanden lange überreden, damit sie wenigstens unbeheizte Zimmer bekamen, in denen sich den Winter über Staub angesammelt hatte und es feucht und muffig roch.

Trotzdem sind viele Abende gut verlaufen. Das kann man noch besser in Petrs Ryman nachlesen als im gemeinsamen Logbuch. Wenn man sich einmal an das Gehen gewöhnt hatte, war die Anstrengung nicht mehr so groß, dass man am Abend nur noch fähig gewesen wäre, schnell irgendwelche Nahrung zu tanken und so früh wie möglich schlafen zu gehen.

Sie lernten, sich das Fortkommen zu erleichtern und die Traglast zu verringern, indem Isla an mehreren Tagen einen Teil der Strecke mit dem Bus oder dem Taxi zurücklegte und dabei das Gepäck mitnahm. Weil sie keine Telefone hatten, mussten sie immer vorher Punkte festlegen, an denen Isla Zettel mit der Information deponierte, in welchem Lokal oder welcher Unterkunft sie auf die beiden Wanderer wartete.

Islas Französischkenntnisse waren sehr nützlich. Auch Graham konnte die Sprache einigermaßen, mein Bruder jedoch überhaupt nicht. Isla war auch in der Lage, das jeweils beste Essen auszuwählen und schon vorher zu erklären, was an Grahams Gericht weggelassen werden musste und was man anstelle von rotem Fleisch nehmen konnte. Der Januar war einer von Grahams Fischmonaten, das machte die Auswahl leichter.

Log (Gr. H.)
18. 1. 07, 12:00 Uhr
45° 31' 34" N, 0° 00' 06" W

Fernstraßen und die Verkehrsknäuel von Angoulême hinter uns. Jetzt liegt Schnee, nass und schwer zu gehen.

[Kari hat sich in den Kopf gesetzt, herzukommen, vielleicht schon in einer Woche, falls er einen Stellvertreter für seine Arbeit findet. Wenn er zu viel Geld hat, von mir aus. Die Ämter können es nicht so eilig haben, dass von meiner Unterschrift alles abhängt. Die Erbschaftssteuer müsste man auch so berechnen können.

Ich habe ihm gesagt, bring Roggenbrot mit, das getrocknete hält sich am besten, und eine Flasche klaren Koskenkorva, der ist eine bessere Medizin als Kognak und hindert die Grippebakterien daran, sich im Rachen festzusetzen.]

[– lange und total flache Tagesetappen. Oft müssen wir erklären, warum wir hier wandern. Niemand sonst versucht in Regen und Schlamm mit Gestellrucksack auf dem Rücken in der Champagne senkrecht nach Süden zu kommen, und sei es am Straßenrand, wenn die Korridorgrenze näher rückt, und ohne sich für bessere Routen zu interessieren.

Isla hat sich eine passende Erklärung zurechtgelegt und fängt damit immer gleich an, wenn jemand fragt. Das Vorankommen selbst geht mittlerweile praktisch instinktiv, als wäre der Greenwich-Meridian mit Phosphor auf die Felder gezeichnet. Der Computer tickt erstaunlich oft mitten auf dem Korridor, manchmal nur eine oder zwei Sekunden östlich oder westlich. Das sind nicht einmal fünfzig Meter.

Bis jetzt haben wir von keinem einzigen anderen Team

etwas gehört. Machen sie überhaupt mit? Wie weit sind sie schon? Immer wieder kommt es zu dem Punkt, an dem man nicht mehr weiß, wozu das Ganze.

Graham hat einmal treffend gesagt, die Menschen gehen ja auch sonntags in die Kirche. Dem Meridian zu folgen ist nicht viel anders, man folgt einer Sache, damit man wenigstens irgendein Ziel hat.

Das kann sein, aber es ist trotzdem nicht so. Mir fallen die Antworten immer erst später ein. Der Gottesdienst ist immerhin ein Symbol, aber Gehen ist Gehen. Man muss lange zu dritt gehen, bis man etwas versteht.

Es ist natürlich eine gemeinsame Sache von uns dreien. Zwischendurch geht man richtig gern. Man geht einfach, alles ist ruhig, und man wird nicht mehr müde, wenn man es richtig macht, sodass der Körper gegen Abend ermüdet, dann schläft man nach einer kräftigen Mahlzeit und dem Wein wie ein Kind. Auch Isla schläft mittlerweile immer ohne ihre Schlaftabletten.

Untereinander haben sie manchmal Streit, aber es hat keinen Sinn, sich darüber Gedanken zu machen. Ich gehe und trage meine Last, das ist genug. Der Weg ist wichtiger als das Ziel, habe ich heute gesagt, aber Graham meinte, das Gehen ist nichts anderes als das Zusammensetzen von Einzelteilen des Ziels zu einem vollkommenen Kreis.]

Log (P. J.)

24. 1. 07, 15:00 Uhr

44° 32' 46" N, 0° 00' 02" W

Hure bei Marmande

Mein kleiner Bruder ist überraschend zu Besuch gekommen. Der Besuch darf den Fortgang der Tour nicht beeinträchtigen. Wird er auch nicht, morgen geht es gleich in aller Frühe weiter.

[Es war ein komisches Gefühl, Kari plötzlich mitten auf dem Dorfplatz zu sehen. Die Welt ist ziemlich klein. Man muss nur einen Entschluss fassen und aufbrechen. Wenn es vom finnischen Karelien aus weniger als zwanzig Stunden dauert, um am anderen Ende Europas in eine ebenso abgelegene Gegend zu kommen, dann ist Europa ein 24-Stunden-Kontinent.

Wenn man an ungefähr allen Touristenströmen vorbeiwandert, mitten im Winter, im Gestank von Jauche auf den Feldern und im strömenden Regen, wirkt Frankreich noch abgelegener als Karelien und keineswegs wie ein großes Land und erst recht nicht wie das Zentrum eines Imperiums. Während der ganzen Reise kam Paris nur in Lokalen in den Fernsehnachrichten vor.]

Das schrieb Petr am Tag meiner Ankunft ins Logbuch und in sein Ryman. Kein bisschen mehr. Damit war seiner Meinung nach alles gesagt.

Für mich steckte in meiner Ankunft eine Menge drin. Ich hatte zuvor nie längere Zeit im Ausland verbracht und war auch sonst nicht viel gereist, außer eben die normalen ein, zwei Wochen in den Süden und eher für Kurzurlaube, ein Wochenende in Tallinn oder mal nach Petroskoi oder Viipuri, um mein Schulrussisch wenigstens einigermaßen aufrechtzuerhalten.

Schon das Suchen und Finden quer durch Frankreich bis zum vereinbarten Ort südlich der Garonne war für mich eine große Sache. Sicherheitshalber nahm ich am Pariser Flughafen ein Taxi zum Bahnhof, den Nachtzug nach Toulouse fand ich leicht, Ticket und Platz hatte ich vorab über die Finnische Bahn gebucht. Von Toulouse aus war es dann schwieriger, weil ich alles selbst organisieren musste.

Bei seinem letzten Anruf hatte Petr nur die Ortschaft genannt, die sie ihrer Berechnung nach am Tag meiner Ankunft erreichen würden. Ich hatte ihn gebeten, die Namen Hure und La Réole zu buchstabieren, sodass ich sie auch garantiert richtig aufs Papier bekam. Hure lag in der Nähe von Marmande, Marmande fand ich auf der Karte. Mehr Informationen hatte ich nicht, als ich mit dem Bus in Toulouse losfuhr.

Am Ziel konnte ich dem Taxifahrer keine Adresse nennen, und da mir nichts Besseres einfiel, stieg ich mit meinem Gepäck auf einer Art Marktplatz aus. Mehr hatten Petr und ich nicht ausgemacht. Ich stand bloß da und wartete, dass etwas passierte, aber es passierte nichts. Etwas weiter weg waren ein Laden und eine Bäckerei. Ich versuchte auf Englisch und mit den wenigen Worten Französisch, an die ich mich von irgendwo her erinnern konnte, Erkundigungen einzuholen. Ich fragte nach einem Hotel, die Frau in der Bäckerei schüttelte den Kopf. Ich fragte nach einem Café, worauf ich als Antwort ein Gestikulieren und Kopfnicken erhielt. Die Frau kam mit mir vor den Laden, zeigte auf eine schmale Gasse und wies nach rechts und dann nach links. Ich kam mir dumm und müde vor.

Es war peinlich, zu erklären, dass man drei Menschen suchte, zwei Männer und eine Frau, Wanderer mit Gestellrucksäcken, das heißt, eigentlich versuchte man ja nur zu erklären, denn eine gemeinsame Sprache gab es nicht. Arme wurden ausgebreitet, Schultern gezuckt, ich trank zwei Kaffee und ging zwischendurch nach draußen und an die Straßenecken, um nachzuschauen.

Nach drei Stunden dann, als ich wieder einmal das Café verlassen hatte, sah ich Petr. Ich trat aus dem Schatten auf ihn zu und hüstelte, Petr drehte sich um und hob eine Hand. Keiner von uns rief einen lauten Gruß aus, wir gingen einfach aufeinander zu und gaben uns die Hand, nichts Intimeres als ein bisschen Verwunderung, weil es seltsam war, sich dort am Arsch der Welt zu begegnen, wie Petr sich ausdrückte. Ich wunderte mich mehr darüber, dass ich mit so spärlichen Vorgaben ans Ziel gefunden hatte.

Wir holten mein Gepäck aus dem Café und gingen zum Fluss. Sie hatten in einem Haus mit Ziegeldach Unterkunft gefunden, sich in zwei Zimmern im Obergeschoss einquartiert und die Reise für diesen Tag unterbrochen.

Islas und Grahams Namen kannte ich schon seit Jahren, Petr hatte während seines Studiums von ihnen erzählt, aber ich hatte noch nie auch nur ein Foto von ihnen gesehen. Beide sahen durchtrainiert aus, das war mein erster Eindruck, die Wangen waren bei beiden eingefallen wie bei Ausdauersportlern. Graham sah älter aus als Petr, und Isla hatte lange schwarze Haare und ein buntes Tuch, das über die Stirn und hinter den Ohren entlanglief.

Sie sagten, sie hätten einen leichten Zwischentag eingelegt und seien nur zwanzig Kilometer gegangen, damit sie mich auch wirklich trafen. Wir gingen zum Essen nach unten, auf dem Herd zischelte die große gusseiserne Pfanne der Familie, darin Fleisch in verschiedenen Farben, Würste und gedünstetes Gemüse. Graham pickte sich Gemüse heraus und goss Öl und Essig darüber. Auch Wein gab es und Wasser, das in einer dickwandigen grünen Karaffe bereitstand.

Am meisten schienen sie sich dafür zu interessieren, ob über den Reisewettbewerb etwas im Internet oder in den Zeitungen stand. Petr hatte mich gebeten, danach zu suchen, und ich hatte es mit verschiedenen Suchwörtern und an unterschiedlichen Stellen versucht, aber nichts gefunden. Schon bei der Suche war mir das seltsam vorgekommen, denn Petr hatte mir erklärt, es handle sich um einen großen und internationalen Wettbewerb.

Auf den Qualifikationswettkampf war ich über Grahams, Islas und Edmond Halleys Namen gestoßen, aber über den aktuellen Wettbewerb gab es nichts. Wer bezahlt denn so was, und warum?, fragte ich. Graham erzählte vage etwas von Geschichtsstiftungen, die über altes Kapital verfügten und auch über neue Einkünfte aus dem Verkauf von Forschungsergebnissen und der Übertragung von Nutzungsrechten. Die Edmond Halley Memorial Society war so eine Stiftung, einst gegründet, um das Andenken Edmond Halleys zu wahren, wie der Name schon sagte. In Stiftungen dieser Art war über Jahrzehnte hinweg Vermögen von Firmen eingeflossen, geschützt vor dem Finanzamt, außerdem waren Erbschaften in Form von Schenkungen zusammengetragen worden. Auch für diesen scheinbar so sinnlosen Wettkampf hatte man Mäzene und Förderer gefunden.

Als Graham und Petr zufällig beide einen Moment den Tisch verlassen hatten, fing Isla an, sich nach meinem Leben zu erkundigen. Ich erzählte ihr zuerst von Vaters Tod, davon schien sie zu wissen, und dann ein bisschen von meiner Arbeit im Jugendheim, wie ich dort während eines ganz anderen Studiums hingeraten und schließlich geblieben war. Isla hörte zu und unterbrach mich nicht, obwohl ich fremde Wörter aus meinem Gedächtnis holen musste und längst nicht alle fand, sondern versuchte sie zu umschreiben.

Sie verbrachten ihren ersten freien halben Tag seit ihrem Aufbruch in England, fast einen Monat lang hatten sie im Akkord die Arbeit des Gehens verrichtet. Auch Petr sah man die viele Anstrengung und die viele frische Luft an, er hatte abgenommen und Farbe bekommen.

Es wurde noch mehr Wein geholt und nach dem Dessert gab es Armagnac. Falls bei dem Halley-Wettbewerb etwas als geheim eingestuft gewesen sein sollte, so glaube ich im Verlauf jenes Abends auch davon ziemlich viel erfahren zu haben. Mein Bruder hielt sich am ehesten zurück, bremste die anderen aber nicht, und Isla und Graham erzählten mir alles, was ich wissen wollte und wonach ich fragte, so jedenfalls kam es mir damals vor.

Die Halsbänder, die Petr und Graham trugen, waren merkwürdig, Ordenszeichen, sagte Isla. Sie hatten an mehreren Knoten gefärbte Stellen und waren von einem weißen Stoffband unterlegt. Ohne dazugehörige Erklärung hätten sie ausgesehen wie etwas, das mit der Hippie-Zeit oder mit S/M-Klubs zu tun hat, oder es hätten für immer und ewig auf der Haut zu tragende Treuezeichen einer Motorradbande sein können.

Der Hals ist die Stelle am menschlichen Körper, wo man ein Band und eine Fessel am dauerhaftesten befestigen kann. Von Fußfesseln wie von Handschellen haben sich Häftlinge durch Hungern oder Selbstverstümmelung schon befreien können oder indem sie einen anderen baten, ihnen mit der Axt die Hand oder den Fuß abzuschlagen, aber den Kopf kann man nicht verstümmeln und die Schultern und den Rumpf nicht zu einem so schmalen Stumpf schneiden, dass er durch ein Halsband passt.

Draußen war es bereits stockfinster, als wir nach oben in die Zimmer gingen. Isla und Graham hatten ihr eigenes, ich ging mit zu Petr. Wir konnten die beiden Hälften des Doppelbetts so weit voneinander trennen, dass wir nicht unmittelbar nebeneinanderschlafen mussten. Ich kann mich nicht daran erinnern, dass wir zu Hause je ein gemeinsames Zimmer gehabt hätten. Petr war so viel älter als ich, und im Obergeschoss gab es genug Platz, drei getrennte Zimmer, Vater und Mutter schliefen unten in ihrem Schlafzimmer zwischen Küche und großer Stube.

Nur auf den Lappland-Wanderungen hatten wir das Zelt geteilt. Auf diesen gemeinsamen Touren hatten wir Alkohol zu Desinfektionszwecken dabeigehabt. Genau so eine Flasche Koskenkorva hatte ich Petr auch jetzt mitgebracht, weil er am Telefon im Zusammenhang mit dem Roggenbrot davon gesprochen hatte. Wir leerten sie zu zweit, in kleinen Schlucken, redeten über alte Zeiten, darüber, was irgendwann vor zig Jahren mal passiert war, und dann nach und nach über die Beerdigung und, erst nachdem wir die Trauergäste durchgegangen waren, über Vater und übers Krankenhaus.

Petr war der Meinung, dass der Mensch nur trauert, weil er weiß: nie mehr, also eher wegen sich selbst. Die anderen ringsum sind in einem, und wenn es zu Sterbefällen kommt oder wenn jemand weggeht, löst sich immer auch ein Stück von einem selbst.

Für mich ist auch nach drei Jahren noch die Scheidung von Anni ein wunder Punkt. So viele Jahre gemeinsames Leben brachen fast auf einen Schlag ab, und später war darüber nicht mehr so richtig Aufschluss zu gewinnen, sodass man es innerlich wie eine Kapsel hätte abschneiden können. Es war einfach da und man hatte das Gefühl, gescheitert zu sein, obwohl Jahre vergangen und viele andere Dinge danach längst in Vergessenheit geraten waren.

Es passte nicht zu Petr, Tränen herunterzuschlucken, nicht einmal im betrunkenen Zustand, so war es uns zu Hause beigebracht worden, unser Vater hatte immer gesagt, ein Mann weint nicht, eine kleine Rotznase heult, aber ein Mann steht auf und sagt einmal laut Scheiße.

Ich kam nicht dazu, bei Petr einen der beiden Gründe anzusprechen, deretwegen ich nach Frankreich gekommen war. Die Aufteilung des Erbes wollte ich so durchführen, wie ich es geplant hatte, das war das Wichtigere, aber ich wollte auch wissen, ob Petr immer belogen worden war, was seinen richtigen Vater betraf. Falls nicht, warum von uns vieren dann nur ich, und weshalb hatte ständig an ein und derselben Geschichte festgehalten werden müssen, an Vaters Begeisterung, auf englische Spiele zu setzen und die europäischen Ligen zu verfolgen. Ich hatte immer von dem Lieblingsspieler aus der tschechoslowakischen Fußballliga erzählen müssen, von Petr Soundso, der unserem Petr seinen Namen und so weiter, den ganzen Blödsinn.

Vielleicht hätte ich damit angefangen, nachdem wir über die Beerdigung und über das Sterbezimmer im Krankenhaus geredet hatten, aber mit so etwas fängt man nicht einfach an, es muss der passende Moment da sein, das Gespräch muss von selbst in die richtige Richtung laufen.

Aus dem Nebenzimmer hörte man ein Geräusch. Wir verstummten abrupt und lauschten. Man hörte weitere Geräusche, wie wenn Möbel verrückt und Stecker in die Dose gesteckt werden, und dann gedämpfte Musik, Gershwin, erkannte ich.

Sie tanzen, flüsterte Petr. Ich fragte mich, warum er flüstern musste, es gab keinen Grund dafür, aber Petr schlich an die Wand, um zu horchen, und bedeutete mir, still zu sein.

Nachdem er eine Zeit lang gelauscht hatte, zog er die Schuhe an und verließ das Zimmer, ging auf den Flur und klopfte am Nachbarzimmer an. Die *Cuban Overture* war durch die offenen Türen deutlich zu hören, dann hörte ich auch, dass gesprochen wurde. Ich setzte mich, versteckte die Flasche unterm Tisch und fing an, meine Sachen auszupacken und über den Stuhl zu hängen. Die Mappe mit den Dokumenten legte ich für den nächsten Morgen auf den Tisch, sodass Petr spätestens dann unterschreiben konnte, wenn nicht schon in der Nacht.

Isla kam an die Tür und fragte mich, ob ich tanzen wolle. Ich bekam es mit der Angst zu tun und fing an, umständlich zu erklären, dass ich das normalerweise nicht tue und auch nicht kann, dass es außerdem schon spät ist. Isla führte mich an der Hand auf den Flur, so wie man höflich eine Dame führt. Dort fingen wir an, Isla erzählte, sie und Graham hätten schon seit vielen Jahren nicht einmal mehr versucht zu tanzen, es wäre ihnen gar nicht eingefallen und es habe auch nicht die Gelegenheit dazu gegeben, weil sie nach ihrem Umzug nach Mayo nirgendwo mehr hingegangen waren. Ich versuchte meine Schritte ungefähr mit Gershwin in Einklang zu bringen, das Stück hörte gar nicht mehr auf, es kam aus dem Radiowecker, ein Arrangement in Überlänge, mit Wiederholungen und Soli ausgeweitet, schön, das schon, eine langsame Rumba, melodisch und wild zugleich.

Petr und Graham schienen sich im Zimmer zu unterhalten, als wir uns auf dem kurzen Gang an beiden Türen vorbei hin und her wiegten. Auf dem Tisch vor ihnen lagen schmale Kartenstreifen und in der Mitte der flache Computer.

Als der Gershwin aufhörte, bat Petr mich, die Flasche und die Gläser zu holen, Isla und Graham hatten ihre eigenen. Der Schnaps fühlte sich noch immer gleich warm an, aber keiner verzog wegen des Geschmacks das Gesicht, sondern es wurde angestoßen, und dieser Moment war ein gemeinsamer.

Nette Menschen; da hast du gute Gesellschaft auf deiner Tour, sagte ich später zu Petr, als wir wieder in unserem Zimmer waren und uns schlafen legten. Petr war wegen des Alkohols milde gestimmt und sagte zu allem Ja, als ich seine Freunde lobte.

Dann sprach ich unser Elternhaus und Silmäsaari an, ohne große Überleitung, ich sagte kurz und bündig, wie ich mir die Aufteilung vorstellte. Petr wurde wach und richtete sich in seiner Betthälfte wieder auf. Wieso?, fragte er und sah mich an. Ich erklärte ihm, dass ich die letzten fünfzehn Jahre immer allein hingefahren war und mich um die Reparaturen und die Pflanzungen auf dem Hof gekümmert hatte.

Und davor, wer hat da die Arbeit gemacht?, entgegnete Petr und fing von den Zeiten an, in denen ich so klein gewesen war, dass ich mich natürlich nicht hatte beteiligen können. Alte Geschichten von vor über einem Vierteljahrhundert, vom Anfang der Achtzigerjahre, so sehr Geschichte, dass die Staaten in Europa nicht mal dieselben waren wie heute. Es kam mir sinnlos vor, auf den Erinnerungen an die elende Zeit herumzureiten. Petr schien das auch zu begreifen, denn er brach seine Geschichte mittendrin ab, beim Ausforsten eines Waldstücks, das ihm wochenlang nach der Schule sämtliche Nachmittage und Abende geraubt hatte und die Samstage und die Sonntage von morgens um sechs bis abends um sechs. Dann erklärte er, die Aufteilung müsse genau umgekehrt vonstattengehen, er wolle den gesamten Hof haben und mich mit wenig Geld ausbezahlen.

Ich war betrunken und wütend genug, um die Information über Petrs richtigen Vater ohne jede Vorbereitung herauszuhauen. Er wandte den Kopf ab und schwieg so lange, dass es unangenehm wurde.

Und weiter? Was hat das mit der Aufteilung zu tun? Ich bin anerkannt worden, du hast doch Vaters Familienstammbuch, was steht denn da unter Kinder?, fragte Petr und zeigte mit dem Finger auf die schwarze Mappe auf dem Tisch, die mit einem über die Ecken gezogenen Gummiband verschlossen war.

Log (I. F.-H.)

25. 1. 07, 15:20 Uhr

44° 19' 15" N, 0° 00' 37" E

St-Martin-de-Curton

Sprühregen und Wind, den ganzen Tag starker Wind. Auch sonst kein besonders guter Tag, ein paar Komplikationen usw., und am Morgen kamen wir erst spät los. Sofort fiel das Gehen schwerer. Wenn wir heute wenigstens 20 Kilometer geschafft hätten, aber weiter geht es nicht mehr. Genau hier fangen die Felder und Sumpfwiesen eines langen Tages an (so hat Graham das Künftige bezeichnet), das müssen wir zwangsläufig auf morgen ver-

schieben, das ist ein voller Marathon in der offenen Ebene und vor Gabarret keine Unterkunft in Sicht.
Heute hatten wir beim Gehen Begleitung. Peters jüngerer Bruder kam mit. Sie haben noch über heimische Angelegenheiten zu reden und Vereinbarungen zu treffen.

15:40 Uhr
Mit Peters jüngerem Bruder in Casteljaloux Proviant eingekauft. Das Zweiergespann bleibt bis St-Martin auf dem Korridor.

Der erste Tag, an dem ich mit den anderen zu Fuß ging, war schwer, und ich hatte ja auch nicht die richtige Ausrüstung, aber ich ging gern mit, als Graham mich am Morgen fragte, ob ich Lust hätte, ein paar Abschnitte mit ihnen zu wandern. Mit Petr zu reden klappte am Morgen nicht so recht. Das Gehen half, denn dabei hat es keinen Sinn, so einen unnötigen Streit aufrechtzuerhalten. Über die Verteilung des Erbes kamen wir so weit überein, dass wir beide zwei Tage lang ernsthaft überlegen sollten, was am besten wäre und aus beider Sicht das Richtige.

Das Gehen erwies sich als so mühselig, dass man keinen unnötigen zusätzlichen Schritt machen mochte. Zuerst war es feucht und klamm und dann wurde es kalt. Ich musste meine Tasche unter der Regenjacke schützen, damit die Dokumente und Kleider zum Wechseln nicht nass wurden. Die Jacke ging deswegen nicht zu, worauf Hemd und Pulli im Nieselregen nass wurden, vor allem, wenn wir durch Gebüsch hindurch abkürzen mussten.

Den ganzen Tag hielt Graham sehr genau den Kurs. Er war nicht bereit, auch nur einen einzigen unnötigen Umweg zu machen oder bessere Wege zu suchen. Ein paarmal schlug ich das vor, aber sie hatten im Lauf des Monats wahrscheinlich gemerkt, dass es letztendlich schneller ist, einfach gerade vorwärtszupreschen.

Am Nachmittag fanden wir eine Unterkunft auf einem Bauernhof, ziemlich gut, ein großes, warmes Zimmer. Isla und ich gingen zu zweit in die Stadt, um einzukaufen, denn ich hatte keine trockenen Kleider mehr zum Wechseln und die Turnschuhe waren vom Regen und vom Schlamm so durchnässt, dass sie über Nacht nicht trocknen würden.

Ich fand Wanderschuhe aus Leder und in einem anderen Fachgeschäft desselben Einkaufszentrums Hemden und eine Jacke, atmungsaktive Regenhosen und einen großen, wasserdichten Rucksack. Es kostete zu viel, aber ich entschied mich dafür, auch wenn es natürlich leichter gewesen wäre, spätestens in Casteljaloux umzukehren und den Weg nach Paris und zur Maschine nach Finnland einzuschlagen.

Wenn man im Nachhinein klüger als man selbst ist und mit dem Auge Gottes von außen betrachtet, was man getan hat, dann war ich genau da an einem Scheitelpunkt der Lebensschaukel angelangt, an dem ich entweder kehrtmachen oder weitergehen konnte, bei den vom Wind gepeitschten Wiesen bei St-Martin-de-Curton und in Casteljaloux, in dem Café mit den braunen Wänden. Und da ich noch Urlaub hatte und der Rückflug erst für Sonntag gebucht war, beschloss ich, noch ein paar Tage mit Isla, Petr und Graham mitzugehen.

Der Donnerstag und der Freitag waren schrecklich lang und anstrengend. Ich hatte mich für gut in Form gehalten, zu Hause joggte ich in hohem Tempo und ging im Winter mehrmals die Woche Ski laufen, aber das tödliche gleichmäßige Marschieren ging in die Beine und in den Rücken. Der neue Rucksack drückte mir die Muster seiner Trageriemen in die Schultern, obwohl ich nur halb so viel zu tragen hatte wie Graham und auch weniger als mein Bruder.

Petr hielt gut durch und beklagte sich kein einziges Mal, was auch für Graham und Isla galt. Den Januar über hatten sie sich auf die Mühe eingestellt und gingen einfach immer weiter. Die Landschaften, durch die wir kamen, waren großartig, leer, ohne Wälder und Bäume, wie geräumt, dunkles Grün und Grau, wohin das Auge reichte, und nur hier und da von Weitem sauber aussehende, aus der Nähe aber einfach weiße Gebäude von Bauernhöfen, und daneben Kühe dicht an dicht auf der Weide und auch Schafe, fleckenweise auf den Hängen, als die Ebenen von Armagnac in die südlicheren Hügel übergingen.

Irgendwo gerade vor uns lagen die Pyrenäen. Ich hatte Berge immer gemocht, sie gern betrachtet, die Distanzen und Panoramen sind im Gebirge immer groß, und man nimmt seinen Platz als Mensch ganz anders wahr als in einem flachen, zur Gebüschzone ausgeholzten Land wie Finnland. Darum war ich so viele Male nach Lappland gefahren, zuerst mit Petr und später mit anderen.

Die Pyrenäen hatte ich noch nie gesehen. Als ich am Freitag während einer Pause bei Nogaro auf der Karte nachschaute, wie nah der mächtige Grenzwall schon war, bedauerte ich es, meine Reise auf die falschen Tage gelegt zu haben. Anstatt über Toulouse hätte ich ebenso gut von Paris nach Lourdes/Tarbes fliegen können und irgendwo dort Petr auf einer Etappe abpassen und mir die Unterschriften holen können.

Den Donnerstag gingen wir nur, und ich sprach das

Thema Erbschaft nicht ein Mal an, aber am Freitagabend, als wir nach einer viel zu langen Etappe zu spät in ein seltsames Dorf namens Jû-Belloc hinter einer bewaldeten Flussböschung kamen, konnte ich es nicht länger aufschieben und fragte direkt, ob Petr mit dem einverstanden sei, was ich vorgeschlagen hatte, oder ob ihm unterwegs eine bessere Variante eingefallen sei, die Aufteilung zu regeln.

Alle waren an dem Abend müde. Es war einer der längsten Märsche während des gesamten Monats gewesen. Isla erklärte, sie habe keine Lust, noch auf das Essen zu warten, sondern würde vom Proviant essen und danach sofort schlafen gehen. Wir anderen gingen in ein Restaurant namens Alaric und bestellten uns ein komplettes Abendessen, angefangen mit einer ländlichen Käsesuppe.

Zuerst setzte mir Petr auf Finnisch auseinander, dass er noch nachdenken wolle, da ihm das alte Zuhause ebenso viel bedeute wie mir und er es nicht aufgeben wolle, auch ein großes Ufergrundstück am Rand des Anwesens könne nicht annähernd das ersetzen, woran man sich aus seiner frühen Kindheit erinnere. Der Ort, an dem man an jedem einzelnen Tag gelebt und gewohnt habe, sei etwas völlig anderes als eine leblose kleine Bucht in mehreren Hundert Metern Entfernung. Alle Schichten der Erinnerungen müssten an der neuen, leeren Stelle von Grund auf und Jahr für Jahr errichtet werden, und für so etwas habe ein vierzigjähriger Mann keine Zeit mehr.

So begründete Petr, warum er nicht unterschreiben wollte. Stattdessen schlug er vor, den heimischen Hof ungeteilt zu lassen. Ein unangenehmes Gefühl des Scheiterns machte sich in mir breit. Und wenn wir es teils-teils machen, schlug ich vor, Haus und Garten und die brachliegenden Felder ungeteilt, aber er bekäme das Ufergrundstück am Rand und ich Silmäsaari?

Petr versprach, es sich zu überlegen. Viel Zeit blieb ihm dafür nicht, ich erinnerte ihn daran, dass ich mich am nächsten Tag auf den Weg nach Paris machen musste, weil mein Rückflug für Sonntagnachmittag gebucht war.

Petr erklärte Graham, worüber wir geredet hatten. Graham nickte, knüpfte an das Thema aber nicht an, sondern lobte mich dafür, wie gut ich mit dem Gehen fertig würde, obwohl ich es nicht so gewohnt sei wie sie. Ich versuchte es herunterzuspielen, aber das Lob tat gut, vor allem, weil es von Graham kam. Er besaß eine Autorität, die von innen kam, er konnte gut und überzeugend reden und hätte es in der freien Wirtschaft sicherlich schnell in die Führungsetage geschafft.

Die Summe all dessen führte schließlich irgendwie dazu, dass ich nicht sofort Nein sagte, als er vorschlug, noch ein Stück mitzukommen und sie zu unterstützen. Graham erzählte, ihm gehöre eine Firma namens HisOceanOs, und die könne mir ein neues Rückflugticket kaufen, denn meinen preisgünstigen Flug konnte man nicht umbuchen.

Petr fing ebenfalls an, mich zu ermuntern, und Graham sagte noch, auch Isla habe danach gefragt, denn meine Anwesenheit wäre gerade für sie eine große Hilfe und Erleichterung. Da wir beide nicht an die Korridorgrenzen gebunden seien, könnten wir zu zweit auf schnellerem und leichterem Weg vorwärtskommen und alle Vorkehrungen treffen und dadurch Grahams und Petrs Fortkommen erleichtern. Ich verstand das, und vollkommen unmöglich erschien es mir nicht mehr.

Dann fügte Petr auch noch hinzu, falls ich noch ein, zwei

Wochen helfen würde, könnte er sich eine Aufteilung durch den Kopf gehen lassen, bei der ich Silmäsaari und er ein oder zwei Hektar verschilftes Ufer bekäme, aber das Haus solle ungeteilt bleiben und ein gemeinsamer Ort der Erinnerung für uns beide, da wir beide im Innersten dort verwurzelt seien.

Egal, aus welchem Land der Name stammt, Vater war und ist für mich mein Vater, sagte Petr wie nebenher beim Lammkotelett. Ich schämte mich, das Thema im betrunkenen Zustand angesprochen und ihn auch noch gefragt zu haben, ob er davon wusste.

Ja, ja, natürlich, versuchte ich zu versichern, aber wohl am ehesten, weil ich sagen wollte, dass ich es nicht so gemeint hatte.

Log (I. F.-H.)

28.1.07, 10:00 Uhr

43° 06' 12" N, 0° 00' 03" W

Rast nach Anstieg

Gleich am Morgen mussten wir einen großen Bogen östlich um den Flughafen herum machen. Lourdes/Tarbes ist ein internationaler Airport und wird streng bewacht, ringsum hoher Zaun und an allen Ecken Kameras. Flughäfen sind die Festungen unserer Zeit, haben ja auch die Form von Zitadellen. Dieser hier gehört den Katholiken. Viele Maschinen mit Pilgern sind in der Stunde gelandet, die wir brauchten, um die Zäune und Gebäude zu passieren.

Kari schlug vor, allein oder mit mir die Kirche der Jungfrau von Lourdes zu besuchen, falls dafür Zeit wäre. Auf der Straße wären es nicht mehr als ein paar Meilen.

[Aus kleinen Einheiten von Kraftaufwand setzt sich alles zusammen, letztlich aus den einzelnen Schritten, zu denen man sich überwindet, einer nach dem anderen, zehn, zwanzig, Stunde für Stunde die gleichen kurzen, in meinem Fall Schritte von 90 Zentimetern, bei Graham 93 und bei Isla 82. Karis Schritt ist nicht gemessen worden. Auf einem Kilometer muss Isla über hundert Schritte mehr gehen als wir.

Gestern schätzte Graham, dass wir bereits 670 Kilometer auf dem Kontinent senkrecht nach Süden gegangen sind. So gerechnet läge die durchschnittliche Geschwindigkeit knapp unter 30 Kilometern in 24 Stunden, aber eigentlich liegt sie wesentlich höher, denn ständig muss man Umwege machen und nach der Route suchen, vor allem am Anfang war das so, als wir nur schlechte Karten hatten.

Frankreich ist ein großes Land, aber erst jetzt hat man gesehen, wie sehr es aus Provinz und Landwirtschaft besteht, es ist wesentlich mehr ländlich als urban, es riecht mehr nach Schweinemist als nach Parfum. Anders als England, in England bedeutet Provinz dicht bebaute Dörfer und saubere Gärten, hier aber sieht man Maschinen und Äcker. Frankreich ist ländlicher als Finnland. Wie können all die Bauernhöfe hier überleben? Werden hier Rüben und Weizen in den Öfen von Heizkraftwerken verbrannt?]

[Wir haben Kari überredet, mitzukommen. Wenn die Pyrenäen anfangen, wird Isla nicht alles tragen können. Es gibt weniger Straßen hier, und wenn bald Schnee fällt, wird es auch keine Pfade mehr geben. Jetzt ist es leichter zu planen, weil wir Kari und Isla die schweren Sachen mitgeben können, wenn wir über die Berge müssen.

Ich habe heute, als die beiden beim Einkaufen waren, mit

Graham über die Route gesprochen. Er zeigte mir auf der Karte die nächsten Tage, es sah ziemlich böse aus: violett gefärbte Wände oder Mauern, Höhenlinien dicht an dicht. Irgendwo dort zwischen den Steilwänden findet sich immer ein Weg, sagte Graham mit Gewissheit. Es gibt verschiedene Möglichkeiten. Wir müssen uns Kunststoffschnur und Steigeisen besorgen. Graham darf die Entscheidungen treffen, in einer so kleinen Mannschaft kann es nur einen Kapitän geben.

Oder es ist doch Kapitän Kordel, wie Isla in London gesagt hat. Wie lange einem so ein vollgepackter Monat vorkommt, vielleicht länger als sonst ein halbes Jahr.]

Als wir uns für die Nacht in Ourdon einquartiert hatten, im Wohnzimmer eines Privathauses am Ende einer kurvenreichen kleinen Straße, tauchte auf dem Monitor eine Nachricht aus dem Büro der Memorial Society auf. Darin hieß es, genauere Angaben zum nächsten Knoten fänden sich in der Ortschaft Luz-St-Sauveur. Als Adresse wurde die Rue des Moulins genannt sowie der Name eines Geschäftes, das Kletterausrüstung verkaufte; dort seien Sachen auf Lager, die von London aus für die Teams bestellt worden seien. Graham schien über diese Dinge bestens Bescheid zu wissen.

Am Ende der Nachricht kam eine Warnung: In unmittelbarer Nähe von Team 6 sei in den letzten Tagen ständig ein fremdes Endgerät benutzt worden. Graham drehte den Monitor so, dass auch ich den Text lesen konnte. Ich verstand nicht gleich, was gemeint war, aber als Petr auf die Brusttasche seiner eigenen Jacke tippte, tat ich es ihm an meiner Jacke gleich, und dort steckte mein Handy.

Dessen Benutzung sei verboten, hatte Petr gleich am ersten Abend unter Hinweis auf die Spielregeln gesagt, und ich hatte es an den ersten Tagen auch ausgelassen. Aber dann hatte ich es eingeschaltet, weil ich an meiner Arbeitsstelle und im Sozialamt die Leute zu erreichen versuchte, mit denen ich mich über eine Urlaubsverlängerung einigen musste, und nach den Telefonaten hatte ich es angelassen.

Ich stellte es sofort ab und fing an, mich zu rechtfertigen. Graham sah mich ausdruckslos an und forderte mich auf, sicherheitshalber auch den Akku herauszunehmen, damit das Gerät nicht einmal Notstrom hatte und die Verbindung zur Sendestation auch wirklich unterbrochen war. Sie überlegten, bis auf welche Entfernung die Elektronik der Knotenschnüre und des Computers fremde Signale aufnehmen konnte.

Das Verbot der Kontaktaufnahme war eine der Regeln, deren Sinn ich nicht begreifen konnte. Es kam mir einfach nur sonderbar vor. Als hätte man uns vom übrigen Leben abgeschnitten, um durch einen von außen definierten engen Korridor zu gehen.

Niemand sonst schien sich über das Verbot zu wundern. Die drei bewegten sich innerhalb des Regelwerks, ich war ein Außenstehender. Es war wie in einer Sekte. Wie konnte jemand, der tausend Kilometer weit weg saß, über uns und vielleicht elf weitere Teams bestimmen und mit einem Befehl von einer Zeile Länge dafür sorgen, dass ich mein Telefon ausschaltete und alle anderen Verbindungen ebenfalls abbrach?

Von Ourdon nach Luz-St-Sauveur fuhren Isla und ich mit dem Taxi. Alle schweren Sachen, die Graham und Petr beim Bergwandern nicht brauchten, nahmen wir mit. Auf den großen Straßen dauerte die Taxifahrt nicht länger als eine

Stunde, aber Petr und Graham brauchten für die Etappe, die per Luftlinie weniger als zwanzig Kilometer lang war, zwei volle Tage, und von diesen die gesamte Zeit, in der es hell war. Auf der Meridianlinie ragten die Pyrenäen bis zu Gipfeln von über zweitausend Metern auf. Sie zu umgehen und im Schnee und Matsch die steilsten Hänge zu meiden, war anstrengend und nicht ungefährlich.

Die Nacht mussten sie in einer Hütte unweit des Klosters Saint-Orens verbringen. Die über den Winter normalerweise geschlossene Hütte war für den Wettbewerb geöffnet worden und wurde einigermaßen warm gehalten. Graham kannte den Unterstand und wusste von den Vorkehrungen. Als mein Bruder später von der Wanderung erzählte, wunderte er sich am meisten darüber, wie gut Graham die Route schon kannte, vom Hautacam und anderen Gipfeln hatte er sogar Fotos zwischen den Karten stecken, die er mit dem Bergprofil in natura verglich. All das beschleunigte die Wahl des Weges.

Wir hatten ausgemacht, dass Isla und ich in Luz-St-Sauveur warteten, auch wenn Grahams und Petrs Etappe drei Tage dauern sollte, aber wenn sie bis dahin nicht aus den Bergen gekommen wären, würden wir sie suchen lassen. Die Felswände rings um die Ortschaft wirkten schwer begehbar, die Zweitausender ließen sich jedoch recht gut umrunden und man konnte innerhalb der Korridorgrenzen ins Lichtschlucht-Tal absteigen.

Der Winter war eine größere Gefahr als die steilen Hänge. Alle im Dorf rieten davon ab, aufzusteigen, sie glaubten, Isla fragte deswegen. Der Schnee bedeckte längst alle kleinen Wege und lag oben in den Bergen noch höher, innerhalb des Korridors konnten Petr und Graham nur an wenigen Stellen so etwas wie einen Weg oder Trampelpfad benutzen, falls sie die auf der Karte bezeichneten Stellen unter dem Schnee fanden.

Alle Optionen gingen wir mehrmals durch. Wir hatten uns in zwei Zimmern eines kleinen Hotels einquartiert. Am ersten Morgen brach ich allein zur Erkundungstour auf und fuhr mit dem Taxi die nächste Etappe nach Süden in Richtung Gavarnie. Dieser Abschnitt bis fast an die spanische Grenze erwies sich als einfach, denn die Straße verlief passenderweise durchweg innerhalb des Meridiankorridors.

Isla kümmerte sich im Dorf um die praktischen Dinge, ließ Kleider waschen und kaufte leichten Trockenproviant, nachdem die Ersatzportionen aufgezehrt waren. Während ich mit dem Taxi durch die Gegend fuhr, schaffte sie es sogar, weiteres Kletterzubehör zu kaufen, Graham hatte in Ourdon eine Liste aufgestellt.

Am zweiten Tag fing Isla an, sich Sorgen zu machen, ich noch nicht, auch wenn Stunde um Stunde verging, ohne dass Graham und Petr zu sehen waren. Nach ein Uhr gingen wir ihnen vom Dorf aus in Richtung Norden entgegen, zuerst bis zur Kirche und dann bis Saligos. Das Gehen ohne Gepäck kam mir leicht vor, ich fand es schön, mit Isla zu gehen, es herrschte ein glasklares Frostwetter, aber in den Sonnenflecken war es warm, auch wenn die von Autos blank geschliffenen Stellen im Schnee glatt blieben.

Eine zweite Übernachtung hatte Graham nicht eingeplant. Er hatte gehofft, sie könnten die gesamte Etappe in einem langen Tag bewältigen, aber die Übernachtung in der Hütte bei Orens war eine Alternative gewesen, so würden sie es am zweiten Tag ohne Eile schaffen, vor Einbruch der Dunkelheit ans Ziel zu kommen.

Von Saligos gingen wir in nördlicher Richtung weiter auf Chèze zu, aber da wir nicht wussten, an welcher Stelle sie ins Tal herunterkommen würden, konnten wir nicht an einem Punkt warten, sondern mussten hin und her gehen und immer von den höheren Punkten aus nach unten schauen.

Auf diese Weise dauerte es lange. Es war besser, zu gehen, damit man warm blieb, und auch an den offenen Aussichtspunkten versuchten wir uns ein bisschen Bewegung zu verschaffen. So weit oben in den Bergen herrschte bereits ein anderes Klima als noch wenige Tage zuvor, als um uns herum alles dunkelgrün gewesen war und vor Feuchtigkeit getrieft hatte.

Dann endlich waren gegen den Schnee zwei Wanderer zu erkennen. Sie waren so weit entfernt und so weit oben, dass man nicht ganz sicher sein konnte. Ein Fernglas hatten wir nicht, wegen des Gewichts gehörte es nicht zur Ausrüstung. Die Wanderer kamen den Gebirgskamm herunter, langsam und sehr dicht beieinander.

Erst als sie uns unten auf der Straße bemerkten und winkten, kürzten wir über die Böschung und den Graben ab und stapften ihnen entgegen. Auf dem Hang erstreckte sich eine mehrere Hektar messende, abschüssige Felsplatte, in deren Mitte sich Schneehöcker wölbten, es war ein weißes Steinernes Meer. Dort mussten sie herunterkommen, denn beide Seiten der Felsplatte führten in Abgründe.

Dicht nebeneinander kamen sie auf uns zu. Als der Schatten endete, im direkten Sonnenlicht, sah man besser, dass Graham Petr stützen musste. Sie riefen uns etwas zu, aber die Entfernung war zu groß. Ich sagte zu Isla, ich würde ihnen entgegensteigen, Isla wartete am Rand, sie hatte Wanderschuhe mit niedrigem Schaft an, und es war besser, wenn sie innen nicht nass wurden. Ich watete im Schnee den Hang hinauf, schnell wurde mir heiß und es bildete sich Schweiß auf dem Rücken, aber als ich sah, dass Petr nicht richtig gehen konnte, stieg ich so schnell nach oben, wie es im knietiefen Schnee möglich war.

Die Stelle mit dem Geröllmeer war genauso schwierig, wie es aus der Ferne ausgesehen hatte. Graham und Petr näherten sich ihm von oben; wenn man laut rief, konnte man sich jetzt schon verständigen. Petr war gestürzt und hatte sich den Knöchel verletzt. Als ich näher herangekommen war, fragte ich ihn, ob er sich etwas gebrochen hatte. Vor der schneebedeckten Fläche und in einem absolut hellen Sonnenfleck sahen die beiden aus wie Bergsteiger an einem mehrere Tausend Meter weiter oben gelegenen Hang, beide mit schwarzen Brillen und Bartstoppeln, mit leidender Miene und Schweiß und Schmutz im Gesicht. Petr musste sich bei jedem Schritt an Grahams Schulter und Arm abstützen. Graham trug das Gepäck von beiden, Petrs Rucksack auf dem Rücken und seinen eigenen auf dem Bauch und dort außerdem die Tasche mit den tickenden Koordinaten.

Er sei mit dem linken Fuß in eine Felsspalte geraten und habe sich beim Sturz den Knöchel verdreht, erklärte Petr. Zwar hatte er ihn im Schnee eingegraben, und die Schwellung war nicht schlimmer geworden, aber in den Wanderschuh kam er trotzdem nicht mehr hinein. Sie hatten um den Strumpf herum weitere Kleidungsstücke und Plastik gewickelt, damit der Fuß gewärmt wurde, und alles mit silbernem Isoliertape verklebt. Beim Umpacken in Ourdon, als sie nur das Nötigste in ihren Rucksäcken verstaut hatten, hatte Graham unbedingt die Rolle mit dem Isoliertape mitnehmen wollen und gesagt, es sei so wichtig wie ein Messer und ein Strang Kletterseil.

Wir führten Petr nach unten, an der Stelle mit dem kantigen Geröll zuerst langsam und umständlich, aber auf dem offenen Hang dann schneller. Isla kam uns entgegen und nahm einen der beiden Rucksäcke. Sie sah erschrocken aus und fragte nach Einzelheiten.

Als wir schließlich die Straße erreichten, schlug ich vor, ein Taxi zu nehmen. Daraus wäre fast ein Streit entstanden. Graham war dagegen, da es gegen die Regeln der Memorial Society verstieß. Isla war einer Meinung mit mir, sie teilte die Sorge um Petr, der immer müder wurde, aber dann endete die Auseinandersetzung, indem Petr sagte, er humpele lieber auf einem Bein ins Dorf, als wegen so einer Kleinigkeit den Wettkampf zu gefährden.

Er schlang Graham und mir den Arm um den Hals und so beförderten wir ihn in unserer Mitte weiter. An die hundert Meter am Stück konnten wir ihn tragen, dann mussten wir ausruhen; in der Zeit stand Petr auf einem Bein, der in Stoff gepackte und verklebte Fuß berührte nur leicht die Erde. Ich sagte es nicht mehr laut, aber es kam mir jedes Mal absurd vor, wenn Autos vorbeifuhren, aus denen man uns anstarrte. Graham verbot, auch nur mit einer Geste etwas anzudeuten, damit keiner anhielt und überflüssige Fragen stellte. Ich hab jetzt keinen Nerv für Erklärungen, sagte Graham und wirkte so ausdruckslos und durch und durch müde, dass man ihm nicht widersprechen konnte.

Als wir Luz-St-Sauveur erreichten, war es bereits dunkel. Isla suchte nach einem Arzt, aber an dem Abend war keiner mehr zu bekommen, also mussten wir bis zum nächsten Morgen warten. Petr und Graham aßen, so viel sie konnten. Mit Unterstützung humpelte Petr ins Obergeschoss und zog sich aus. Sein Knöchel war geschwollen und blau, aber er konnte den Fuß bewegen. Das Zimmer füllte sich mit dem Geruch von Schweiß und schmutzigen Kleidern, Petr war zu müde, um sich zu waschen, er schlief sofort ein.

Log (Gr. H.)
2.2.07, 12:00 Uhr
42° 52' 22" N, 0° 00' 01" E

Luz-St-Sauveur
Rückschläge/Hemmnisse. Bänderdehnung an P.s Fußgelenk, aber kein Riss und auch kein Bruch. Diagnose ohne Röntgen, aber der Arzt ist sich sicher. Durch Ruhe geht es weg, falls die Möglichkeit dazu besteht.
Am Etappenpunkt Ausrüstungspakete. Als ich sie quittierte, erschienen Knoteninformationen auf dem Monitor.
Der Knoten liegt abseits des Meridians, die Korridorgrenzen sind zwischenzeitlich aufgehoben.

Petr war nicht in der Verfassung, die Reise gleich fortzusetzen, aber er wollte die anderen nicht aufhalten und kein Hindernis sein. Der Vormittag verging mit medizinischen Dingen, und in der Zeit konnte Graham die nötige Ausrüstung organisieren. Auf dem Monitor erschienen neue Anweisungen aus London. Zum Teil waren es nicht mehr als zwei Zeilen, fast wie eine Art Gedicht:

> des Olifanten Ton scholl durch die Schlucht,
> welche Durendals Hieb in den Felsen brach

Es dauerte nur einen Moment, bis Isla sagte, damit sei wahrscheinlich die Brèche de Roland gemeint. Eine Stelle dieses Namens befand sich an der Grenze zwischen Frankreich und Spanien. Isla erzählte, sie erinnere sich, dass es im *Rolandslied* einen Olifant aus Elfenbein gebe und dass Rolands Schwert Durendal geheißen habe. Graham schien sich nicht ganz so sicher zu sein, beschloss aber, dass man hinaufgehen und es prüfen müsse, da wir so nahe waren.

Log (Gr. H.)

2.2.07, 23:00 Uhr

42°52'22" N, 0°00'01" E

Luz-St-Sauveur

Wir müssen gerade nach oben steigen. Näher an das Dorf Gavarnie heran. Kein einziger unnützer Tag. Der Winter kann noch schlimmer werden. Müssen über die Pyrenäen kommen.

Graham wäre gern zu Fuß nach Gavarnie gegangen, obwohl man an Petrs Humpeln sah, dass an eine Strecke von mehr als wenigen Hundert Metern noch nicht zu denken war. Graham wollte das nicht verstehen. Auch wenn er noch so sehr an die unterschriebenen Verpflichtungen erinnerte und an das Verbot, zusätzliche Fortbewegungsmittel in Anspruch zu nehmen, mieteten wir als Kompromiss ein Fahrrad, auf dessen Gepäckträger Petr saß und das ich schob. Graham und Isla gingen zu Fuß nebenher, somit blieb das Tempo exakt auf Gehgeschwindigkeit und niemand konnte an den Koordinatenwerten eine Beschleunigung ablesen.

Sobald Petr auf dem Fahrrad saß, ging das Gehen auf der Straße leicht. Genau auf diesem Abschnitt der Route hatten wir Glück. Die Linie des Nullmeridians verlief fast den gesamten Weg bis Gavarnie nahe bei der Straße und wir mussten lediglich bei Gèdre einmal wegen der Korridorgrenzen seitlich auf einen Pfad ausweichen. Graham beruhigte sich, als es vorwärtsging, er hielt nicht mehr ständig den Computer geöffnet und wartete auf eine Verwarnung aus London.

Warum sind Fahrräder überhaupt verboten?, fragte ich. Da wird doch zur Krafterzeugung nichts anderes als die Muskelkraft des Fahrers genutzt. Petr erklärte, das Fahrrad sei eine Erfindung aus der Zeit nach Halley, deshalb.

So schob ich meinen Bruder also auf dem Rad bis ins Dorf Gavarnie. Dort fanden wir leicht ein Nachtquartier, denn ich hatte die verschiedenen Möglichkeiten bei meiner Taxifahrt ausgekundschaftet. Während die anderen sich in den Zimmern einrichteten, brachte ich das Fahrrad zum Verleih zurück. Ich gab es ab, nahm mir ein Taxi und fuhr erneut dieselbe Etappe nach Süden, dem Pyrenäenmassiv entgegen.

Die bis zu dreitausend Meter aufragenden Gipfel fassten das Panorama von Gavarnie ein, und ohne Grahams detaillierte Karten hätte man es nicht für möglich gehalten, zwischen den Bergen und Steilwänden begehbare Pässe zu finden. Graham plante die komplette Route, und dann warteten wir nur noch ab, bis Petr gesund genug war, um einigermaßen mithalten zu können.

Das dauerte nicht länger als zwei Tage. Jedenfalls versicherte Petr dies am Abend des zweiten Tages, als er wieder eine Trainingsrunde vor der Herberge gegangen war. Der Knöchel schwoll bereits ab, doch das Gehen schien ihm noch immer Schmerzen zu bereiten. Ich versuchte ihn zur Vernunft zu bringen, aber er blieb stur und wollte es versuchen. Graham sei derselben Meinung, sagte er. Das war so etwas wie das höchste aller Argumente.

Das Fenster unseres Zimmers ging zur Straße hinaus. In der Nacht zum Montag wachte ich irgendwann davon auf, dass Petr am Fenster stand, das Licht von draußen fiel auf die Zimmerwand, Petr hatte den Vorhang zur Seite gezogen und blickte hinaus.

Da er nicht reagierte, stand ich auf und trat vor Kälte zitternd neben ihn. Vor dem Tor hatte ein Sammeltaxi angehalten, der Motor schnurrte im Leerlauf und aus dem Kofferraum wurden Rucksäcke und Schlafsäcke ausgeladen und im Schnee abgesetzt. Viele Leute standen dabei, mehrere Männer trugen Sachen in ein anderes Hotel. Winterurlauber, sagte ich und ging wieder in mein warmes Bett, aber Petr reagierte auch jetzt nicht, sondern schaute weiter aus dem Fenster.

Ich wartete darauf, dass er den Vorhang zuzog. Als draußen eine Wagentür zufiel und das Motorgeräusch lauter wurde, drehte sich Petr um und sagte, das seien Leute aus Greenwich. Er schaltete die Nachttischlampe auf seiner Seite an und erzählte, er sei wach geworden und aufgestanden, um nachzusehen, und im hellen Hoflicht des Hotels habe er Männer aus mindestens zwei anderen Teams wiedererkannt.

Ich richtete mich in meinem Bett auf. Petr zog sich an, verließ das Zimmer und klopfte bei Isla und Graham an. Auch ich zog mich an, auf dem Flur hörte ich bereits Stimmen. Ich ging hinaus. Isla hatte sich eine dicke Decke umgeschlungen, aber Graham saß in Unterhose auf einem Hocker und hörte frierend zu, wie Petr berichtete, was er gesehen hatte.

Isla wirkte beunruhigt. Es war Viertel nach zwei und durch das Fenster von Islas und Grahams Zimmer sah man nichts als Dunkelheit.

Wir müssen sofort los, sagte Graham. Das hörte sich absurd an. Ich wollte widersprechen, brach den Satz aber ab, als mir Petr auf Finnisch sagte, ich solle mich jetzt besser nicht in Dinge einmischen, die mich nichts angingen.

Graham begann sich anzuziehen, und auch Isla ließ die Decke von den Schultern fallen, nahm das Kleiderbündel vom Stuhl und ging zum Anziehen ins Bad. Graham und Petr besprachen, was sie alles brauchten, ich konnte nicht alles verstehen, was Graham sagte, so schnell redete er, und mein Bruder pflichtete ihm bei und fügte zwischendurch etwas hinzu.

Während des Packens versuchte ich mich zu erkundigen, was passiert sei und wie es möglich war, dass die anderen Wettbewerbsteilnehmer mit dem Taxi kamen, während wir durch Matsch und Schnee waten mussten und weiß der Himmel was für schwierige Routen nahmen, weitab von allen Straßen und Taxis, aber schließlich zischte Petr, ich dürfe mich gern wieder schlafen legen und am nächsten Morgen nach Finnland zurückfahren, er aber werde in die Berge gehen, und wenn es sein müsse, auf allen vieren.

Es schien allen dreien wichtig zu sein, es vor denen, die sich im Nachbarhotel einquartiert hatten, nach oben zum Knotenpunkt zu schaffen. So war es nun einmal, und ich blieb außen vor.

Isla musste die Besitzerin des Gasthofs wecken, um die Übernachtungen und das Essen zu zahlen. Einen Teil unseres Gepäcks durften wir in einem Hinterzimmer deponieren, denn Petr würde eine Zeit lang überhaupt nichts tragen können. Die fehlenden Sachen würde man später von der spanischen Seite aus holen können, dachten sie sich und nahmen noch mehr aus den Rucksäcken heraus.

Dann brachen wir auf. Um halb vier. Sternenklarer Himmel, vollkommene Windstille, einige Grad unter null. Ein gutes Wetter zum Gehen, der Schnee knirschte, irgendwo erwachte ein Hund vom Geräusch unserer Schritte, aber ansonsten blieb Gavarnie still.

Der Anfang war leicht, weil man noch auf der Straße gehen konnte. Petr hinkte und traute sich vorerst nicht, den linken Fuß mit seinem vollen Gewicht zu belasten, er redete nicht viel, sondern konzentrierte sich auf sein Vorankommen.

Graham hatte im Ort eine genaue Wanderkarte kaufen können, die auch eine Routenbeschreibung bis hinauf enthielt, aber sie war für sommerliche Bedingungen gemacht worden und die Orientierungspunkte im Gelände waren im Winter nicht mehr zu erkennen und die Pfade vom Schnee bedeckt. Das Gehen im Dunkeln wurde in dem Moment schwierig, in dem wir die Straße verließen. Stirnlampen gab es nur für zwei, die hellen LED-Lichter leuchteten zwar gut, aber im vom Schnee und Wind glasierten Gelände war es stellenweise unmöglich, sich für den besten Weg zu entscheiden.

Am meisten halfen dabei die mitlaufenden Koordinatenangaben. Graham hielt den Computer auf seinem Bauchrucksack geöffnet, kontrollierte ständig die Richtung anhand der wechselnden Ziffern und las daneben im Licht seiner Stirnlampe die Wanderkarte im Maßstab 1:25 000 sowie die Routenbeschreibung. Oft mussten wir stehen bleiben, damit wir wenigstens einigermaßen den richtigen Kurs hielten, aber Graham schien seinen Job zu beherrschen und fragte auch niemanden um Rat.

Zwischenzeitlich war die Meilenbeschränkung des Korridors aufgehoben. Er war so etwas wie ein überirdischer Tunnel, dieser Korridor, eine im Verhältnis zur Erdkugel haarfeine Linie, auf der sie nun schon einen Monat nach Süden gingen, wobei sie ständig darauf achten mussten, dem rechten oder linken Rand des Fadens nicht zu nahe zu kommen. Der Korridor war so schmal, dass man bei Tageslicht und offenem Gelände beide Ränder zugleich im Blick hatte.

Wenn die Stirnlampen zwischendurch ausgeschaltet wurden, um Batterie zu sparen, konnte man ringsum Formen erkennen, so wie man Schwarz von Schwarz unterscheidet oder Dunkelschwarz von Schwarzviolett. Es war so sternenklar in der dünnen, von Lichtverschmutzung verschonten Höhenluft, dass der runde Felsenkessel des Cirque de Gavarnie sich tiefer schwarz vor dem schwarzen Himmel, der Milchstraße und den hellen Splittern der Sternbilder abhob.

Keiner sagte ein Wort; wenn man so einen Anblick vor sich hat, gibt es nichts zu reden. Lange Pausen konnten wir nicht machen, denn vom Aufstieg und vom Stapfen durch den Schnee hatte sich unter den Kleidern immerhin ein wenig übermäßige Wärme gebildet und der Schweiß wurde rasch kalt. Ich trank meine Flasche aus, schob sie unter die Klappe des Rucksacks, und dann gingen wir im Gänsemarsch weiter. Graham vorne, Petr zeitweise fast neben ihm, um auch mit seiner Lampe den Weg auszuleuchten, dann Isla, die möglichst genau in dieselben Fußspuren zu treten versuchte, und als Letzter ich.

Petr und Isla wurden vom Waten durch den Schnee als Erste müde. Nun mussten wir in Abständen von unter einer halben Stunde Pausen einlegen. Ich nahm Isla das Gepäck ab und ging an die zweite Position, ließ mir Petrs Stirnlampe geben und versuchte zu lernen, wie man den Kopf am besten hielt und drehte, damit die LED-Lämpchen ein möglichst gutes Bild vom Gelände zeichneten.

Ein langsamer Morgen brach an, sonderbar zögerlich setzte irgendwo auf der spanischen Seite die Dämmerung ein, hinter dem Rand des Monte Perdido. Auf den Nordhang, den wir hinaufstiegen, fiel keine Sonne, aber weiter unten und weiter weg im Tal, wo die Gavarnie floss, entstanden hier und da Flecken, wo Sonnenstrahlen ihren Weg durch die Lücken zwischen den Bergen fanden.

Als es ganz hell geworden war, machten wir Rast und nahmen Schokolade und heißes Wasser zu uns. Isla war bei aller Eile des Aufbruchs in die Küche des Gasthofs gegangen, um Wasser zu kochen und in Folienbeutel zu füllen. Es war besser, etwas Warmes zu trinken, damit sich auch im Innern des Körpers Wärme sammelte, und anderen Proviant als Schokolade lohnte es sich am Hang nicht zu tanken. Sie zerlief durch das heiße Wasser im Mund und steckte voller Energie aus Fett und Zucker.

Weiter oben war der Schnee tiefer als am unteren Teil des Hanges, außerdem hatte der Wind ihn zu Hindernissen aufgeweht. Wir befanden uns bereits auf über zweitausend Metern Höhe, und die durch eine punktierte Linie markierte Sommerroute machte eine Biegung und lief geradewegs auf den westlichen Rand des Refuge des Sarradets zu. Von dort aus weiter oben, hinter der Ebene, die auf der Karte als Gletscher eingezeichnet war, öffnete sich die Brèche de Roland.

Isla war nur ein Stück zur Seite gegangen, um zu pinkeln. Beim Klettern am offenen Hang streifte man jede übertriebene Schamhaftigkeit ab; niemand hatte Lust, sich unnötig weit durch den Tiefschnee zu kämpfen. Sobald sie den Reißverschluss ihres Overalls wieder zuhatte, gingen wir weiter.

Petr sah nicht so aus, als ginge es ihm gut, aber er sagte nichts, wenn ich ihn ab und zu fragte oder wenn ich hörte, wie Isla ihn fragte und sich Sorgen um ihn machte. Wenn man dran zieht, kommt's hinterher, antwortete Petr auf alle Fragen zu Bein und Befinden. Er schwitzte zu viel und drohte sich zu erkälten, weil die Haut zwischendurch abkühlte.

Wir bräuchten heißes Honigwasser, sagte ich bei einem der schlimmsten Anstiege, als Petr ernsthaft Halt benötigte. Wir bräuchten Zwiebelmilch, brachte er als Antwort heraus, und ich wusste, was er meinte. Diese beiden Varianten von Medizin und dazu als dritte heißen, starken Saft aus Schwarzen Johannisbeeren, der einen zum Schwitzen brachte, hatte unsere Mutter bei Grippe und Masern gekocht, wobei sie genau darauf achtete, dass die kranken Jungen ihre Becher auch austranken, und immer hatte es gutgetan, immer setzte danach die Besserung ein.

Im Tageslicht öffnete sich die Landschaft und der Schnee wurde lichtfleckig. Hier und da sah man steile Felshänge und kahle Wände, so hoch und so gefährlich aussehend, dass sie ohne Seil und Haken nicht zu erklimmen gewesen wären. Auch auf dem Sommerweg gab es einige so steile Stellen, dass am Stein irgendwann vor Jahrzehnten Ketten zum Festhalten angebracht worden waren. Jetzt befand sich das schwarze, rostige Metall nur wenig oberhalb des Schnees. Unter dem Wind war der Schnee fest geworden, aber es gab auch ebene Flecken, die der Wind fast schneefrei gewischt hatte.

An diesen Stellen war das Abflusswasser auf dem Fels gefroren, es war glatt und das Fortkommen schwierig. Nur Petr und Isla hatten Steigeisen. In Luz-St-Sauveur waren lediglich zwei Paar gekauft worden, aber irgendwie kamen auch Graham und ich über die glatten Stellen. Man musste vorsichtig auftreten und versuchen, den Schnee über dem Eis nicht zu verschieben. Am meisten Angst hatte Graham wegen des Computers, er fürchtete, wenn er hinfiele, könnte dieser kaputtgehen.

Unmittelbar bevor wir die steinerne Hütte des Refuge des Sarradets erreichten, tat sich ein Blick bis zur Brèche de Roland auf. Sie sah aus wie ein riesiges Loch inmitten einer Reihe senkrechter Felswände, als wäre ein zig Meter hoher Zahn mitten aus einem Mund gerissen worden. Die Sonne schien von Süden, von der spanischen Seite her, direkt in die Lücke und gegen das Licht sah man, wie dünne Wolkenwatte oder im Wind aufstiebender Schnee vor und über der Lücke kreiste.

Dorthin hatte Roland mit seinem Durendal geschlagen, das Schwert damit jedoch nicht beschädigt, es war der Berg, der kaputtging, sagte Isla. Wenn man das steinerne Tor der Brèche de Roland durchschritten hatte, ging es nach Spanien hinunter, die Brèche lag auf dem Rückgrat der Pyrenäen. Beiderseits der Lücke ragten Gipfel von über dreitausend Metern Höhe auf. Graham schaute sich auf der Karte an, wo genau der Nullmeridian verlief, verglich es mit dem Gelände und deutete ein Stück weit nach Osten, wo die Nulllinie mitten aus dem Gavarnie-Tal zu den senkrechten Wänden aufstieg.

Als wir zum Refuge des Sarradets kamen, piepste der Signalton des Computers. Graham klappte den Monitor auf und las zuerst, was dort stand, zeigte es Petr, auch Isla beugte sich vor, um es zu lesen, und dann ich, nachdem ich den Rucksack auf einem Stein im Schnee abgesetzt hatte: team 6 herzlichen glückwunsch. am ersten europäischen knoten. verifiziert die schnüre in der hütte. durch die rolandslücke geht es weiter. nach ordesa wird auf dem breitengrad 42°37'00" die meilenbegrenzung wieder eingeführt.

Der dritte Knoten

Xábia's Kiss und die übrigen vierzig Tage bis zur Frühjahrstagundnachtgleiche

Log (P. J.)

7. 2. 07, 12:00 Uhr
42° 37' 40" N, 0° 06' 44" W

Torla
Schon den zweiten Tag auf dieser Seite. Der gestrige Tag war eine dunkle Kapuze: schlafen, schlafen. Wenn man zwischendurch die Augen einen Spalt weit aufmachte, sah man nur die violett-weiße Hotelreklame an der Wand. Der Weg über die Pyrenäen mit Auf- und Abstieg ging an die Kräfte: 16 Stunden und nur eine einzige längere Pause (Refuge des Sarradets, ½ Stunde), dort Verifikation, Schokolade und Salz getankt und entschieden, auf welcher Route es weitergeht. Oben kein Mensch, kein einziger Winterwanderer.

Der Abstieg war noch anstrengender als der Aufstieg, weil beim Runtergehen der Fuß mehr wehtut. Der Knöchel schwoll wieder an, sodass die Haut am Rand des Wanderschuhs scheuerte. Ich musste die Teleskopstöcke aus Grahams Rucksack nehmen und mit deren Hilfe weiterhumpeln. Statt des Schuhs wickelten wir wärmende Lappen und eine Plastiktüte um den Fuß. Dann stützten mich Kari und Graham abwechselnd, indem sie mich unterhakten.

Jetzt ist starke Cortisonsalbe drauf, damit es sich nicht entzündet. Eventuell können wir morgen oder spätestens am Freitag weitergehen, besser nichts riskieren, das kann den ganzen Wettkampf kosten.

Wir müssen über den Ordesa-Nationalpark zum Meridiankorridor zurückkehren, dann geht es 50 km durchs Gelände. Aber zuerst mal bis dorthin, Stück für Stück, wie bisher.

[Was ist das, wenn man nicht um Hilfe bitten kann? Und wenn einem dann geholfen wird, kommt es einem erbärmlich vor, obwohl es gleichzeitig guttut.

Isla kümmert sich um den Wechsel des Knöchelverbands, die Wundfläche wird besprüht, getrocknet, und unter die Kanten wird Creme geschmiert.

Es kommen einem alle möglichen Einfälle. Kari hat die meisten Ideen und versucht die Regeln zu umgehen. Graham und ich müssen ständig daran erinnern, um was es geht. Wir sind hier nicht zum Spaß unterwegs.]

Vom Bergdorf Torla aus rief ich bei meiner Arbeitsstelle an und bat um zwei zusätzliche Wochen Urlaub. Als Grund gab ich an, mein Bruder sei erkrankt und ich müsse hierbleiben, um ihm zu helfen. Ich hörte an Klein Kristas Stimme, dass sie sich allmählich ärgerte, aber als sie dumme Fragen stellte und wissen wollte, ob in Frankreich mal wieder die Ärzte streikten, wurde ich sauer und pflaumte sie ebenso blöd an, worauf sie das Gespräch einfach abbrach.

Irgendwie traute ich mich nicht zu sagen, dass ich bereits in einem anderen Land war und dass die Wanderung einfach immer weiterging. Graham wechselte die Karten in seinem Bauchrucksack und schob Streifen, die bis zum Mittelmeer reichten, in das Klarsichtfach.

Man hätte das Vorwärtskommen leichter machen müssen, aber Graham und Petr waren immer sofort dagegen, obwohl Petr sich nur mit halber Kraft erbärmlich durch das schwierige Gelände schleppte. Graham sagte, das Stück von Gavarnie aus auf dem Fahrrad sei das Letzte gewesen, man dürfe nicht durch solche Kleinigkeiten alles aufs Spiel setzen. Er hatte für die Spanien-Etappe zehn Tage einkalkuliert oder höchstens zwei Wochen, in diesem tödlichen Tempo sollte es weitergehen, dreihundert Kilometer zu Fuß bis an die Küste.

Das nördliche Aragonien war menschenleer, arm und schön. Bei Huesca wurde der Korridor für Isla und mich zu einer gemeinsamen Angelegenheit, wie es bei Casteljaloux auf der französischen Seite der Fall gewesen war. Wir mussten oder durften an mehreren Tagen eine andere Route nehmen als Petr und Graham, weil es für sie einfacher war, mit leichtem Gepäck schnurgerade die weglosen Ebenen zu durchqueren. Gerade noch war der Meridian über schwierige Gebirgshänge verlaufen, und nun war es so eben, dass der Wind zwischendurch über das ganze Land hinwegwehte. Noch immer war Winter, auch wenn es in den tieferen Lagen keinen Schnee mehr gab, nur manchmal morgens etwas weißgrauen Reif auf den Steinen und Metallpfosten von Zäunen.

Graham und Petr setzten die Arbeit des monotonen Gehens fort und beklagten sich nicht. Graham sagte, bei keiner anderen Disziplin verkürze sich das, was vor einem liege, so, als würde jeden Tag ein Stück davon abgeschnitten. Hinter ihnen lagen nicht mehr als zehn Breitengrade, das war gerade mal so viel, wie Finnland von Süd nach Nord maß.

Mit Anni war ich einmal mit dem Auto in einem Tag von einem Ende Finnlands zum anderen gefahren. Während des Sommerurlaubs in Hanko, beim Schwimmen am frühen Morgen, war uns das in den Sinn gekommen, und wir waren losgefahren, mit Fahrerwechsel jede Stunde oder alle anderthalb Stunden, fast ununterbrochen bis Nuorgam, und dann mussten wir einfach weiter über die Brücke auf die norwegische Seite bis Berlevåg, weil erst dort das Land endete und das uferlose Meer sich auftat. Die Mittsommersonne wärmte auch um Mitternacht noch, das Wasser war zum Schwimmen nicht zu kalt, es herrschte Windstille, nur lange Wellen, und ich zumindest, aber sicherlich auch Anni, hatte damals das Gefühl, dass dieser Tag des Lebens erfüllt gewesen war und gut genutzt.

Ich erzählte Isla von der langen Autofahrt von der Ostsee zum Polarmeer und von der gemeinsamen Zeit mit Anni und wie dann alles schwand und einfach aufhörte. Ich erzählte ihr von meinem Elternhaus und davon, dass ich noch immer jeden Sommer oft zur Insel Silmäsaari ruderte, und wenn ich an Winterwochenenden für ein, zwei Tage kam, um zu heizen und die Grundwärme zu erhöhen, damit die Wasserleitungen nicht einfroren, lief ich immer auf Skiern übers Eis zur Insel, und wenn der Schnee noch so hoch lag. Es war schön, sich dort nach allen Seiten umzublicken. In der Mitte des Landes ein See, mitten im See eine Insel, auf der Insel eine Anhöhe mit einem Teich, im Teich eine Insel. Ein Auge, mitten im Auge die Linse, inmitten der Linse die Iris, in der Iris die Pupille. Von dieser nadelöhrgroßen Öffnung aus war alles zu betrachten und zu sehen.

Auf die gleiche Weise funktioniert eine Kamera. An den letzten Tagen, als Vater im Krankenhaus gelegen hatte und sehr müde war und immer wieder einschlief, war sein linkes Auge halb offen geblieben, wenn das rechte schon geschlossen war. Durch den Lidspalt konnte man das Auge kaum erkennen, aber es fiel gerade so viel Licht hinein, dass es als kleiner Lichtpunkt von der Linse reflektiert wurde. Ich saß am Fußende des Bettes auf einem Stuhl und versuchte ganz still zu sein, damit mein Vater nicht unnötig aufschrak. Ich betrachtete die Widerspiegelung und dachte, durch so ein kleines Loch geht das Leben am Ende davon.

Von solchen persönlichen Dingen erzählte ich Isla; während der Busfahrten und beim Warten auf Graham und Petr in den Ortschaften hatten wir so viel Zeit, dass alles Mögliche zur Sprache kam, was uns beiden wichtig war. Auch Isla redete, weder sie noch ich musste etwas vorspielen, und es gab auch keinen Grund, sich zu genieren, denn wir hatten nicht mehr gemeinsam als das, was gerade war.

Zuerst war das einzige verbindende Teilchen Petr gewesen. Obwohl es heißt, jeder Mensch auf der Welt ist nur fünf oder sechs Personen von jedem anderen Menschen entfernt, fanden Isla und ich auch beim besten Willen keine gemeinsamen Bekannten. So getrennt voneinander waren unsere Bekanntenkreise, unsere Arbeit und die übrigen Dinge des Lebens. Es gab nur Petr.

Isla erzählte, sie seien füreinander einmal viel wichtiger gewesen, als sie es jetzt waren. Ich fragte nicht weiter, denn ich sah ihr an, dass es ihr schon nicht leichtgefallen war, so viel zu sagen, und später bat sie mich, es zu vergessen und den anderen gegenüber nicht zu erwähnen.

Natürlich nicht, warum hätte ich das tun sollen, die Welt spült die Menschen auseinander, manchmal auch dann, wenn sie sich noch so nahestehen. Diese Erfahrung habe ich selbst zu Hause machen müssen, sagte ich zu Isla. Wir standen auf der Brücke über den Río Tastavins, bereits in der Nähe der Grenze zur Provinz Castellón, und warteten auf die Wanderer aus dem Norden. Isla wandte sich ab und schaute auf den Fluss, bemüht, nicht zu weinen.

Der Río Tastavins, der unten strömt, die Brücke darüber, das kleine Lokal in Casteljaloux in Frankreich, es gibt ein paar solcher Orte auf der Welt, zu denen will man zurückkehren, obwohl man weiß, es wird nie passieren, nicht zu zweit, nicht allein, es gibt sie nicht mehr. Und selbst wenn man einmal dorthin zurückkehrte, wenn man sich noch so umschaute und dasselbe suchte wie damals, man würde es nicht mehr finden.

Don Quijote und Sancho Panza, sagte Isla, als wir Graham und Petr von Monroyo her auf die Brücke zukommen sahen, niemand musste sagen, wer Quijote war und wer Sancho. Der Eindruck hatte sich noch verstärkt, nachdem Petr sich den Knöchel verletzt hatte.

Isla kannte sich gut in alter Literatur aus und sagte ziemlich oft so etwas, ein Zitat oder einen Namen. Einen Teil davon kannte ich, den größten Teil nicht.

Sie hatte diese Dinge schon in der Schule gelernt. Ich hörte zu und wunderte mich, weil in England oder zumindest bei Isla alles so anders war. Ich selbst hatte eine kleine Schule auf dem Land besucht, wo es dienstags zum Mittagessen Kohlsuppe und donnerstags Erbsensuppe gab, zur Kohlsuppe ein Roggenbrötchen und nach der Erbsensuppe für jeden einen Pfannkuchen als Nachspeise. Zwar war ich später aufs Gymnasium in der Nachbarstadt gegangen, aber auch dort war ich in eine Klasse gekommen, deren Schüler vom Land ringsum kamen, lauter Karis und Harris und Kristiinas aus kleinen Dörfern. In diesen Schulen hatten nicht einmal die Lehrer etwas vom *Rolandslied* gewusst und von Don Quijote nur so viel, wie irgendwann mal im Fernsehen gekommen war, ein Film oder auch nur ein Sketch, in dem ein Verrückter vom Esel fiel, nachdem er gegen den Flügel einer Windmühle geprallt war.

Wir hatten so viel Zeit zu zweit, dass wahrscheinlich fast alles erzählt wurde. Ich erzählte von meiner Arbeit und von meiner Schulzeit, auch wenn nichts daran war, was mehr als gewöhnlich und gering gewesen wäre, lange Tage bei Kälte im Winter, von Dunkelheit zu Dunkelheit. Die Lehrer konnten sich immer noch an Petr erinnern, obwohl zwischen ihm und mir viele Jahre lagen, sie sprachen vom älteren Sohn der Familie Järvi, dem man immer angemerkt habe, dass aus ihm einmal etwas werde, und sie fragten mich nach Petrs Studium und stellten Vergleiche an.

[Unter einer Pinie knirscht der Boden nicht, sondern knistert, anders, als Kastanienblätter rascheln. Bei den unterschiedlichen Bäumen gibt es unterschiedliche Vögel und die Erde hat eine andere Farbe. Wenn man lange im Gleichartigen unterwegs ist, lernt man Einzelheiten zu erkennen, wenn das Gelände sich verändert.]

[Es hat sich ein Rhythmus eingespielt: morgens früh raus, bisschen essen und dann an die Arbeit.

Die Idee des Gehens besteht darin, dass man demütig wird und sich in einen Gehenden verwandelt, ohne sich einzubilden, dass man selbst entscheidet. Man entscheidet nur, dass man weitergeht, alles, was sich vor einem auftut, ist neu. Ein ausgeschnittener Streifen, so wie Graham ihn aus den Landkarten hergestellt hat.]

Log (Gr. H.)
17. 2. 07, 20:00 Uhr
40° 43' 09" N, 0° 00' 01" E

Herbés, Castellón
Heute schon kurz über 70°F. Noch drei Tage bis zur Küste.

[Nicht alle müssen alles wissen. Wir bilden zu zweit das Team, auch Isla hilft uns nur. In diesen grundsätzlichen Dingen hat Graham immer recht, Logik ist die Fähigkeit zu vereinfachen. Man muss das eine tun, um ein anderes zu erreichen.

Am Nachmittag besuchten wir zu zweit einen Bauernhof, über den Graham bereits Informationen besaß. Er gab das Päckchen mit den luftdicht zusammengepressten Pässen ab. Als die Klebebänder und Schutzhüllen aufgeschnitten wurden, hob sich der Stapel, der aussah wie eine Packung Kaffee, aus der Folie wie ein Balg. Ich stellte hinterher keine Fragen. Graham weiß es zu schätzen, wenn man mehr begreift, als man zeigt und sagt.]

In der Nähe der Stadt Castellón de la Plana musste ich über meine Rückreise nach Finnland entscheiden. Im Lärm der Autobahnen und Zubringer dort merkte man erst so richtig, wie still Spanien bis dahin gewesen war. Auch alle Unterkünfte hatten zufällig auf Bauernhöfen oder in kleinen Dörfern gelegen. Mehr Verkehr und Menschen hatten wir nur weit weg vom Meridian gesehen, wenn Isla und ich mit dem Gepäck vorausgefahren waren.

Den letzten Tag vor der Stadt Castellón und dem Mittelmeer gingen wir wieder alle zusammen. Weil ich es nicht mehr gewohnt war, spürte ich es in den Oberschenkeln und

Waden, aber mehr als das Gehen drückte mich das Gewicht des Gestellrucksacks, denn ich hatte am Morgen unbedingt das größte Gewicht übernehmen wollen und den anderen so viel Gepäck abgenommen, wie ich nur konnte, weil diese Etappe meine letzte sein sollte.

Isla fragte zuerst. Ich sagte nicht Ja und nicht Nein. Dann, mitten in einem Olivenhain, fragte mich auch Graham, ich zuckte mit den Schultern und sagte als Antwort etwas Vages über meine Arbeit.

Wir wurden unterbrochen, weil zwischen den Olivenbäumen ein Mann mit wedelnden Armen auf uns zueilte. Das waren wir schon gewohnt, auf diese Weise schienen die Bauern immer angerannt zu kommen, von einem Haufen Äste, den sie zum Verbrennen aufgeschichtet hatten, oder von einer Ackerbiegung oder aus einem Gatter heraus, und dann fingen sie an, hitzig Vorträge zu halten. Graham ging dem Ankömmling zwei Schritte entgegen und sagte laut: Ministerio de Comercio y Ministerio de Agricultura and the Union controlling patrol. Das wirkte eigentlich immer, in den Spaniern sitzt eine tiefe Angst vor Autoritäten, jedenfalls konnten wir unseren Weg fortsetzen, auch wenn in der Gegend noch so viele Gebiete eingezäunt waren. Man musste überzeugend genug sein, fast böse, jeder hat etwas Graues oder Schwarzes oder Ungeklärtes hinter sich, hatte Graham uns einmal seine Taktik erklärt, man darf nicht einen Moment kleinlaut werden, sondern muss von oben herab kommen und Anweisungen geben.

Es war fast ein Monat vergangen, und Petr hatte sich noch immer nicht entscheiden können, ob er einer Teilung des heimischen Hofes zustimmte oder ob es besser wäre, die Erbschaft ungeteilt zu lassen. Als er das Thema ansprach, wusste ich, dass sie es untereinander vereinbart hatten. Ich sagte nichts, hörte nur zu. Wenn man geht, muss man beim Zuhören dem anderen nicht ins Gesicht sehen und auch keine Zuhörermiene aufsetzen, sondern man konzentriert sich einfach auf den Weg.

Silmäsaari für mich, das Ufergrundstück für ihn und das Elternhaus gemeinsam; so einen Vertrag würde er sofort unterschreiben, sagte er, falls ich noch ein Stück weiter mitkäme, um wie bisher beim Transport und dann auch auf dem Meer zu helfen.

Der Geruch der Küste drang eine Tagesreise weit ins Land hinein, aber erst nach der Rast in Pobla Tornesa tat sich vom Hang bei La Raca das Mittelmeer als blaugraue Fläche auf. Vereinzelt sah man Schiffe als kleine Punkte, Inseln sah man überhaupt keine, es ist kein schönes Meer, außer, was die Farbe und die Küste betrifft. Wir machten Pause und schauten, wo wir am besten die Stadt durchquerten. Zuerst mussten wir Straßen und die Eisenbahn überwinden und dann zwischen Innenstadt und Meer weitergehen.

Sobald die Sonne richtig schien und kein Wind ging, kam man ins Schwitzen und musste die Jacke zuerst aufmachen und dann ganz ausziehen. Unmittelbar nach der Morgenkühle kam man leicht mit T-Shirt und Hemd aus, aber die Nächte waren noch kalt.

Silmäsaari für mich, für Petr hundert Meter Ufer und zwei Hektar Kiefernwald. Diese Aufteilung vereinbarten wir und drückten uns die Hände. Ich versprach, noch mindestens einen Monat lang mitzukommen.

Log (I. F.-H.)
20. 2. 07, 11:00 Uhr
40° 00' 00" N, 0° 00' 00" E & W

Bei Castellón de la Plana auf einer Plantage, nach einem Weg zwischen Mauern und Gräben. Schuppen, in denen Afrikaner wohnen. Bis zum Meer sind es ein paar Meilen, am Ufer entlang geht es noch einige Stunden auf dem Meridiankorridor entlang.
Keine Nachrichten, keine Knotenanweisungen, aber wir müssen die Kreuzungspunkte aufsuchen und uns versichern.
Markierungen der aktiven Confluence-Fans sieht man an den entsprechenden Koordinaten viele, aufeinandergeschichtete Steine und kleine Fähnchen aus Plastik.

In der Nähe der Stadt ging ich den anderen alleine voraus und rief in Finnland an. Ich prüfte die Vollmachten und den Teilungsvertrag, fragte nach den Formulierungen für die neuen Papiere, ging in ein Internetcafé, um sie dort aufzuschreiben, druckte sie aus, und in der Café-Bar einer Wohnblocksiedlung setzten wir unsere Namen darunter, Isla und Graham traten als Zeugen auf. Dann entfernte ich mich erneut von den anderen, damit mein Handy nicht registriert wurde und Ärger bereitete, und überprüfte mit einem Juristen der Bank noch einmal den ganzen Papierstapel. Als alles in Ordnung war, steckte ich das Ganze in ein Kuvert, brachte es mit dem Taxi zur Hauptpost im Zentrum und gab es als Einschreiben auf.

Anschließend meldete ich mich bei meiner Arbeitsstelle und beim Leiter des Sozialamts. Klein Krista hatte keinen Dienst, darum musste ich mich mit niemandem streiten, es genügte das Versprechen, alles noch einmal per E-Mail mitzuteilen, damit sie bei der Lohnstelle wussten, dass sie mir vorerst nichts zu zahlen brauchten, und damit wenigstens für den nächsten Monat eine Vertretung organisiert werden konnte. Nachdem ich das am öffentlich zugänglichen Computer der Hauptpost erledigt hatte, nahm ich ein Taxi und zeigte dem Fahrer auf der Karte ungefähr die Stelle, bis zu der es die anderen während meines Abstechers ins Zentrum vermutlich geschafft hatten. Der Fahrer erklärte mir etwas, was ich nicht verstand, abgesehen von zwei Ortsnamen, aber ich nickte und machte eine Handbewegung zum Meer hin. Als das Auto neben einer großen Kirche in eine breitere Straße einbog und auf den Schildern Avenida del Mar stand, wusste ich, dass zumindest die Richtung stimmte.

Die Sonne schien in Flecken auf die Erde, der Innenstadtverkehr floss dahin und die bunten Schilder der Avenidas huschten am Wagenfenster vorbei. Ich hatte allmählich das Gefühl, etwas Schwieriges aus dem Weg geräumt zu haben.

Von der Stelle, an der ich aus dem Taxi stieg, waren es nur noch zwei Kilometer bis ans Meer. Der Meridian verlief schräg entlang der Küste der Orangenblüte, der Costa del Azahar. Ich setzte mich in den Schatten und wartete. In den windgeschützten Sonnenflecken war es so heiß wie in Finnland im Frühsommer. Fliegen kreisten über den Hinterlassenschaften der Hunde, und der Wind brachte den Geruch von Öl und Rauch mit. Ich fühlte mich fremd und allein, hier in diesem Nirgendwo, auch so kann das Leben vergehen.

Als die Wanderer kamen, ging ich ihnen über das leere Gelände entgegen. Alle hatten schweißbedeckte Gesichter. Wir verteilten unsere Sachen neu in den Rucksäcken, und Graham sah sich den letzten Teil der Etappe auf der Karte an. Wir mussten noch bis zur Mündung des Río Millars gehen, jenseits der Strände von Almassora.

Hätten wir uns nur auf dem ebenen Küstenstreifen bewegen können, wären wir schneller vorwärtsgekommen, aber an vielen Stellen gab es so viel neue Bebauung, dass wir immer wieder um eingezäunte Grundstücke herumgehen mussten. An Häusern mit Ferienwohnungen, die aussahen, als wären sie gerade erst fertig geworden, waren den Winter über die Läden geschlossen, die Grundstücke wurden von Mauern eingefasst und Warnschilder wiesen auf Alarmanlagen hin. Es gab ganze Viertel, in denen sich offenbar kein einziger Mensch in den Häusern befand, still und fremd, als ginge man durch Kulissen, Überwachungskameras filmten, man spürte das durch und durch.

Vor den tiefen Verzweigungen des Flussdeltas bogen wir ganz zum Strand ab, weil man dort leichter vorankam, und die letzten drei-, vierhundert Meter auf dem Meridian legten wir watend zurück. Das Wasser im Delta war trüb, Plastikfetzen, Plankenenden und verkohlte Bretterreste, aus denen Nägel hervorstanden, waren an der Uferböschung hängen geblieben.

Etwas weiter weg lag hell und blau das Meer. Weil mir warm war und ich mich verschwitzt fühlte, zog ich mich aus und ging in Unterhosen schwimmen. Das Wasser konnte nicht viel mehr als fünfzehn Grad haben, aber ich schwamm in den Wellen gegen den Wind an und rief die anderen.

Isla kam zuerst. Sie hatte sich den Badeanzug angezogen, und als sie ins Tiefe watete, hob sie die Beine wie ein Wasservogel. Dann kam Petr, und schließlich zog auch Graham sein T-Shirt und seine Trekkinghose aus, watete in der Unterhose bis zu den Knien hinein, bückte sich, spritzte sich schnell Wasser über Brust und Rücken und trocknete sich auf der Stelle mit dem Handtuch wieder ab.

1400 Kilometer, über anderthalb Millionen Schritte, sagte Petr im Meer.

In den Bergen hat sich der Schritt um mehr als die Hälfte verkürzt. Und kein Mensch kann wissen, wie viele Umwege und damit zusätzliche Schritte wir gemacht haben, sagte Petr. Isla schwamm in seiner Nähe und berührte seinen Rücken und seine Haare. Erinnerst du dich noch an Killary Harbour?, fragte sie. Petr drehte sich in den Wellen um und sah, dass ich ihn anschaute.

Das kann man auch nicht wissen, stimmte ich zu. Nichts kann man wissen, ein bisschen was schon, aber nicht die Zahl der Schritte. Die Schrittzähler lügen, Gelände und Wege sind immer anders. Auch wenn die Strecke Schritt für Schritt kürzer wird, sind es doch alles unterschiedliche Schritte.

Als wir aus dem Wasser kamen, blies der Wind vom Meer mit einer solchen Kraft, dass man anfing zu schlottern und die Haut stach, als wäre man gerade im Winter einem Eisloch entstiegen. Ich versuchte mich am Strand anzuziehen und den Sand von den Fußsohlen zu entfernen. Graham kam zu mir und zeigte mir am offenen Monitor, dass der Greenwich-Meridian genau an dieser Stelle das Ufer schnitt.

Es kam mir vor, als würde die Reise hier enden. Wir fingen an, hin und her zu gehen, in Richtung Santa Bàrbara und zurück in Richtung La Platja de la Torre und Benafel. Ohne weitere Anweisungen konnten wir praktisch nichts tun.

Isla wehrte sich gegen das scheinbar sinnlose Hin-und-her-Wandern, worauf Graham und Isla anfingen zu streiten, zuerst über dieses Thema und dann über andere Dinge, von denen ich nichts verstand. Petr und ich ließen uns zurückfallen, und als der Abstand schon an die hundert Meter betrug, drehte sich Graham abrupt um, kam auf uns zu und winkte uns zu sich. Petr begriff schneller als ich und lief los, ich hinterher. Graham zeigte uns den Monitor unter der Schutzhülle: warnung verbindung droht abzubrechen abstand über der erlaubten grenze.

Mehr stand dort nicht. Petr fragte sich, wie hier die Verbindung gestört sein konnte, wo doch der gesamte Sandstrand offen dalag, ohne jedes Hindernis.

Graham hatte seinen Bauchrucksack abgesetzt und den Computer daraufgestellt. Ich ging in die Hocke, um auf den Monitor zu schauen, die schwarzen Buchstaben auf weißem Hintergrund zu lesen. Dann verschwanden sie und für einen Moment war der Monitor leer und lud, bis wieder Zeilen erschienen, so als hätte sie ein Fernschreiber in einem alten Film ratternd geschrieben.

Als Ort wurde San Joan festgelegt, dort, hinter dem spitz hervorstehenden Wellenbrecher, bekämen wir ein Segelboot.

[– blühen schon die Frühlingsblumen. Die Fußsohlen sind schwielig und die Waden- und Oberschenkelmuskeln wie bei einem Sportler. Auch so könnte man für einen Marathon trainieren, gehen und gehen, bis alles überflüssige Fett verbrannt ist und der Körper sehnig und beweglich wie der einer Katze.

Isla und Graham hatten schmale Gesichter bekommen. Bei Isla waren die Haare so lang geworden, dass der schwarze Rand unmittelbar über den Augenbrauen verlief. Sie hatte sich den Pony selbst geschnitten. Graham lässt sich einen Bart stehen, stutzt ihn aber oft, damit er unter Kontrolle bleibt. Ich kann keinen Bart tragen, weil dann die Haut gereizt wird und Pickel bekommt. Mein Organismus verteidigt sich gegen die eigene Behaarung.

Kari kommt noch ein Stück mit, um uns zu helfen. In Alicante muss um die Halbinsel herumgesegelt werden, obwohl wir die Schnur zu Fuß auf der Null übers Land tragen müssen. Isla kann segeln, Kari muss es lernen.

Einen Bootsverleih haben wir nicht gefunden. Unterkunft in Burriana. Am Morgen noch einmal dasselbe.

Neben dem Wellenbrecher lagen hinter einem Absperrband der Polizei zwei abgebrannte Boote. An den Stellen, die das Feuer nicht erfasst hatte, konnte man noch sehen, dass sie hellrot und blau gestrichen gewesen waren, ansonsten war nur noch ein Haufen verkohlter Plankenenden und schwarzer Bretter davon übrig.

Graham sagte etwas in einem Ton, als hätte ich es sofort begreifen müssen. Ich kann nicht so schnell das eine mit dem anderen in Verbindung bringen, erst später, wenn ich in Ruhe nachgedacht habe. Graham meinte, die verbrannten Boote seien die Erklärung dafür, warum man unterwegs so viele Männer beim Schneiden von Olivenbäumen oder beim Verbrennen von Ästen in den Weinbergen gesehen habe.

Es sind genug Hände zum Tragen da, auf den Hängen braucht man keine Traktoren, wenn Männer aus Afrika kommen. Das hier ist jetzt Rom und China, das Mittelmeer ist wieder das Mare Nostrum, es gibt genügend Leute, die gegen Verpflegung tragen helfen. Wenn einer müde wird, rückt der Nächste nach.

Ich hatte auch die langen Baracken nicht so recht verstanden, vor denen die Olivenbaumschneider ihr Lager aufgeschlagen hatten und ihr Essen auf dem Feuer zubereiteten.

Nach der Übernachtung in Fórnoles kamen wir an so

einem Lager vorbei. Es war so früh, dass die Sonne noch nicht aufgegangen war. Isla und Kari waren in Fórnoles geblieben und warteten auf den Bus. Graham und ich gingen zwischen den Baumreihen in Nullrichtung. Da sahen wir im Dunkeln vor uns Lichter flackern. Als wir an den Rand einer Lichtung kamen, blickten wir auf Stellen mit Glut und brennende Feuer, ein ganzes Lager, Baracken und Baustellenhalogenlampen an Wellblechwänden.

Wir blieben am Rand des Wäldchens stehen. Über den Feuern wurde gekocht und in Kesseln Wasser erhitzt. Das wenige, was man hören konnte, klang nach einer fremden Sprache. Dann stieß mich Graham an der Schulter an und bedeutete mir, weiterzugehen, und wir machten im Dunkeln einen weiten Bogen, wobei wir sicherheitshalber nicht sprachen, bis wir aus dem Olivenhain heraus waren.]

Log (P. J.)

22. 2. 07, 10:55 Uhr

39° 44' 52" N, 0° 00' 08" E

Laut Seekarte liegt in ostnordöstlicher Richtung eine Inselgruppe namens Islas Columbretes. Davon hatte ich noch nie gehört. Es ist leicht, den Kurs zu halten, die ganze Zeit hat man das Land als flache Linie neben sich. Geschwindigkeit fünf bis sechs Knoten.

[Wenn man sich nicht richtig bewegen kann, wird man nicht von innen her warm. Müssen zusätzliche Jacken kaufen, bevor die Überquerung des Mittelmeers beginnt. Der Golfo de Valencia ist nur ein Übungsstück.

Isla übernimmt bei einer Überholung immer das Ruder, ansonsten steuert Kari. Isla und Kari müssen lernen, das Boot zu zweit zu beherrschen.]

Log (Gr. H.)
23. 2. 07, 4:30 Uhr
38° 54' 15" N, 0° 00' 02" E

Müssen bis zum Morgen zirkulieren. Haben versucht abwechselnd zu schlafen. In der Kajüte zwei schmale Kojen.

Als es hell genug war, um vom Bug aus zu erkennen, dass man keine Steine oder Sandbänke vor sich hatte, steuerte Isla auf den Strand zu, die Gummijolle wurde auf der windgeschützten Seite zu Wasser gelassen und Petr und Graham paddelten an den Strand. Isla wendete, und ich setzte mehr Segel, so wie Graham es mir Leine für Leine beigebracht hatte. Als die beiden am Ufer waren, kurbelte ich die Gummijolle mit der Winde wieder ans Segelboot heran.

Petr und Graham verschwanden hinter der Böschung. Sie hatten einen Tag an Land vor sich, wir mindestens sechzig Kilometer Segeln, und das Umfahren von Cabo de San Antonio und Cabo de la Nao hing einzig und allein von Isla ab. Ich hatte zuvor in meinem ganzen Leben nicht mehr als fünf Mal in einem Segelboot gesessen und verstand von der Kunst des Segelns absolut nichts.

Isla hielt den Kurs nah genug am Ufer und zugleich in sicherem Abstand davon, und nach Denia schien auch alles gut zu laufen. Vor der Stadt herrschte mehr Verkehr, aber das Überholen ging so sicher vonstatten, dass Isla selbst erleichtert war. Der Wind kam gleichmäßig und nicht zu stark aus Nordost. In der Nacht, als Graham steuerte, war es unangenehmer gewesen, der Wind auch stärker, und das Boot hatte sich in der Dunkelheit geneigt.

Zwischen den Landspitzen lag die Stadt Jávea, die auf einer anderen Karte Xábia hieß. Graham hatte uns aufgetragen, dort für jeden eine Jacke und außerdem Essen zu kaufen, aber nur, falls Isla anlegen konnte, ohne das Boot zu beschädigen. Isla drehte zuerst nach Westen und hielt dann auf den Wellenbrecher zu. Das alles ging gut, der Wind nahm auf der geschützten Seite gleich noch mehr ab, und das Boot konnte sich direkt dem Anleger nähern und in seinem eigenen Tempo gleiten, das gerade passend geringer wurde.

Ich hielt die Fender bereit. Der Stoß gegen den Rand des Anlegers war nur wenig stärker, als wenn der Motor gelaufen wäre und wir mit dem Rückwärtsgang gebremst hätten. Die Gummiwulste wurden geknautscht und wieder prall, bis ich mit dem Haken einen Betonpoller erwischte. Ich ging schwankend von Deck, um vorne und hinten die Leinen zu befestigen, dabei hantierte ich zu hastig mit den Seilen, sie verhedderten sich, mit Knoten versuchte ich es erst gar nicht, sondern machte Schleifen, wie beim Verpacken eines Weihnachtsgeschenkes.

Zum Glück war kein Mensch auf dem Steg, denn das Anlegemanöver hatte garantiert ziemlich amateurhaft ausgesehen, aber wir waren zufrieden. Als ich wieder ins Boot stieg, ging ich direkt zu Isla, um sie zu umarmen. Sie hielt mich fest und drehte das Gesicht so, dass sich beinahe unsere Lippen kurz berührt hätten, wir wandten uns beide ab. Du bist gut gesegelt, sagte ich, um wenigstens etwas zu sagen. Das war der Kuss von Xábia, sagte Isla und wir umarmten uns wieder, und es war keine Angst dabei, sondern wir wussten beide, es ist jetzt so, aber es wird auch ein anderer Tag kommen. Das Boot schaukelte, von Leinen und Fendern gehalten, es war nur eine kleine Bewegung, man konnte an Deck leicht stehen, auch wenn ich mich nur an Isla festhielt und sie sich an mir.

Wir beschlossen, gemeinsam in die Stadt zu gehen, auch wenn wir das gemietete Boot dann unbewacht und unabgeschlossen zurücklassen mussten. Auf dem Weg über die Betonböschung in die Innenstadt von Jávea-Xábia unterhielten wir uns über gemeinsame Dinge und darüber, dass manche Tage ganz gefüllt sind, nicht in dem Sinn, dass es hektisch wäre, sondern dass sie viel bedeuten.

Das war am 23. Februar, ein Freitag, ich glaube, es hat nicht geregnet, außer spät am Abend, aber da hatten wir bereits für alle neue, teure wasserdichte Wärmejacken gekauft.

[– nur dann blau, wenn die Sonne daraufscheint und es nicht zu bewölkt ist. Sonst ist es grün und grau, mittelmeerfarben, keines von beiden, weder Blei noch Gras. Falls es so eine Farbe im Laden auf einer Farbpalette gibt, dann heißt sie Mediterranean Winter Spring.

Wenn drei Tage lang die Landschaft aus derselben geriffelten Fläche besteht und man nirgendwohin entkommen kann, fängt man zwangsläufig an zu denken, dass dies das Alpha des Planeten ist und sein Omega sein wird. Die Inseln sind nur kleine Punkte, die Kontinente kleine Inseln, das Weltmeer allein ist groß und gottähnlich. Aus seinem Inneren heraus ist das Land geboren und am Ende spült es alles wieder in sich hinein –]

Log (P. J.)

26. 2. 07, 11:55 Uhr

jetzt schon 36° 00' 04" N, 0° 00' 06" W

Graham wollte sicherheitshalber exakt über den Degree Confluence Point. Mehrmals mussten wir zurücklavieren, bevor die Überschneidung auf die richtige Stelle fiel und der Monitor auch im Sekundenfeld nur Nullen anzeigte. 1" entspricht 31 Metern in Nord-Süd-Richtung und hier an dieser Stelle nicht mehr als 18 Metern in West-Ost-Richtung. Bei seitlichem Wellengang ist man im Nu an so einem Nadelöhr vorbeigefahren. Und die Genauigkeit ist vollkommen von der Aktualisierungsgeschwindigkeit der Koordinatenanzeige abhängig.

Die Küste Afrikas und Algeriens ist mittlerweile so nah, dass gerade ein riesiger Möwenschwarm über uns hinweggeflogen und vielleicht an einer fischträchtigen Flachzone gelandet ist.

[Es hat keinen Wert, alles ins Logbuch zu schreiben. Kritik lässt man besser weg. So haben wir es ausgemacht, jetzt, nachdem Graham die Eintragungen des ersten Teils der Reise gelesen hat.

So funktioniert auch das Erinnern; man vergisst etwas, aber das, was bleibt, ist das, woran man sich erinnert.

Das Regelbuch aus Greenwich hat sich als ungenau erwiesen und die Anordnungen als dehnbar wie Kaugummi. Manchmal hat man das Gefühl, als wären wir mit einem Wurf ausgesetzt und unserem Schicksal überlassen worden. Darüber haben wir heute gesprochen. Isla sagte, das klingt wie Theologie, Kari meinte, mehr wie Kosmologie. Kari hat besser Englisch gelernt, er ist jetzt schon den zweiten Monat dabei, nimmt sich einen langen Winterurlaub von seinem traurigen Job.

Auf See habe ich wieder mehr Zeit, ins Notizbuch zu schreiben. Je weiter wir auf dem Mittelmeer nach Süden gekommen sind, umso wärmer ist die Luft geworden. Man spürt die hundert Kilometer innerhalb von 24 Stunden, gestern Morgen fand der Übergang vom Winter zum Frühling statt und heute Morgen vom Frühling zum Frühsommer.

Kann das der Schirokko sein? Am Morgen fanden wir Heuschrecken auf Deck. Jedenfalls sahen sie so aus.]

Log (Gr. H.)

26.2.07, 19:00 Uhr
35°52'05" N, 0°01'57" E

Eigentlich zum ersten Mal größere Schwierigkeiten damit, dass weder Funk noch Mobiltelefon vorhanden. Küstenwache empfängt uns in der Bucht von Arzew. Sie nehmen uns ins Schlepptau, obwohl die Visa und vorab besorgten Genehmigungen in Ordnung sind. Scheinen über unsere Ankunft informiert. Ein kleinkarierter Fiesling hat etwas von einer Abmachung und von Sicherheitsgarantie geredet.

Log (Gr. H.)

26.2.07, 23:30 Uhr
35°48'28" N, 0°01'33" E

Im Polizeiauto über Aad la Macta aufs Land. In einer Blechhalle Leibesvisitation. Warten auf eine Wärterin, damit sie auch Isla begrapschen können. Boot zur Küstenwachstation in Mostaganem. Unangenehmes Land, die Bürokratie bewegt sich langsamer als ein Kriegselefant in Karthago.

Log (Gr. H.)

27.2.07, 16:00 Uhr

Heute eine halbe Stunde ins Freie. Um die Baracken herum weitere Baracken und Stacheldrahtzaun. Irgendein Aufnahmelager für Kriminelle oder Flüchtlinge. Soll hier die Reise stecken bleiben?
Zwischen den Mülltonnen blühende Rosen. Der Februar ist bald zu Ende.

Log (Gr. H.)
1. 3. 07, 6:00 Uhr
35° 48' 28" N, 0° 01' 33" E

Am Morgen beim Aufwachen die Nachricht auf dem Monitor, dass das weitere Vorwärtskommen als Gemeinschaftstransport organisiert wird, über eine Strecke von 20 Breitengraden. Eine Pace-Etappe über ganz Algerien hinweg, über den Wendekreis des Krebses hinaus, tief nach Mali hinein.

Von den Baracken des Aufnahmelagers wurden wir über Mohammadia ins Hinterland gebracht. Dort war an einem einsamen Ort ein Hotel gebaut worden, dessen Zimmer in einem gebogenen Flügel lagen, von allen Fenstern hatte man Aussicht auf eine leere Ebene, die aussah wie der Mond. Aus Sicherheitsgründen war im Voraus für die Transporte und übrigen Vorkehrungen bezahlt worden, auch für die unangenehmen Tage der Verwahrung; alles klärte sich, als die richtigen Leute im Ministerium gefunden waren. Die Memorial Society hatte alles mit den Tourismusbehörden vor Ort und mit dem Innenministerium vereinbart. Algerien wollte keine negative Werbung für sein Land mehr, denn es war nicht mal einen Monat her, dass drei Männer aus einer Gruppe französischer Archäologen entführt und später hingerichtet aufgefunden worden waren, gefesselt und mit durchgeschnittener Kehle.

Alle Teams, die rechtzeitig zum ersten Transport da waren, wurden in demselben isolierten Hotel hinter Mohammadia einquartiert. Zur Fahrt wurden so viele zugelassen, wie in das Luftschiff der Amundsen-Nobile-Gesellschaft hineinpassten, und diejenigen, die es erst später über das Mittelmeer schafften, würden nachkommen, sobald das

Fluggerät aus Mali und der Sahara zurückgekehrt war. Das maximale Transportgewicht des Luftschiffs war genau festgelegt, darum wurden am Samstagmorgen in der Hotellobby die Gepäckstücke gewogen.

Auf dem Monitor erschien eine Nachricht: die für die transporte auf etappen, die als verwundbar oder von der landverbindung her als gefährlich eingestuft werden, zuständige amundsen-nobile-gesellschaft hat dem wettbewerbsbüro mitgeteilt, dass die saharaüberquerung am nachmittag beginnt, sofern die umstände unverändert bleiben. force-majeure-vorbehalt. einschränkung des datenverkehrs vorübergehend aufgehoben. das wettbewerbsbüro kann vom hotel aus von 8–12 utc angerufen werden, um die anzahl der reisenden zu melden sowie angaben zur person, falls die helfer gewechselt haben.

Damit war ich gemeint. In der Wellington Road mussten sie wissen, dass ich in Frankreich dazugekommen und seitdem mit dabei war. Eine entsprechende Ahnung hatte ich schon früher gehabt, spätestens, als wir auf die algerische Küste zusegelten und das rostige Schnellboot der Küstenwache beidrehte und die Grenzwächter ihre Fragen zu uns herüberriefen. Sie hatten exakt vier Namen parat gehabt, nach denen sie fragten, die ganze Zeit vier, und mein Name war in ihren Papieren verzeichnet gewesen. Ich hatte die Angaben zu meiner Person gesehen, sie waren alle richtig, bis hin zur Adresse, nur die Pünktchen auf dem ä fehlten.

Zwischen den Teams und dem Wettbewerbsbüro sollte eigentlich keinerlei Kontakt bestehen. Seit Spanien beschlich mich der Verdacht, dass Graham viel mehr wusste als Petr und Isla, aber als ich ihn danach fragte, sagte er das Gleiche wie die anderen, dass aus London keine Ratschläge gekommen waren und man auch keinen Kontakt dorthin aufnehmen durfte, außer wenn per Nachricht auf dem Monitor darum gebeten wurde. Jedes Team stellte eine abgeschlossene Einheit dar, war allein auf die Reise geschickt worden und sollte sie allein bestehen. Die Verpflichtung, sich von der modernen Zeit loszusagen, war eine Simulation des 18. Jahrhunderts und eine Huldigung an Halley.

Am Nachmittag wurden wir vom Hotel aus einige Kilometer weit in die offene Ebene gebracht. Auf sandigem Erdboden und inmitten von niedrigen Mauern aus aufgeschichteten Steinen wartete das bunt gemusterte Amundsen-Nobile-Luftschiff, mit Stahlseilen an Pflöcken befestigt.

Es war eine Kombination aus einem Heißluftballon und einem Zeppelin aus den Dreißigerjahren. Von der Form her eher hoch als lang, die bienenwabenartigen Stützkonstruktionen ragten zig Meter hoch auf. Die Passagierräume und das Cockpit befanden sich zum Teil innerhalb des Ballonsacks und zum Teil unterhalb, durch ihre Plexiglasscheiben konnte man hindurch auf die andere Seite sehen, wie bei einem halb leeren Aquarium. Die Verbundstoffstreben fassten einen Auftriebskörper ein, der zu einem sackartigen Kloß aufgebläht war und über dessen Folienstoff in fragmentartigen Streifen Produktnamen liefen: allied irish persil castle lukoil verisign virgin volvo playstation gazprom severstal rothschild mosneft TradChannel-14.

Ich hatte noch nie im Leben ein Luftschiff gesehen. Es waren mittlerweile neue Prototypen davon hergestellt worden, und Amundsen-Nobile wollte sie als Erstes auf einigen wenigen Strecken zu touristischen Zwecken einsetzen. Das Luftschiff *Africa* war Bestandteil der Testphase, die das Ganze anleiern sollte, und zugleich Reklame für das bevorstehende Angebot.

[Als der Ballon aufstieg, hörte man hinter den Plastikwabenfenstern nur das Rauschen der Klimaanlage. Nicht einmal über die untere Gondel wurden Rumpfgeräusche übertragen. Der Kapitän erzählte in seiner Willkommensansprache, dass in Japan bereits drei Luftschiffe kurze Kreuzfahrten fuhren und in Russland und über südlicheren Gewässern jeweils zwei. Es wurden damit Gruppen zu solchen Stellen der Erde befördert, an denen es von oben etwas ganz Besonderes zu sehen gab.

Wir bekommen das alles bezahlt, aus den Teilnahmegebühren und den Geldern der Sponsoren, ansonsten aber ist so eine Fahrt vorläufig irrsinnig teuer. Außer uns noch drei weitere Teams, insgesamt achtzehn Passagiere plus sechs Mann Besatzung, alle die ganze Zeit in einem offenen Raum, nur das WC ist abschließbar und das Cockpit und die Geräte sind mit dünnen Papierparavents von der Passagierkabine abgetrennt.

Die Fortbewegungsart entspricht vielleicht sogar den Regeln. Halley kannte Heißluftballons, obwohl sie damals erst entwickelt und ausprobiert wurden. Die Menschenversuche der Brüder Montgolfier wurden kurz nach Halleys Tod unternommen, aber von Sonne und Wind erwärmte Luftsäcke hat man schon wesentlich früher zum Himmel geschickt.

Bei der Amundsen-Nobile-Erfindung sind verschiedene Techniken so kombiniert und eingesetzt worden, wie es am effektivsten ist. Die Heliumtanks und Heißluftzylinder sind so miteinander verbunden, dass die erhitzte Luft isoliert durch die Heliumreservoirs zirkuliert und die Hubkraft somit wesentlich länger bindet. Jeder Quadratmeter der Oberfläche nimmt Sonnenenergie auf und die Luftströmungen werden bis in die Schichten der Jetstreams hinein genutzt.

Die Passagiergondel aus Verbundstoff ist für eine Höhe von tausend Metern bereits unter Druck gesetzt worden, und man kann mit dem Ballon schnell aufsteigen.

Der Kapitän erläuterte alle diese Einzelheiten. Jetzt nutzen wir als Erstes den Küstenwind aus dem Norden, der den Ballon langsam ungefähr auf dem Nullmeridian vorantreibt. Auf der Karten- und Höhenanzeige wechseln die Werte ständig, unten verlaufen Straßen und gerade eben hat man eine Eisenbahnlinie gesehen. Auf der Erde wird es allmählich dunkel, hier scheint noch die Sonne.

Graham und Isla unterhalten sich mit den anderen.

Die ganze Aktion macht müde. Sonst wäre die Stimmung nicht so trüb.]

[Zwischen Steinwüste und Sandwüste besteht ein großer Farbunterschied, wenn die Sonne aus dem richtigen Winkel scheint, tief genug, dass sie Schatten wirft.

Erg bedeutet Sandmeer. Ein braunes und helles Meer mit erstarrten, zig Meter hohen Wellen. Ein Wunder, dass hier jemand leben kann. Heute hat uns der Kapitän die Landschaft gezeigt, die sich unten krümmte, und erklärt, wie dort einst Flüsse geflossen und dichte Wälder auf den Höhenzügen gewachsen sind. Der Wind weht die Krume davon, die Bäume sind gefällt und die Wurzeln ausgerissen worden.

Die Sahara ist ein Schlund und eine Wunde. Der Schlund ist bereit, ringsum weiteres Land und die Besucher, die sich darin verirrt haben, zu verschlingen. Aus der Wunde ist das Serum gewichen, sichtbar zurückgeblieben ist die Kruste. Hamada, Erg, Reg, über all diese unterschiedlichen Landschaften sind wir schon geflogen. Jemand hat ihnen zuerst Namen gegeben und diese dann anderen beigebracht.]

Log (Gr. H.)
8. 3. 07, 10:00 Uhr
26° 58' 15" N, 0° 00' 52" W

Oase Sali
Die Dattelbäume und Palmen von oben betrachtet wie Topfpflanzen. Ich sah einen Wüstenfuchs auf dem Sand.
Eine grüne Linie inmitten von Braun und Grau, ein Dorf neben dem anderen in einer Kette von Oasen. In der Nähe das uralte Tanezrouft. Dort lange Autokonvois, immer zehn Lastwagen und ein Tankwagen, an der Spitze ein Militärfahrzeug. Sicherheitshalber befiehlt der Kapitän, die Flughöhe auf über 500 Meter zu erhöhen, außer Schussweite.

Log (Gr. H.)
11. 3. 07, 16:15 Uhr
23° 18' 15" N, 0° 01' 54" W

Jenseits des Korridors über den Wendekreis des Krebses. Während der Fahrt keine weiteren Nachrichten auf dem Monitor, außer den Koordinaten. Die Verzögerung gegenüber der Anzeige im Cockpit 8–12 Sekunden, in Strecke sind das 10" (und in den Strömungen sogar noch mehr).

Als wir früh am Montagmorgen auf die malische Seite kamen, war ich zufällig wach. Die Innenbeleuchtung war ausgeschaltet, wie immer nachts, aber durch die Fenster sickerte das Licht von Mond und Sternen herein. Hinter dem Papierparavent saß der Pilot, der Dienst hatte, und behielt die Messinstrumente und Anzeigen im Auge. Die übrige Besatzung und alle Passagiere schliefen in den Sitzreihen. Die Kohlenfasersitze waren so konstruiert, dass man sie herunterklappen und in schmale Liegen verwandeln konnte. Durch den

Klappmechanismus füllten sich die Stoffwaben automatisch mit Luft.

Mein Platz war am Fenster. Neben mir saß Petr und neben ihm wiederum Isla, gefolgt von Graham. Ich mochte meinen Platz und wollte nicht tauschen, man konnte zur Seite, nach unten und nach oben sehen. Als ich aufwachte, blieb ich lange wach liegen und betrachtete die Sterne. Da die Luft über der Sahara trocken war und nicht flimmerte, waren sie so scharf erkennbar und so zahlreich wie nirgendwo sonst. Wenn man neben dem schrägen Panoramafenster auf der Seite lag, schienen die Sterne und die Milchstraße von der Erde bis zum Zenit zu reichen, es war eher so, als würde man durchs Weltall gleiten und nicht nur in wenigen Hundert Metern Höhe über die Sandwüste.

Ich lag wach und lauschte dem Funkverkehr im Cockpit. In Mali gab es Probleme mit unserer Ankunft. Der Pilot musste geduldig etwas von offiziellen Genehmigungen und von Ministern erklären, so viele französische Wörter kannte ich. Das Land wechselte, die Sahara ging weiter, unser Überflug konnte für den Staat Mali keine besondere Gefahr darstellen. Sah man das Luftschiff überhaupt deutlich auf dem Radarschirm, bei den wenigen Metallteilen, die es enthielt? Und besaß das arme Mali überhaupt Radar an seinen Wüstengrenzen? Solche Dinge gingen mir durch den Kopf und dabei schaute ich auf das Sternenmeer von 180 Grad, das der Mond nur wenig überblendete.

Ich stützte mich auf den Ellbogen und beugte mich so weit nach vorne, dass ich durch das schräg angebrachte und gewölbte Fenster fast gerade nach unten sehen konnte. Im Mondlicht reflektierte die Erdoberfläche gelblich grün, sie war eben und leer, einige Steinhaufen mit braunschwarzen

Schatten, keine erkennbare Landesgrenze, falls sie sich gerade an dieser Stelle befand. In solchen unbewohnten Gegenden sind die Grenzen zwischen Republiken, Diktaturen und Königreichen lediglich auf Landkarten verzeichnete Linien und Vogelkäfigdrähte.

Log (Gr. H.)

16. 3. 07, 12:00 Uhr
18° 12' 02" N, 0° 00' 04" E

Noch immer über Wüstengebiet, lange schon Sahel. Hier und da Viehherden mit Hirten. Woher nehmen sie ihr Wasser? Obwohl es hier jetzt mehr Grasbüschel gibt.
Die Autokonvois erkennt man an den dichten Staubwolken.
Wir haben Anweisung, bei Gao zu landen, vor dem Niger, hat der Kapitän heute Morgen mitgeteilt.
Zwischendurch Luftströmung optimal direkt von hinten, Steuerturbinen werden überhaupt nicht gebraucht.

[Zwei Wochen und zwei große Länder, fast bewegungslos an einem Ort. Als wäre das so geplant gewesen, als Urlaub zwischen den Gehmarathons. Aber zwanzig Männer und vier Frauen auf begrenztem Raum, das ist nicht viel, sondern zu viel.

Nach dem anfänglichen Staunen ist jeden Tag das Bedürfnis stärker geworden, hinaus an die frische Luft zu kommen und in aller Ruhe für sich zu gehen. Manche sind aus dem Staunen noch immer nicht herausgekommen. Mir gefällt es mehr, wenn eine Landschaft ordentlich dreidimensional ist und nicht so eine flache Platte, nach der die leicht gewellte Steinwüste aus dreihundert Metern Höhe in einem Licht, das alle Schatten verbrennt, aussieht.

Nur zwei Mal sind wir bei Zwischenlagern von Amundsen-Nobile gelandet und haben frische Nahrungsmittel und Propan für die Brenner aufgenommen. An beiden Orten war eine Felddusche eingerichtet worden. Jeder nutzte sie. Es ging einem gleich besser, nachdem man sich mit dem Waschlappen die Schlacke abgebürstet und sich ein bisschen mehr die Beine vertreten hatte als immer nur die zwanzig Schritte hin und her auf dem Mittelgang der Gondel.

Nach und nach habe ich die anderen kennengelernt. Jeder ist aus einem anderen Grund dabei. Ein Trio, das von der Smithsonian Institution gesponsert wird, nimmt mit der Kamera ein langes Stück Welt auf: von jeder Meile mindestens ein Foto, auf dem automatisch die physikalischen Variablen gespeichert werden.

In der Nähe von Almoustarat sehen wir, wie mit offenen Lkws sowie mit Bussen, denen man die Dächer abgesägt hat, Hunderte von Menschen in Richtung Küste transportiert werden. Mali liegt in der Mitte von sieben Ländern, die Straßen sind unbewacht und die Beamten arm, niemand fragt, was für eine Last wohin gebracht wird. Doppelte Karawanengebühr bedeutet, dass die Beförderten selbst oder mit sich selbst zahlen und der Auftraggeber zahlt, was er bestellt hat und was lebend ankommt.]

[So ist Afrika am besten, von oben, aus der Luft, mit Abstand, es dringen keine Sandflöhe in die Kleider und weder Staub noch Krankheiten bleiben an einem hängen, hat einer von den Männern im Cockpit gesagt, als wir zur Landung auf der roten Erde ansetzten.]

Log (Gr. H.)
18. 3. 07, 16:30 Uhr
16° 15' 53" N, 0° 00' 02" E

Gao, Mali
Außerhalb der Stadt gelandet (kein Flugplatz, sondern ein leer geräumter Viehplatz). Geländewagen von Amundsen-Nobile erwarten uns, darin Passagiere, die nach Algerien wollen, eine Gruppe reicher Russen und ein italienisches Ehepaar. Heiß.

Am Montag verkrampfte sich zum ersten Mal mein Magen und in der Nacht kam der Durchfall. Ich versuchte es bis zu dem Betonloch am Ende des dunklen Hofs zu schaffen, aber schon beim ersten Mal beschmutzte ich mir die Hose, weil ich es einfach nicht schaffte.

Nach dem zweiten und dritten Mal brachte das Fieber den Körper so sehr zum Schlottern, dass die Zähne klappernd aufeinanderschlugen, auch wenn ich noch so sehr versuchte die Kiefer zusammenzupressen. Im Innenhof war es stockfinster, nur der Lichtkegel meiner Stirnlampe schwankte durchs Dunkel. Vor dem Hotel bellte der Wachhund, und ich stellte mir schon vor, dass er zwischen den Gebäuden hindurch in den Hof gekommen war und irgendwo hinter Fässern und Blechhaufen lauerte.

Am nächsten Morgen ging es mir noch schlechter. Petr war den Rest der Nacht wach geblieben und hatte mir abwechselnd ein gelbes und ein hellgrünes Getränk eingeflößt. Im Abstand von einer Stunde schluckte ich eine Imodium, aber die Krankheit, die ich hatte, war keine, die man mit Tabletten losgeworden wäre.

Es war der Tag der Frühjahrstagundnachtgleiche. Ich weiß das noch, weil Graham sagte, von heute an kommt die Sonne vom Äquator aus auf uns zu. Isla hatte sich über die Lage der medizinischen Versorgung in Gao kundig gemacht, und die war nicht gut. Ich hörte zu, was die anderen sagten, das ging, aber ansonsten fühlte ich mich, als läge ich in einer Wiege, als wäre ich ganz klein geworden und mein schwerer, schwitzender Körper lastete in Schichten auf mir.

Da ich allmählich zum Notfall und zum Hindernis für die Fortsetzung der Reise wurde, war Graham damit einverstanden, in London anzurufen. Petr und Isla mussten ihn darum bitten, ich versuchte zwischendurch klarzumachen, dass ich auch allein bleiben könnte, bis es mir besser ging, dass sie von mir aus weitergehen könnten. Ich würde ihnen dann mit irgendeinem Fortbewegungsmittel nachkommen.

Dann erinnere ich mich nur noch an Bruchstücke, an laute Stimmen und Schwankungen. Isla wischt mir mit einem feuchten Lappen den Schweiß ab. Für einen Moment wird es immer schrecklich kalt, bis sich die Haut öffnet. Der Sitz im Flugzeug ist kaputt und das Futter quillt heraus, die Wand neben mir zittert, es riecht nach Kerosin, ich ersticke an dem Geruch, ich werde getragen, ich höre Rufe, Isla weicht nicht von meiner Seite, Wechsel in eine größere Maschine, das orangefarbene Heißluftgebläse von Air Burkina.

Der vierte Knoten
Oh my *Ginger-Baby*

In der Hafenstadt Tema hatten Isla und ich ein gemeinsames Hotelzimmer und wir schliefen im selben Bett. Je länger das Warten dauerte, umso näher kamen wir uns und umso schwerer wog die Abmachung, die wir im Seitenflügel der Klinik getroffen hatten. So war es jetzt, aber wenn Graham und Petr es auf dem Meridiankorridor bis zur Küste geschafft hätten, wäre es wieder anders und solche gemeinsamen Zeiten zwischen den Knoten würde es gar nicht mehr geben. Das hielt alles im Ungewissen, und oft überkam uns unmittelbar nach guten Momenten das Gefühl, den anderen schon verloren zu haben.

Jeden Tag gingen wir auf einer Straße, die von herumstreunenden Hunden gesäumt wurde, weit aus Tema hinaus. Am Rand der nördlichen Siedlungen griff das Zickzack von Wald und Ackerland zufällig so ineinander, dass sich innerhalb des Meilenkorridors nur eine einzige begehbare Route ergab. Petr und Graham mussten fast unweigerlich an dieser Stelle auf die Landstraße stoßen, falls es ihnen gelingen sollte, dem Nullmeridian bis hierher zu folgen.

Der Aufbruch in Gao war in einer solchen Panik erfolgt, dass wir uns nicht auf mögliche Etappenziele hatten verständigen können. Das Einzige, was wir gemeinsam ausgeguckt hatten, war Tema, die Hafenstadt unmittelbar neben der ghanaischen Hauptstadt Accra. Von dort aus würden wir nicht zu Fuß auf dem Atlantik nach unten gehen können, also mussten spätestens dort neue Anweisungen aus London auf dem Monitor unseres digitalen Empfangsgerätes erscheinen.

An jedem einzelnen Morgen, an dem wir vom Hotel aus nach Norden trotteten, hatten wir das Gefühl, eine kleine Trennung zu vollziehen. Über ein zweites Hotelzimmer hatten wir bereits Vereinbarungen getroffen. Sobald Graham und Petr kämen, würde ich mich dort einquartieren, als hätten Isla und ich während der ganzen Wochen des Wartens in zwei Zimmern gewohnt.

Am Rand der Landstraße, nicht weit vom einzigen offenen Tor zum Wald, durch das sie aus dem Dickicht kommen mussten, befand sich Joe's Café. Dort warteten wir immer. Zwischen Baumstämmen war dort aus zusammengebundenen grünen Zweigen und Wellblech eine Art Unterstand gebaut worden, der mittags immerhin die hoch vom Himmel brennende Sonne abhielt. Wir saßen auf glänzenden, verbeulten Metallstühlen im Schatten und tranken flaschenweise Cola, die wir jedes Mal bestellten, sobald wir die Bar betraten. Joe lernte, unsere Bestellung vorwegzunehmen. Sobald er uns auf der Landstraße um die Kurve kommen sah, ging er in den Hinterhof und holte dort aus dem Kühlschrank im Schatten die ersten kalten Flaschen. Eiswürfel gab es nicht, aber ich hätte es ohnehin nicht gewagt, welche ins Glas zu tun, und Isla mittlerweile auch nicht mehr.

Nach den Erfahrungen, die wir in Mali gemacht hatten, waren wir mit der Hygiene übervorsichtig. Nicht einmal aus Versehen durfte man die Hand zum Mund führen, nicht einmal übers Gesicht wischen durfte man sich, und die Hände mussten regelmäßig gewaschen werden, auch zwischen den Fingern und mit einer derart brutalen Desinfektionslösung, dass die Haut auf der Stelle austrocknete und man Handcreme aus der Dose auftragen musste.

Essen gingen wir eigentlich nur einmal am Tag, und das so spät, dass die schlimmste Sonnenglut aus Luft und Erde verschwunden war. Unser Sicherheitsessen aus brodelnden, stark gewürzten Gemüseragouts und gut gegrillten frischen Fischen war Abend für Abend das gleiche, aber während der ganzen Zeit, die wir gemeinsam in Tema verbrachten, schmeckte es uns beiden jedes Mal.

Ab Mitte April waren die Tage immer heißer geworden und heizten nun auch die Nächte auf. Die Sonne schien höher und höher zu steigen, bis sie weiß glühend die Zenitspitze der Himmelsdiagonale erklommen hatte.

In gleicher Weise wanderte der Mond nachts wie ein Knopf über den Himmel, bisweilen so weit oben, dass man ihn gar nicht sehen konnte, bevor man das Hotelzimmerfenster öffnete und hinaufschaute. Als Halbmond schwebte er wie ein Boot über dem Meer, bei Vollmond brannte er wie ein Scheiterhaufen über dem Horizont.

In manchen dieser Nächte sagte Isla, sie wolle ein Kind. Ich wollte es auch, dadurch wirkte alles noch vollkommener, Isla war an den Mond genäht und sprach in unserem Doppelbett aus Metall, das wir ans Fenster gerückt hatten, die Worte laut aus und hielt mich dabei in sich. Obwohl sie die Pille nahm, schien uns beiden in solchen Mitternächten ein Kind möglich zu sein.

Von Gao nach Tema ist es weit, schon per Luftlinie auf dem Meridian mehr als 1200 Kilometer, und in Burkina Faso, bei den Abweichungen über die Grenze nach Togo und auf den Waldetappen im nördlichen Ghana ging es bisweilen durch sehr schweres Gelände. Es bestand keinerlei Gewissheit, dass Graham und Petr diese Route bewältigen würden, ebenso gut konnten sie gezwungen werden, ihren Marsch abzubrechen, aber jeden Vormittag gingen wir zu unserem Posten in Joe's Café.

Es war auch eine Art Dienst oder Buße. Die Nacht war etwas anderes, manchmal auch der Morgen, doch am Tag sagte Isla, sie sei noch immer mit Graham verheiratet. Sie erzählte von ihrer Hochzeit und in dem Zusammenhang auch die Geschichte, wie Petr ihnen als Hochzeitsgeschenk eine breite und warme elektrische Heizdecke überreicht habe. Das war gut vorausgesehen; Petr kannte mich und er kannte Graham, sagte Isla.

Ich hütete mich, nachzuhaken, obwohl ich mich fragte, ob Isla das mit Absicht so gesagt hatte. Über Graham verlor sie nie ein böses Wort, sie beklagte sich nicht und sprach über das Vergangene ohnehin eher andeutungsweise und gerade so viel, wie ich vielleicht wissen musste.

Nachdem wir drei Wochen lang treu jeden Tag Joe's Café aufgesucht hatten, kamen sie. Isla bemerkte es zuerst. Sie standen am Rand der Landstraße, genau vor dem Tor zum Wald, von dem wir gedacht hatten, dass sie dort herauskommen mussten, falls sie überhaupt noch kämen.

Sie tranken Wasser aus ihren Flaschen und blickten die Landstraße entlang zum Café, jedoch ohne uns zu sehen. Als sie weitergingen, griff Graham nach Petrs Hand, er musste Petr beim Gehen Halt geben, und so gingen sie langsam Hand in Hand, und Petr zog das linke Bein nach, das er sich in den Pyrenäen schon verletzt hatte.

Isla eilte aus dem Schatten des Wellblechdachs und schwenkte die Arme über dem Kopf. Ich folgte ihr, aber langsamer, und dachte dabei an alles Mögliche, vor allem und zuerst jedoch daran, dass unsere gemeinsame Zeit nun zu Ende war.

Ich fasste den Plan, unter einem Vorwand ins Hotel vorauszugehen und meine Sachen in das andere Zimmer zu bringen. Dann wäre von den zurückliegenden Wochen nichts mehr übrig, von jetzt an würde sich das fortsetzen, was zuvor gewesen war. Ich bin zuallererst Petrs Bruder, ich bin selbst von einer Krankheit genesen, und Petr und ich wohnen in einem Zimmer. Isla und Graham wohnen neben uns und reden miteinander über ihre Dinge, ich spreche mit Petr darüber, was wir gemeinsam haben, und werde niemals die drei Wochen in Tema zur Sprache bringen.

Ich dachte auch, dass ich nicht einmal von den Wochen vor Tema erzählen konnte, außer bis zu den wirren Bruchstücken des Fieberwahns, und wie wenig ich mich an die Lücken zwischen Gao und Bamako und zwischen der Ärztestation von Bamako und dem Krankenhaus in Ouagadougou erinnern konnte, vom Krankenhaus wusste ich noch etwas, aber nicht mehr viel von der Zeit, in der ich bereits auf dem Weg der Genesung war und man mich von dem Zimmer mit den zwei reichen Immunschwächepatienten in ein Hinterzimmer der Klinik verlegt hatte, das überhaupt kein Patientenzimmer mehr gewesen war, sondern ein teures Mietzimmer in einem Seitenflügel des Krankenhauses. Auch Isla hatte von ihrem Hotel dorthin umziehen dürfen, denn wir waren ein Ehepaar und Isla trat in den Krankenhausunterlagen mit meinem finnischen Nachnamen Järvi auf. Lac, übersetzten wir ihn gemeinsam, ich zuerst für Isla ins Englische, Isla dann ins Französische, weil der stellvertretende Leiter der Klinik in Ouagadougou sich über die Ä-Pünktchen wunderte. Isla und Écueil Lac, das glückliche Paar Lac-Järvi, glücklich vor allem darüber, dass Écueil sein Darmfieber überstanden hatte und kein mit Blut gesprenkeltes stinkendes Wasser mehr ausschied und erbrach.

Isla umarmte Graham und Petr bereits, als ich noch auf der Landstraße zögerte. Beide waren dünner geworden, und Petr hatte die Farbe eines Kranken; aus der Nähe sah man, dass er unter der Bräune und dem Rot durch die brennende Sonne grau war.

Was gibt's Neues?, fragte ich zuerst auf Finnisch, und Petr antwortete, wie es sich gehörte. Das war ein vertrautes Gefühl und ich brauchte mir keine Sorgen mehr zu machen: Nichts Besonderes, alles im Lot so weit, bisschen ausruhen wäre vielleicht nicht schlecht, dann bin ich bald wieder der Alte. Ein Verwandter von uns sagte das immer, alles im Lot so weit, aber in der Hitze am Rand des Dschungels fiel mir nicht ein, wer.

Petr und Graham hatten den gesamten langen Abschnitt den Regeln entsprechend zurückgelegt, zuerst von Gao zum afrikanischen Knotenkontrollpunkt und vom Knoten aus dann viele Wochen lang hinunter nach Tema. Nur am Volta-Stausee und an einigen Flussabschnitten war es leichter gegangen, weil sie sich Boote und Ruderer hatten mieten können. Von solchen Dingen berichtete Graham als Erstes, als wir uns auf den Weg in die Innenstadt und zum Hotel machten.

Petr musste gestützt werden, ein Knöchel war angeschwollen, weil ein mit Stachel bewaffnetes Insekt Gift hineingespritzt hatte, aber die Schwellung war erst in der Nacht darauf eingetreten, und seit einigen Tagen klang sie schon wieder ab. Als Graham und Petr Bruchstücke von ihrem langen

Weg erzählten, kam es mir vor, als wären sie auf einer ganz anderen Reise gewesen und gar nicht mehr auf derjenigen, die wir gemeinsam absolvierten.

Die Etappe von Gao nach Tema kam mir geheimer und schwieriger vor. Ich verstand nicht alles, obwohl sie erzählten. In Burkina Faso hatten sie sich auf einem Gestüt Pferde gemietet, denn das Regelbuch schloss Tiere nicht aus, aber Petr hatte sich gleich am ersten Tag die Hoden am Sattel geprellt und nicht weiterreiten können.

Erst am nächsten Tag hatten Isla und ich wieder die Gelegenheit, unter vier Augen miteinander zu reden, nachdem wir alle zusammen im Hafen gewesen waren. Graham wollte prüfen, ob genau an der Stelle, wo der Nullmeridian auf den Atlantik trifft, eine Mitteilung auf dem Empfangsgerät erschien, aber beim Gang entlang der Hafenbecken und über ein Stück schmutzigen Sandstrand wechselten die Ziffern nur im üblichen Takt, bis der Längenkreis exakt 0° 00' 00" betrug, ohne dass ein Hinweis auf den nächsten Knoten auf dem Monitor eintraf. Hohe, langsame Wellen schlugen krachend gegen die verdichtete Sandeinfassung Afrikas, und selbst mitten im Wind war es heiß.

Petr war nicht sofort wieder in der Lage, die vielen Kilometer zum Hotel zurückzuhumpeln. Darum musste auch Graham im Schatten der Ölpalmen warten, denn wegen der Halsschnüre, die am Knotenkontrollpunkt zu verbinden waren, durften sie einander nicht aus den Augen verlieren.

Isla und ich fuhren nach Accra, um Einkäufe zu machen, gut haltbare Trockennahrung und andere Dinge, die für die Seereise notwendig waren. Graham hatte eine fertige Liste auf einem Stück Pappe parat gehabt, bis hin zu den Namen der Geschäfte in Accra. Ich fragte mich, wie er vorab so gut hatte Bescheid wissen können, aber Isla sagte, es lohne sich nicht, darüber nachzudenken, weil Graham immer über alles Bescheid wisse.

Ich sagte etwas Spöttisches und Unschönes, doch Isla schüttelte den Kopf und sah mich an, wie man einen ansieht, der neidisch oder eifersüchtig ist. Ich versuchte mich zu korrigieren und tauschte die Wörter gegen andere aus. Isla erwiderte nichts. Wortlos gingen wir durchs Menschengewimmel, bis ich ihre Hand nahm.

Nicht jetzt, sagte Isla. Nein, sagte ich. Die drei Wochen Strandurlaub sind um, dachte ich, und wir gingen nebeneinander über den Markt, die einzigen Weißen inmitten schwarzer Menschen; die Niederlage in diesem Schachspiel zeichnete sich ab. Es roch nach Kohlenqualm und stark gegartem Fisch, nach Huhn und bittersüßem Fruchtfleisch.

Log (Gr. H.)

12.5.07, 8:00 Uhr

05° 38' 28" N, 0° 00' 09" W

Tema, Hotel Akwamu

In der Nacht Hinweis auf den nächsten Knoten: dorthin, wo die halsschnur herkommt. darin verkehrten briefe und botschaften. dort zuerst dahin, wo man auf der jakobsleiter in den himmel kommt

Log (P. J.)
14. 5. 07, 12:10 Uhr
05° 38' 28" N, 0° 00' 09" W

Hotel Akwamu
Immer noch unklar, wie es weitergeht. Am Vormittag wieder am Ufer, als würde das etwas bringen. Nichts als Meer bis Queen Maud Land.
Keine weiteren Anweisungen aus London. Haben versucht den Hinweis in Einzelelemente zu zerlegen und unterschiedlich zusammenzusetzen, aber er ist an keiner Stelle zu knacken.
Dorthin, wo die Halsschnur herkommt: Könnte Greenwich bedeuten oder jeden beliebigen Punkt unterwegs. Runde Form ohne Anfang und Ende, die Null, der Buchstabe o oder das Omega am Ende.
Darin verkehren Briefe und Botschaften. Beziehungsweise verkehrten: Was ist der Unterschied zwischen Brief und Botschaft?
Dort zuerst dahin: Irgendein Ort, den man in kleinere Bestandteile gliedern kann.
Wo man auf der Jakobsleiter in den Himmel kommt: Jakobs Traum in der Bibel, ein Stein unter dem Kopf als Kissen. Muss geklärt werden, was mit dem Bild von der Leiter gemeint ist.
Vor der Antarktis kommt auf dem Nullmeridian nichts als 10 000 Kilometer Meer. Eine unmögliche Etappe, das kann nicht sein. Graham sagt, in den nächsten Tagen wird sich alles herausstellen. Man muss nur richtig lesen können.
Isla ist der Meinung, dass wir die Reise auf dem Meer fortsetzen sollen, in der Hoffnung, dann neue Anweisungen zu erhalten. Wir haben genug ghanaischen Staub geschluckt, und der Sommer wird immer nur heißer. Ständig vierfaches Krankheitsrisiko, bei vier Menschen, dreifaches mindestens, denn wenn Kari erneut krank wird, ist es vernünftiger, ihn sofort nach Europa zu

schicken, hat Graham gestern gesagt. Eventuell wäre es tatsächlich besser, zu dritt weiterzumachen.

Am Dienstagnachmittag sah ich mir ein lokales Fußballspiel an. Wegen der langen Halbzeitpause zog es sich so lange hin, dass die Dunkelheit hereinbrach und die vom Schiedsrichter angeordneten Nachspielminuten besser nicht gespielt worden wären. Am Ende hörte man nur noch die Rufe, und ab und zu sah man den Ball als weißen Fleck.

Nach dem Schlusspfiff ging ich mit den anderen Zuschauern zwischen Zäunen und Erdwällen hinaus. Im Licht der Autoscheinwerfer konnte ich immerhin so viel erkennen, dass ich den Weg zurück in die Viertel fand, die ich kannte. Während des Monats in Tema hatte ich gelernt, wenigstens einige Abkürzungen zu nehmen und die Viertel, in denen man ausgeraubt werden konnte, zu meiden.

Ein Monat war das gewesen, im April und Mai. Sollten die Monate später irgendwann neu verteilt werden, würde ich ihn vielleicht zurückverlangen, aber es fing immer etwas Neues an, und von dem, was vorher war, blieb nur so lange etwas übrig, wie man sich an etwas Wichtiges davon erinnern konnte.

Als ich ins Hotel kam, waren Petr, Isla und Graham am Packen. Das Knotenrätsel war gelöst und die Abreise sollte so schnell wie möglich stattfinden, gleich am nächsten Morgen. London hatte detaillierte Informationen geschickt, wo wir uns ein Boot besorgen sollten, und dazu weitere notwendige Einzelheiten für die nächste Etappe. Die Korridorbegrenzung wurde vorübergehend aufgehoben, aber erst zwischen dem 15. und 17. Grad südlicher Breite.

Graham hatte den Hinweis durch eine Kleinigkeit entschlüsselt. Ihm war eingefallen, dass Halley als junger Mann auf St. Helena gelebt hatte, um dort den südlichen Sternenhimmel zu kartieren, und einen anderen Flecken Land gab es zwischen jenen Breitengraden im ganzen Ozean nicht.

Als ich Petr später danach fragte, äußerte er die Vermutung, Graham könnte von sich aus Kontakt mit dem Wettbewerbsbüro aufgenommen und um Hilfe gebeten haben. Sie waren jedenfalls in einer Niederlassung von Ghana Telecom gewesen und Graham hatte in einer Kabine Auslandsgespräche geführt.

Irgendwie schien die Lösung des Rätsels Graham zu logisch von der Hand gegangen zu sein. Als er seine Kette von Schlussfolgerungen schilderte, klang es schön und nach der einzig denkbaren Möglichkeit, als würde mit den letzten Teilen das Bild eines Puzzles fertig. Zum Lösungsansatz war er von der Aufhebung des Meilenkorridors aus gelangt sowie von der Stelle des Hinweises, wo es hieß: dorthin, wo die halsschnur herkommt. darin verkehrten briefe und botschaften. Die Halsschnüre waren aus Jute oder Manilahanf, hatte er zunächst geglaubt, aber dann war ihm der Verdacht gekommen, dass sie womöglich doch aus anderem Material bestanden. Als Nächstes, sagte Graham, sei er auf Flachs gekommen und von dort auf eine weitere Pflanze, deren Fasern man für Seile und Säcke verwendete, auf Neuseeländer Flachs. Dieser wiederum war auf St. Helena angebaut worden, und aus dem Stoff, den man daraus gewebt hatte, waren die Postsäcke der Royal Mail genäht worden.

Falls die Halsschnüre aus Neuseeländer Flachs bestanden und die Transportsäcke der Königlichen Post aus demselben Material gemacht waren, musste man nur noch überprüfen, ob es auf St. Helena einen Ort gab, der als Jakobsleiter bezeichnet wurde, erklärte mir Graham beim Packen. Er schien mit der Logik seiner Erklärung zufrieden zu sein.

Ich setzte die Reise mit den anderen fort, das wurde gar nicht erst infrage gestellt, und ich fragte auch nicht, denn ich wollte mitkommen. Es würde eine lange Seereise werden und eine ganz andere als bei der Überquerung des Mittelmeers. Wir würden über den leeren Atlantik segeln müssen, zwar ewig entlang der Küste Afrikas, doch mindestens tausend Kilometer vom Festland entfernt.

Ein solcher Törn verlangt so viel Erfahrung, dass vom Wettkampfbüro die Anweisung kam, einen professionellen Skipper mit an Bord zu nehmen. Man hatte ihn vorab schon angeheuert, immer mehr Dinge wurden vom Büro aus geregelt. Das Boot und der Mann, ein Insulaner namens Stedson, erwarten uns am nächsten Morgen um acht Uhr an Kai 16, teilte Graham uns die neuesten Bestimmungen aus der Wellington Road mit, sobald sie auf dem Empfangsgerät erschienen.

Log (I. F-H.)

16. 5. 07, 14:00 Uhr

05° 02' 06" N, 0° 00' 31" W

Allmählich auf dem offenen Meer, schließlich also doch noch fortgekommen.

Im Norden die bunte Linie der Goldküste, in westlicher Richtung die Elfenbeinküste und die Pfefferküste, im Osten die Bucht von Benin zur Sklavenküste hin. Alles alte Namen und ein großes Meer. Wind gerade so viel, dass das Boot ordentlich vorankommt und der Fahrtwind in der Hitze erfrischt.

Die Maße der Ginger-Baby: 36 Fuß lang, 11 Fuß, 9 Zoll breit, 7 Fuß, 2 Zoll tief. Die Innenräume sind zweckmäßig und auf Deck ist

eine überdachte Außenkajüte installiert. Darin gibt es Schlafplätze hinter Drahtwänden und versetzbaren Windschutzplatten. Tagsüber ist es dort im Schatten angenehm.
Trinkwasser haben wir einen schweren Tank voll, außerdem einen Stapel Kanister und Mineralwasser gegen die Hitze. Da keinerlei Kühlung vorhanden ist und Meerwasser in diesen Breiten nichts nützt, sind die Essensvorräte so unverderblich, wie sie in Accra und Tema eben beschafft werden konnten (Konserven, Batate, Reis etc.). Außer einem Gasherd in der Kajüte befindet sich an Deck ein Metallkasten für Kohlefeuer.
Stedson stammt von St. Helena und war sowohl bei der Handelsmarine als auch auf der RMS St. Helena. Inzwischen befördert er reiche Segeltouristen von Dakar, Accra und Kapstadt nach Jamestown und von dort in Hafenstädte mit Flughäfen zurück. Man weiß überhaupt nichts von solchen Privatreisen, die Welt ist voller seltsamer Geschäftsideen, immer findet sich jemand, der bezahlt.

Log (P. J.)
21. 5. 07, 7:30 Uhr
0° 58' 06" N, 0° 00' 03" W

Kaum zwei Knoten pro Stunde und erst auf der Höhe von Gabun. Bei der Abfahrt vom Festland konnten wir noch gegen den Südwestwind lavieren. Wenn der Äquator näher kommt, wird alles still. Die Sonne ist an diesen kleinen Breitengraden ein rundes Feuer, und das Meer erhebt sich nur noch zu kleinen Hubbeln.

[Die eigene Bewegung ist an die Bewegung des Bootes gekoppelt. Auf der *Ginger-Baby* ist es genauso eng wie im Luftschiff *Africa* über der Sahara. Auch wenn man noch so viele

Runden an Deck dreht, man kann nicht viele Schritte machen, ohne an den Ausgangspunkt zurückzukehren.

Man muss viel sitzen und warten, den Sitzplatz mit dem Schatten verrücken. Die Nächte sind schlechter geworden. Ich wache verschwitzt auf und dann fällt es mir schwer, wieder einzuschlafen.

Niemand hat uns durch einen großen Trichter unter die Erde befördert oder zwingt uns, in schwarzem Schlamm zu catchen. Alle möglichen Sachen gehen einem durch den Kopf, und auch wenn man weiß, dass in der Nacht nichts entschieden wird, kann man seine Gedanken nicht einfach ausschalten. Einer wiederholt sich ständig, fast nur ein Bild und ein Geruch: Im Uferkies, mitten im Tang, liegt ein Mann. Der obere Teil der Leiche ist mithilfe von Gewebeband in Plastik verpackt worden. Die Beine und Füße ragen aus dem Paket, sie sind durch die Ufersteine wund geschürft worden. Blut sieht man nicht, obwohl Schnitte im Fleisch sind und etwas Helles, Graues herausgequollen ist.

Man kommt nicht in Stress wie zu Beginn der Tour. Im Stress erledigen sich die unschönen Dinge von selbst. Ich hätte gern, dass in mir alles in Ordnung ist und mich nicht nach unten zieht.]

Stedson war in der Hauptstadt von St. Helena geboren worden, aber Ende der Siebzigerjahre zu seiner Tante nach Hartlepool gezogen und dort zur Schule gegangen. Nur in den Sommerferien hatte er zu seinen Eltern und Geschwistern auf die Heimatinsel kommen dürfen.

Auch wenn die Sommerferien auf die regnerischen Winter von St. Helena fielen, drängte sich in jenen Wochen die wichtigste Zeit jedes Jahres. Immer wenn er zurück nach

England musste, wurde er krank, aber darauf konnte man keine Rücksicht nehmen, denn das Postschiff war die einzige Verbindung zum Mutterland. Es fuhr langsam und selten, man konnte nicht einfach auf das nächste warten, dann wäre das Herbstsemester in Hartlepool zur Hälfte vorbei gewesen und Stedson, ohnehin unter den Schwächeren, wäre noch schlechter geworden, also musste er sich magenkrank im Hafen von Jamestown einschiffen. Schon vor Ascension ließen die Schmerzen allerdings jedes Mal nach und das Fieber sank, denn auf der RMS *St. Helena* war ihm alles vertraut und die Crew nahm den Patienten mit in den Maschinenraum und auf die Brücke, erzählte Stedson.

Auf den langen Fahrten mit dem Postschiff hatte er beschlossen, Seemann zu werden, und nach mehrmaligem Scheitern hatte er es schließlich doch bis zum Maschinenmeister gebracht. Weil sie ihm als Insulaner Pluspunkte gegeben hatten, vermutete er noch immer, denn in der Schule war es miserabel gelaufen. Er hatte nicht einmal gelernt, sich zu prügeln, sondern immer nur zugehört und mitgelacht, wenn die Jungen aus der Klasse ihn Zwerginsulaner nannten oder mit anderen Spottnamen als Trottel hinstellten, wie es im Imperium gegenüber Bewohnern St. Helenas immer üblich gewesen ist.

Wenn man mit den anderen über sich selber lacht, wird man zum Jasager, und die Jasager werden in der Gruppe zwar gerade so akzeptiert, aber man bleibt trotzdem allein, sagte Stedson eines Nachts an Deck, als wir Wache hatten.

Er steuerte schräg gegen den leichten Wind, der gleichmäßig wie eine Passatmaschine aus Südwest blies. Meine Aufgabe bestand darin, ihm in den seltenen Fällen, in denen er Hilfe brauchte, zur Hand zu gehen und sicherheitshalber vom Bug aus aufs dunkle Meer hinauszuspähen, denn wegen der Deckkajüte konnte man vom Ruder aus nicht den gesamten Horizont überblicken. Viel gab es auf dem leeren, tiefen Ozean nicht zu erspähen, während einer Wache sah man ganz selten auch nur ein einziges, in schrägem Winkel vorüberziehendes Schiff in der Ferne, seine matten, gelben Lichtflecken.

Stedson hatte zuvor nie etwas von sich erzählt. Ich versuchte genau zu hören, was er sagen wollte, ob es schlimmer war, dass man sich selbst verachtete oder dass man trotz allen Reisens und aller Anpassung Außenseiter blieb.

Nachts hatten immer nur zwei Wache, und die anderen drei durften schlafen. Ich fand die nächtlichen Wachen am besten. Die Hitze ringsum war verflogen; was blieb, waren Wärme und wohlriechende Luft. Man hatte Zeit, zur Ruhe zu kommen und nachzudenken. Meistens saß nachts Stedson am Steuer, aber manchmal auch Isla. Es hatte sich gezeigt, dass sie geschickter darin war als Graham, das Boot auf Kurs und in so hohem Tempo zu halten, wie es bei den leichten Winden und der seitlichen Meeresströmung am Äquator möglich war. Da Petr und ich nicht segeln konnten, wurden wir abwechselnd als Ausgucksmänner und Helfer eingesetzt.

Auf der *Ginger-Baby* sprachen Petr und ich kaum noch von der alten, gemeinsamen Zeit. Sie hatte sich unter dem Neuen verbraucht. Manchmal machte ich noch einen Versuch, von Finnland anzufangen, aber Petr lenkte das Gespräch dann überdrüssig schnell auf etwas anderes.

In gewisser Weise wurde er Graham immer ähnlicher. In den letzten Tagen in Ghana, als wir nur noch darauf warteten, aus dem Staub heraus- und aufs Meer zu kommen, hatte er genauso ungeduldig wie Graham immer wieder nachgesehen, ob eine Nachricht im Computer eingegangen war. Petr hatte sich zwischen Gao und Tema verändert. Wie Soldaten, die in ihre erste Feuertaufe geraten sind, hatte das Gehen in einem solchen Glutofen Graham und Petr an das gemeinsame Ziel gebunden, wie sinnlos es auch sein mochte.

Die Morgen nach den Nachtwachen brachen stets auf die gleiche Weise an. Vor dem Horizont lag durch die Nacht so dichter Dunst, dass Meer und Himmel gleichfarbig ineinander übergingen. Der Wind schien kurz aufzufrischen, und eine Ecke der Sonne erhob sich als orangefarbene Wand aus dem Dunst.

Eines Morgens trieben in der Nähe unseres Bootes rotbraune Algenteppiche auf dem Wasser, wie ein verwickeltes Geflecht aus Schnüren. Zuerst waren es nur Fetzen von wenigen Quadratmetern, aber dann wurden es mehr, immer dichter hingen sie aneinander, und innerhalb weniger Minuten glitt das Boot inmitten einer Masse aus bunten Schnüren dahin.

Stedson schickte mich auf den Ausguck aufs Vorderdeck. Hätte ich wenigstens den Namen der Algenart gekannt, wäre der Anblick nicht so beängstigend gewesen. Jemand, der zum ersten Mal im Winter an die Ostsee kommt und die offene Fahrrinne mitten im Eis sieht, die herausgebrochenen Eisschollen, die im Wasser gegeneinanderstoßen, der empfindet womöglich etwas Ähnliches, dachte ich und versuchte Ausschau zu halten, ob sich zwischen den Algen Holzteile verfangen hatten oder etwas anderes, das dem Bootsrumpf gefährlich werden konnte.

Zum ersten Mal seit der Abfahrt von Afrika hatte ich das Gefühl, es könnte etwas Schlimmes passieren. Das Geräusch an den Bootsflanken wandelte sich vom Plätschern und Rieseln in ein Schleifen und Schlorzen. Isla wachte auf und kam erschrocken aufs Vorderdeck. So weit das Auge reichte, waren wir bereits von einer rotbraunen, fauligen Ebene umgeben. An deren Rand flatterten Vogelschwärme auf und ab. Jeglicher Wind war aus den Segeln geschwunden, sie hingen als leere Stoffbahnen herab.

Alle kamen aus der Außenkajüte aufs Vorderdeck. Graham und Petr sprachen lateinische wissenschaftliche Namen aus, die Sonne stieg über den Dunst hinweg und verbrannte den sichtbaren Wasserdampf. Sobald der Sonnenaufgang nicht mehr orange, sondern gelb und blau war, wurde die Algenebene farblos.

Die Fahrt durch die stinkende Masse dauerte drei Stunden. So gering war der Wind und so sporadisch, dass die Meeresströmung die *Ginger-Baby* fast aus dem Zehn-Meilen-Korridor hinausgetrieben hätte. Das schien Graham und Petr mehr Sorgen zu bereiten als die Algen.

Als wir uns bereits in der Randzone des Algenteppichs befanden, als er ringsum bereits zu Placken aufriss, trieben uns plötzlich Abfallteile entgegen, durchweichte Rahmen von Holzkisten und Plastik. Sie hingen aneinander fest und hatten sich in den Algenschnüren verfangen, sodass sie Schwimminseln bildeten, über denen schwarz-weiße Vögel mit Sichelflügeln schwebten und flatterten. An einzelnen Nägeln in den Holzrahmen hingen noch orangefarbene und grüne Stofffetzen, sogar einige zerrissene Hemden. Ich betrachtete die schwimmende Müllkippe und versuchte zu erkennen, ob zwischen den Textilien Leichen schwammen, von den Vögeln löchrig gehackt, aber an Menschlichem war nicht mehr zu sehen als die Kleiderfetzen und die Stücke und Splitter von Verpackungskisten.

Dann endete der Algenteppich, und es verschwanden der Geruch und die Raschel- und Kratzgeräusche an den Bootsflanken. Die Sonne brannte bereits, und wir begaben uns in den Schatten. Meine Wache mit Stedson endete, Graham übernahm das Ruder. Ich legte mich zum Schlafen auf meine Luftmatratze, aber bevor ich einschlief, schaute ich lange durch die Schlitze zwischen Draht und Schutzplatten auf den weiß-blauen Himmel, auf die kleinen hellen Abschnitte, die man durch die Lücken sah. Das Deck unter mir schaukelte leicht hin und her, ein Kinderwagen, hatte ich schon öfter beim Einschlafen gedacht, das gleiche sanfte Schwanken, und ringsum frische Luft, darum wurde man vom Segeln auch gepackt, es war Schutz und Freiheit, Bewegung und Auf-der-Stelle-Bleiben zugleich.

Log (Gr. H.)
24. 5. 07, 11:56 Uhr
0° 00' 00" N & S, 0° 01' 52" W

Überquerung des Äquators. Keine Chance auf den Confluence Point, auch nicht durch Antizipation. Fast völlige Windstille. Schwer, den Kurs nach Süden zu halten.
Gerade eben an einem in Panama registrierten Tanker vorbei. In dessen Heckwellen hat das Boot so stark geschaukelt wie die ganze Woche nicht.
Stedson hat erzählt, dass man sich bei der US-Marine in der Kantine ein Emerald-Shellback-Ärmelabzeichen kaufen darf, wenn man auf dem Nullmeridian den Äquator überquert. Im Stillen Ozean, auf der 180°-Seite Golden Shellback.
Ein Laserstrahl, der sich von hier aus senkrecht nach unten bohren würde, käme auf der anderen Seite aus ebenso tiefen Gewässern heraus, westlich von Kiribati.

Ich wachte davon auf, dass ich Bier ins Gesicht bekam. Bitterer Schaum rann mir in die Augen, und ich musste blinzeln und wischen. Jemand drückte mir eine offene Bierdose in die Hand und da fiel mir ein, dass von einer Äquatortaufe die Rede gewesen war, als wir im Hafen von Tema die Castle-Kisten aufs Boot getragen hatten, vom Taufritus der Phönizier, wenn sie Gibraltar passiert hatten und den Göttern opferten, um ihr Seeglück zu bewahren.

Mit dem Alkohol an Bord nahm Graham es sehr genau. Nicht ein einziges Bier hatte bis dahin getrunken werden dürfen. Die Castle-Dosen waren für den Tag der Überschreitung reserviert gewesen und anschließend für das Auffüllen des Wassertanks und der Kanister.

Stedson war es gewohnt, Äquatortaufen für reiche Reisegruppen in den Gewässern Afrikas zu organisieren. Ruder und Kurs wurden fixiert, am Heck wurde eine Leiter herabgelassen, und jeder von uns musste einmal ins Wasser, die Hände von der Leiter nehmen und sich an einem unter den Achseln durchgezogenen Kunststoffseil treiben lassen. Als Isla schwamm, rief Stedson eine Hai-Warnung aus, und Isla kraulte panisch zurück, blickte dabei ständig hinter sich und kletterte so schnell an Bord, dass sie sich den Fuß an der Aluminiumleiter verletzte.

Durch die hohe Wassertemperatur hatte man das Gefühl, in einem leichteren Element zu schwimmen. Als ich nach Isla im Meer war, machten mir die Rufe der anderen keine Angst mehr, ich schwamm so weit, bis das Seil spannte, dann drehte ich mich um und ließ mich auf dem Rücken treiben, sodass die Ohren unter der Wasseroberfläche waren und die Warnungen vor den schwarzen Rückenflossen der Haie und den Tentakeln der Tintenfische ganz verschwanden. Tausende

Meter über dem Meeresgrund und unter dem vollkommen klaren Himmel kam es mir vor, als hätte sich alles umgekehrt, als flöge ich. Wenn man an einer solchen Stelle nicht die Welt als groß empfindet, wo dann. Ich hätte gar nicht mehr zum Boot schwimmen, sondern nur immer weitertreiben mögen, wie ein Fallschirmspringer, bevor der Schirm sich öffnet und mit einem Ruck den Horizont ausrichtet.

Wir sorgten dafür, dass bei der Äquatortaufe alle gemeinsam tranken. Das Bier war nicht stark, man musste eine Menge Dosen davon trinken, obwohl es genauso warm war wie die Luft und beim Öffnen aufs Deck schäumte. »Hou Suid-Afrika netjes« stand auf jeder Dose.

Am Anfang hielt sich Graham mit dem Trinken zurück und passte auf den Computer und die Koordinaten auf, aber da diese sich bei der totalen Windstille und der trägen Strömung kaum veränderten, entspannte auch er sich, hielt bald mit und erzählte von seinen Plänen, wie er sich die Reise von nun an vorstellte, dass es schneller und leichter gehen und mehr Pace-Etappen geben würde, lange Abschnitte mit Amundsen-Nobile-Luftschiffen, er schien schon jetzt sehr viel über die künftigen Etappen zu wissen.

Petr wollte mit Isla tanzen. Musik gab es nicht, auch Strom hatten wir keinen, außer in den Batterien für die Signallichter des Bootes und für das versiegelte Funkgerät, das nur für den Fall an Bord war, dass die *Ginger-Baby* von einer größeren Gefahr bedroht wurde. Isla sagte, lieber lege sie sich zuerst aufs Vorderdeck und nehme ihre tägliche Sonnenration zu sich. So hatte sie es seit der Küste Ghanas getan, hatte ein Handtuch an einer schattenlosen Stelle ausgebreitet und dort zwölf Minuten auf dem Bauch und zwölf Minuten auf dem Rücken gelegen. So hatte man es ihr als Kind beigebracht, um über die Haut Vitamin-D-Vorräte anzulegen. Ganz gleich, wie kalt es an manchen Tagen in England zwischen Mai und September gewesen war, wenn die Sonne nur ein bisschen schien, musste sie ihre zwölf Minuten im Rosengarten abschlottern.

Auf dem Boot verließ Isla jeden Nachmittag den Schatten und ging aufs Vorderdeck. Auch wenn es Graham nicht gefiel, zog sie ihr Programm durch, legte alle Kleider ab und sich selbst reglos hin, die Arme und Beine geöffnet, sodass ein möglichst großer Teil der Haut direkt der Sonne ausgesetzt war.

Als es dunkel wurde und Petr und ich wieder einmal nebeneinander an der Reling standen, um das durchgefilterte Bierwasser ins Meer laufen zu lassen, sagte Petr, er hätte Isla genommen, wenn er damals die Wahl gehabt hätte. Ich erwiderte nichts darauf, er wartete auch gar nicht auf eine Antwort. Mein Kopf rauschte vom Alkohol, der Mond war eine zunehmende Hälfte, vor dem Grau und Silber des Himmels sah er aus wie ein Span mit gelblichen Rändern.

Hätte ich gesollt?, fragte Petr. Ja, oder auch nicht, sagte ich und dachte Nein, obwohl ich Ja sagte.

Stedson hatte nach der Nachtwache nicht einmal so viel geschlafen wie ich und ging als Erster in den Schatten. Graham versuchte durchzuhalten, trank schneller, um munter zu werden, aber irgendwann hatte er die Grenze erreicht und legte sich ebenfalls auf seine Luftmatratze, und bald dann auch Petr, der zum Gutenachtwünschen uns beide Übriggebliebenen umarmen wollte, so drückte er sich aus, die Übriggebliebenen. Jemand muss auf das Boot achten, jemand macht immer das Licht aus, wenn die Revolution vorbei ist, jemand ist immer da, sagte Petr mit sehr betrunkener

Stimme. Nach allen möglichen Umarmungen führte ich ihn zu seiner Luftmatratze neben der Gitterwand.

Dann kehrte ich zum Sitzkasten zurück und betrachtete mit Isla zusammen den Mond. Die Insel São Tomé und die Küste Ghanas waren gleich weit entfernt, bei unserer Segelgeschwindigkeit eine Woche, auf jeden Fall so weit weg, dass es außer dem, was hier war, nichts anderes gab.

Isla flüsterte, sie gehe in der Kajüte auf die Toilette. Ich wartete, bis ich das Geräusch der Pumpe hörte, und ging dann nach unten. Während es auf Deck eher halbdunkel war, herrschte in der Kajüte Stockfinsternis. Isla kam mir an der Treppe entgegen, ich drückte sie an mich und fing an, die wenigen Kleidungsstücke auszuziehen. Wie beim ersten Mal im Zimmer des Krankenhausflügels, die gleiche Eile, wir mussten leise sein, auf dem Boden der Kajüte, mitten im Dunkeln, durch die Treppenluke war ein helleres Stück Himmel in der Decke zu erkennen. Isla hielt sich so sehr an mir fest, dass ich ihre Fingerspitzen im Rücken spürte, ihre Hitze und ihren Schweiß, die mit der Schere zottelig gestutzten Haare auf der Haut und auf den Lippen Salz, sie stemmte sich mir entgegen und drückte sich an mich und zwischendurch war es, als weinte sie ein wenig.

Log (I. F.-H.)
25. 5. 07, 19:00 Uhr
0° 00' 32" S, 0° 02' 45" W

Stiller Tag. Habe auf dem Rost des Kohlenkastens ein salziges Frühstück gebraten, aber erst am Nachmittag.
Wir warten auch heute wieder auf das grüne Leuchten, das man sehen müsste, wenn die Sonne direkt ins Meer fällt, sodass die Horizontlinie frei ist von Wolken und Dunst. Im Kalmengürtel

der Doldrums sollte es die besten Voraussetzungen geben, es zu sehen. Aber auch wenn es den ganzen Tag wolkenlos sein sollte – spätestens eine Viertelstunde vor dem entscheidenden Augenblick schiebt sich ein dünner Wolkenrand über den Horizont, er schafft es gerade noch, die Sonne zu verhüllen, worauf sie vor dem Meereshorizont erlischt.

Log (Gr. H.)
4. 6. 07, 12:00 Uhr
8° 00' 07" S, 0° 02' 16" W

Im Osten Angola, im Westen Ascension, Geschwindigkeit bereits 4–6 Knoten. Innerhalb 24 Stunden hundert Seemeilen in Meridianrichtung. Bislang Rekord. Stedson hat am Abend die Segel getrimmt.

Als die Regenfälle einsetzten, tropfte es zunächst nur leicht, sodass auf dem staubigen Deck Spritzerspuren entstanden. Der Wind nahm nach und nach zu, mit dem gleichmäßigen Passat war es vorbei, er wurde von Böen abgelöst, deren Richtung man absolut nicht voraussehen konnte, weshalb immer wieder die Segel flatterten und knallten, wenn der rotierende Wind hineinfuhr.

Zum ersten Mal, seit wir den Hafen verlassen hatten, erforderte es etwas mehr Arbeit, den Kurs zu halten. Es reichte nicht mehr, dass sich im Schichtwechsel immer einer von uns um das gesamte Boot kümmerte.

Sicherheitshalber hatte Stedson auch mir beigebracht, wie man steuerte. Petr interessierte sich dafür nicht so richtig, er brachte gar nicht die Konzentration auf, um zu lernen, wie man das Ruder hielt, den Kompass verfolgte und die Segel beobachtete. Ich entwickelte irgendwie Begeisterung für die Sache, ich saß gern an der Pinne und bemühte mich, den Kurs stabil zu halten und die Segel gleichmäßig straff.

Dabei musste man sich so konzentrieren, dass man vergaß, wie langsam die Zeit verging, die Tage gingen beinahe gleichförmig ineinander über, das Meer hatte immer zur selben Zeit dieselbe Farbe, tagsüber färbte es die Sonne, in der Nacht der Mond in seinen verschiedenen Phasen. Als ich mehr Routine bekam, musste ich nicht ständig auf dem Sprung sein und mir überlegen, mit welchen Bewegungen ich den Kurs am besten korrigierte.

Stedson rechnete vor, dass er auf diesen Gewässern zig Male mit dem Postschiff zwischen Ascension und St. Helena hin- und hergefahren war.

Als Napoleon nach seinen Niederlagen als britischer Gefangener nach St. Helena gebracht worden war, gründete man auf der 1200 Kilometer entfernten »Himmelfahrtsinsel« Ascension eine Wachstation. Aus so großer Entfernung konnte man sicherstellen, dass der ehemalige Kaiser nicht floh und ihm von Europa aus auch keine Befreiungstruppen zu Hilfe geschickt wurden.

Stedson erzählte von Georgetown und von der Beobachtungsinsel Ascension, als wir zu zweit Deckwache hatten. Als junger Mann hatte er dort die Winterzeit über gearbeitet, war Planierraupen und Lastwagen gefahren, als nach dem Falklandkrieg die Start- und Landebahn und die Straßen ausgebessert und ausgebaut wurden. Damals waren noch viele Soldaten da gewesen und im Service und Catering Angela, mit der Stedson Fahrradtouren in die Vulkanebenen und zum Green Mountain unternommen hatte. Von dort oben konnte man bei Sonnenuntergang sehen, wie die alten

Krater der Insel sich purpurrot färbten, als wollten sie wieder aktiv werden, anschließend musste man die Serpentinenstraße im Stockdunkeln hinunterfahren, erzählte Stedson leise, damit die anderen nicht gestört wurden.

In den Labyrinthen der Vulkanebene lebten Hunderte verwilderte schwarze und bunt gestreifte Katzen, die sich nach Einbruch der Dunkelheit auf dem Asphalt wärmten. Sie nahmen die Tageswärme auf, die in der Straße gespeichert war, dazu bildeten sie große Kreise, die schwarzen Katzen einen und die gestreiften einen anderen, aus irgendeinem Grund war es immer so, kein einziges Mal hatten Stedson und Angela bei ihren nächtlichen Radtouren gemischte Kreise zu Gesicht bekommen.

Als ich ihn fragte, wo Angela jetzt sei, antwortete Stedson, er wisse es nicht, seit Jahren wisse er es nicht mehr. Nach einer Vorwarnzeit von sechs Tagen hatte sie mitten im Winter Ascension verlassen und in ein anderes Meer wechseln müssen, nach Diego Garcia; der gesamte afrikanische Kontinent hatte daraufhin zwischen ihnen gelegen. Seine erste Liebe muss jeder verlieren, so hat es Gott eingerichtet, sonst wird der Mensch stolz und glaubt, allmächtig zu sein, sagte Stedson, und im Dunkeln konnte ich nicht sehen, ob er es scherzhaft meinte, seine Stimme klang nicht danach.

Es ist mir erzählt worden, Stedson beabsichtigte damit irgendwas, denn sonst hatte er nie mit irgendjemandem über persönliche Dinge und über Angela geredet. Jedenfalls glaubte ich das damals. Der Mensch sucht ja immer nach Sinn und Bedeutung. Es ist wie bei der Prophezeiung einer Hellseherin, man fängt an, danach zu leben, worauf sie sich erfüllt.

In der Version für die Memorial Society kann man das natürlich nicht stehen lassen, das ist jetzt nur drin, damit du es weißt, oder für mich selbst, wenn nicht für dich.

Als wir den 15. Grad südlicher Breite überquerten, hatten wir das sogenannte Angolabecken und somit sechs Kilometer Wasser unter uns. Aus der Wellington Road kam die Nachricht auf den Monitor, dass die Zehn-Meilen-Beschränkung auf dem Seekorridor nun vorübergehend aufgehoben sei. Stedson drehte daraufhin den Kurs der *Ginger-Baby* von Süd auf Westsüdwest. So hatten wir es vorher geplant, damit nicht unnötig Zeit verging und wir direkt zur Insel hin abkürzen konnten.

Log (I. F.-H.)

9. 6. 07, 9:30 Uhr
15° 34' 22" S, 5° 27' 08" W

»Oh, what a speck in the sea!« Stedson erzählte, was Joshua Slocum aufgeschrieben hatte, als er allein um die Welt segelte. Nach einem Fleck sieht es auch aus. Die Wolken niedrig und über dem Horizont noch dichter Morgennebel.

12:15 Uhr
15° 54' 57" S, 5° 43' 26" W

Sugar Loaf Point und Buttermilk Point umfahren. Stedson am Ruder.

St. Helena erhob sich zunächst nur als kleine Wolke, die dunkler war als die anderen, niedrig, am Horizont haftend aus dem Meer. Während sie wuchs, sah sie lange unbewohnt aus, die Felsufer stürzten in steilen Terrassen ins Meer. Erst als Stedson die nördlichen Landzungen umfahren hatte, konnte man allmählich an den schräg abfallenden Rändern des Plateaus die weißen Quader von Gebäuden und grüne Felder erkennen. Tölpel flogen nervös am Bug unseres Bootes vorbei.

Nach den Felsenöffnungen der Geschützbatterien sah man Jamestown. Es war die einzige Stadt auf der Insel, ein Band von Häusern mit ein paar Straßen in einem furchenartigen Tal. Stedson steuerte im böigen Seitenwind näher heran und erzählte etwas zu den Stellen, die jeweils sichtbar wurden, und auch von denen, die von den Bergen verdeckt blieben, von der Deadwood-Ebene, vom Head O'Wain und vom Tal der Alten Frau hinter der Sattelhütte.

Stedsons Mutter lebte noch immer auf der Insel, seine Tante hingegen war wieder nach Hartlepool gezogen, um dort ihren Ruhestand zu verbringen. Sie hatten zu zweit zusammengewohnt, ihre Männer waren an Krankheiten gestorben, die Kinder zum Arbeiten in andere Länder gegangen und geblieben.

Stedson navigierte genau zwischen den roten Bojen hindurch und befahl im richtigen Moment, die Segel zu reffen, sodass die *Ginger-Baby* den Rest der Strecke bis zum Lastkai glitt, als würde ein lautloser Elektromotor sie antreiben. Die Leinen wurden entgegengenommen, Stedson begrüßte alle, die zufällig am Kai standen, mit Zuruf.

Ich ging als Zweiter an Land und passte besser auf als Graham, der fast gestürzt wäre. Die Anlegestelle und der befestigte Hang vor mir schaukelten, und die ersten Schritte waren unsicher wie die eines neugeborenen Fohlens. Ich warnte Isla und reichte ihr die Hand als Stütze.

Stedson machte das Boot fest und schlug vor, auf der Stelle die Jakobsleiter hinaufzusteigen. Graham packte den Computer in seinen Rucksack, die übrigen Sachen blieben in der Kajüte.

Jamestown wirkte wie ein Dorf, aber über dem Tor in der Stadtmauer war ein großes Wappen angebracht, »Loyal and Unshakeable« stand darauf, es zeigte eine Frau mit einem Kreuz im Arm, einen Dreimaster, Berge im Meer und einen seltsamen langbeinigen, grau gescheckten Vogel. Wirebird nannte Stedson ihn, ich versuchte den Namen mit Drähten oder Stromleitungen in Verbindung zu bringen, aber Petr vermutete, dass es sich um einen Sankt-Helena-Regenpfeifer handelte, und vielleicht war er alles zusammen.

Wir bogen an einer Kreuzung ab, an der uralte Wegweiser und rostige Schilder an einem Pfosten hingen: Ladder Hill, Signal House, Flagstaff, Breakneck Valley & Rifle Range und dann auch Jacob's Ladder. Und genau wie eine solche sah die in den offenen Himmel führende Steintreppe am Berghang aus.

Stedson stieg die Stufen hinauf. Neben der Treppe verlief eine Rinne, in der die Soldaten Kanonenkugeln zu den oben stationierten Wachposten geschleppt hatten. Alles war verfallen und verdreckt, Pfützen standen in den kaputten Stellen und schimmelgrünes Moos überzog die Betonausbesserungen.

Petr ging am langsamsten, und als wir stehen blieben, um auf ihn zu warten, sagte er, er wolle sich nicht wieder den Fuß verletzen. Er schnaufte und musste sich die Schweißstreifen von der Stirn wischen. Schon nach hundert Stufen war Jamestown zu Dächern und Gassen zusammengeschrumpft und das Meer zu einer geriffelten Fläche zwischen den Felsen geworden.

Wenn du nicht mehr kannst, wollte ich sagen, aber Petr

deutete nach oben auf Graham und suchte mit den Händen Halt an dem schwarzglatten, verbogenen Metallgeländer und zog sich ruckweise selbst hinauf. Ich ließ mich auf die letzte Position zurückfallen, um helfen zu können, so etwas kann man nicht laut sagen. Petr hatte nie Hilfe von mir gewollt, weil er der große Bruder war und in allem besser als ich und stärker, das war immer so gewesen und würde immer so bleiben. Ich sah, wie er humpelte, aber es gelang ihm auch auf diese Weise, die kaputten Stellen der Treppe gut zu überwinden.

Im oberen Teil der fünfhundert Stufen mussten die anderen immer öfter auf uns warten. Die Stadt unten sah aus, als hätte ein Gebirgsfluss Häuser und Gärten vom Berg ins Tal und ins Meer gespült. Einige schnelle Wolken zogen unterhalb von uns vorüber und verdeckten ab und zu einen Teil der Stadt mit ihren Schatten.

Als wir hinaufkamen, drückte und brannte es in den Oberschenkeln, und das ohnehin schon schmutzige Hemd roch noch mehr nach Schweiß. Zwischen den Häusern auf dem Hochplateau öffnete Graham den Computer. Die neue Anweisung erschien unter den vorigen: dorthin, wo die halsschnur herkommt. darin verkehrten briefe und botschaften. dort zuerst dahin, wo man auf der jakobsleiter in den himmel kommt. dann dorthin, wo man nicht mit dem stift schreiben kann.

Wieder unten im Tal, fragten wir in einem an der Hauptstraße gelegenen Haus namens Wellington House nach einer Unterkunft, aber alle Zimmer waren belegt und wir gingen die Straße weiter bis zum Consulate Hotel. Es hatte im ersten Stock eine Terrasse aus der Kolonialzeit und trug die Patina einer vergangenen Welt.

Für Petr und mich gab es ein gemeinsames Zimmer und für Isla und Graham eines daneben, damit der Kontakt zwischen den Schnüren nicht gestört wurde oder gar abriss. Petr streckte sich auf der Tagesdecke aus. Als ich aus der Dusche kam, war er eingeschlafen.

Im Schlaf verschwindet beim Menschen ein Teil seines Gesichtsausdrucks. Das Kind verkleinert sich zu seiner Geburt hin, aber der Erwachsene wird älter und sieht mit leicht geöffnetem Mund nach dem aus, was er einmal werden wird. Mir war vorher nie aufgefallen, wie sehr Petr im Schlaf unserer Mutter ähnelte, nur dunkler, an den Wangen zu viel schlaffes Fleisch, die Lippen rau von Meerwasser und Wind. Irgendwann, in vielen Jahren, würde ich ihn im Altersheim besuchen, und als ich ihn so betrachtete, hatte ich das Gefühl, den Verlauf seines und meines Lebens im Voraus gesehen und gekannt zu haben.

Es gibt nichts anderes als das, was hier und jetzt ist, hat Petr im Consulate Hotel geschrieben. Und sonst nicht mehr viel. Ich weiß nicht, warum, denn im Boot wäre Zeit genug gewesen, aber zwischendurch sind Wochen vergangen, ohne dass im Ryman mehr als ein paar Zeilen gestanden hätten, bis wieder mehr kam und dann wieder nicht.

Ich ging auf die Terrasse, die um das Haus herumlief. Draußen war es schmuddelig, raschelnde Plastiktüten unter einem Besen in der Ecke und unten auf dem grünen Grundstück Bottiche und Eimer, kaputter Beton an den Rändern des Pflasters, große hellbraune Insekten auf den Geländern und zwei gescheckte Katzen in Bäumen, deren Namen ich nicht kannte. Die Dämmerung hatte eingesetzt. In der gegenüberliegenden Post wurden die Lichter ausgeschaltet. Gleich dahinter ragte eine senkrechte Felswand auf, rötlich braunes und gelbliches Gestein fleckenweise bis hinauf, und auf dem Ladder Hill erst in einem einzigen Haus Licht, wie ein großer Stern am Himmel.

Ich ging zum Hafen hinunter. Das Meer prallte gegen den Uferwall, und die losen Steine darunter rasselten, wenn das Wasser die geschwungene Bucht aufwühlte. Hier und da standen ein paar Straßenlaternen. An der Polizeistation brannte ein blaues Licht. Das Meer schäumte und brauste.

Log (Gr. H.)

11. 6. 07, 8:30 Uhr

15° 55' 23" S, 5° 43' 18" W

Jamestown

Der dritte Tag auf der Insel. Gestern in beiden Pubs. Der Barkeeper im Standard hat erzählt, Stedsons Großvater mütterlicherseits sei norwegischer Walfänger gewesen und die Familie der Großmutter stamme aus Indien. Alle wissen alles.

Bestätigung für den Hinweis in der Bibliothek. In einer Vitrine Kopien von Halleys Aufzeichnungen. Halley's Mount oben in den Bergen. Stedson kennt die Stelle. Wir nehmen den kürzesten Weg.

10:00 Uhr

Isla hat es fertiggebracht, sich das Handgelenk an einem Kaktus mit roten Früchten zu verletzen. Hunderte von haarfeinen Nadeln in der Haut. Müssen ausgezupft werden. Wir probieren die tropfende Flüssigkeit aus abgeschnittener Aloe aus, an den Grabenrändern wächst Aloe.

Im Tal regnete es nicht, bis zur Ortschaft The Briar's nicht, aber in der Kapitän-Wright-Biegung setzte feuchter Nebel oder dünner Regen ein. Stedson erzählte von den verschiedenen Orten und Häusern, von vielen Wänden war der Kalkverputz abgeblättert. Weiter weg auf dem Hochplateau lag Longwood House, wo Napoleon seine letzten Jahre verbracht hatte. Dort befand sich ein Museum des französischen Staates, samt wehender Trikolore. In einer noch abgelegeneren Senke war die Stelle, wo Napoleon im Grab gelegen hatte, bevor man die Leiche ausgrub und nach Paris überführte. Noch immer wurden in Jamestown Kopien des Totenscheins verkauft.

Der Regen wurde dichter, je höher der Weg zu den niedrigen Wolken aufstieg. Bei Zäunen und Gattern lag Schimmelgeruch in der Luft. Entlang des Weges wuchs hoher Neuseeländer Flachs, der aussah wie Bogenhanf. Stellenweise überdeckten zwei, drei Meter hohe Büsche alle andere Vegetation. Aus den Fasern dieser Pflanze waren einst die königlichen Postsäcke hergestellt worden, aber heutzutage wurde nichts mehr damit gemacht, sie breitete sich einfach immer mehr aus und überzog die Hügel und die Einschnitte zwischen den Kämmen, und das Regenwasser rann von den spitz zulaufenden Blättern in den Matsch.

Halley war schon im Alter von zwanzig Jahren mit seinem Helfer Clarke nach St. Helena aufgebrochen, um den südlichen Sternenhimmel zu kartieren. Die Sternwarte in Greenwich war gerade gegründet worden, und John Flamsteed, der erste Königliche Astronom, konzentrierte sich auf den nördlichen Himmel. Halley machte sich den südlichen zur Aufgabe und verzeichnete in anderthalb Jahren 341 Sterne in seinem Kartenwerk, obwohl Regen und Wolken und Nebel

Nacht für Nacht störten und er mit dem Federhalter nicht schreiben konnte, da das Papier so feucht wurde, dass es die Tinte nicht aufsog.

Stedson kannte seine Insel durch und durch und wusste alles über Halleys Aufenthalte. Er zeigte uns, auf welchem Weg die langen Fernrohre, der große Spezialsextant und die anderen Instrumente auf den Berg geschleppt worden waren. Halley's Mount lag so weit oben, dass der Regen zwischendurch aufhörte, weil der Nebel weiter unten eine Art Dach bildete und über ihm nur die trockeneren, grauschwarzen Wolken hingen.

In unmittelbarer Nähe des Observatoriums stürzte Isla über ein Stück Stacheldraht, das auf der Erde lag, und schlug mit der Hand gegen einen Zaunpfosten mit herausstehenden Ästen. Handgelenk und Handrücken waren bereits bläulich und es steckten noch immer Kaktusstacheln in der Haut, obwohl Isla während des gesamten Weges nach oben welche herausgezupft hatte.

Der Wind blies in heftigen Stößen, sobald man aus dem Schutz der Bergkämme herauskam. Bei den Ruinen des Observatoriums gab es so gut wie nichts zu sehen, die Fundamente einer Mauer und ringsum steinige Erde und Fußabdrücke, in denen sich Regenwasser gesammelt hatte. Auf einem Betonklotz war mit rostigen Eisenklauen eine Steinplatte befestigt, auf der man eine Darstellung der Himmelskugel sah, zwei gebogene Linien durch die Kugel und einen Text, der besagte, dass Halley hier als Erster einen Durchgang des Merkur von Anfang bis Ende beobachtet habe.

Der helle Signalton erklang und auf dem Monitor erschien eine Ergänzung zur Knotenanweisung: und dann noch mehrere hundert fuß weiter nach oben zum briefkasten.

Diese Stelle erkannte Stedson sofort. Im Süden ragten Diana's Peak und Actæon Mount auf, höher noch als Halley's Mount, aber den Hang hinauf konnte man nicht klettern, er war zu steil, wir mussten einen Umweg über die Cabbage Tree Road machen.

Dabei handelte es sich um einen schlammigen Weg, über den das Regenwasser lief und wo rechts und links und manchmal auch in der Mitte Neuseeländer Flachs und anderes Gebüsch so dicht herabhing, dass man im Nebel wie durch einen grünen Tunnel ging. Die Stämme und Äste der Bäume waren dicht von Bartflechte überzogen, und je weiter wir den Actæon hinaufstiegen, desto fremdartiger wurde die Vegetation. Auf der Insel gab es Bäume und Blumen, wie es sie nirgendwo sonst gab, Stedson zeigte uns den Kohlbaum, von dem die Straße auf den Berg hinauf ihren Namen bekommen hatte. Dieser Baum aus uralten Zeiten wuchs über die Büsche hinaus und glich mehr einer riesigen Lilie als einem meterhohen Kohlstrunk. Wenn hin und wieder die Sonne durch die Wolken schien und Lichtflecken auf die Hänge fielen, sah die Landschaft ringsum aus wie vor Jahrtausenden.

Auf dem steilen, glitschigen oberen Hang mussten wir das Tempo drosseln. Im Windschatten hörte man nur den Aufprall der Regentropfen auf den Flachsblättern, die quakenden Frösche im Schlamm und das Rascheln der Regenjacken. Grauweiß kräuselte sich der Nebel hinter den Höhenzügen, weiter oben wuchsen weitere Kohlbäume, Lilienbäume, und daneben die noch ewiger wirkenden Farnbäume, dicke Farne mit Stämmen, und ganz oben im Lichtloch eine große Araukarie, deren Äste einem Strauß aus geschuppten Tierschwänzen glichen.

Vom Actæon ging es auf matschigen, treppenartigen Stufen weiter. Der Wind blieb hinter Diana's Peak und die Wolken trieben unter uns. Als der Bergkamm nur noch ein fußbreiter Grat war, von dem es rechts und links steil nach unten ging, kam der Briefkasten, ein eingesunkener grauer Behälter aus Holz an einer rostigen Eisenstange. Er enthielt einen Stempel der Post mit Stempelkissen, in einer Plastikhülle einen offiziellen Brief des Plantation House, Stempelanweisungen und das mit wasserfestem Filzstift geschriebene Gedicht *Ode to Diana's Peak*.

Graham betastete das Innere des Kastens und fand ein in Polsterfolie eingewickeltes Päckchen, das genau so ein Verifikationsgerät für die Schnurknoten enthielt, wie wir es in der Wanderhütte in den Pyrenäen gefunden hatten. Er drückte den türkisfarbenen Knoten in die Ausbuchtung, dann hielt Petr seine Schnur an dieselbe Stelle und Graham führte den Markierungsvorgang zu Ende.

Der fünfte Knoten

Summa geographica, eisfreies Wasser und Land

Wenn es anders gegangen wäre, was dann? Und dann das nächste Wenn und danach noch eines. Wenn zweihundert Dominosteine in einer Reihe bereitstehen und eine blinde Katze den Raum betritt, an welcher Stelle wird sie die Steine umstoßen? Man kann nicht alle verschiedenen Möglichkeiten hintereinander in Klammern setzen, Maaria, wir müssen zusammen die kurze, geschnittene Version machen.

Wenn ich an eine Insel im Meer denke, fällt mir noch immer als Erstes St. Helena ein. Als sich auf den Gipfeln von Actæon und Diana's Peak hoch über den Schultern der Erde ein so großer Spalt in den Nebelwolken auftat, dass man gleichzeitig in alle Himmelsrichtungen sehen konnte, auf allen Seiten das Meer und um das Meer herum das Oval des Horizonts, wurde das für mich zum Inbild einer Insel und blieb es.

Die kleine Insel Silmäsaari im See Vuojärvi wurde kleiner und sehr still. Lange erzählte ich niemandem mehr davon. Wenn man etwas Vollkommeneres findet, ist es besser, das Eigene für sich zu behalten und vor den anderen zu verbergen, damit es nicht ganz verschwindet.

Orte bleiben als etwas in Erinnerung, auf das man zufällig gestoßen ist, als eine Reihe rasch geknüpfte Knoten: das braun nachgedunkelte Café in Casteljaloux, die im Schnee versunkene Steinhütte, das leere Land von Aragonien und der Strand von Xábia, die Brücke und der Hafenkai, das Zimmer neben der Kleiderkammer im Krankenhausflügel, ein Hotel und eine von den klaren Nächten auf dem Meer.

[– zwischendurch schon wieder gesund, aber wenn ich auch nur auf dem feuchten Deck leicht ausrutsche oder nach längerer Zeit zu weit laufen muss, schwillt der Knöchel an und es sammelt sich Flüssigkeit im Gewebe. Das ist der Fuß von Petr Klumpfuß dem Einbeinigen.

In den Pyrenäen haben mir der Gott der Katharer und der Heilige Sauveur der Katholiken ein Stück Alter zu schmecken gegeben.]

Während des gesamten ersten Teils der Reise hatte ich geglaubt, Islas Name komme vom Wort *island* oder von Island, aber das war nicht der Fall. Nicht nach einer Insel und nicht nach dem Eis, sondern nach abwärtsfließendem Wasser war sie getauft worden, nach einem schottischen Fluss. Ihre Familie mütterlicherseits besaß noch immer Land in den Flusswiesen des River Isla, und ihr Patenonkel wohnte nur wenige Meilen davon entfernt in der Kleinstadt Kirriemuir. Auf dem Landsitz der Familie, von dessen Fenstern aus man den Fluss sah, hatte Isla als kleines Mädchen Ostern und manchmal auch Weihnachten und den Jahreswechsel verbracht.

Isla ist insofern ein guter Name, als er etwas Konkretes bedeutet und etwas anderes meint als seine Trägerin. Bei Kari ist das nicht der Fall, obwohl das finnische Wort *kari* auch etwas bedeutet, nämlich Klippe, aber die Meeresküsten und die Seen sind voll davon.

Wenn viele gleichförmige Tage aufeinanderfolgen, hat man Zeit, über vieles zu reden. Das Meer in jener Region ist leer und eintönig. Manchmal sah man Tümmler oder Delfine aus dem Wasser springen, man musste Fliegende Fische vom Deck kehren, und ein paarmal war vor uns der Rücken eines Wals zu erkennen.

Graham sprach oft über das Meer. Dessen Oberfläche sei über Tausende von Jahren hinweg die einzige Fernstraße gewesen, die größte und schnellste. Kam man im Mittelalter mit dem Pferdewagen dreißig Meilen am Tag voran, schaffte ein Segelschiff bis zu hundert Meilen und mehr in 24 Stunden. In vielen Fällen galt das sogar noch Anfang des 20. Jahrhunderts; das Mittelalter der Fortbewegungsmittel setzte sich über die anderen Veränderungen hinweg fort.

Zwischendurch nahm die *Ginger-Baby* bereits bis zu sieben Knoten Fahrt auf, wir legten in 24 Stunden mehr als 150 Seemeilen zurück. In Europa hatte dieselbe Strecke zu Fuß eine Woche gedauert, und in Afrika hatten Petr und Graham zwei Wochen dafür gebraucht.

Das Meer ist eine Autobahn, der Wind ein Turbinenmotor, es genügt, dass man sitzt und lenkt und die Ebene ringsum sich ändert. Eine Autobahn mit einer Million Spuren, deren Asphalt nie ausgebessert werden muss, der glatt ist und jeden Morgen neu, wird nicht außer Betrieb genommen. Zumal ihr Belag auch noch der einzige ist, der eine Energiequelle in sich birgt und so voller ungenutzter Energieformen steckt, dass die dazugehörigen Fahrzeuge noch nicht einmal auf den Bildschirmen der Ingenieure existieren. Außerdem kann man das Meer nicht besitzen, sagte Graham.

Doch, das kann man. Diese Weiten hier wird in hundert Jahren niemand mehr frei durchpflügen, widersprach ich.

Den Wendekreis des Steinbocks überquerten wir unmittelbar vor Mittsommer, und danach schien der Winter anzufangen, der Wind wurde kälter und der Mond fahler. Auf St. Helena hatte man noch nicht richtig gemerkt, dass auf der anderen Erdhalbkugel auch ganz gewöhnliche Dinge sich umkehren. Im Consulate in Jamestown wohnten wir noch im britischen Norden, aber tausend Kilometer weiter südlich war das schon anders.

Wenn die Wolken es zuließen und man den Sternenhimmel sah, wurde er fremd, die Zirkumpolarsterne veränderten sich völlig, ein Teil der Sternbilder verschwand hinter dem Horizont, ein anderer Teil zerfiel zu niedrigen Tierschweifen. Obwohl wir Ende Juni hatten, war es Winter, und obwohl die Tage nach der Sonnenwende langsam hätten länger werden müssen, segelten wir so schnell in Richtung Süden, dass es Morgen für Morgen später hell wurde und Abend für Abend früher dunkel. Es regnete oft und manchmal heftig, und wenn das Wasser röchelnd durch die dafür vorgesehenen Öffnungen im Deck abfloss, strudelte es gegen den Uhrzeigersinn.

Das nasskalte Wetter erinnerte immer öfter an Finnland; dort war Sommer, die weißen Mittsommernächte. Im Juli würde der Urlaub beginnen, die Kollegen würden in ihre Ferienhäuser fahren, um dort zu angeln und sich von den Mücken auffressen zu lassen.

Ich hatte es nicht mehr geschafft, zu telefonieren oder Mitteilungen zu schicken. Mein Handy war in Tema kaputtgegangen, zuerst hatte es blockiert, dann war es stumm geworden und auch ein Ersatzakku hatte es nicht mehr zum Leben erwecken können. Ich hätte Bescheid geben müssen, aber das schien mir nicht mehr auf die gleiche Weise notwendig, sondern kam mir nur noch wie eine lästige Pflicht vor. Ich fühlte mich bereits mehr mit dem Hier und Jetzt und mit der Reise verbunden, mit Isla und auch mit den anderen. So schnell wird der Mensch ein bisschen ein anderer, auch wenn er von sich selbst nicht loskommt, sagte ich einmal zu Isla, als wir zu zweit Deckwache hielten und die anderen schliefen.

Die *Ginger-Baby* auf Kurs zu halten war jetzt schwerer als auf der gesamten langen Etappe zuvor. Die Winde auf dem südlichen Atlantik konnten stürmisch werden und wechselten die Richtung, und wenn es regnete oder bewölkt war, war es auch wesentlich dunkler, eine schwarze, übergestülpte Kapuze von morgens bis abends, und Tag und Nacht herrschte eine widerliche, alles umhüllende nasse Kälte.

Vom Wendekreis des Steinbocks bis Queen Maud Land lagen noch immer fünftausend Kilometer offenes Meer vor uns, aber schon lange vorher würde Treibeis kommen und davor noch Breitengrade, die wegen der Stürme für uns nicht zu besegeln waren. Graham musste immer wieder beteuern, dass bestimmt rechtzeitig neue Knoteninformationen auf dem Monitor erschienen, bevor die Bootsfahrt in irgendeiner Weise gefährlich würde. So hat es die Memorial Society versprochen, sagte Graham, führte aber nicht näher aus, was er an Informationen hatte.

In der Nacht kam einem die Fahrt manchmal gefährlich vor. Die *Ginger-Baby* war ein kleines Schiff für so große Gewässer, und ohne Wettervorhersagen konnte nicht einmal Stedson mit Sicherheit sagen, ob der auffrischende Wind ein starker Wind bleiben oder in Sturm übergehen würde. Dann beruhigte ich mich, indem ich mich damit tröstete, als Vierunddreißigjähriger immerhin auf den Ozean gekommen zu sein und dass man an eine menschenleerere Stelle kaum geraten könne. Bis Brasilien waren es viertausend Kilometer, bis Europa zehntausend, und selbst bis zum afrikanischen Kontinent schien es Stunde für Stunde weiter zu sein, eine lange Folge gleichartiger Tage und Nächte.

Log (Gr. H.)

29.6.07, 13:36 Uhr

30° 00' 00" S, 0° 00' 00" W & E

Nach einer Stunde Arbeit exakt über den Kreuzungspunkt der Koordinaten. Keine Nachricht auf dem Monitor.

Von jetzt an muss jeder Breitengrad auf dieselbe Weise in der Mitte gekreuzt werden. An einem der Confluence Points wird die Knotenanweisung für den Übergang zur Pace-Etappe kommen. Nach dem Walvis Ridge oder nach dem Kap-Becken. Oder noch wahrscheinlicher erst nach dem Tristan-da-Cunha-Breitengrad, weil Halley Tristan sah, als er dem Rand der Eiszone ausweichen musste. Der südlichste Punkt bei der Sextantenmessung 52° 24'. Damals Hochsommer, Januar–Februar 1700. So weit nach Süden kommt man nicht, aber bis zum Tristan-Breitengrad, falls die Winde im Rahmen bleiben. Dann schon Roaring Forties, Furious Fifties, Screaming Sixties. Davor muss etwas kommen.

Graham hatte angefangen, von uns allen als »die Expedition« zu sprechen. Zum Team gehörten zwei, wir anderen waren nur Helfer, aber als Graham anfing, den Begriff »die Expedition« zu verwenden wie einen neuen Nachnamen, kam mir das sofort angemessen und gut vor.

Er wollte die anderen ungebeten mit drinhaben in dem, was ihm wichtig war. Petr hat darüber etwas in sein Ryman geschrieben, eine Stelle, die in Afrika datiert ist:

[Wo soll ich die hellseherischen Fähigkeiten hernehmen, die mir sagen, bei welcher Anspielung ich still zu sein habe und wann ich mich nicht an der falschen Stelle laut wundern darf? Wenn es wieder zu Verhandlungen und einer Beförderung unserer Pässe kommen sollte, könnte Graham es ein bisschen früher erwähnen und ein paar Worte der Erklärung hinzufügen. Ist natürlich begründet, ohne Tauschhandel kommt man hier nicht weiter.]

Graham stammte aus einer kleinen Ortschaft namens Lydney, in deren Nähe, an der Mündung des Severn, seine Eltern Ferienhäuschen vermieteten, die sie von Verwandten geerbt hatten. Im Sommer betrieb die Mutter einen Fish-'n'-Chips-Imbiss in der Ortsmitte, und in dessen Fettgeruch hatte Graham seine Kindheit verbracht. Seine Mutter war von der kühlen Gutsherrinnenart, sein Vater wollte mit aller Welt gut Freund sein, was ihm aber nicht recht gelang, weshalb er auch in allem anderen kein Glück hatte, erzählte Isla, und zwar nicht besonders warmherzig.

Nachdem Graham als Primus die Schule verlassen hatte, war er zuerst seinen Eltern zuliebe nach Cardiff gegangen, um dort Technik zu studieren, sich die Ingenieurpapiere und danach schnell einen Job zu sichern, aber er brach das Studium ab, als es ihm gelang, nach Cambridge zu kommen. In seinen Cambridge-Jahren war er nur noch sehr selten nach Lydney gefahren, nicht einmal an den Feiertagen, und Isla hatte er nur ein einziges Mal mitgenommen. Das war das erste und das letzte Mal, hatte er auf dem Rückweg gesagt, als sie schon wieder auf der Autobahn fuhren.

Nichts Besonderes, gewöhnliche, beinahe brave Leute, sagte Isla, als ich sie fragte, was bei dem ersten und letzten

Mal vorgefallen sei, das Graham zu diesem Entschluss gebracht habe. Nichts weiter, als dass Graham es so entschieden hat, und darum habe ich es dir ja auch erzählt, sagte Isla.

Graham traf seine Entscheidungen allein und ging davon aus, dass sich alle daran hielten, denn es waren gute Entscheidungen, die bestmöglichen. Das war mir allerdings auch schon aufgefallen. Oft waren sie es tatsächlich.

Als mir Isla an Deck von sich und Graham erzählte, hatte sich etwas verändert. Weder in Frankreich noch in Spanien, als wir mit Bussen vorausfuhren, um Unterkünfte zu mieten, auch nicht in Tema, während der guten Wartewochen, hatte Isla von ihrem gemeinsamen Leben mit Graham erzählt. Jetzt, da sie es tat, sagte ich, ein Knäuel, das aus losen Fäden gewickelt ist, fällt früher oder später auseinander, aber das wollte Isla nicht hören.

Nur ganz selten monierte sie etwas an Graham, aber einmal meinte sie, ihr Zusammenleben sei nicht mehr gesegnet. Gesegnet nicht im religiösen Sinn, sondern so, wie ein normales Leben gut sein kann und mehr als nur bloßes Vorübergehen, sagte sie.

Log (Gr. H.)
1. 7. 07, 00:21 Uhr
33° 00' 00" S, 0° 00' 02" W

Halleys Passatwindkarte zu Ende. Kein Knotenhinweis.

Log (Gr. H.)
2. 7. 07, 10:02 Uhr
35° 00' 00" S, 0° 00' 04" W

Kein Knotenhinweis.

Mehrere Schiffe im Konvoi, vielleicht Kapstadt–Montevideo. Nachts die Lichter in einer Linie. Kurz sieht es aus, als würde sich eine Küste vor uns aus der Dunkelheit erheben.
Schwieriger Gegenwind. Mehrere Belegnägel gebrochen.

Log (Gr. H.)
3. 7. 07, 20:10 Uhr
37° 00' 00" S, 0° 00' 00" W & E

Am Tristan-da-Cunha-Breitengrad. Mit Glück direkt über den Confluence Point. Starker Regen. Nichts.

Log (Gr. H.)
5. 7. 07, 1:19 Uhr
38° 38' 12" S, 0° 00' 17" E

Knotenhinweis zwischen dem Tristan- und dem Gough-Breitengrad. Müssen warten und Schleifen fahren. Am Morgen von Westen her ein Verbindungsschiff von Amundsen-Nobile. Parallelfahrt, bis es hell ist.

[So wie Halley seine Beobachtungen nicht aufschreiben konnte, weil das Papier feucht wurde und die Tinte nicht aufnahm, ist hier bei uns durch die Regenfälle alles, bis hin zur Kajüte, kalt und feucht, auch wenn man es noch so schützt. Müsste mit Wollhandschuhen schreiben, mit Gummihandschuhen über den Wollhandschuhen –]

Das Schiff, das kam, um uns abzuholen, hieß *Unity*. Weil Funkkontakt verboten war, konnte man nicht wissen, was man tun sollte. Stedson kam neben mich und hielt Ausschau, ob auf dem Schiff Signalflaggen in die Höhe gehalten wurden. Früher hatte man die benutzt, und er sagte, er könne sich noch von seiner Studienzeit her ungefähr an die Bedeutungen erinnern.

Hinter den gewölbten Fenstern der Kommandobrücke auf der *Unity* sah man Menschen. Durch ein Megafon wurden uns Anweisungen zugerufen, Stedson steuerte auf der Luvseite so dicht an das Schiff heran, dass man das Gefühl hatte, der Wind flaue ab. Ein glänzendes Schlauchboot mit Helfern wurde von Deck gelassen und mit einer anderen Winde eine Art Palette mit Rändern, an der die *Ginger-Baby* festgemacht wurde. Einer nach dem anderen, gehalten durch ein Sicherheitsgeschirr, gelangten wir über die bewegliche Brücke auf die Palette und von dort über eine Leiter an Bord des Schiffes.

Graham stieg als Letzter hinauf, mit einem kleinen Rucksack auf dem Rücken, darin das digitale Empfangsgerät, die Visa und die behördlichen Genehmigungen für den Rest der Reise, falls beim Anheben der *Ginger-Baby* etwas passieren sollte. Von der Reling aus schauten wir zu, wie die Männer von der Crew mit Stahlseilen verstärkte Stoffleinen unter dem Boot durchzogen; als die Leinen festsaßen, wurde die *Ginger-Baby* mit dem Davit hochgekurbelt, so leicht, als wäre sie ein Kajak oder Ruderboot. Sie schaukelte und es lief Wasser herab, als sie nur einen Meter über dem Deck durch die Luft an eine freie Stelle zwischen den Containern befördert wurde, wo es Stützen aus Metall gab und darauf ein Bett aus Kanthölzern und Autoreifen, auf dem die *Ginger-Baby* so abgesetzt wurde, dass der Kiel exakt in eine offene Deckluke passte.

Log (I. F.-H.)

5. 7. 07, 15:00 Uhr

38° 23' 04" S, 0° 03' 44" E

In der Messe der Unity, nach dem Essen

Graham ist zum Kapitän gegangen, um mit ihm zu verhandeln. Sie hatten schon auf uns gewartet.

In der Broschüre wird die Unity als Spezialkreuzfahrtschiff bezeichnet. Um diese Jahreszeit unternimmt sie Sturm- und Treibeistouren auf der Strecke Montevideo–Falklandinseln–Gough–Tristan da Cunha–Kapstadt. Bei Gough und Tristan besteht eine Wetterwarnung. Im Sommer kann man auch in Tristan an Land gehen.

Laut Passagierverzeichnis scheinen die meisten Leute reiche Amerikaner und Südafrikaner zu sein, dazu kommen Rentner aus Deutschland und Aberdeen. Außer uns werden auch die Teams 2 und 3 transportiert. Die anderen haben einen so großen Vorsprung, dass sie eine Abfahrt früher zur Pace-Etappe starten konnten.

Eigentlich ganz gutes Gefühl nach der heißen Dusche. Man darf am Tisch sitzen, muss sich nicht in der Kajüte ducken, die klebrige Schicht aus Salz und Schweiß ist weg und es ist nicht ständig kalt. Wir durften uns aus dem Bestand der Unity saubere Kleider für die Zeit nehmen, in der unsere schmutzigen Lumpen in der Maschine rotieren.

Von der Amundsen-Nobile-Gesellschaft wurde mitgeteilt, in zwei Tagen werde das Luftschiff *Falcon*, das auf der Antarktis-Route fahre, eintreffen. Die *Unity* fuhr ihm entgegen, aber nicht nach Süden, sondern nach Westen, denn laut Wettervorhersage sollte dort der beste Treffpunkt sein. Die Begrenzungen des Meilenkorridors waren erneut zwischenzeitlich aufgehoben. In diesen Gewässern konnte das Andocken von Schiff und Luftschiff kein unnötiges Risiko vertragen, denn es gab ohnehin genug schwierige Aspekte zu meistern.

Das waren die Informationen, die Graham vom Sitz der Memorial Society in der Kabine des Funkers erreichten. Alles war bereits organisiert. Nur Graham und Petr durften in der Passagierkabine des nach Robert Falcon Scott benannten Luftschiffs den südlichen Polkontinent auf dem Meridiankorridor überqueren. Isla, Stedson und ich mussten auf der *Unity* bleiben und später von Kapstadt auf die andere Seite der Erde fliegen und ihnen dort entgegenkommen.

Graham hatte die Basisinformationen zum Luftschiff *Falcon* ausgedruckt. Es war kleiner als das Schwesterschiff *Africa*, die Verbundteile waren an allen Stellen stärker und die druckbehandelte Passagiergondel doppelt abgedichtet, denn bei der Fahrt über die Antarktis musste man günstige Luftströmungen oberhalb des katabatischen Windes suchen. Drei Mal stand ein Halt mit Abstecher auf dem Eis bevor: zuerst an der britischen Halley-Forschungsstation an der Küste von Coatsland, dann am Pol und schließlich auf der anderen Seite des Polkontinents, bei der McMurdo-Forschungsstation der Amerikaner und der Scott-Forschungsstation der Neuseeländer.

An diesem Punkt der Greenwich-Tour fühlte ich mich näher am normalen Leben als seit Monaten. In den Nachrichten der Satellitensender konnte man sehen, was in Washington und Bagdad passierte. In den Räumen herrschte Zimmertemperatur, Regen und Wind schlugen nicht herein, gegessen wurde am Tisch und mit Messer und Gabel, und das Essen war abwechslungsreich und hatte Geschmack und nicht nur genügend Energie, wie im Boot, wo man sich daran gewöhnt hatte, auf den Trockennahrungspackungen die Kilojoules und Fettprozente abzulesen.

Weil es üblich war, den Kreuzfahrtpassagieren täglich den einen oder anderen Vortrag anzubieten, kamen auch wir an die Reihe. Wir vereinbarten, dass Isla über Halleys zweite Fahrt mit der *Paramour* in den hiesigen Gewässern sprechen sollte und Stedson später dann, näher bei Kapstadt, über das, was er in den vergangenen Jahren in seiner Sailing/Guiding-Firma erlebt hatte.

Isla hielt ihren Vortrag am Morgen des Tages, an dessen Nachmittag das *Falcon*-Luftschiff zwischen den Wolken am südlichen Himmel auftauchte. Ich hatte im Auditorium gesessen und zugehört. Die Sitzreihen waren so locker angeordnet, dass vor jeden Sitz ein richtiger kleiner Tisch passte, kein herunterklappbares Brett an der Rückenlehne des Vordersitzes, sondern ein kleiner runder Tisch in Form eines Fassdeckels, um dessen Rand ein Messingring lief. Alle Zuhörer hatten eine Tasse Kaffee oder Tee vor sich stehen, viele auch ein Gebäckstück auf einem dünnen Glasteller und einige bereits den ersten Morgendrink.

Halley hatte zwischen 1698 und 1701 als Kapitän der *Paramour* drei Forschungsreisen unternommen, die mittlere davon führte in Form einer Acht über den gesamten Atlantik. Der Dreimaster *The Pink*, wie die *Paramour* bei der britischen Marine genannt wurde, fuhr auf der von Halley festgelegten, verschlungenen Route, um unterwegs Kartierungen und Gradmessungen vorzunehmen sowie Untersuchungen zum Magnetfeld der Erde und zu den Windverhältnissen. Nachdem die *Paramour* vom Stapel gelaufen war, hatte auf ihr auch Peter der Große seine Segelkünste erproben dürfen, aber dann war sie unter Halleys Kommando gestellt worden.

Isla sprach gut und projizierte Bilder und Karten an die Wand, die sie am Abend zuvor aus dem Internet herausgesucht hatte. Sie schloss ihren Vortrag mit den letzten Tagen des 17. und den ersten Monaten des 18. Jahrhunderts, als die *Paramour* aus der Wärme Rio de Janeiros in den äußersten Süden gesegelt war, so weit der Eiszone entgegen, wie die Expedition es gewagt hatte. Über die eisige Region hatte Halley ins Logbuch des Schiffes mit den Worten des Horaz geschrieben: »pigris ubi nulla Campis arvor æstiva recreatur Aura«.

Isla warf die aus dem alten Logbuch kopierten Zeilen an die Wand. Horaz und Halley sprachen von den todesleeren Niederungen der Kälte, wo nicht ein Baum erwachen wird, wenn die Sommerwinde kommen. Die Rentner der *Unity* lauschten dem Vortrag mit voller Konzentration.

Halley und die Besatzung der *Paramour* hatten auf dem zufrierenden Meer wissenschaftliche Messungen vorgenommen und Seetangproben gesammelt. Sie hatten seltsame Vögel und Wale gesehen und, am seltsamsten von allem, große, tauchende Tiere mit Schwanenhälsen, deren untere Körperpartien wie die von Fischen oder Walen aussahen. Mit ihrem 52 Fuß langen Segelschiff hatten sie sich weit in den Süden getraut, bis in die Randzonen des im Hochsommer aufgesplitterten Treibeisgürtels, und hatten drei berghohe Inseln entdeckt, auf denen milchweißer Schnee lag. Die Mannschaft hatte sie sogleich nach bekannten Orten aus der Heimat benannt, eine sah aus wie ein Bergkamm, der ins Meer abfiel, eine andere erinnerte an North Foreland in Kent, allerdings wuchs an den Ufern kein einziger Baum oder Strauch. Nachdem die Männer eine Zeit lang im Nebel den Schnee und das Eis ausgespäht hatten, mussten sie zugeben, dass das, was sie für neues Land gehalten hatten, nur riesige, schwimmende Eisberge waren, und enttäuscht musste Halley an die entsprechende Stelle seiner Logbuchaufzeichnung das Wort »Eisberge« schreiben und den Kurs ändern, fort aus der lebensgefährlichen Region und schließlich in Richtung St. Helena, zu Süßwasser und frischen Nahrungsvorräten.

Auch Petr hörte Isla zu. Nach dem Vortrag lobten wir sie dafür, wie gut sie von diesen dreihundert Jahre zurückliegenden Ereignissen erzählen konnte, gerade so, als wäre sie auf der *Paramour* dabei gewesen. Ilsa wirkte zufrieden, Akzeptanz und Dank braucht jeder.

Wir gingen zu dritt in die Messe, aber schon an der Tür passte uns Stedson ab und bat mich, ihm zu helfen. Um Zeit zu sparen, hatte er schon damit begonnen, die *Ginger-Baby* transportfähig zu machen. Einer der vielen Kräne der *Unity* war dicht herangefahren, und mit dessen Unterstützung lösten wir den Mast und legten ihn aufs Deck. Ich wickelte Leinen auf, befestigte Stahlseile und packte lose Teile in Transportkisten.

Beim Tragen der Sachen musste ich auch an den Fenstern der Messe vorbeigehen. Isla und Petr bemerkten mich nicht, sie saßen sich gegenüber, Isla schaute auf die Kompassrose auf dem Tisch, sämtliche kleinen Tische in der Messe sahen gleich aus, mit einem Mosaik aus Holzteilchen in der Form einer Kompassrose unter einer Glasplatte.

Ich ging durch die andere Tür hinein, sodass ich an ihnen vorbeikam. Sie redeten gerade darüber, wie lange sie sich schon kannten, bald ein halbes Leben lang, sagte Petr zu mir. Ich muss weitermachen, wir bauen sicherheitshalber noch den Gaskocher aus, sagte ich, um mich loszureißen.

[Ist jemand in der Lage gewesen, alle Punkte des Geoids festzulegen? Die Berge steigen und fallen, ein Kontinent schwimmt dem anderen davon und auf den Meeren herrschen auch nicht mehr Frieden und Unveränderlichkeit.

Ist der Mond von Tellus ein Lunaid, wenn Tellus ein Geoid ist?]

[In der Summa geographica ist der kleinste Maßstab eins zu einer Milliarde. 1 cm = 10 000 km. Auch wenn man alle Karten ausschneiden und als Projektion nebeneinanderlegen würde, wie klein wäre eine solche Seite von der Welt im Kartenbuch?]

Als ich mit Isla alleine war, nachdem das *Falcon*-Luftschiff zu seiner langen Etappe aufgestiegen war, fragte ich sie, ob sie lieber mitgefahren wäre und den großen Winter gesehen hätte. Da niemand in der Nähe war, fasste Isla mich an und umarmte mich. Ich erinnere mich, dass ich den Gang der *Unity* entlangblickte, ob nicht Stedson oder jemand von der Crew käme, und an gewöhnliche Dinge dachte, wie ungefärbte Haare so dunkel sein konnten, warum der Kragen eines Fleecepullis bei langem Gebrauch flusig wurde. Über alternative Zukünfte sollte man ebenso wenig nachdenken wie über alternative Vergangenheiten, sagte Isla.

Ich hatte gelernt, Tonlagen und Redeweisen im Englischen zu unterscheiden, ich konnte es jetzt wesentlich besser als noch im Winter, ein halbes Jahr mit den anderen auf Tour war als Sprachschule um ein Vielfaches besser gewesen als alle Übersetzungen aus Büchern in der Schule und der Universität zusammen. Isla betonte ihre Wörter und Sätze ganz exakt. Petr konnte das überhaupt nicht, obwohl er Jahre in

Cambridge gelebt hatte, er redete noch immer, wie ein Finne eben Englisch spricht, fast ohne Melodieschwankungen und Schlussanstiege bei den Fragen, und auch Graham sprach nicht so wie Isla.

Log (Gr. H.)

9. 7. 07, 12:00 Uhr
55° 03' 07" S, 0° 22' 18" E

Die richtigen Winde müssen so weit oben gesucht werden, dass man gerade eben die Bouvetinsel in östlicher Richtung sehen konnte. Obwohl von Schnee und Eis bedeckt, ganz anders als das Meer ringsum.
Manchmal ruckt die Gondel, aber in dieser Höhe noch kein Jetstream.

Log (P. J.)

13. 7. 07, 13:10 Uhr
69° 28' 10" S, 1° 09' 47" W

Erst am Rand der Antarktisküste. Schon lange Eisdecke unter uns, aber das war bis zu diesem Moment noch nicht der Kontinent.
Für die gesamte Fahrt sind alle Korridoreinschränkungen aufgehoben, denn wir müssen zwischen den Strömungen die optimale Höhe finden. Als würde man im Aufzug das richtige Stockwerk suchen. Der katabatische Fallwind unter uns bis zu 30 Meter in der Sekunde stark. Einen halben Kilometer weiter ist es ruhiger und wärmer.
Hier irgendwo sah der Ausgucksmann auf von Bellingshausens Schiff einst den Rand des neuen Kontinents. Wie hat man mit einem Schiff der damaligen Zeit in diesen Gewässern segeln können?

16:30 Uhr

Die ersten Nunataks. Auf dem Monitor im Cockpit läuft eine Animation mit Bildern vorangegangener Überflüge.

Auf dem Atka-Iceport sah man einige gelbweiße und rote Lichtpunkte. Nach den öden Nachttagen war das ein Zeichen dafür, dass hier immer mal wieder Menschen herkommen und manchmal sogar hier wohnen, kein einziger dauerhaft, aber manche für lange Jahre.

Ein halbes Jahr Sommer und ein bisschen Frost von fünfzehn, zwanzig Grad. Dann ein halbes Jahr Winter und dunkel, an der russischen Forschungsstation Wostok eine Durchschnittstemperatur von –70° und ein Kältemaximum von –89°, ohne Windkoeffizient.

Log (Gr. H.)

19.7.07, 00:40 Uhr

75° 35' 02" S, 26° 46' 11" W

Die Halley-Station ist von allen BAS-Stationen die isolierteste. Liegt auf dem Brunt-Eisschelf im Weddellmeer. Ein paar Leute zwischen dem im Schnee vergrabenen Hauptgebäude und Containern. Winterbesatzung 15.

Zwei Stunden Zeit. Vorhin oben über der Wolkenschicht südliches Polarlicht.

Halley V wurde auf hohen Stahlträgern gebaut, damit man die Station anheben kann, wenn der Schnee höher wird. Die vorigen Stationen I–IV versanken nach und nach bis zum Dach im Schnee, innerhalb von zehn Jahren wurde das Gebäude in den Schnee und ins Eis gedrückt.

Im Sommer Touristenflüge von Amundsen-Nobile mit Stopp in der Halley Bay, um Kaiserpinguine anzuschauen. Jetzt nicht.

[Aus dem Bestand des British Antarctic Survey, kurz BAS, haben wir Daunenkleidung und Sturmhauben für unter die Kapuzen bekommen. Für einen Teil der *Falcon*-Passagiere sind –28° und der Wind dazu etwas absolut Undenkbares. Ich fange gar nicht erst an zu erzählen, dass ich als Kind selbst dann zur Schule gehen musste, wenn es am Morgen –37° hatte und am Abend auf dem Nachhauseweg –41°. Nur die Pausen im Freien fielen aus und statt Skilaufen machten wir im Turnsaal Reckübungen.

Die weiße Dunkelheit ist nicht dunkel. Ohne Schneegestöber und Bewölkung könnte man draußen lesen. 105 Tage lang ist es hier Nacht und 110 Tage lang Tag. Dazwischen bleiben 150 lange Tage und kurze Nächte und kurze Tage und lange Nächte.

Den Polarkreis haben wir überquert, es herrscht die gleiche lichte Winterdunkelheit wie in den finnischen Fjälls, zum Beispiel auf dem Ailigas. Von der *Falcon* aus sieht man einen Schein von Morgenröte, wenn die Sonne knapp unter der Erdkrümmung entlangzieht. Manchmal großartige Schatten auf den Wolken und den Eisbergen, schwarz, violett und gelbgrün. Dreifach entliehene Farben: von der Sonne an den Mond, vom Mond ans Eis, von den Eisplatten nach oben.

Allmählich glaube ich, dass Graham recht hat: Sollte die Greenwich-Runde gelingen, wird sie zu einem neuen Anfang für uns beide.]

Als wir mit der *Unity* im Hafen von Kapstadt einliefen, hatte Stedson herausgefunden, wann Flüge nach Neuseeland gingen. Die *Ginger-Baby* würde mit einer Frachtmaschine hingebracht und in Dunedin wieder segeltauglich gemacht werden.

Ich stand noch an der Reling und sah dem Entladen der Frachtcontainer zu, als mir auffiel, dass an den Booten von Team 2 und 3 die Plomben an den Motoren entfernt worden waren. Das sagte ich dem Schotten aus dem Zweierteam, aber der glaubte, ich machte einen Scherz, und erst als ich es noch einmal sagte, antwortete er etwas, dem ich entnahm, dass sie sich an kein Verbot gehalten hatten, sondern ganz normal mit Motor gefahren waren, bei leichtem Wind sogar sehr oft.

Ich musste an die Nacht in Frankreich denken, als Petr aufgewacht war und gesehen hatte, wie vor dem Nachbarhotel ein Sammeltaxi vorfuhr. Was geht das mich an, hatte ich damals gedacht, aber jetzt war das Gefühl ein anderes, als ob ich betrogen worden wäre. Ich ging nach unten in den Kabinengang und klopfte an Islas Tür.

Ich berichtete ihr, was ich gehört hatte, sie nickte. Wie kann es zwei verschiedene Regelungen geben?, fragte ich sie. Isla versuchte mich zu beruhigen und erklärte mir, da stecke sicher nichts Weltbewegendes dahinter, auch beim Ausscheidungswettkampf sei nicht immer alles so gelaufen, wie man später zu verstehen gegeben habe. Es ist ein Unterschied, wie etwas aussieht und wie etwas ist, hat man uns vor den Interviews zur Qualifikation mit auf den Weg gegeben, sagte Isla und wollte mir die Wange tätscheln.

Das Bild, das man von außen sieht, ist ein anderes als dasjenige, das man innerlich sieht, und dasjenige, das als das sichtbare ausgewählt wird, bleibt das einzige, an das man sich erinnert. So hatte es Graham ausgedrückt, im Boot, als er von Sir Ranulph Fiennes' und Charlie Burtons Erdumrundung über die beiden Pole zu Beginn der Achtzigerjahre erzählte. Ihre Transglobe Expedition war im September 1979 in

Greenwich gestartet und hatte 1982 in Greenwich geendet. Von diesem ein Vierteljahrhundert zurückliegenden Ereignis war Graham und Isla ein Bild in Erinnerung geblieben. Es zeigte, wie die Expeditionsteilnehmer die Themse hinauf ins Ziel segelten, auf einem eisfesten, verbeulten Schiff, auf dessen Kommandobrücke Prinz Charles stand.

Über die Transglobe Expedition hatte viel in der Zeitung gestanden. Die Reise um die Welt über Südpol und Nordpol war als die letzte große Expedition bezeichnet worden, als die einzige, die auf der Erde bis dahin noch nicht unternommen worden war. Trotzdem waren die Expeditionsteilnehmer nur in der öffentlichen Vorstellung entlang des Meridians um die Erde gereist; in Wirklichkeit hatten sie weite Umwege gemacht und Länder und Meere umgangen, je nachdem, wo sie die besten Routen, Straßen und Verkehrsverbindungen fanden. Die Überquerung der Polareiszonen und der irrsinnige Abschnitt durch das Labyrinth der Nordwestpassage – das waren die wahren Etappen der Reise gewesen, der Rest diente mehr dem Fundraising und dem Schaffen einer Fantasievorstellung.

Wir hingegen gehen und segeln auch jene Strecken, um die Ran Fiennes und Kumpane einen Bogen gemacht haben, weil zu kompliziert und zu lang, hatte Graham nach der Äquatorüberquerung auf dem Schattendeck der *Ginger-Baby* gesagt, und keiner hatte ihm widersprochen.

In Kapstadt kaufte ich mir als Ersatz für das in Tema verstummte Mobiltelefon ein neues mit Radio und Satellitennavigation. Zu dieser Anschaffung hatte ich mich entschlossen, nachdem ich auf Deck der *Unity* gehört hatte, dass die anderen Teams nicht nur den Motor ihres Segelboots benutzt, sondern sich das Fortkommen zu Lande auch durch Autofahrten erleichtert hatten.

Isla erledigte ihre eigenen Einkäufe und Stedson sorgte für den Transport der *Ginger-Baby* zum Frachtflughafen. Als Isla zur vereinbarten Zeit mit ihren Einkaufstüten ins Café kam, zeigte ich ihr mein neues Telefon und fragte sie, ob sie glaube, Graham würde die Benutzung jetzt erlauben. Nach Europa hatte die elektronische Störbeobachtung nicht aufrechterhalten werden können. Nur in Frankreich und Spanien war das Wettbewerbsbüro noch in der Lage gewesen, die Kontaktaufnahmen zu registrieren und einzuschränken. Dass sich dies nun geändert hatte, war den Teams auch mitgeteilt worden. So hatte ich es auf Deck gehört.

Nicht Gott, sondern die Welt – das habe Graham früher manchmal vor sich hin gesagt, erzählte Isla. Nicht Glaube, sondern Verständnis, man darf nicht vertrauen, sondern man muss wissen, hatte Graham als Maxime formuliert. Aber auf der anderen Seite war Graham immer auch ein bisschen wie die sturen Amish-People gewesen, die wegen ihrer Religion keine moderne Technik akzeptierten. Graham interessierte sich zwar für alles Neue, benutzte aber selber lieber die alten Methoden. Er ist sozusagen um drei Ecken herum religiös, sagte Isla.

Im Zusammenhang mit der Telefonfrage meinte Isla wohl, dass an meinem silbern glänzenden neuen Handy nichts auszusetzen sei, dass wir es aber nicht benutzen dürften, da die Regeln der Memorial Society nun einmal jegliche Kontaktaufnahme und jedes technische Hilfsmittel verboten. Es hat keinen Sinn, Graham mit so etwas unter Druck zu setzen, er ist nicht fähig, etwas an sich zu ändern, sagte Isla und erzählte von ihren gemeinsamen Wochen in Irland, die allesamt vollkommen gleichförmig verlaufen waren. Graham wollte so wenig Veränderung wie möglich, das machte ihn stark. Wenn jede Woche am Samstagnachmittag mit einem harten Lauf den nächsten Berg hinauf und hinunter und einem anschließenden gründlichen Bad samt Schneiden der Fußnägel endete, war Graham glücklich; zwar müde durch die Anstrengung, aber zufrieden mit sich und der vergangenen Woche; wieder war ein Stück vergehender Zeit eingelöst worden.

In Südafrika blieben wir nur einige Nächte. Stedson wohnte währenddessen bei Bekannten. Isla und ich durften uns seit Langem wieder ein Zimmer teilen, im fünfzehnten Stockwerk eines Hotels; Fenster zur Hauptstraße, unten Autos und Leuchtreklamen als gelb-roter und grüner blinkender Teppich. Wie in Tema kam es mir auch jetzt so vor, als würde neues Leben entstehen, von uns beiden getrennt, aber von uns beiden gemeinsam.

Wenn wir bei offenen Vorhängen auf dem Bett lagen, fiel das Blinken der Lichter von unten hauptsächlich auf die weiße Decke, aber ein bisschen auch auf die Haut, orangefarbene Striche und Licht und dann wieder weniger Licht. Wir vereinbarten, dass es jetzt so war und später vielleicht nicht mehr, aber ich dachte bei mir, doch, es wird so sein, und ich wusste, dass Isla es wusste, und sie wusste, dass ich das wusste, aber wir sprachen es nicht aus, damit es nicht irgendwann als etwas fertig Dahingestelltes zerbrach, sondern fließend blieb, fließendes Wasser, eisfreie Erde.

Wir schliefen beide bis zum nächsten Morgen durch. Nichts brachte die Schlafstelle zum Schwanken, man hörte kein Meer und keine Turbinen, man musste nicht aufstehen, um Deckwache zu schieben, und auch nicht sicherheitshalber lauschen, ob alles war, wie es sein sollte, und ob nirgendwo Gefahr drohte. Das Frühstück bestellten wir aufs Zimmer, es wurde unter glänzenden Hauben gebracht, alles war luxuriös, wie es vielleicht zur Kolonialzeit gewesen war, altmodisches blaues Porzellan, große, klobige Messer und Gabeln, Spiegeleier und Speck, Kaffee und Tee in großen Metallkannen, heiße Milch und kalte Sahne in kleineren.

Log (Gr. H.)

25. 7. 07, 5:33 Uhr

90° 00' 00" S, 0° 00' 00" E & W (eigtl. 89° 59' 51" S, 139° 16' 23" E)

Südpol

Diese Koordinaten am Boden notiert, aber den eigenen Computer bei der Kälte nicht eingeschaltet. Vielleicht ist die Region hier oft genug lokalisiert und richtig verzeichnet worden. Ziemlich stark besiedelter Ort. Auch jetzt, mitten im Winter, steht auf der Tafel unter der Rubrik Population die Zahl 88. Die Amundsen-Scott-Polstation wie ein gelbliches Amt, aber das Eis, auf dem sie steht, rutscht im Jahr zehn Meter in Richtung Weddellmeer.

Der obligatorische Sekt am offiziellen Pol, erstaunlicherweise werden die Plastikgläser wieder eingesammelt.

Bei der Erdumrundung entlang des Meridians bilden die Polpunkte die Grenzpunkte, die die Hälften des großen Kreises bestimmen. Die Längengrade laufen aufeinander zu. Die 109 Kilometer zwischen zwei Längengraden am Äquator schrumpfen auf null zusammen. Für einen Moment ist in alle Richtungen Norden. Das starke Gefühl, auf dem Dach der Welt zu sein. Und aller Schnee und alles Eis fließen im Frühling dieses Dach hinunter.

Der sechste Knoten

Ein Monat vom Winter bis zum Sommer

[»Ich bin tot, vergesst das nicht.« Auf seltsamere Art hätte man einen Menschen nicht kennenlernen können.]

Log (P. J.)

4. 8. 07, 3:00 Uhr
77° 51' 09" S, 166° 41' 00" E

Start vom Eis im Windschutz des Mount Erebus. Offiziell waren wir in der Scott-Station untergebracht, aber wir waren bei den Amerikanern in der McMurdo-Station. Andreij ist dabei.
White Island, Black Island, Mt. Morning. Granithafen und die Nordenskjöld-Eiszunge. Die Namen klingen düster. Über den Rand des Gegenbärkontinents auf und davon.
Graham ist sicher, dass Isla und Kari und Stedson uns entgegenkommen. Gibt es auf der Welt etwas, dessen man sich sicher sein kann?, habe ich ihn gefragt.

Die Fahrt mit dem Segelboot vom Hafen Dunedin bis hinter die Antipodeninseln war schwerer als alle vorigen Etappen. Die tausend Kilometer von der Küste Neuseelands aus ins Nichts zeigten, wie klein und leicht gebaut die *Ginger-Baby* im Verhältnis zu so schweren, ständig drehenden Winden war, die zusammen mit den hämmernden Wellen die Wanten vom Mast zu reißen schienen. Der Segelstoff bekam Risse, weil der Wind unerwartet zuschlug, und in der Kajüte roch es nach Urin und Seekrankheits-Erbrochenem, da der

WC-Pumpmechanismus sich unter den Schlägen der Meeresoberfläche umkehrte.

Wäre Stedson, der die harte Witterung gewohnt war, nicht dabei gewesen, hätten Isla und ich gleich an einem der ersten Tage umkehren müssen, und auch dann hätten Teile des Bootes beschädigt werden können. Stedson musste uns beiden fast die Hand führen, wenn er uns etwas beibrachte, er korrigierte immer wieder und zeigte, welche kleinen Bewegungen man machen musste, wie man Wind und Kurs an den Segeln und den Windfäden ablas.

Die Geschwindigkeit konnte man hoch halten, und mithilfe der Realzeit-Wetterkarten und des Navigators auf meinem Handy konnte die Gefahr wenigstens verringert werden. Es war tiefster Winter in dieser Ecke der Welt. Am 50. Breitengrad waren es nur noch ein paar Grad bis zu dem Punkt, an dem die Regenschauer die Bootskonstruktionen eingeeist hätten. Das schien Stedson mehr zu fürchten als einzelne, so weit nach Norden getriebene Eisschollen.

Die unbewohnten Antipodeninseln, die umgedrehten, die gegenfüßigen Inseln, lagen genau gegenüber der Stelle auf der nördlichen Halbkugel, an der sich die Küste des Ärmelkanals befand. Hätte man vom Leuchtturm Barfleur einen Lichtstrahl durch das Nickelherz der Erde schicken können, wäre er mitten in der größten Antipodeninsel aus dem Boden geschossen. Wir segelten an ihrer Ostseite vorbei und sahen nichts als die Warzen von Mount Galloway und Mount Waterhouse vor der Horizontlinie.

Auf demselben Kurs sollte es weitergehen zur Greenwich-Antipode und zu dem vereinbarten Koordinatenfeld. Seit dem Aufbruch in Dunedin waren fast fünf Tage vergangen und keiner von uns hatte mehr als jeweils zwei Stunden am Stück geschlafen. Stedson trug die Hauptverantwortung, aber in den Stunden, in denen er das Steuern uns überlassen musste, durften wir keinen Augenblick die Konzentration verlieren. Einer musste ständig sichern, auch Isla hatte keine Segelerfahrung unter solchen Bedingungen. Die Muskeln standen unter Spannung, aber den Schmerz spürte man erst, wenn die angespannte Stelle für einen Moment Erleichterung erfuhr. Nacken und Hinterkopf taten weh, ein Ring der Verkrampfung stieg von den Schulterblättern aus in die Schultern und von da bis in den Kopf.

Als Verbindungsschiff für die *Falcon* war ein Mutterschiff der neuseeländischen Fischereiflotte bestellt worden. Es war mit einer gabelartigen Konsole versehen, die man ins Meer hinablassen konnte, wo sie als kurzer Wellenbrecher und Anleger fungierte. Man konnte dort beschädigte Trawler auf offener See reparieren. Stedson steuerte zwischen die Schutzwände und hielt das Boot mit dem Motor auf der Stelle, bis die Leinen befestigt waren.

Nachdem man uns an Deck gehievt hatte, kümmerten wir uns noch um die Fixierung der *Ginger-Baby*. Ich hörte jemanden anerkennend sagen, mit so einem Boot um diese Jahreszeit so weit unten, und ich stimmte zu und nickte, obwohl ich wusste, dass ich daran den allerkleinsten Anteil hatte. Konservendosen aufmachen, Segel richten, wie man es mir befahl, nur hin und wieder am Ruder und dann die Angst, das Boot nicht halten zu können, wenn die Böen die Richtung änderten und der Baum über das Deck zu schwenken drohte. Erst in den letzten Tagen hatte ich das Gefühl, etwas gelernt zu haben, und ein wenig Sicherheit bekommen.

Als wir in der Messe hörten, dass die mit der *Falcon* kommenden Teams 2 und 3 per Verbindungsschiff bis zu den

Bounty-Inseln gebracht würden, kam uns das ungerecht vor. Die Helfer der anderen Teams hatten überhaupt nicht so weit nach Süden segeln müssen wie wir.

Nach zwölf Stunden tiefen Schlafs wachte ich auf, da war das *Falcon*-Luftschiff bereits über uns und die segmentierten Sprungfederseile hingen wie schwarze Tentakel herunter. Das Luftschiff war festgemacht worden und verringerte die Höhe so weit, dass es möglich war, die Passagiere im Sicherheitskorb aufs Deck herabzulassen.

Graham und Petr hatten einen neuen Mitfahrer dabei: Andreij, einen russischen Wissenschaftler, der in der McMurdo-Station zu Besuch gewesen war. Er hatte um einen Lift gebeten, denn er wollte die Antarktis verlassen, und aus irgendeinem Grund hatte Graham versprochen, ihn auf der *Ginger-Baby* mitzunehmen. Bis wohin, das ging aus Grahams Worten nicht hervor, aber dann stellte sich heraus, dass Graham den Russen als Segelhelfer angeheuert hatte.

Andreij verfügt über eine Menge Erfahrung, erklärte Graham, als wir bereits alle an einem Tisch saßen. Andreij nickte und lächelte, er sprach gut Englisch, hatte in Glaziologie promoviert und war jahrzehntelang von Konferenz zu Konferenz gereist. Graham redete viel, aber Petr saß stumm und auf der Hut ein Stück abseits. Ich kannte meinen Bruder gut genug, um zu wissen, dass nicht alles so war, wie es bei der ersten Tasse Kaffee den Anschein hatte.

An irgendeiner Stelle, mitten im Gespräch, bei der Beschreibung der nächtlichen Eislandschaften, warf Stedson ein, dass im Boot ziemlich wenig Platz sei und wir nur für fünf Leute Ausrüstung besorgt hätten. Petr richtete den Blick auf die Tischplatte, Isla sah Graham von der Seite an, Graham quirlte mit den Fingern, wie es seine Art war, wenn er etwas besonders Wichtiges erklären wollte. Solche Einzelheiten bleiben einem manchmal in Erinnerung, Standbilder, die Mienen der beteiligten Personen und die Atmosphäre, aber am meisten noch, wie man sich selbst dabei gefühlt hat, das verankert alles andere.

Ja, darüber wollte ich auch noch reden. Da wir nun auf das Thema zu sprechen kommen, also, wir können nicht so weitermachen wie bisher, begann Graham und schaute mich an. Kari ist unterwegs zu uns gestoßen und uns eine große Hilfe gewesen, während der gesamten Reise hat er sich in vielerlei Hinsicht nützlich und unentbehrlich gemacht, ohne seine Hilfe hätte sich das Vorwärtskommen unter Umständen entscheidend verlangsamt. Aber wir können so einen freiwilligen Einsatz nicht Monat für Monat weiter in Anspruch nehmen, du musst zurück zu deiner Arbeit und in dein eigenes Leben, schon allein deshalb haben wir wirklich Glück gehabt, dass Andreij uns zufällig auf dem Gang der Forschungsstation begegnet ist und gefragt hat, ob eine Möglichkeit besteht, sagte Graham und schaute dabei mal mich an, mal an mir vorbei.

Was hätte man darauf antworten sollen? Ich sah die anderen an. Petr kratzte die Zuckerkörnchen des Toffeegebäcks von seinem Teller. Isla schaute mich an. Ich sagte nichts. Graham ergriff erneut das Wort, wartete aber längst darauf, dass ich etwas sagte.

Wir sollten wohl zuerst mal Kari fragen, sagte Isla. Petr fügte hinzu, was eigentlich auch zu erwarten gewesen wäre, dass er es sich noch einmal überlegt habe und fände, wenn ich weitermachen wolle, müsse man das berücksichtigen.

Graham schien diese Wendung nicht zu gefallen, er fragte mich direkt, sodass ich gezwungen war, zu antworten.

Ich habe es so organisiert, dass ich Zeit hätte, weiterzumachen.

Na also, sagte Isla. Andreij kommt auf jeden Fall mit, das habe ich mit ihm ausgemacht, sagte Graham. Wir werden schon alle hineinpassen, eine Deckwache mehr kann sogar von Vorteil sein, sagte Petr.

Da mischte sich Stedson ein. Es sei nicht vernünftig, mehr als fünf ins Boot zu nehmen, das sei unbequem und schwierig für alle auf einer so langen Etappe und in kalten Gewässern. Aber ich löse meinen Vertrag freiwillig. Eigentlich habe ich auch schon andere Aufträge, sagte Stedson. Graham bekam es mit der Angst zu tun und versuchte ihn umzustimmen. Ihr habt doch jetzt einen Profisegler dabei, sagte Stedson und deutete auf Andreij.

Man sah Graham an, dass nicht alles richtig lief, das war mir klar, aber ich konnte einfach nicht sagen, dass ich mich verabschiedete, lieber ich als Stedson, der das Boot heil bis hierher gesegelt hatte.

So versiegte das Gespräch in einer Art Scham. Vielleicht war nur Andreij zufrieden, weil er seine Mitfahrgelegenheit bekommen hatte. Stedson ging, um ein paar Dinge zu erledigen und nachzusehen, ob die *Ginger-Baby* in Ordnung war. Ich folgte ihm, um wegzukommen. Ich sagte, ich wolle ihm helfen, hielt mich aber zwei Meter hinter ihm und versuchte mir zu überlegen, was ich ihm als Erstes sagen würde.

So hätte das jetzt nicht laufen sollen.

Ich habe Aufträge genug, auch leichtere und wärmere. Von hier aus nach oben, das ist ein langer Weg, da kann es eng werden, erwiderte Stedson und raffte mit beiden Armen seine Sachen zusammen.

Ich sah ihm vom Ruder aus zu. Er wühlte in der Kajüte in

den Nischen und im Kartenkasten, falls dort etwas von ihm zurückgeblieben wäre. Als er aus der Kajüte kam, zeigte er mir noch einmal, was er mir schon viele Male zuvor beizubringen versucht hatte, nämlich, wie wenig man das Ruder bewegen musste. Je härter der Druck des Windes, desto weniger, kaum einen Fingerbreit.

Weil jede Stunde die Memorial Society Geld kostete, mussten wir lossegeln, damit das Schiff umdrehen und die anderen bis hinter die Bounty-Inseln bringen konnte. Wir mussten versuchen, die entsprechenden Breitengrade einzuholen. Wegen irgendwelcher dubiosen Zusatzpunkte hatte Graham das beschlossen, auch wenn wir dadurch die Letzten sein würden.

Graham ging zu Stedson und sagte ihm, der Motor und die elektronischen Geräte müssten wieder geschlossen und versiegelt werden. An dem Punkt wollte Stedson widersprechen, aber Graham wiederholte nur, was er gesagt hatte, Stedson schüttelte den Kopf, wechselte dann aber das Thema und erinnerte an sein Honorar. Graham machte auf dem Absatz kehrt, holte Hundertpfundscheine aus der Geldkassette und zählte Stedson einen Stoß davon in die Hand. Stedson bedankte sich und meinte, das reiche auch als Entschädigung für den stornierten Auftrag, das Rückflugticket werde er dem Büro in London in Rechnung stellen. Graham nickte und ging in die Funkerkabine. Ich hatte die ganze Zeit dabeigestanden, aber für Graham war ich nur Luft gewesen.

Für unser Vorwärtskommen war es ein Glück, dass Graham eher realistisch als verbohrt war. Als wir die *Ginger-Baby* losbanden, gab er mir bereits Anweisungen, so wie den anderen auch. Die Schutzkonsole wurde hochgezogen, die Wellen trafen das Boot, und wir schaukelten so lange an Ort und

Stelle, bis die Neuseeländer Abstand von uns gewonnen hatten und dann mit ihrem Schiff hinter den Wellenkämmen verschwanden, während wie noch am Trimmen waren und Isla das Ruder übernahm.

Stedson war nicht einmal gekommen, um bei der Abfahrt zuzusehen. Er hatte sich vorher von uns verabschiedet, hatte Isla umarmt und uns anderen die Hand gegeben und gesagt, er werde jetzt sein Schlafdefizit ausgleichen. Ich hatte oft genug mit ihm Deckwache gehabt, um zu wissen, dass er auch die letzten Stunden noch hätte wach bleiben können, aber er wollte es nicht, stattdessen wollte er uns auf diese Weise zu verstehen geben, was er von uns hielt. Oder zumindest von Graham, wie ich lieber dachte.

Weil mir bei der Verteilung der Deckwachen ein freies Viertel zugeteilt worden war, durfte ich sechs Stunden zum Ausruhen verwenden. Ich versuchte nicht gleich zu schlafen, sondern machte eine Runde auf dem Boot, um mich zu wärmen und zu prüfen, wie die Halterungen die Schläge der Wellen aushielten. Ständig fiel mir ein, wie Stedson die verschiedenen Stellen kontrolliert hatte. So werden die Menschen um einen herum weniger und man fühlt sich alt werden. Man ist der Stein, der zusieht, wie um einen herum der Bach fließt.

Als Petr während seiner Schicht Wasser zum Kochen aufsetzte, ging ich ihm helfen. Ich sagte, Vaters Todestag liege jetzt ein halbes Jahr zurück. Petr nickte nur.

Zusammen füllten wir das erhitzte Wasser in Thermosbeutel und verschraubbare Stahlflaschen, anschließend schlief ich die restlichen Stunden meiner Freischicht unter Wolldecken und ausgebreitetem Schlafsack. Isla weckte mich. Sie riet, Andreij nicht allein am Ruder zu lassen, man müsse ihm zuvor noch eine Menge beibringen. Um ein Haar wäre etwas passiert. Andreij hatte vor Schreck eine falsche Bewegung gemacht und nicht gleich korrigieren können. Ich sah Isla in der halbdunklen Kajüte aus der Nähe an, das einzige Licht war das LED-weiße aus der Taschenlampe, Islas Haut wurde davon bleich wie die einer Kranken.

Graham zeigte mir, wie er das digitale Empfangsgerät wieder in schützende Plastikfolie gepackt hatte. Wir müssen die Koordinaten jetzt wieder hier ablesen, sagte er fast schon in normalem Tonfall, als er mir erklärte, auf welcher Seite die Antipodeninseln passiert werden mussten. Dann befahl er mir noch, ihn zu wecken, falls am Confluence-Punkt eine Nachricht käme.

Die vertraute 0 hatte sich mittlerweile in eine 180 verwandelt, obwohl wir uns noch immer auf demselben Bogen, der die Welt umspannte, befanden. Sobald die *Ginger-Baby* auf dem Korridor von West nach Ost oder von Ost nach West abwich, änderten sich auch die Daten auf dem Monitor. Die internationale Datumsgrenze verlief bei 180°, bis sie sich weiter im Norden dann mehrere Hundert Kilometer nach Westen verschieben und dort als fünftausend Kilometer langer Rand des Vortags den äußersten Meeresgrenzen der Inselstaaten folgen würde.

Graham hatte beschlossen, dass in diesen Gewässern hier immer drei Wache haben sollten. Petr war der Dritte, ich setzte mich ans Ruder und versuchte mich nicht zu verspannen, den Kurs zwar stabil zu halten, aber so entspannt, wie ich es wagte. Andreij saß neben mir und gähnte. Ich fragte ihn, mit was für Booten er bisher gesegelt war, aber er hatte keine große Lust, darüber zu reden. In Pirita in Estland habe er angefangen, sagte er, als er dort während seines Studiums in den Sommern für das sowjetische Wissenschaftsinstitut Kartierungslinien überprüft hatte.

Die Hälfte der Reise war absolviert, ein halbes Tausend Marathons schon. Petr war für die Ruderpinne nicht gemacht. Er gab sich Mühe, anders behilflich zu sein, und las laut die Koordinaten unter der Plastikhülle ab. Ich wagte es nicht, Andreij allein steuern zu lassen. Er konnte kein so erfahrener Segler sein, wie Graham behauptet hatte, denn so sehr konnten sich die verschiedenen Boote nicht voneinander unterscheiden, doch innerlich machte ich eher Graham als Andreij Vorwürfe, der sich seiner mangelhaften Kenntnisse nicht einmal bewusst zu sein schien, sondern einfach lenkte, allerdings so, wie man ein Auto lenkt, mit schweren, großen Bewegungen.

Kannst du mir mal erklären, warum wir den hier mitnehmen müssen, verdammt noch mal, sagte ich auf Finnisch zu Petr, aber er machte sofort »Psst«, damit die anderen nicht aufwachten. Selbst wenn sie aufwachen, verstehen sie trotzdem nichts, höchstens die zweite Silbe von »verdammt«, und die Scheiße, die damit gemeint ist, ist genau dieselbe, gab ich zurück, war danach aber still.

Log (Gr. H.)

14. 8. 07, 11:00 Uhr
49° 40' 58" S, 179° 42' 34" E

Mit großem Abstand an den Antipodeninseln vorbei, nicht einmal Vulkankegel am Horizont.
Aus dem Nichts tauchen Albatrosse auf, die weißen Schatten der Ertrunkenen. Flattern nicht mit ihren langen Flügeln, sondern stehen fest im Wind und korrigieren nur die Haltung.
Tussockgras. Kapitän Waterhouse und eine endemische Papa-

geienart. Ein altes Foto von geschlachteten Robben, am Ufer aufgestapelt wie Tiefkühlhähnchen. Wie wäre es, wenn man sich an alles erinnert, was man je gelesen hat?
Nach dem Antarktisknoten keine neuen Anweisungen mehr.
Ich habe angeordnet, dass jeden zweiten Tag die Sachen aus der Kajüte gelüftet werden, sobald es wärmer wird. Immer wenn sich die Sonne zeigt, werden nasse Kleider getrocknet.

Erst in den Gewässern Neuseelands gingen die Schichtwechsel leichter. Ich konnte jede zweite Nacht von zehn bis sechs Uhr schlafen, dann trugen Isla und Graham die Verantwortung. Petr und Andreij rührten das Ruder nicht mehr an, außer ganz selten einmal, und dann auch immer nur für kurze Zeit.

Über Andreijs Anwesenheit redeten wir nicht mehr. Er saß einfach mit im Boot, als wäre das schon die ganze Reise lang der Fall gewesen. Er war älter als wir alle, sogar über zehn Jahre älter als Graham. Er hatte nicht nur Eisforschung betrieben, sondern davor hauptsächlich Grundlagenforschung über die Kontinentalsockel in der Barentssee und in der Karasee. Damals hatte er in Archangelsk gelebt, in der Stadt des Erzengels, wie er sagte.

Ich brachte den Mut auf, mein Russisch zu benutzen, was Andreij dazu bewegte, freier zu reden, aber über sich selbst sagte er nicht viel, lieber erzählte er Geschichten von anderen Leuten und Witze aus der Sowjetzeit, hauptsächlich über Breschnew, von Breschnew als Zombie-Orakel, das am Rand des Todes oder nach dem Tod aufwacht und aus Versehen die Wahrheit sagt.

Nach einigen Wetter-Metalimnien wurde es innerhalb weniger Tage so warm, dass wir das Sonnendach installierten und instand setzten. Dadurch kam man zum Schlafen aus der engen Kajüte heraus und an die frische Luft. Nördlich des Wendekreises des Steinbocks war es bereits heiß, und es wurde immer heißer, je höher die Bahn war, auf der die Sonne sich nach dem Morgendunst gegen Mittag hin bewegte.

Es war auf andere Art feucht als auf dem Atlantik, der Unterschied kam von etwas, das man auf der Haut spürte. Jetzt konnte ich die Meere miteinander vergleichen, früher hatte ich nichts über sie gewusst.

Ein Jahr zuvor, in den letzten Augusttagen, war ich gerade dabei gewesen, meinen vierwöchigen Sommerurlaub zu beenden, von dem ich drei Wochen für die Instandhaltung meines Elternhauses und das Unkrautjäten auf dem Kartoffelacker und im Gemüsebeet zwischen Karotten, Petersilie und Dill aufgewendet hatte. Ich hatte Schwarze und Rote Johannisbeeren gepflückt und dreimal die Woche meinen Vater im Altersheim besucht, wo er zu den Jüngsten gehörte, aber nicht zu denen, die am besten in Form waren.

Mutter war jung gestorben. Vater hatte darüber auf seine abweisende, wortlose Art getrauert und dann selbst die gleiche Krankheit bekommen, nur einige Jahre später. Das wenige, was er über seine Trauer je gesagt hatte, hatte mit der Reihenfolge zu tun gehabt: Als der Ältere hätte er zuerst gehen müssen.

Am Ende des Sommerurlaubs hatte man nicht ahnen können, dass Vaters Zeit schon im Winter kommen würde, und noch weniger, dass ich danach mit fremden Menschen um die Welt reisen würde. Und dass ich wegen etwas so Absurdem meinen Arbeitsplatz aufgäbe, den ich seit meinem Studium gehabt hatte.

Ich hatte mich dort wohlgefühlt, nachdem ich zu akzeptieren gelernt hatte, dass das Traurige durch Trauern nicht vergeht. Man muss die Ansteckung in sich nach unten drücken, so wird der Mensch desensibilisiert, kann alles besser ertragen und verhärtet dann bis hin zur Immunität.

Die Bewohner des Jugendheims trugen so schwere Tage mit sich herum, dass man sich als Betreuer lediglich die Eckdaten aufbürden konnte. Durch strenge Beschäftigungstherapie war versucht worden, ihnen die Last zu nehmen, aber dann hatte es wegen verschiedener Experimente und Grenzmethoden skeptische Fragen gegeben und schließlich eine dienstliche Mahnung, worauf man sich nicht mehr dieselbe Mühe gab, sondern sich mit der bloßen Verwahrung begnügte. Das Personal wurde älter und hatte immer mehr an den eigenen Sorgen zu tragen. Sie wuchsen überall, die Frauen hatten ihre Probleme und die Probleme ihrer Kinder und Männer, die Männer ebenfalls ihre, das Trinken und das Saufen, und nach dem Chaos dann Hass und Ekel.

Eines orangedunstigen Morgens in den Gewässern der äußersten Fidschi-Inseln wusste ich, dass ich nie mehr an diesen Arbeitsplatz zurückkehren würde. Hätte mein Telefon Netz gehabt, hätte ich auf der Stelle per SMS die Nachricht nach Finnland geschickt, meine Vertretung könne von mir aus fest angestellt werden.

Ich erzählte Isla von meinem Entschluss, aber sie erschrak eher darüber und fragte, ob das auch vernünftig sei, in so einer Phase der Leere auf noch mehr Leere zu setzen. Wir redeten auf dem Vorderdeck, damit die anderen es nicht hörten. Ich versuchte ihr klarzumachen, dass ich einfach so handeln musste. Zu so einer richtigen Entscheidung wäre ich in Finnland noch nicht fähig gewesen, später vielleicht, wenn überhaupt, ich hätte mich immer nur abgefunden und wäre Jahr für Jahr verdrossener gewesen und immer weniger zu irgendeiner Veränderung fähig.

Im Boot war man den anderen ständig zu nah, und Isla war außerdem gezwungen, Graham nah zu sein. Sie schliefen auf zusammengeschobenen Matratzen, jeder unter seiner Decke, aber so dicht beieinander, dass sie noch immer ein Paar waren und die zurückliegenden fünfzehn Jahre mit dabei. Niemand macht das einfach so kaputt. Das verstand ich sehr wohl, auch wenn ich es nicht wollte.

Nichts Sicheres, sondern nur Unsicheres, es gibt nichts gutes Unsicheres, das einen gelassen macht, wie es in einem der Mumin-Bücher heißt. Falls du das kennst, Maaria, falls du sie gelesen hast, Winter im Mumintal, *dort heißt es, dass man nicht wissen kann, ob das Polarlicht tatsächlich am Himmel ist oder ob man es nur sieht, dass alles sehr unsicher ist und dass einen genau das so ruhig macht. Tut es nicht, es bringt einen innerlich durcheinander.*

Matuku sahen wir im Osten, Totoya im Westen, das waren die ersten Stückchen Land seit einem Monat und fünftausend Kilometern, Enge und angespannte Nerven, Waschen mit Regenwasser und nur selten und dann nur das Gesicht und die am meisten verschwitzten Stellen der Haut, muffige Trockennahrung aus Büchsen und Aluminiumbeuteln, die man mit heißem Wasser verrührte.

Die Insel Totoya hätte in den Zehn-Meilen-Korridor gepasst, aber die nächste Insel Moala lag bereits so dicht am Meridian, dass man auf die Sandbänke um sie herum achten und sicherheitshalber von der Meridianlinie nach Westen ausweichen musste. Auf der Korosee überquerten wir den 18. Grad südlicher Breite, aber auf dem Monitor erschien nichts über den nächsten Knoten.

Dann war das Meer leer, die kleinen Inseln lagen hinter uns und bis zum nächsten Confluence Point waren es wieder über hundert Kilometer. Wir diskutierten darüber, ob wir nicht doch einen Abstecher nach Moala machen sollten, in den kleinen Dörfern der Insel würden wir wenigstens etwas frische Nahrung kaufen und das nach Desinfektionsmittel riechende Wasser aus den Trinkwassertanks pumpen können und stattdessen neues, klares bekommen. Wir diskutierten eine halbe Stunde, und Moala rückte in immer weitere Ferne.

Ich bat um die Karten aus Grahams Rucksack und strich sie auf dem an Ketten herablassbaren Seitentisch in der Kajüte glatt. Graham hatte auf den Überblickskarten den Meridian mit blauem Filzstift eingezeichnet. Ich fuhr mit dem Finger über den Stillen Ozean, wo auf der 180-Grad-Linie lediglich zwei Fidschi-Inseln zu liegen schienen und ansonsten nur leeres, landkartenblaues tiefes Meer, bis am nördlichen Rand die Schwänze von Amerika und Russland sich überlappten.

Gab es für jeden Erdteil einen Knoten und eine Farbe? Das hat nichts zu bedeuten, das sind keine olympischen Ringe, sagte Graham gereizt. Ich erwiderte ebenso verärgert, dass mich das ja nichts angehe, ich sei ja nicht Teil des Teams. Wer hat denn alles mit dem Büro organisiert und die Verhandlungen geführt? So eine Tour macht man nicht einfach so, und man springt auch nicht erst auf, wenn alles fertig geregelt ist, sagte Graham und versuchte sich irgendwie zu beruhigen, aber er schaute mich nicht mehr an und steckte die Karten in die Plastikhüllen zurück.

Isla spähte vom Ruder aus in die Kajüte und fragte, was los sei. Unser Curry-Boy hier glaubt, wir sind am Knotenpunkt vorbeigefahren, ohne es gemerkt zu haben, sagte Graham. Das kann doch wohl nicht sein?, fragte Isla. Natürlich nicht, gab Graham sofort zurück.

Ich blieb allein in der Kajüte und fragte mich, wie man wegen so etwas Streit bekommen konnte. Es hatte bis dahin seltsam wenige Streitigkeiten gegeben, eigentlich nur zwischen Graham und Isla. Ich versuchte ruhig zu denken und wie von außen. Graham ertrug es nicht, wenn man seinen Führungsstil kritisierte.

Einen kurzen Moment lang überlegte ich, ob ich nicht doch aussteigen sollte, an der nächsten Küste, von der es eine Verbindung nach Europa gäbe. Nein, nicht wegen so einer Kleinigkeit, auch nicht wegen etwas Größerem, ich beschloss, weiter dabeizubleiben, und sei es mit Gewalt.

Nachdem ich mir das klargemacht hatte, ging ich wieder an Deck und fing an, über gewöhnliche Dinge zu reden. Zu Graham sagte ich, auf Taveuni und Vanua Levu könnte man sich Angelzeug besorgen, dann könnten wir wenigstens manchmal frischen Fisch auf dem Kohlenbecken grillen. Graham hatte früher schon einmal vom Kauf einer Angel und von Haken gesprochen. Wir unterhielten uns darüber, wie groß die Haken und wie stark die Angelschnur sein müssten.

Log (P. J.)
5. 9. 07, 10:00 Uhr
17° 00' 00" S, 179° 59' 56" W

Vor der Insel Taveuni
Kari versucht über den Confluence Point zu segeln. Bis zum Ufer sind es zwei Kilometer. Der Bergrücken auf der Mitte der Insel ragt steil auf, über 1200 Meter weit. Mainas und andere Landvögel kommen und flattern um Mast und Segel herum.
Um 10:38 schreibt sich der Knotenhinweis auf den Monitor: flying foxes.

Zuerst mussten wir näher ans Ufer herankommen, um nicht mit dem Schlauchboot so weit durch die Wellen paddeln zu müssen. Petr und Graham mussten die Insel durchqueren, denn an Land galt die Meilenbegrenzung des Landkorridors, und ich musste mitkommen, für den Fall, dass auf der zwanzig Kilometer langen Wanderetappe so steile Stellen kämen, dass für den Auf- oder Abstieg Seile benutzt werden mussten.

Islas und Andreijs Aufgabe bestand darin, das Segelboot in so großem Abstand um Taveuni herumzubringen, dass es nicht gegen ein Korallenriff stieß, aber Andreij durfte sich nicht sehen lassen, sondern musste in der Kajüte oder im Schutz des Schattendecks bleiben. Ich stellte keine Fragen, ich hatte bereits verstanden, dass Andreij keine Papiere hatte. Graham sonderte aus dem Dokumentenstapel die Genehmigungen aus, die für Stedson gekommen waren, und riet Isla, Andreij als Stedson auszugeben, falls die Küstenwache kommen und die *Ginger-Baby* kontrollieren sollte. Es ist alles in Ordnung, versicherte Graham, als Isla sich Sorgen zu machen schien.

Weder Polizeiboote noch die Küstenwache waren zu sehen. Ich steuerte näher ans Ufer heran, wo dichte Vegetation zum Hinterland hin aufstieg, gleich hinter dem weißen Strandstreifen wuchsen Kokospalmen und dahinter dichter, dunkler Wald. Ich fuhr bis vor das Dorf Salialevu, aber mit sicherem Abstand von der Gischt über einem Riff.

Dann übernahm Isla das Ruder und stellte die *Ginger-Baby* gegen den Wind, sodass die Fahrt langsamer wurde und es leichter war, das Schlauchboot ins Wasser zu lassen. Petr und Graham paddelten in Richtung Ufer, ich stützte das Ersatzruder auf die Achtergabel und steuerte so, dass wir von den Wellen zwischen den Riffen hindurchbefördert wurden. Isla war weiter draußen geblieben und fuhr Schleifen, aber sobald wir an den Strand gewatet waren, segelte sie wieder näher ans Ufer heran, damit Andreij mit der Winde das Schlauchboot zur *Ginger-Baby* zurückholen konnte.

Sie zogen es hinter sich her, als sie sich auf den Weg machten, um die Südspitze herum auf die andere Seite der Insel zu fahren. Wir gingen über den mit Wurzelstöcken und Treibholz übersäten Sandstrand. Die Nachmittagssonne blendete anders als im Boot das Gleißen des Wassers, wir hätten Sonnenbrillen gebraucht, die an den Seiten geschlossener sind, die Hitze und der Widerschein des Sandes kamen von allen Seiten, das Licht hatte mehr als nur eine einzige Richtung.

So brennend hell war es seit Afrika nicht mehr gewesen. Erst als wir den Halbschatten der Palmen erreichten, konnten wir auf der Karte nachsehen, welche Richtung wir einschlagen mussten. Aus dem Dorf Salialevu hörte man das Tuckern eines Motors und es roch nach Rauch vom Kochen. Weiter entfernt waren drei Schweine in einem Koben, und drei Männer sammelten trockene Palmblätter ein und luden sie auf die Ladefläche eines Traktors. Jeder Palmstamm war weiß gestrichen, es sah aus wie Kalk; und weiter oben am Stamm war als Kragen eine Blechplatte befestigt, um Ratten und andere Tiere daran zu hindern, in die Wipfel zu klettern.

Der kultivierte Palmstreifen endete an einer schroffen Böschung. Der Wald wurde dichter und feuchter und auf wenigen Hundert Metern verwandelte sich der Hang in ein schwer begehbares Dickicht, in dem dicht an dicht meterhohe Farne und Adlerfarne wuchsen. Die Erde war glitschig nass und an den Schattenstellen ein schwarzes Moor.

Die Vignetten von Grahams Geländekarte waren mit bunten Zeichnungen von Pflanzen und Vögeln bedruckt. Über Bäumen mit merkwürdigen Blättern standen auf Fidschi Wörter wie »vutu«, »ivi« und »susu ni gata«, und als Übersetzung »Schlangennest« und »Gurkenbaum«, »Flammenbaum« und »Regenbaum«, »Fidschisittich« und »Fidschihabicht«, und vielleicht stimmte das auch.

Grahams Plan lautete, den Uluinggalau zu besteigen und möglichst dicht an die höchste Spitze heranzukommen. Unsere Kleider bekamen nasse Flecken, wir kamen immer langsamer voran, je höher wir den Hang hinaufkletterten. Seile brauchten wir nicht, aber man musste genau schauen, wo man die schlimmsten Dickichte umgehen konnte.

Nach Grahams optimistischer Schätzung sollte der zwanzig Kilometer lange Fußmarsch quer über die Insel höchstens sechs oder sieben Stunden in Anspruch nehmen und auch kein großes Herumeiern mit sich bringen, außer zum Schluss im Dunkeln.

Als es halb sechs war, kletterten wir noch immer den Hang hinauf. Durch das viele Ausrutschen waren die Kleider von schwarzbraunem Schlamm und Blattgrün überzogen. Zwischen den Bäumen hindurch sah man unten das leere Meer sich weit nach Süden und Westen erstrecken. Als die Sonne unterging, wurde Graham nervös und trieb uns zu größerer Eile an.

Allmählich war es fast egal, ob es Tag war oder Nacht. Es würde nicht kalt werden und wir hatten genügend Wasser und Energiegel in Tuben bei uns. Außerdem hatte jeder Regenkleider und eine LED-Lampe, und vielleicht konnte man weiter oben sogar Feuer machen, falls genug trockenes Holz zu finden wäre. Das sagte ich Graham, aber ihm schien die ganze Situation nicht geheuer zu sein. Er war den Wald nicht gewohnt, auch die Dunkelheit nicht, aber es gab keine andere Möglichkeit, als weiter nach oben zu gehen. Die Dunkelheit unter den Bäumen kam wie eine Kapuze und tilgte die Farben so schnell, dass die Augen keine Zeit hatten, sich daran zu gewöhnen.

Der Knotenhinweis flying foxes wurde auf dem Höhenzug aufgelöst, und zwar genau so, wie Graham es im Boot vorausgesagt hatte. Petr sah sie als Erster an einem knotigen Ast hängen, Kopf und zusammengefaltete Flügel nach unten. Warum man sie bei Licht nicht gesehen hatte, weiß ich nicht, aber fast im selben Moment, in dem die Dunkelheit komplett wurde und wir eine kleine Lichtung erreichten, sah man immer mehr schwarze, faltige Fledermäuse an den Ästen hängen. Hatte man die erste gesehen, sah man auch die nächste und dann immer leichter und leichter weitere hundegesichtige, vogelgroße Fledermäuse, die ab und zu ihre Flügel ausbreiteten, wie um sie zu trocknen.

Auf der nächsten Lichtung flogen sie bereits kreuz und quer durch die Luft. Vor einem noch etwas helleren Stück

Himmel glichen sie sehr schnellen Vögeln, nächtlichen Schwalben, und ich kann nicht sagen, ob ich sie mochte, aber ich hatte auch keine Angst vor ihnen, im Gegensatz zu Graham, der versuchte sie mit einem Stock zu verscheuchen und dabei laut fluchte.

Es waren viele, aber nur auf einer kleinen Fläche, an der Stelle, wo der letzte steile Anstieg flacher wurde. Der Wind traf einen dort ganz anders, da man nicht mehr den Schutz des Hanges vor sich hatte.

Wir öffneten einen Strang Seil und zogen es uns durch die Gürtelschlaufen, damit es jedem etwas Sicherheit gab. Wenn derjenige, der vorne ging, nichts sah, schaltete er kurz die Stirnlampe ein, schaute, wie es weiterging, und versuchte sich dabei nicht blenden zu lassen. Auf diese Weise kamen wir bis ganz hinauf, aber dann bedeckten sehr niedrige Wolken den gesamten Himmel und Graham befahl, die LED-Lampen einzuschalten, obwohl es so außerhalb der Lichtkreise noch dunkler war.

Auf dem letzten Abschnitt waren wir so dicht an den Meridian herangekommen, dass der Monitor die Koordinaten 16° 53' 32" S, 179° 59' 57" E angab, nur drei Sekunden Abweichung von der Linie, weniger als hundert Meter. Wir bewegten uns das entsprechende Stück nach Westnordwest. Graham ließ den Computer offen und verfolgte das Umspringen der Ziffern. Als die Längengradzahl 179° 59' 59" E betrug und dann auf exakt 180° sprang, konnte man im Norden eine hügelartige Erhebung erkennen. Wir richteten das Licht unserer Lampen darauf und sahen, dass es ein Zelt oder Unterschlupf war, aus Plastik und abgebrochenen Zweigen zusammengebaut.

Graham nahm die Steine weg, die das Plastik an den Rändern beschwerten, und hob die Abdeckung an. Darunter war nichts als ein Plastikeimer mit Deckel und ein kleiner Kasten. Graham ging hinein, ich folgte ihm, es war gerade genug Platz für zwei, Petr blieb vor dem Eingang kauern.

Der Kasten enthielt eine Schöpfkelle aus Holz und einen weiteren Kasten, in dem sich genau so eine Registriervorrichtung für die Knotenschnüre befand, wie ich sie in den Pyrenäen und auf Diana's Peak gesehen hatte. Die Farbe der Verifizierungsmulde war Hellgrün. Graham drückte den gleichfarbigen Knoten seines Halsbandes hinein und gab den Apparat von der Größe zweier Zigarettenschachteln an Petr weiter, der so lange an seiner Halsschnur zog, bis der hellgrüne Knoten vorne war und er ihn in die Mulde drücken konnte, als ließe er beim Orientierungslauf am Kontrollposten seine EMIT-Karte registrieren.

Ich probierte, ob sich der Deckel vom Eimer nehmen ließ, er saß fest, bewegte sich aber, als ich ihn ein Stück zur Seite drückte, es gab ein kleines Zischen, doch der Eimer enthielt kein Wasser und kein Mineralwasser mit Kohlensäure, sondern eine braungraue Brühe, die nach schlammiger Erde, Gewürzen und Keller roch. Die Verifizierung wurde angenommen und aus der Wellington Road kam die Nachricht: 16°53'31"s, 180°00'00" w & e. herzlichen glückwunsch team 6. gr. h. kontakt aufnehmen, wann möglich.

Auf dem Eimer stand »Soqulu, Kava-Kava« und das Datum »5th Sept.«. Besonders verlockend sah das Ganze nicht aus, schon gar nicht das Schlammwasser, aber Petr nahm die Holzkelle, rührte den Schaum zur Seite und schöpfte etwas von der Flüssigkeit. Er ließ Graham und mich riechen und kostete selbst mit der Zungenspitze.

Man weiß nicht, mit was für einem Wasser das gemacht

ist, warnte Graham, eine selbst verursachte Magenkrankheit könnten wir uns nicht leisten. Ich nahm die Kelle und probierte, es schmeckte ein bisschen nach alten Wurzeln und Pfeffer. Ich behielt die wässrige Brühe im Mund und bewegte sie in den Backen hin und her, bis die Lippen leicht taub wurden und meine Zunge zu schrumpfen schien. Dann ging ich nach draußen, um das Gebräu auszuspucken, kroch aber wieder ins Zelt, nahm eine zweite Kelle voll und spülte mir auf die gleiche Weise den Mund aus. Petr machte es mir nach und eine Weile gurgelten wir beide die braune Kava-Kava-Brühe, bis Graham uns befahl, mit dem Unsinn aufzuhören.

Wir schoben die Wände so weit auseinander, dass wir alle drei ins Zelt passten, den Boden deckten wir mit unseren Regenjacken ab. Sofort staute sich die feuchte Wärme und wir mussten die Plastikränder an der Windschattenseite nach oben schlagen und abstützen. Wir aßen den restlichen Proviant und das nach Essenz schmeckende Gel direkt aus der Tube. Ich trank noch zwei Mundvoll Kava-Kava dazu und gurgelte, bis mir der Mund pelzig wurde.

Wir unterhielten uns eine Zeit lang darüber, dass die Arbeitszeit der Männer hier dafür draufginge, Wurzeln zu sammeln und Kava-Kava zu brauen. Zeitverschwendung und sinnlose Arbeit, sagte Graham, aber ich stellte die Gegenfrage, ob sie denn sinnloser wäre als die Bierproduktion in einer Brauerei oder der subventionierte Weinanbau. Und was war denn die ganze Reise hier, Zeitverschwendung und sinnlose Arbeit, beziehungsweise mit Arbeit hatte es gar nichts zu tun, dachte ich unter dem Plastikdach, aber das sagte ich nicht laut.

Die Nacht verstrich langsam. Zwischendurch ging immer einer nach draußen und streckte die Beine aus, aber lange hielt man es im Freien nicht aus. Unter den Wolken und im Nebel war es sehr dunkel, der Lichtkegel der Stirnlampe drang nur wenige Meter durch die Finsternis und so gestreut, wie wenn ein Kurzsichtiger versucht ohne Brille etwas in der Dampfsauna zu sehen. Das Plastikzelt war nur als beleuchteter Klumpen zu erkennen.

Petr konnte nach Mitternacht auf seiner Regenjacke schlafen, aber Graham und ich saßen wach da. Da kam Graham auf Isla zu sprechen, er fing mit der Bootsfahrt an, sagte, dass er gemerkt habe, wie wohl sich Isla in meiner Nähe fühle. Ich entgegnete eigentlich nichts, ich hatte mit so etwas nicht gerechnet.

Wortlos saßen wir nebeneinander, Petr hatte angefangen zu schnarchen, das heißt, es war mehr ein Winseln, als bekäme er nicht richtig Luft. Das Zelt war feucht und eng, es war überhaupt nicht angenehm. Ich räusperte mich und wollte schon etwas sagen, aber da stand Graham auf und ging nach draußen.

Schon gut, sagte er, als er wieder zurückkam.

Log (Gr. H.)
6.9.07, 5:15 Uhr
16° 53' 31" S, 180° 00' 00" W & E

Am Verifikationspunkt mitten auf der Insel Taveuni, nordöstlich des Uluinggalau
Die Nacht unter Plastikfetzen verbracht. Müde, und die linke Wade krampfanfällig. Es geht stapfend durch die Kassia-Gewächse.
Aufbruch am Morgen beim ersten Lichtschein.
Mit K. ein paar Dinge geklärt.

Der siebte Knoten

Eine kurze Zeit, die Unschuldigen des Sklavenschiffs

Log (I. F.-H.)

6.9.07, 13:00 Uhr
16°48'04" S, 179°59'58" W

Die Ginger-Baby vor Anker zwischen Korolevu und dem Ufer. Andreij hält im Schatten Wache. Feiner, weißer Sand. Das Meridianschild ist eine Betonsäule mit Metallplatte und kaputter Infotafel. Im Dorf Wairiki bekommt man kein sauberes Wasser. Aus Waiyevo kann man keine größeren Mengen an Nahrungsmitteln holen, aber vielleicht kann man dort den Wassertank füllen. Ich habe es mir gestern angesehen. Freundliche Menschen, aber zwei Sorten: kleine Inder und große, grobknochige Fidschianer. Wir haben die Inder wegen des Zuckers hierher gebracht.
Graham geht mit Peter nach Waiyevo. Ich mit Kari nach Somosomo außerhalb des Meilenkorridors, um frisches Essen und Angelausrüstung zu kaufen.

Log (Gr. H.)

7.9.07, 7:30 Uhr
16°39'55" S, 179°53'42" W

Stück für Stück wird vom Maßband abgeschnitten, der Kreis schließt sich.
Georgia auf der Insel Rabi vom Sund her, an der Westküste zu viele unmarkierte Korallengürtel, nach Rabi die Nordostspitze von Vanua Levu über den Westen.
Dann Cikobia und danach nichts mehr.

An den Tagen und in den Nächten nördlich von Fidschi konnte man sich leicht ausruhen. Der Wind kam so schön gleichmäßig von hinten, dass man nur einmal auf Kurs gehen und die Segel für das bestmögliche Tempo hissen musste, dann brauchte man auf dem leeren Meer für lange Zeit nichts mehr zu verändern.

Isla und ich hatten einen Taxikofferraum voll Essen eingekauft, Gemüse und andere Sachen, die nach der ganzen Fertignahrung gut schmeckten. Weil man in der näher rückenden Hitze des Äquators keine frischen Sachen aufbewahren konnte, aßen wir an den ersten Tagen gut und viel. Graham und ich hatten Lust, es mit dem Angeln zu versuchen, und tatsächlich bekamen wir auch ein paar Engelfische an den Haken. Die brieten wir auf dem Kohlenkasten braun und kross und teilten sie so, dass es für fünf reichte. Der September war einer von Grahams Fischmonaten.

Wir hatten auch Bier gekauft, aber nichts Stärkeres, Graham hatte das eigens verboten, keinen Wein, keine Kava-Kava-Wurzeln. Als wir die Riffe umfahren hatten und aus den Inselgewässern heraus aufs offene Meer gekommen waren, teilten wir die blau-gelben Bierdosen gerecht in fünf Plastiktüten auf.

Bier hielt sich auch in der Hitze, man hätte es nicht in den ersten Tagen wegtrinken müssen, aber schon am 10. September hatte ich keine einzige Dose mehr übrig. Es war ein großartiger türkiser Morgen, aber ich fühlte mich verschmiert und niedergeschlagen. Bei der Hitze wurde man dieses Gefühl nur los, indem man ins Wasser sprang und, mit einem um die Brust geschlungenen Nylonseil gesichert, dem Boot hinterherschwamm. Petr und Isla hielten auf dem Deck Wache, von dort aus konnte man so gut ins durchsichtige Wasser sehen, dass ich es im Falle eines aufblitzenden Schattens sicherlich geschafft hätte, die Aluminiumleiter hinaufzuklettern und mich in Sicherheit zu bringen.

Isla hatte Angst vor Haien und Quallen, obwohl sie jeden Tag ins Meer ging. Das Sicherungsseil war kurz und sie nahm die Hand nicht von der Leiter, aber auch so konnte man sich waschen und für kurze Zeit frisch machen.

Es war ein Sonntag oder Montag, wobei die Namen der Tage auf dem Meer keine Rolle spielen. Als die Haut getrocknet war, rieb ich das Salz ab und schaute zu, wie Graham Islas Rücken mit Sonnencreme einrieb. Sie kümmerten sich noch immer umeinander, und so würde es auch bleiben, kam mir in den Sinn, als ich sie so betrachtete. Ich drehte mich auf dem Rudersitz um, damit ich sie nicht sah, und versuchte an alle möglichen anderen Dinge zu denken. So schob sich der Anblick unter die neuen Gedanken.

Jeden Winter, wenn der Vuojärvi zufror, lief ich auf Skiern hinüber nach Silmäsaari, viele Male während eines langen Winters. Der Teich in der Mitte der Insel fror noch später zu als der See. Durch Löcher im Grund des Teichs sprudelte leise Quellwasser, weshalb die Oberfläche in Bewegung blieb, sodass sich das Gefrieren verzögerte, aber spätestens im Januar trug das Eis auf dem Teich und dem Inselchen mit dem Moorrand. Auf dem leichten Anstieg versank man manchmal bis zu den Hüften im Schnee und hatte mit den Skiern gehörig zu stapfen. Oben blickte ich mich um und lauschte, als befände ich mich in der Mitte von allem. Viel hört man im Winter nicht, aber durch die unbelaubten Bäume hindurch und über sie hinweg kann man weit sehen.

Manchmal hatte ich mir vorgenommen, mitten auf der kleinen Insel ein Loch zu graben, damit die konzentrischen

Kreise vollkommen wären. Durch ein Wasserloch von einem Spatenstich entstände ein weiterer See im Inneren der Insel, die Moorinsel läge im Teich und der Quellteich in der Mitte von Silmäsaari und Silmäsaari im Vuojärvi, der Vuojärvi auf dem Festland und das Festland als Teil des Kontinents im Meer.

Obwohl ich hier war, war ich auch dort. Wenn ich später dann auf dem Vuojärvi wäre und in den kleinen, plätschernden Wellen rund um die Insel ruderte, wäre ich auch hier. Dort ist das, was ich kenne und erinnere, es wird so lange da sein, wie ich mich erinnern kann. Wenn ich es nicht mehr kann, friert der Stille Ozean zu, dann werde ich nichts mehr von der brütenden Hitze und dem Türkis des Wassers wissen, Kopf und Körper vergessen es, dann wird es das hier nicht mehr geben.

Log (Gr. H.)

11. 9. 07, 11:00 Uhr

10° 15' 32" S, 179° 59' 11" W

Niulakita, die zu Tuvalu gehört, mit weitem Abstand passiert. Die Wachen neu aufgeteilt. Das gründliche Saubermachen aufgegeben. Stimmung der Expeditionsteilnehmer ein wichtiger Aspekt.

Log (Gr. H.)

12. 9. 07, 11:10 Uhr

9° 25' 17" S, 179° 52' 11" E

Nukulaelae-Atoll. Insel Niuoku, auf der Meerseite, man muss sich vorsichtig nähern und vom Vorderdeck aus nach Riffen Ausschau halten.

12:30 Uhr
9° 25' 15" S, 179° 52' 01" E
Mit dem Schlauchboot in Niuoku angelegt, vom Ankerplatz aus 3" westlich.

Als wir auf dem Sandstreifen standen, gingen dort drei Männer und zwei Frauen, die wie Europäer aussahen. Andreij ging auf sie zu, Graham und Petr folgten ihm. Als Isla und ich die Gruppe erreichten, erklärte Andreij bereits wortreich etwas auf Deutsch. Er nahm seine Geldbörse aus der Tasche, öffnete das Reißverschlussfach und entnahm ihm drei USB-Sticks mit Metallgehäuse. Ein Mann namens Jendryschik bedankte sich und gab uns dann allen die Hand.

Sie hatten auf der Leeseite des Atolls eine große Motorjacht vor Anker liegen, die *Dayspring*. Ein deutsches Reisebüro veranstaltete von Samoa aus Fahrten zu der Inselgruppe. Crew und Koch stammten aus Samoa, Kapitän Jendryschik war als Reiseleiter mit der Gruppe aus Hamburg gekommen. Er war ein alter Hase in der Seefahrt und hatte nach dem Jahrtausendwechsel mit Geschäftspartnern ein Büro für teure Spezialreisen gegründet, das Rundfahrten auf dem Stillen Ozean mit vollem Service anbot, Tauchexpeditionen für einige Dutzend Leute zu Wracks aus dem Zweiten Weltkrieg, und mit der *Dayspring* Törns zu abgelegenen ornithologischen Hotspots, etwa zu den ehemaligen deutschen Kolonien.

Nach Nukulaelae war die Gruppe gekommen, um sich Niuoku anzuschauen, wo es Ende des 19. Jahrhunderts eine deutsche Plantage gegeben hatte. Für ein Vierteljahrhundert war die schmale Atollinsel an die Firma J. C. Godeffroy & Sohn verpachtet gewesen. Man hatte auf dem fruchtbaren

Boden Niuokus Kokospalmen für Kopra angebaut, und den Bewohnern der anderen Inseln von Nukulaelae war es auch während der Hungersnot verboten gewesen, Nüsse der Firma zum Essen zu sammeln.

Der Kapitän erzählte auf seine ruhige Art von Konflikten und Ausbeutung, dieses Wort sagte er auf Englisch, aber er sagte es auch auf Deutsch, exploitation, Ausbeutung. Sein Reisebüro schien keines zu sein, über das man verreiste, um sich zu sonnen. Ich blätterte in der elegant gebundenen Broschüre. Sie enthielt Detailliertes über die Kulturgeschichte der Stillen-Ozean-Region und strenge ökologische Grundsätze.

Solche neuartigen Reiseveranstalter gab es immer mehr, schon während des Flugs über Afrika war von ihnen die Rede gewesen. Der Kapitän kannte die Amundsen-Nobile-Gesellschaft gut, sie hatten sogar schon kooperiert, in den Gewässern des Marianengrabens und Saipans. »Nicht für alle« und »Verantwortung & Schönheit« waren die Slogans von Jendryschiks Büro. Er sprach so überzeugend von der Ethik und Ästhetik des Reisens, dass er selbst daran zu glauben und beides für wichtig zu halten schien.

Unseretwegen änderten sie ihr Programm und versprachen, die Lagerfeuerparty, die für Samstag geplant war, schon jetzt stattfinden zu lassen, damit wir dabei sein konnten. Von der Greenwich-Umrundung schienen sie zu wissen, und sie hatten auch von uns gehört.

Nun war sogar Graham nicht mehr so verschwiegen wie auf den ersten Etappen. Damals durfte über den Wettbewerb nichts gesagt werden, in den Unterkünften hatte man sich als gewöhnliche Reisende ausgegeben und den Bauern, die ihr Land hüteten, hatte man mal diese und mal jene Lüge auftischen müssen. Jetzt erzählte Graham diesem Jendryschik allerhand von der Tour, etwas hatte sich geändert, entweder an ihm oder am Wettbewerb.

Graham bat darum, das Lagerfeuer auf der Meerseite zu machen, möglichst nahe an der *Ginger-Baby*, damit er und Petr nicht über den Sandstrand hinausgehen mussten. Die Insel lag zwar gut innerhalb des Seekorridors, aber weiter von der Meridianlinie entfernt, als es der Landkorridor von einer Meile erlaubte. Also wurde beschlossen, das Feuer genau an dieser Stelle am Strand zu machen, wo wir uns befanden. Die Deutschen gingen zu ihrer Jacht und versprachen, Essen und Getränke über die hundert Meter breite Landenge zu bringen.

Als ich mit Andreij allein war, fragte ich ihn, was das für USB-Sticks gewesen waren, die er Jendryschik gegeben hatte. Reiseerinnerungen. Reiseerinnerungen für einen alten Freund, so funktioniert heutzutage die Flaschenpost, sagte er und zwinkerte, als hätte ich mehr wissen müssen. Man sollte keine Fragen stellen, wenn man nicht vorher weiß, wonach man fragt.

Wir paddelten mit dem Schlauchboot zur *Ginger-Baby*, verrichteten den ganzen Nachmittag Wartungsarbeiten und kehrten dann zurück. Zum Zeitvertreib zerbrach Graham Holzstücke und steckte sie in den Sand, wo die Ausläufer der Wellen hinreichten. Graham und Petr unterhielten sich über Ebbe und Flut und darüber, wie Halley als junger Mann das Problem der seltsamen Gezeiten im Golf von Tongking und im Hafen von Batsha gelöst hatte.

Wir sammelten schon mal Brennholz und entfachten das Feuer, sodass bereits ein Gluthaufen vorhanden war, als die ersten Reisenden auf dem Weg auftauchten. Die trockenen

Palmblätter und Zweige knisterten hell glühend in der Brise, die vom Meer kam. Der samoanische Koch probierte unterschiedliche Höhen über der Glut aus, zuerst mit der trockenen, dann mit der im Meer befeuchteten Hand und zeigte, an welchen Stellen die Glut aufgeschichtet werden musste, damit sich in der Mitte ein heißes Nest bildete. Dort hinein legte er die in feuchte Blätter gewickelten Fische und Gemüse, Pulaka-Knollen, Taro und große Maiskolben.

Als die Sonne im Meer versank, leuchtete am Horizont für einen Moment eine smaragdgrüne Farbe auf. Eine Lehrerin namens Ilse fing an, vom Sonnenuntergang und vom Sonnenaufgang zu singen, vom Himmel und vom Meer, so viele deutsche Wörter konnte ich erkennen.

Die Jacht hatte nur zwölf Passagiere, dazu kamen vier Männer von der Crew, der Koch und der Kapitän. Alle achtzehn waren von der Atollbucht zum Feuer gekommen. Nachdem die Sonne untergegangen war, wurde die Wärme angenehm, Licht und Wind waren sanft, wir saßen abseits des Rauchs und tranken ein Gemisch aus Wein und ausgepressten Früchten.

Während das Essen in der Glut garte, berichtete Graham von unserer Greenwich-Reise. Dann erzählte Jendryschik von der Insel.

In der Zeit nach 1860 hatten vier Jahre das Leben des gesamten Atolls verändert. Das Meer hatte manches gebracht und manches genommen, in beide Richtungen über den Horizont. Zuerst brachte es einen Prediger der Londoner Missionsgesellschaft namens Elekana, der sich im Sturm zwischen den Cookinseln verirrt hatte und in seinem Kanu mehrere Tausend Kilometer bis nach Nukulaelae getrieben war, wo es ihn halb tot an Land gespült hatte. Innerhalb kurzer

Zeit verbreitete er den christlichen Glauben auf den Inseln, und als er wieder abreiste, trennte er einzelne Seiten aus dem Neuen Testament und dem Gesangbuch und verteilte sie als Geschenke. Er versprach, wiederzukommen und ganze Bibeln mitzubringen und eine Gemeinde zu gründen, aber zwei Jahre später gingen vor dem Strand drei Schiffe aus Peru vor Anker. Die Seeleute versuchten die Inselbewohner zu verlocken, mit ihnen zu kommen, indem sie ihnen gut bezahlte Arbeit in der Kokosöl-Herstellung auf einer anderen Insel versprachen. Als die Insulaner ablehnten, schlugen die Peruaner eine noch besser bezahlte Arbeit vor, unter Tage, in schimmernden Goldminen und mit herrlich weichem Metall als Lohn. Aber die Insulaner lehnten auch dies ab, und da ging einer der Schiffsleute als Missionar verkleidet an Land und lud die Nukulaelae-Bewohner aufs Schiff, wo sie die heilige Kommunion empfangen könnten. Jeder einzelne Mann im arbeitsfähigen Alter und der größte Teil der Frauen kamen der Einladung nach, singend gingen sie an Bord und schwenkten die Seiten aus dem Neuen Testament und dem Gesangbuch, die sie von Elekana als Morgengabe erhalten hatten.

An Bord aber wurden die zum Sakrament gelockten Unschuldigen gefangen genommen, und die Sklavenschiffe fuhren zu den Minen Perus davon. An einem einzigen Tag verschwanden zwei Drittel aller Bewohner Nukulaelaes spurlos und für immer, zurück blieben nur Kinder, Alte und einige Frauen.

Zwei Jahre später kehrte Elekana auf das Atoll zurück, um eine Gemeinde zu gründen. Weil das Schiff der Londoner Missionsgesellschaft Schiffbruch erlitten hatte, fuhren Elekana und die mit ihm gesandten Priester auf einem deutschen Handelsschiff mit, aber bevor die *Augustita* die Rückkehr nach Samoa antrat, pachtete ihr Kapitän die gesamte Insel Niuoku für die Godeffroy-Gesellschaft. Als Bezahlung wurde eine Einpfundmünze oder eine Handvoll Kleingeld vereinbart. Der Häuptling wählte die Handvoll, deren Wert kaum zehn Shilling betrug.

Nachdem er das erzählt hatte, deutete Jendryschik auf die unordentliche Reihe von Kokospalmen zwischen Sandstrand und bewaldeter Böschung und sagte, das seien noch immer Nachkommen der Kopra-Bäume, die auf der Godeffroy-Plantage gewachsen waren. Alles ist so nah, die Zeit so kurz, die Sonne kreist um dieselbe Bahn und wirft die gleichen Schatten, er hielt die Hände in die Höhe und zeigte, wie die Finger ineinandersteckten. Der Mensch ist Handelsware, aber der Preis des Fleisches wird nicht in Kilogramm bemessen, sondern per Stück, die Stückzahlen zählt man zusammen. An dem Punkt redete keiner mehr weiter.

Die Fische und das Gemüse garten in der Glut in ihrer Mulde und daneben, wo es nicht ganz so heiß war, wurden die dünnen Brote langsam braun gebacken. Der Koch öffnete die Blätterhüllen und brach zum Probieren Ränder von den Broten ab. Neues Holz wurde ins Feuer geschoben. Als die Flammen aufstiegen, reichte der Feuerschein bis zum Bug der *Ginger-Baby*, man sah das vordere Ankertau und das glänzende Geländer der Vorpiek.

Die *Dayspring* lag in der Atollbucht vor dem Dorf Matapa vor Anker. Als ein Teil der Reisenden nach dem Essen zur Jacht aufbrach, gingen Isla und ich mit, um uns die Ruinen anzusehen. Ein Trampelpfad führte durchs Dickicht. Die Deutschen hatten helle Metalllampen mit Griffen dabei, die weit voraus und hoch ins Dunkel der Baumkronen leuchteten.

Riesige graue Schwärme wurden von den Lichtkegeln erfasst; Insekten, die aussahen wie kleine Stechmücken, rotierten in der Luft. Obwohl sie kaum einmal den Trampelpfad kreuzten, hielt sich Isla schützend die Hand vors Gesicht.

Als wir zu den Ruinen des Dorfes kamen, konnte man die Form der Lagune so weit erkennen, wie das in der Nacht möglich war. Die Motorjacht sah größer aus, als ich geglaubt hatte, sie war erleuchtet und strahlte das klare, regungslose Meer um sich herum an, sodass man in mehreren Metern Tiefe den hell schimmernden Korallenboden sehen konnte, davonhuschende Fische und näher am Ufer die Muster der Furchen im Sand. Im Südwesten zeichneten sich kleine, gewölbte Inseln vor dem Horizont ab, und Niuoku selbst erhob sich im Norden als lange, flache Wand aus dem Meer.

Ilse führte uns durch die Ruinen des Dorfes. Im Licht der Handlampen war nicht viel zu sehen, die Vegetation hatte alles erobert, auf den umgestürzten Stützen und Pfeilern wuchsen Schlingpflanzen und hellgrüner Flor, der wie Moos aussah. Wir gingen weiter zum Strand, wo auf dem Sand zwei Ruderjollen lagen.

Wir gelangten mit der ersten Fuhre zur *Dayspring* und gingen über eine Treppe aus Metall an Bord. Die Kabinen waren klein, aber jede hatte zwei runde Fenster mit dicken Scheiben, durch die man das Meer sah.

In der Messe stand ein Computer mit Internetanschluss via Satellit. Ilse las ihre E-Mails aus Lübeck, und als wir von unserer Besichtigungsrunde zurückkamen, fragte sie, ob wir auch wollten, und hörte mittendrin auf zu schreiben, sodass Isla sich auf den hohen Stuhl setzen und ihre Daten eintippen konnte. Sie schrieb kurz an ihre Eltern, so als schickte sie ihnen eine Postkarte. Dann war ich an der Reihe, aber ich wollte keine Nachricht verschicken, an niemanden; inmitten von etwas, was noch nicht abgeschlossen war, wollte ich nicht mit etwas Gewöhnlichem anfangen.

Stattdessen wollte ich sehen, was in der Welt passierte. Ich klickte das Verlaufsmenü an, weil ich mir zu Hause angewöhnt hatte, so auf die Nachrichtenseiten zu gehen.

Zuletzt war am Morgen eine Seite angeklickt worden, der Seewetterdienst WeatherPacific, aber die vorletzte und die vorvorletzte befassten sich mit dem Greenwich-Wettbewerb. Diese Seiten waren schon geöffnet worden, bevor wir Niuoku erreicht hatten. Dann stand auf der Verlaufsliste etwas von der russischen Antarktis-Forschungsstation Wostok/Leningradskaija. Ich öffnete die Seite, und gleich auf dem ersten Bild stand zwischen zwei anderen Männern mit Schneekapuzen Andreij vor einigen Kettenraupen. »Grigorij ›Andreij‹ Sinjawskij«, stand darunter, gefolgt von einer Liste akademischer Grade und weiterer Angaben zum Lebenslauf.

Ich zeigte Isla das Foto, sie schaute auf Andreij und nickte, sonst nichts. Ich öffnete das Verlaufsmenü und zeigte ihr die Logbuchzeilen, die Datierungen vom Vortag, aber Isla schien es nicht zu verstehen, sondern fing an, über etwas anderes zu reden; dadurch hatte ich das Gefühl, als freute sie sich eher darüber, dass es Seiten gab, auf denen der Greenwich-Wettbewerb verfolgt wurde.

Ich öffnete eine davon, halley.uk, die offizielle Seite der Memorial Society, nach nur drei Mausklicks sah ich uns, wie wir auf der Jakobsleiter der Kamera entgegenstiegen, unter uns der senkrechte Abgrund der Felswand und die Dächer von Jamestown im Tal. Ich konnte mich nicht erinnern, dass ein solches Foto gemacht worden war.

Über andere Teams gab es sogar Videoclips, witzige, kurze Interviews, und auf einer anderen Seite Zeichentrickanimationen von den Routen der einzelnen Teams über den Atlantik und den Polkontinent hinweg. Als Just-Now-Punkt blinkten kleine Lichtkreuze über dem Pazifik, zwei Kreuze bereits sehr weit im Norden bei den Aleuten, zwischen Alaska und Asien.

Kein einziges Kreuz blinkte bei Tuvalu. Gerade so, als gäbe es uns auf der realzeitlichen Verlaufskarte gar nicht. Alle anderen hatten bereits die nördliche Erdhalbkugel erreicht, auch das Team, das uns am nächsten war, befand sich über zwanzig Breitengrade von uns entfernt an einer insellosen Stelle, exakt auf der internationalen Tagesgrenze.

Isla sah nicht so aus, als wundere sie sich über die Informationen. Wir unterhielten uns noch eine Zeit lang mit den anderen und schauten uns zusammen die alphabetisch geordneten Lebensmittelregale im Kühlraum an. Als wir gingen, wünschten die anderen uns noch ein gute Reise aufs Dach der Welt und wieder herunter, und wir wünschten ihnen ebenfalls das Beste, leicht und fröhlich, wie es sich bei Pauschalreisenden gehört.

Wir ruderten mit der Jolle an den Strand und suchten im Licht der Handlampe die Stelle, wo der Pfad durch den Waldgürtel führte, und da fing Isla als Erste an, sehr vorsichtig, zu mutmaßen, dass womöglich nicht alles mit rechten Dingen zuging. Wie hätten sie sonst etwas über uns wissen sollen, bevor wir überhaupt gekommen waren? Nein, sagte ich und meinte, dass es nicht mit rechten Dingen zuging, aber mehr auch nicht, denn mehr wusste ich nicht.

Der Trampelpfad war leicht zu erkennen, die Lampe leuchtete nach vorn und seitlich auf den Wald, an den offeneren

Stellen sah man noch immer die dichten Insektenschwärme rotieren. Vom Sandstrand aus stieg das Land nur wenig an, aber die Vegetation im Inneren Niuokus wurde dichter und höher.

Auf dem Rückgrat der Insel hielt ich Isla an und schaltete die Lampe aus. Es war nicht vernünftig, aber ich wollte es. Eine kurze Zeit machte Isla mit, aber dann löste sie sich und flüsterte, jetzt nicht, in so einem Mückennest geht das nicht.

Am Strand war das Feuer am Verglimmen. Es war kein Holz nachgelegt worden, und niemand aß mehr. Man reichte uns Becher mit Wein, und Jendryschik und die anderen fragten uns, wie die Ruinen von Matapa und die *Dayspring* bei Nacht ausgesehen hätten.

Die allzu große Hitze war unter dem Sternenhimmel verflogen, aber die Wärme, die der Sand gebunden hatte, spürte man im Sitzen noch immer durch den Stoff hindurch. Wir tranken den Wein aus den Bechern und hatten es nicht eilig, uns aus dieser entspannten Nacht zu verabschieden.

Dann merkte Isla, dass sie ihr Batiktuch, mit dem sie tagsüber ihre Schultern vor der Sonne schützte, verloren hatte, sie machte sich Sorgen deswegen und bat mich, mit ihr noch einmal den Weg quer über die Insel zu gehen, denn es musste ihr auf dem Rückweg irgendwo abhandengekommen sein, an einem Ast hängen geblieben oder hingefallen, sie war sich sicher, denn sie erinnerte sich, es auf dem Deck der *Dayspring* noch gehabt zu haben. Also machten wir uns erneut auf den Weg, ich nahm dieselbe Handlampe aus Metall mit und ging zu der Stelle voran, wo der Trampelpfad in den Wald führte. Isla folgte mir, die Stimmen der anderen gingen im Geräusch des Meeres unter.

Im Schutz des Waldes kam Isla neben mich, aber auf dem

schmalen Pfad konnten nicht zwei nebeneinandergehen. Sie zog das Tuch unter ihrer Bluse hervor und flüsterte, sie habe es bereut, zog mich so weit aus, wie es nötig war, sich selbst ein bisschen mehr, und ich schaltete die Lampe aus. Isla drehte sich um, über den Palmen war so viel offener Himmel, dass ein Lichtschein auf Islas Haut fiel, sie stützte sich mit den Händen am Baumstamm ab, das letzte Mal lag so lange zurück, dass ich nicht hätte aufhören mögen.

Der achte Knoten

Zerberusberg

Log (I. F.-H.)

17.9.07, 18:15 Uhr

4° 13' 02" S, 179° 59' 51" E

Auf so tiefem Wasser und unter einem so tiefen Himmel ist die Ginger-Baby ein sehr kleiner Span.

Bis zum Festland im Norden noch immer mehr als 70 Breitengrade, ein Fünftel der gesamten Strecke. Auf dieser Etappe müssen wir aufholen. Kari ist in der Lage, die höchste Durchschnittsgeschwindigkeit zu halten, dann ich und danach erst Graham. Somit kommt Kari und mir die Hauptverantwortung fürs Ruder zu. Wir sind wieder mal beim Wochentagshüpfen, weil eine Ausbuchtung der Datumsgrenze den Meridian schneidet.

Bei Windstille liegt überall Schweiß in der Luft. Wenn sie in großen Dosen kommen, kann man die Schweißgerüche voneinander unterscheiden. Sie enthalten unterschiedliche Mengen an Schärfe und Muffigkeit. Kleider können wir nicht waschen, wir müssen Tankwasser sparen, weil wir uns auf Regen nicht verlassen können. Die Sammelplanen sind zwischen Mast und Relingerhöhungen aufgespannt.

Log (I. F.-H.)
20.9.07, 6:00 Uhr
0° 28' 13" S, 179° 56' 49" E

Dieser Tag wird heißer als alle vorangegangenen, schon so früh am Morgen 31° auf der Celsius-Skala.
Wenn mein Vater manchmal sonntagmorgens sagte, heute dürften die 80 gerissen werden, hatte das etwas ganz Besonderes, sonst würde ich mich nicht noch immer daran erinnern. Mein Vater achtete genau darauf, dass nur auf einem Thermometer, das im Schatten hing, die Temperatur abgelesen wurde. Im südlichen Garten, im Schutz der Seitenwände, wurden sogar die 90 gerissen, aber das zählte nicht. Das waren die Scheinzahlen des Rosengartens, der für die Rosenbeete hergestellte heißere Sommer.
Die Fahrenheit-Werte sind die einzigen, bei denen ich weiß und mich erinnere, wie sich Grad um Grad auf der Haut anfühlt. Es ist die Gefühlseinheit der Temperatur. Die Celsius-Werte habe ich lernen müssen, die Kelvin-Werte sind nur für Übungsrechnungen da.

[– und mittags gibt es keinen Schatten, außer unten. Am Äquator kann man an den Sonnenwendtagen am Schatten seines eigenen Körpers erkennen, wie alles Lebende genau nach oben und unten wächst. Die Richtung des Daseins wird durch die Schwerkraft und ihre Ausrichtung bestimmt. Von oben zieht es dünn und kalt, und unten drückt es glühend heiß, am Himmel herrscht Licht und unter den Füßen Dunkelheit. Zwischen diesen Dimensionen bewegen sich alle lebenden Wesen. Nicht Gnade und Verdammnis, sondern Schwerkraft und Ausrichtung; dazwischen der Mensch –]

Isla wollte ihren vierzigsten Geburtstag nicht feiern, aber in der Freischicht setzte sie sich neben mich und erzählte mir von ihrer Mutter und ihrer Familie. Ihren Tanten musste sie immer erklären, warum sie ein so unsicheres Leben gewählt hatte, an der Seite eines arbeitslosen Wissenschaftlers und selbst arbeitslos. »Unsicher« war für die Tanten ein Synonym fürs Scheitern, weil man spätestens mit fünfunddreißig eine Familie und einen Status haben musste, ein Haus in Cambridge oder am Hang von Highgate.

Ich sollte Ärztin oder Psychologin sein, an zwei oder drei Tagen die Woche ausgewählte Privatpatienten empfangen. Gott, hilf den Fetterleys, müsste ich beten, so wie Granny es jeden Abend vor dem Spiegel tat. Falls das jemandem helfen sollte, dann sicherheitshalber für alle, sagte Isla.

Ich wusste nichts von so einem Leben, es war ein Streifen Greenwich- und Cambridge-Welt. Sogar das Demütigende, von dem sie sprach, klang großartig, weil sie ruhig und ohne Bitterkeit erzählte, so als hätte sie es akzeptiert.

Log (I. F.-H.)

21.9.07, 6:15 Uhr

0°00'00" S & N, 180°00'00" E & W

Wir sind alle wach. Kari ist gegen die Strömung gekreuzt, die letzten zwanzig, dreißig Meter mit kleinen Hin-und-her-Wendungen im Sekundenmeterwind. Graham hat laut die Koordinaten vorgelesen. Keine Nachricht.

Auf der Atlantikseite überquerten wir die Linie am 24. Mai um 11:56 Uhr. »Now Emerald and Golden Shellbacks«, hätte Stedson gesagt.

Heute wird die Sonne genau über dem Äquator im Zenit stehen. Höher kann man die Sonne von der Erde aus nicht sehen.

22.9.07, 00:12 Uhr
0° 20' 56" N, 179° 14' 30" E

Ich bin durch Rufe aufgewacht. Habe Stimmen und Schritte gehört. Habe im Liegen gelauscht und auf das Gitterdach des Sonnenschutzes gestarrt.
Graham ist aufgestanden und hat sich angezogen. Kari hielt das Ruder im Stehen. Peter und Andreij standen weiter vorne vor einem merkwürdigen Licht. Es kam nicht von oben, wie es sich für Licht eigentlich gehört.
Es stieg aus dem Meer auf, das Meer leuchtete so sehr, dass ein dünner, auraähnlicher Lichtrahmen ringsum zu verlaufen schien, der eine im Schein des Phosphorlichts glühende Fläche mit Flecken einfasste, und wo das Boot gefahren war, erkannte man hinten noch als hellere Kette von Flecken, wie ein gezeichneter Weg.
Die Ginger-Baby glitt durchs Phosphormeer. Keiner von uns fünf sagte ein Wort. Es hatte etwas Heiliges, dass so kleine Lebewesen ein so großes Licht erzeugen konnten.

Als wir Kiribati und die Marshallinseln weit im Osten hinter uns gelassen hatten und Howland und Baker ebenso weit im Westen, tauchten weit oben am Himmel hin und wieder die Kondensstreifen von Militärflugzeugen auf, und manchmal hörte man aus dem Unsichtbaren ein donnerndes Geräusch. Hätte es diese Zeichen nicht gegeben, hätte man die Erde für leer halten können. Auch Schiffe sah man nur selten, manchmal war nachts dicht über dem Horizont ein Licht zu erkennen oder tagsüber ein Punkt, der sich langsam bewegte.

Auf dem offenen Pazifischen Ozean vor Mapmakers Seamountains und Chinook Trough wären es zu jedem sicheren Ufer über tausend Kilometer gewesen. Hätte sich einer von uns verletzt oder wäre schwer erkrankt, hätte man nicht viel machen können. Nur Graham hatte sich einige Erste-Hilfe-Kenntnisse in einem Rettungskurs angeeignet. In einer wasserdichten Aluminiumkiste mit rotem Kreuz lagen Verbandszubehör und Medikamente, auf jeder Packung klebte eine genaue Gebrauchsanweisung, aber in einem auch nur annähernd ernsten Fall hätten wir die Siegel des Funkgeräts aufbrechen und Hilfe von weit her holen müssen.

Graham war mit dem digitalen Empfangsgerät der Memorial Society nicht mehr so eifrig und genau wie am Anfang, und wir mussten nicht immer zigmal und mit allen möglichen Tricks versuchen, exakt den Schnittpunkt von Längen- und Breitengraden zu überfahren. Da nicht einmal am Äquator neue Informationen aus London geschickt worden waren, hatte Graham die Lust verloren, mitten in einer Ruheschicht aufzustehen, um die Überquerung von Confluence-Punkten zu überwachen.

Als wochenlang nicht die geringste Nachricht kam, hatte man das Gefühl, vom Rest der Welt abgeschnitten zu sein. Manchmal nachts, wenn ich auf dem Rudersitz saß und wusste, dass Graham schlief, schaltete ich das Handy ein, das ich in Kapstadt gekauft hatte, und versuchte mit dem integrierten Radio irgendeinen Sender hereinzubekommen, aber wie langsam ich den Sucher auch von einem Ende zum anderen über die Frequenzbereiche bewegte, hörte ich im Kopfhörer doch nichts als Rauschen und hier und da am oberen Ende der Frequenzen das Piepsen und Jaulen des Datenverkehrs.

Das Rauschen des Universums ist ein weißes Rauschen, hatte ich einmal gelesen, und es klang auch weiß, sehr fern und wie aus dem All, ein gleichbleibender Hintergrund zu allem, der nicht abreißt.

Je konzentrierter man nachts die *Ginger-Baby* alleine steuerte und je dunkler es war, desto größere Gedanken kamen einem wie aus dem Nichts in den Sinn. Am Morgen, wenn man sich nach dem Ende der Wache schlafen legte, waren sie bereits verblasst und kamen einem fast beschämend vor, aber in der nächsten Nacht versank man wieder in dem gleichen Strom, wie beim langen Joggen oder Skilaufen, als würde man klarer denken; die Dinge gerieten schneller miteinander in Zusammenhang, kleine Partikel von ganz weit hinten schoben sich ins Bewusstsein, mischten sich und wurden sozusagen verrückt, sodass man sie anders verstand. Man selbst war in der Mitte, die Gedankenpartikel strömten zusammen.

In jenen Nächten gelang es mir, viel zu durchdenken und zu klären, was bis dahin überschüssig und ungeklärt geblieben war, dabei hatte ich das Gefühl, älter oder jetzt erst erwachsen zu werden. Viele Nächte hintereinander trug ich die Hauptverantwortung für das Steuern des Bootes und damit für fünf Menschen. Gleichzeitig war ich dafür verantwortlich, die Reisegeschwindigkeit mindestens so hoch zu halten, wie ich es während der Wache zuvor geschafft hatte.

Das bestmögliche Lenken des Bootes war mir auf andere Art wichtig, als es jede Tätigkeit zuvor gewesen war. Es war, als hätte ich dadurch meinen Platz gefunden und mich selbst besser gesehen.

Was die Sache mit Isla betraf, hielt ich mich nicht für eine Ratte. Dieses Wort hatte mein Vater manchmal für einen durch und durch unangenehmen und falschen Menschen benutzt, der versuchte das Leben anderer durcheinanderzubringen.

Isla wollte nicht über die Zukunft reden. Jedes Mal, wenn ich damit anfangen wollte, gab sie mir mit dem Finger auf den Lippen zu verstehen, dass es besser sei, zu schweigen; bei Dingen, die in der Schwebe sind, solle man sich nicht zu früh an sich selbst erfüllenden Prophezeiungen versuchen, es seien vorläufig nur schwache Träume, und viel Unschönes könne einem auf diesem Weg noch begegnen.

Wie es sicherlich auch passiert wäre, wenn wir auf der Stelle versucht hätten, damit anzufangen. Es gibt keinen leeren Nullpunkt, jeder Anfang ist belastet und gezeichnet von allem, was zuvor gewesen ist und andauert. Von dem, was früher war, kommt man nicht los, aber man kann es zur Seite schieben, damit es keinen Schatten wirft, vorausgesetzt, im Neuen ist man bei sich und es gibt genügend Licht und Gutes.

Isla würde nicht nach Finnland ziehen können, das verstand ich wohl, das Leben dort wäre viel zu klein für sie. Sie hatte in London und Cambridge gelebt, sie würde nicht in eine Zweizimmeretagenwohnung kurz vor der russischen Grenze wechseln. Sie würde es auch gar nicht wollen, selbst wenn sie sich wünschen würde, es zu wollen. Ich würde umziehen müssen. Isla selbst hatte mit keinem Wort gesagt, dass sie es nicht könne, aber es war einfach keine Zukunft, die für sie infrage kam.

So fuhren wir Tag für Tag in Richtung Norden, und jeden Tag wurde einer von den Tagen, die wir gemeinsam hatten, aufgebraucht. So ist es mir manchmal vorgekommen, wenn die Geschwindigkeit des Bootes mal wieder auf sieben Knoten in der Stunde kam und die Luft anders war als in der äquatorialen Windstille.

Während all der Tausenden von Seemeilen gab es für Isla und mich nur hin und wieder hastige Umarmungen im Dunkeln, wenn die Wachen gerade günstig zusammenfielen und die anderen drei nicht in der Nähe waren oder schliefen. Auch so ein bisschen kann ziemlich weit tragen.

Log (I. F.-H.)

8.10.07, 13:30 Uhr
28° 18' 45" N, 179° 52' 33" E

Das Flache kann man an verschiedenen Anzeichen erkennen. Die Seeberge sind hier zu Tausenden von Metern hohen Wänden aufgefaltet worden und reichen bis dicht unter die Oberfläche. Noch nicht als Untiefen oder Riffe, da müsste die Meeresoberfläche weit absinken.
In den Flachzonen herrscht wieder Leben. Japanische Fischtrawler durchpflügen in Formationen den Meeresacker. Andreij hat von der Ukraine erzählt, dass dort viele riesige Traktoren nebeneinander die schwarze Erde umpflügen. Und in ähnlicher Weise flattern auch Vögel hinter den Trawlern her.
Bis Japan sind es über 2000 Meilen und bis Honolulu fast 1500. Am nächsten liegen das Kure-Atoll und Midway. Seinem Namen entsprechend liegt es auf halbem Weg zwischen Asien und Amerika. Beiden nähern wir uns gleichzeitig.

Beim Meer kann man nichts machen. Muss man auch nicht. Nicht jeden Tag, weil ziemlich viele gleiche Tage aufeinanderfolgen. Wir wählen die aus, die etwas anders sind, lassen viel weg, so geht es.

Eines Abends, als der Mond schwarz hinter dem Horizont versank, waren wir zufällig alle vier an Deck, nur Andreij schlief in der Kajüte, bevor seine Nachtschicht begann. Der

Himmel war so klar, dass man sogar den schwarzen Mond erkannte, er war eine runde Scheibe mit gelblich leuchtendem Kranz über dem Meer, wie eine Mondfinsternis.

Graham erzählte vom Saroszyklus. Die Mondknoten blieben nicht auf der Stelle stehen, sondern wanderten über den Himmel wie eine riesige Uhr. Ihre Ausschweifungen, Bewegungen und Finsternisse wiederholten sich in Zyklen von achtzehn Jahren und elf Tagen. Halley hatte es sich als junger Mann zur Aufgabe gemacht, sämtliche Bewegungen des Mondes während eines gesamten Saroszyklus zu beobachten und festzuhalten, hatte damit aber erst kurz vor seinem Tod Erfolg gehabt.

Graham setzte seinen Monolog fort und erzählte von weiteren Lebensaufgaben Halleys. Kein einziges leeres Feld, sagte er zum Schluss. Ich saß am Ruder, hielt mit dem Kompass den Kurs. Der Wind kam von hinten, das Segel knatterte in den Böen. Der Mond ist ein Schwarzer Reiter, sagte Petr aus seinen eigenen Gedanken heraus und klopfte Graham auf die Schulter.

Genau in dem Moment kam Andreij die Kajütentreppe herauf und schnauzte uns ohne Vorwarnung an, was wir hier eigentlich vorhätten und hinter seinem Rücken ausheckten. Er fuhr sich mit den Fingern durch die vom Schlafen wirren Haarbüschel und schien ernsthaft erbost zu sein. Nicht einmal Graham konnte auf die Schnelle etwas erwidern, wir hörten uns nur an, was sich bei Andreij während der Monate auf der *Ginger-Baby* alles an Bitterkeit angestaut hatte.

Nein, unterbrach ihn Graham schließlich so laut, dass Andreij zusammenzuckte und aufhörte, uns vorzuwerfen, wir nutzten ihn bloß aus. Graham deutete in die Richtung des schwarzen Mondes. Er war so schnell im Meer versunken, dass nur noch der obere Rand seines Lichtrahmens über der Horizontlinie lag.

[Die Grenzen der Länder sind befestigt, die Grenzen der Privatgrundstücke mit Zäunen markiert. Die Linien der Reviere werden bewacht, wie die Berliner Mauer einst bewacht wurde und wie man über Gott wacht. Niemand wacht über den Meridian. Er ist ebenso künstlich und abstrakt wie die Confluence Points und die Vereinbarungen zur Zeitrechnung. Unter allen Bewohnern des Planeten sind wir diejenigen, für die er eine konkrete, ganz und gar reale und schwere Linie darstellt.]

Am nördlichen Schnittpunkt von 180. Längengrad und 40. Breitengrad erschien auf dem Monitor ein Knotenhinweis: zuerst kommt amerika dann asien. in amerika das östlichste. der hund am tor der hölle. Sonst nichts. Das Tonsignal erklang nur kurz, nachdem ich die *Ginger-Baby* genau über den richtigen Punkt gelenkt hatte. Sowohl bei starkem Wind wie auch bei Flaute war es schwierig, den Nullpunkt zweier Richtungen zu treffen, und meistens benötigte ich mehrere Versuche, Biegungen und Bögen und wieder neue Anläufe.

Zum Glück hatte Stedson mir einiges beigebracht, bevor er gehen musste. Andreij konnte ihn nicht ersetzen. Seinen Zorn hatte er damit erklärt, dass er mitten aus dem Traum aufgewacht sei und sich erschrocken habe, aber eine richtige Erklärung war das nicht gewesen. Er war fremd geblieben. In so langer Zeit sieht man schon, mit was für einem Menschen man es zu tun hat, auch wenn man keine richtige gemeinsame Sprache hat, und Andreij sprach immerhin gut Englisch und beherrschte das Vokabular seiner Spezialgebiete hervorragend, so wie das bei Wissenschaftlern oft ist.

Nur ein einziges Mal vielleicht fing er mit etwas Persönlicherem an. Beim Studieren der Karte erzählte er plötzlich von Nordkorea, dass dort die Sonnenuntergänge genau so ausgesehen hätten, so wie jetzt, auf den gleichen Breiten. Die Sonne groß über dem Meer, und dann fiel sie hellorange wie ein ausgebeulter Ball in den Dunst.

Andreij war Ende der Achtzigerjahre zur Wissenschaftsolympiade nach Pjöngjang eingeladen worden, die man dort als Schattenveranstaltung zu den Olympischen Spielen von Seoul, aber hauptsächlich wohl zum internen Gebrauch, also zur Stärkung von Kim Il-sung und der Juche-Ideologie, veranstaltet hatte. Andreij sagte, er sei dort gewesen, weil von oben angeordnet worden sei, dass aus jedem Land des sozialistischen Lagers einige Vertreter hinfahren mussten. Die Bedingungen waren luxuriös, aber seltsam gewesen, die gesamte Wissenschaftskonferenz war vollkommen isoliert worden, aber wenn man um etwas gebeten habe, worum auch immer, sei es beschafft worden. Die medizinische Arbeitsgruppe war sogar offen gefragt worden, ob Bedarf an freiwilligen Probanden bestehe. Gegen eine kleine Entschädigung in Valuta hatte man versprochen, welche zu besorgen. Und im Aufzug des abgeriegelten Konferenzhotels war man Abend für Abend auf Andreij zugekommen mit der Frage, ob er für die Nacht ein Mädchen wünsche oder zwei, was für eines und woher, von der Küste oder aus den Bergen, eine Sportlerin oder eine Studentin. Andreij erzählte, er habe alles abgelehnt, sicherheitshalber. Die Chinesen hatten die Koreaner für ihre dummen kleinen Vettern gehalten und die Sowjets für Hinterwäldler Stalins, die noch immer am Amur bei der Waldarbeit gebraucht und darum in verplombten Zügen dorthin verfrachtet wurden.

Also genau dasselbe wie bei uns, beendete Andreij seinen Bericht, als wäre er es gewohnt, dass man niemandem trauen kann.

Log (I. F.-H.)
19. 10. 07, 11:00 Uhr
50° 11' 12" N, 179° 49' 57" W

Tag für Tag unangenehmeres Wetter und muffigeres Essen. Das Trinkwasser vom Boden des Tanks filtern wir schon sicherheitshalber durch. Von jetzt an wieder unregelmäßige drei Schichten. Schwangeren Frauen ist das gesetzlich verboten.
Zum Glück regnet es oft. Im Kalten ist der Mensch wacher als in der entsetzlichen Hitze des Äquators.

Log (I. F.-H.)
20. 10. 07, 7:00 Uhr

(Die Koordinaten nach der Nacht noch nicht geöffnet)
Wenn man müde ist, schreibt man allen möglichen Mist (gestern).

Erst als wir in die Gewässer der Rat-Inseln kamen, wurde das Steuern der *Ginger-Baby* wieder zum gleichen Bändigen eines bockigen Tiers, wie es in den schlimmsten Phasen im allersüdlichsten Pazifik gewesen war. Um uns herum lagen Nebelschleier und es war grau, die Sicht ging nur selten über zwei Seemeilen hinaus und an die nasse Kälte wollte man sich einfach nicht mehr gewöhnen.

Die Inselkette der Aleuten erstreckte sich von der Alaska-Halbinsel aus Tausende von Kilometern in Form eines langen Halbmondes ins Meer hinaus und schnitt das Beringmeer von der Nordecke des Pazifiks ab. Man hätte diese Gewässer nicht für Amerika gehalten, aber so war es auf den Karten eingezeichnet. Wo die Datumsgrenze einen tiefen Bogen nach Osten in Richtung Kommandeurinseln und Kamtschatka machte, blieben wir auf der Westseite, im gestrigen Tag.

Die Aleuten rückten näher und das Handy funktionierte wieder. Auf der gesamten großen Ozeanfläche waren keine Signalstärken vorhanden gewesen. Als ich am 20. Oktober während meiner Ruderwache das Telefon wegen der Navigation eingeschaltet hatte, klopfte es plötzlich dreimal schnell an, zum Zeichen eingegangener Mitteilungen. Es kamen serienweise SMS, eine nach der anderen, bevor ich die linke Hand vom Ruder nehmen konnte, denn wir waren an einer schwierigen Stelle mit schlimmen Seitenböen und Kreuzsee im Dunkeln, aber dann bekam ich das Telefon in die Hand, das SMS-Menü auf und die Mitteilungen aufs Display.

Die ersten beiden waren von Stedson. Er machte sich Sorgen und bat um eine Okay-Antwort. Bei der Beobachtung des Greenwich-Wettbewerbs wurde Team Nummer 6 überhaupt nicht mehr erwähnt.

Die nächsten waren aus Finnland und wie aus Versehen eingegangen, es waren Einladungen zu Versammlungen und Kettenwitze, als wäre der Herbst eingefroren worden, in kleinen unwissenden Tranchen, die nur zufällig bei mir gelandet waren. Es kam mir absurd vor, sie zu lesen, umgeben vom stockfinsteren Meer, und dabei alles zu tun, damit das Boot wenigstens einigermaßen auf Kurs blieb und es bei den abrupten Richtungswechseln der Windböen nicht zur Patenthalse kam.

Ich antwortete Stedson mit wenigen Zeilen, die ihn vielleicht in Kapstadt oder auf Ascension mitten im anderen Ozean erreichten, oder wo immer er gerade Touristen hütete. Ich klickte im Menü das Radio an, drehte auf Mittelwelle und hörte mit Kopfhörer den ersten Sender, der empfangen wurde. Eine Gillette-Reklame traf mein Gehör und dann die mit tiefer Bassstimme aufgesagten Buchstaben des Senders, K, V, O, K. Die Nacht ging in den Morgen über, in der Stadt Kodiak wurden die Menschen wach und gingen zur Arbeit. Die Moderatorin von KVOK Kodiak verlas die Lokalnachrichten und den Wetterbericht, alles war in Ordnung, in der Nacht war ein Bär über das Grundstück des Einkaufszentrums gerannt.

Bevor meine Ruderwache zu Ende ging, schaltete ich das Handy auf lautlos und steckte es in die Brusttasche meiner Segeljacke. Es wurde hell, Andreij kam und fragte nach den Koordinaten. Ich hatte den Computer nicht aufgemacht, denn wenn es spritzte, musste man aufpassen und ihn unter dem Plastik geschützt halten.

Andreij sagte, die ersten Aleuten müssten bereits in der Nähe sein. Ich wunderte mich, dass er sich dafür interessierte, denn während der gesamten langen Etappe hatte es den Anschein gehabt, als würde er einfach bloß mitfahren, nach Kurs und Koordinaten hatte er sich nie erkundigt.

Am Abend hatte ich mithilfe der Karten ausgerechnet, dass während der Nacht keine Gefahr drohen würde, aber die Geschwindigkeit konnte bei Rückenwind unberechenbar sein, und darum blätterte ich in den Plastikhüllen mit den Karten, bis ich zwei Blätter des nördlichen Seegebiets in dem Stapel gefunden hatte. Auf der genaueren der beiden standen eigenartige Ortsnamen, Qaxun, Naahmigus, Niigugis, Namen wie aus Tolkiens Mittelerde, es war eine in Alaska gedruckte Karte in aleutischer Sprache, auf der Fischgründe und Biotope eingetragen waren.

Die andere war eine englische Seekarte in größerem Maßstab. Mit dem Zirkel maß ich darauf die Entfernungen gemäß den Koordinaten. Andreij hatte beinahe recht. Wir waren zu weit nach Osten abgedriftet. Irgendwo, noch unsichtbar, aber schon in weniger als zwanzig Seemeilen Entfernung, lag eine große Insel namens Amchitka, an der wir weit genug westlich vorbeikommen mussten.

Andreij blieb neben mir sitzen, während ich die *Ginger-Baby* nach und nach auf westlicheren Kurs brachte. Wir schauten nach vorn, obwohl so gut wie nichts zu sehen war; irgendwo hinter dem dicken, nassen Nebel musste sich Land mit Bergen und Tälern nähern.

Der Name Amchitka kommt aus dem Russischen, Ostrow Amchitka. Als der Zar Alaska verkaufte, verkaufte er als Zugabe auch den Aleuten-Archipel, die Rat-Inseln, die Fox-Inseln, die Near-Inseln und andere. Nur diejenigen, die am nächsten an der Kamtschatka-Halbinsel lagen, blieben bei Russland.

Auf der Karte bildete der Archipel einen halskettenartigen Bogen oder eine zerbrochene Brücke zwischen Asien und Amerika. Über diese Trittsteine bewegten sich noch immer die unter den kargen Umständen lebenden Tierarten von einem Kontinent zum anderen, nicht einmal der Eiserne Vorhang hatte diese Zugbewegung verhindern können.

Als Graham aufwachte und mithilfe des Monitors überprüfte, wie wir in der Nacht vorangekommen waren, und von der Karte unseren Standort ablas, war der Nebel bereits aufgerissen und die Sicht etwas besser geworden. Isla übernahm das Ruder, bat mich aber, noch nicht schlafen zu gehen, denn wenn man sich einem Archipel näherte, konnte man nie wissen, was es für Strömungen in den Sunden gab und wie der Wind sich drehte.

Ich wäre auch gar nicht gegangen. Nach siebentausend Kilometern offenen Meeres machte mich das nahe Land so munter, dass ich es als Erster sehen wollte.

Vor dem ersten Schimmer einer Insel Alaskas kamen die Schiffe der Küstenwache. Sie näherten sich sehr schnell, und als dasjenige, das an der Spitze fuhr, sich drehte, war die Aufschrift »U. S. Coast Guard« deutlich auf dem weiß gestrichenen Rumpf zu lesen. Mit Petr reffte ich die Segel und setzte mich sofort wieder neben Isla, falls sie beim Stoppen Hilfe brauchte. Ein zweites Boot der Küstenwache kam schräg von hinten und fuhr neben uns her, im selben langsamen Tempo wie die *Ginger-Baby*, sodass es auch bei dem herrschenden Seegang festmachen konnte.

Andreij steigt an dieser Haltestelle aus, sagte Graham. Ich sah Isla fragend an, sie gab mir mit den Augen zu verstehen, dass sie davon nichts gewusst hatte. Zwischen den Booten wurde eine Landungsbrücke aus Metall befestigt und daran hohe Stützen mit Gelenken und Geländer. Zwei Männer der Küstenwache kamen über die Brücke auf die *Ginger-Baby* herüber. Graham händigte ihnen die in einer Plastikhülle verpackten Genehmigungen und Dokumente der Memorial Society aus. Der Stapel wurde nur oberflächlich angeschaut, nichts wurde kontrolliert, alles schien abgesprochen zu sein.

Andreij gab uns rasch die Hand, umarmte uns sogar, er wirkte zufrieden und zugleich gespannt, umarmte Graham auf dem Seitendeck und ging mit den Amerikanern hinüber. Auf der schmalen, schwankenden Brücke musste er sich mit beiden Händen am Geländer festhalten und konnte immer nur einen Schritt auf einmal machen. Die Männer von der Küstenwache versuchten ihm zu helfen und stützten ihn, als er an Bord ging. Dann wurden die Landungsbrücken, die Befestigungstaue und die Haken gelöst, Andreij winkte zum Abschied und verschwand, ohne uns weiter hinterherzuschauen, im Innern des Schiffes. Die Wachboote drehten ab und entfernten sich auf dem leeren Meer in Richtung Westen.

Was war das jetzt?, fragte Isla. Andreij ist bis hierher mitgefahren, alles ist in bester Ordnung, antwortete Graham vom Seitendeck aus und hakte den Drahtseil-Lebensfaden seines Sicherungsgeschirrs in der nächsten Öse ein. Zusammen mit Petr fing er an, die Segel wieder zu setzen. Es war besser, keine weiteren Fragen zu stellen, sondern sich darauf zu konzentrieren, das Boot unter Kontrolle zu bringen. Als die Segel sich spannten, neigte sich die *Ginger-Baby*, der Zug wurde allmählich gleichmäßig, und ich übergab Isla das Ruder.

Petr erzählte, Andreij habe gesagt, ich bin tot, vergesst das nicht, und er habe darum gebeten, nicht unnötig zu reden, als sie zu dritt vor der McMurdo-Station auf dem beleuchteten Eis standen und darauf warteten, dass die Passagiere in das verankerte *Falcon*-Luftschiff nach oben gebracht wurden.

Andreij war zu gut, um in der Isolation der Wostok-Station zu vergammeln, sagte Graham und beide versicherten, so sei es nun gut und von allen Optionen die beste.

Etwas war für den Transport bezahlt worden. Was Andreij dem Deutschen Jendryschik auf dem Atoll gegeben hatte, waren keine persönlichen Briefe gewesen. Die USB-Sticks mussten etwas anderes enthalten haben, entweder Sicherungskopien oder Handelsware, und die *Dayspring* dürfte wohl kaum zufällig genau zu dem Zeitpunkt in Niuoku angelegt haben, überlegte ich mir insgeheim und hörte zu, was die anderen redeten. Petr war mit Graham einer Meinung und fand, es sei von Anfang an ein kluger Entschluss gewesen, Andreij mitzunehmen. Ich sagte kein Wort, saß neben dem Kompass und blickte zwischen den Stützpfosten des abgebauten, weil unnötig gewordenen Sonnendachs nach vorne aufs Meer.

Bis auf den Breitengrad von London und Greenwich waren nur noch wenige Seemeilen zu segeln, aber man spürte bereits den Winter. Der Golfstrom wärmte das Beringmeer nicht, obwohl in Europa auf derselben Höhe Rosengärten neben Buchenwäldern blühten.

Graham sagte, er wisse, wo sich der Verifikationspunkt befinde, aber weil es an einem so nebligen Tag früh dunkel wurde, wagten wir nicht, näher heranzusegeln, sondern kreuzten an einer offenen Stelle. Wir wechselten die Ruderwachen so, dass Graham bis nach Mitternacht steuerte, danach Isla eine kurze Zwischenschicht einlegte und ich erst um sechs Uhr am Morgen wieder übernahm. Im Dunkeln hielt ich Kurs auf das Ufer der Insel Semisopochnoi.

Als es dämmerte, war um uns herum noch immer nichts als Ozean, aber durch die Flugrichtung der Vögel konnte man schon das Land ahnen. Der Nebel wurde vom Wind in niedrigen Fetzen davongeweht.

Der Name Semisopochnoi war auf der Karte als »Sieben Hügel« übersetzt worden, aber es sah eher nach Bergen aus. Ich hielt so weit Abstand, dass nicht die Gefahr von Untiefen bestand. Isla kauerte auf dem Vorderdeck im Ausguck, ihr Sicherheitsgeschirr war an der Relingstange eingehängt.

Vor uns tauchte nichts auf, was auch nur entfernt nach

einer Anlegestelle aussah. Den Knotenpunkt auf einer so großen Insel zu finden erschien plötzlich unmöglich, aber Graham las erneut laut den Hinweis in amerika das östlichste. der hund am tor der hölle vor und erklärte dann, wie er ihn interpretierte. Semisopochnoi Island war in gewisser Weise der östlichste Punkt Amerikas, auch wenn es in Richtung Russland mit den Rat- und den Near-Inseln fünfhundert Kilometer weiterging. Die östliche Landspitze von Semisopochnoi lag so dicht am 180. Längengrad, dass man zu Land nicht weiter nach Osten kam, sondern sich mit jedem Schritt der Greenwicher Null näherte.

Der höchste der sieben Hügel heißt Zerberusberg. War das nicht der Hund am Tor der Hölle?, fragte Graham und schien zufrieden mit sich zu sein. Ich drückte den Finger auf das Stück Karte, das am Ruder befestigt war, damit die Feuchtigkeit unter dem Plastik den Blick auf die Insel freigab. Zwischen den Höhenlinien um den Vulkan konnte man gerade so die sehr klein gedruckte Beschriftung »Mt. Cerberus« entziffern.

Wenn sich zwischen den Felsen eine Bucht auftut und man ein Bachbett sieht, dann steuerst du auf dessen Mündung zu; wir legen mit dem Schlauchboot auf der linken Seite an. Du wartest, fährst hin und her. Isla kommt mit an Land, um zu sichern, befahl Graham.

Dem war nicht zu widersprechen, denn eine bessere Variante war nicht in Sicht. Vor uns tauchten eine kleine Bucht und die Ränder der Landspitze auf, dahinter erkannte man vor einem Hang einen glänzenden Wasserstreifen und darüber den rund geschliffenen Kegel eines Pyramidenbergs.

Graham verkleinerte die Segelfläche so weit, wie ich es zu brauchen glaubte, um bei diesen Windböen zu navigieren. Ich fuhr auf die Distanz ans Ufer heran, die ich zu riskieren wagte, und nahm abrupt die Geschwindigkeit weg, damit Graham und Petr das Schlauchboot zu Wasser lassen konnten. Es schaukelte in den hohen Wellen und ich hatte Angst um Isla, aber sie schaffte es die Leiter hinunter. Nach ihr stieg Petr ins Boot und als Letzter Graham.

Die Wellen trieben schräg auf die Flachzone zu. Ich versuchte ein Stück vom Ufer wegzusteuern, um nicht aus Versehen gegen das Schlauchboot zu fahren, und musste mich auf die Wendungen konzentrieren.

Darum sah ich nicht, wie sie an Land gingen, aber der orangefarbene Fleck blieb zwischen Felsbrocken an Ort und Stelle. Isla winkte vom Ufer aus. Petr und Graham waren bereits weiter oben am linken Ufer des Baches vor dem grünen Hügel zu sehen. So hatten sie es entschieden, Isla musste zurückbleiben, Graham und Petr machten sich zu zweit auf die Suche nach der Verifikation.

Stunden später und bei zunehmendem Wind, der zwischendurch von beiden Seiten als Stoßwind blies, bekam ich es allmählich mit der Angst zu tun. Die gerefften Segelstreifen knatterten und die *Ginger-Baby* neigte sich viel zu sehr. Ich traute mich nicht, das Ruder auch nur einen Augenblick loszulassen. Wahrscheinlich war das Todesangst. Ich konnte nicht aufstehen, um ins Meer zu urinieren, sondern musste den Overall vorne öffnen und es dort laufen lassen, wo ich saß. Die Muskeln in Arm und Schulter verhärteten sich zu schmerzenden Klumpen.

Als seit dem Landgang der drei bald fünf Stunden vergangen waren, legte sich der Wind ein bisschen und verschaffte mir kurz Erleichterung. Ich fuhr näher ans Ufer von Semisopochnoi heran und sah Isla, wieder winkte sie mir mit beiden

Händen. All das Schreckliche hatte auch etwas Großes. Am Horizont ragten gebrochene, verwitterte Vulkankegel so weit in die Höhe, dass die Gipfel in den Wolken verschwanden. Ich aß Pulver aus einer Trockennahrungstüte und trank Wasser darauf, das gleichzeitig gewürzte und geschmacklose Pulver quoll im Mund zu kleinen Klümpchen auf, ich schluckte sie, damit mir die Energie nicht ausging, und dann pisste ich wieder in den Sitzkasten, wo sich das Wasser, das über die Reling spritzte, gelb färbte.

Als endlich zwei Punkte am Hang erschienen und sich dem Ufer näherten, überlegte ich mir genau, wie ich es am besten anstellte, möglichst dicht heranzufahren und die *Ginger-Baby* dann zu stoppen. Sie mussten auf jeden Fall ein Stück paddeln, denn zu nahe wagte ich mich mit dem Segelboot nicht an die Uferlinie.

Es ging in etwa so, wie ich es mir überlegt hatte, jedoch viel schlechter, und ich musste das Heranfahren im Bogen und das Verschleppen des Tempos mehrmals wiederholen. Graham rief mir vom Schlauchboot aus Anweisungen zu und ich rief zurück, alle waren müde und Isla fror so sehr, dass sie zitterte und nicht ohne Hilfe an Bord kam.

Ich fragte erst nach dem Knoten, als Petr und Graham die Winde befestigten und Isla bereits in der Kajüte ihre nassen Kleider gegen trockene austauschte. Wir haben ihn gefunden, natürlich haben wir ihn gefunden, auf halber Höhe, wieder so ein Kasten, diesmal mit gelb-grüner Knotenschlaufe, sagte Graham.

[Zerberusberg, Teufelsberg, Devilsmother, warum werden hohe Stellen mit Höllenbezeichnungen versehen, wo sie sich doch dem Himmel entgegenrecken? Vielleicht ist es so: Man hat gewusst, dass die Hölle sich im Gewittersturm oder im brennenden Scheiterhaufen der Sonne über dem Menschen befindet. Vor den beiden hat man sich am meisten gefürchtet, nicht vor der Erde unter den Füßen und nicht vor Höhlen, aus der Erde ist Nahrung gewachsen und in den dunklen Höhlen hat man gewohnt.

Auf Devilsmother steht ein aus Stücken von Moorbäumen zusammengenageltes Kreuz, hat Graham erzählt.]

Log (Gr. H.)

22.10.07, 21:30 Uhr

52°56'50" N, 179°55'12" W

Erst jetzt mit Verzögerung die Bestätigung der Verifikation. Müssen weiter auf dem Meridian entlang nach Norden. In den Gewässern von Tschukotka, dem Autonomen Kreis der Tschuktschen, müssen die Fahrlichter eingeschaltet werden, unmittelbar nördlich 60°. Falls die Akkuladung nicht reicht, kann zwischenzeitlich der Motor benutzt werden. Siegelbrucherlaubnis. Funkbereitschaft muss überprüft werden wegen Flugpatrouillen. Dokumente griffbereit halten. »Chukot Okrug: Vorgeschriebene Passage von der Bucht von Anadyr in die Tschuktschensee.« Name und Stempel von Gouverneur Abramowitsch. Die Mannschaft muss an bestimmte Dinge, die in Vergessenheit geraten sind, erinnert werden.

3

Der Neunte
der Zehnte
der Elfte
und so weiter
der Zwölfte
was
der Dreizehnte
zwischen
den Knoten
der Vierzehnte
bleibt
auf der Welt

True Blue Love Good

Erst näher an der Bucht von Anadyr kühlte das Wetter auf seltsame Weise ab. Das Meer war wärmer als die Luft und dampfte in Form von niedrigem Seenebel. Die Sonne schien vom tiefblauen Himmel, aber durch den Nebel konnte man die Meeresoberfläche nicht sehen. Nicht einmal die Wellen konnte man erkennen, das Boot schaukelte wie auf Wolken.

Durch die Feuchtigkeit bildete sich in der Kälte Eis an den Aufbauten. Das Deck wurde glatt wie Glas, und von dort aus kletterte die Vereisung den Mast und die Segel hinauf. Wir mussten sie reinigen, denn das Gewicht hätte gefährlich werden und die Konstruktionen beschädigen oder den Schwerpunkt verschieben können. Wir versuchten die Eisklumpen und -platten mit dem Gerät, das wir im Werkzeugkasten und in dem Stauraum unter der Vorpiek fanden, abzuschaben und abzuhacken. Wir mussten kriechen und klettern, ohne hinzufallen und durch die Lücken in der Reling ins Wasser zu rutschen. Dann waren wir gezwungen, den Motor anzulassen, damit das Heizgerät die schlimmsten Stellen auftauen konnte.

Die Bucht von Anadyr ist normalerweise nur von Mitte Sommer bis Anfang Herbst offen. Ende Oktober sind die letzten Wochen, in denen man in jenen Gewässern noch segeln kann, bevor der Winter kommt und mit ihm das Eis. Wir lagen so weit hinter den anderen zurück, dass wir ins letzte Zeitfenster geraten waren. Jeden Morgen und Abend ließen wir am Heck das Thermometer ins Wasser und prüften die Oberflächentemperatur. Wir hörten uns den Wetterbericht genau an und steuerten sicherheitshalber ganz aus dem Meridiankorridor hinaus auf die Westseite von Kap Navarin.

Zum Glück machten die Stürme einen Bogen um uns, aber die durchschnittliche Geschwindigkeit fiel auf unter fünf Knoten. Wenn die Richtung drehte und wir im Wind standen, refften wir die Segel und fuhren mit Motor. Über Funk nahmen wir Kontakt mit der russischen Küstenstation auf und baten um Lotsenhilfe bis Meinepilgyno. Von dort aus war es möglich, mit dem Helikopter über die Berge zu kommen, wusste Graham.

Über all diese Regelbrüche waren wir uns einig, aber Graham musste letztlich die Entscheidungen treffen. Er hat nie erklärt, warum er seine Meinung so stark änderte.

Die näher rückende Küste war eine Erleichterung, auch wenn man sich an so eine lange Fahrt auf engem Raum gewöhnt und sie später vermisst. Darum scheinen die Menschen auch Mangeljahre zurückzuwünschen oder sich zumindest an die besten Momente daraus zu erinnern. Isla hat das einmal so gesagt, da sprach sie von ihren Eltern, und so war es vielleicht auch, obwohl ich selbst mich nicht erinnern konnte, ob meine Mutter oder mein Vater jemals etwas Gutes über die Kriegszeit erzählt hatte, etwas Gutes oder etwas Schlechtes, aber bevor ich auf die Greenwich-Reise geraten war, zum Jahreswechsel, als ich alte Unterlagen und Stapel von Fotos durchsah, waren aus jenen Jahren fröhlichere Aufnahmen darunter gewesen als jemals danach. Mein Vater hatte beim Fotografen im Sakko posiert, meine Mutter war auf der Heuwiese fotografiert worden und vor dem Schafstall und an Johannis zwischen Birkenzweigen. In der Endphase des Krieges hatte mein Vater die Oberschule besucht, meine Mutter war noch ein kleines Kind mit Zöpfen gewesen und beide hatte der Tod nicht aus nächster Nähe berührt.

Als wir die Küste von Tschukotka erreichten, tat sich vor uns ein Meer aus Plastiktüten auf. Die Winde oder die Strömungen hatten an dieser Stelle allerlei schwimmenden Müll zusammengetrieben, ineinander verschlungene Plastikbeutel in unterschiedlichen Farben, längliche Verpackungsrohre, indische Hemdkisten, bunte japanische und chinesische Reklametaschen, Logos von russischen Ölfirmen und Handelsketten auf geblähten, schwimmenden Blasen.

Ein Blechboot der Küstenwache geleitete uns im Hafen von Meinepilgyno an einen kleinen Anleger, dessen betonierter Belag eingebrochen war, nur die rostigen Armiereisen hielten die Ränder aufrecht. Dort wies man uns an, festzumachen, und ein Beamter mit Uniform und Mütze bedeutete uns von jenseits des Anlegers, wir sollten die Leinen festziehen, damit wir über den Rand heil an Land kämen. Hinter uns grollte das Meer, und das Ufer war weiß vor Schaum.

Man hat hier nicht das Gefühl, sich in unserem Nachbarland zu befinden, sagte Petr, als wir die *Ginger-Baby* an den bröckelnden Pollern festgemacht hatten. Oder gerade doch, sagte ich. Isla und Graham konnten das nicht verstehen, aber es lag kein anderes Land zwischen diesem Teil Russlands und Finnland, nur fast die halbe Erdkugel.

Erlaubnisscheine und offiziell abgestempelte Dokumente hatten wir für den Landgang genug, außerdem waren die Behörden bereits informiert. Graham kümmerte sich um den Rücktransport der *Ginger-Baby* nach Tema. Weit waren wir mit ihr gekommen, nur zwischendurch hatte es eine kurze Unterbrechung gegeben. Der Angestellte der Spedition versicherte am Telefon, man werde das Boot vielleicht schon am nächsten Tag holen, auf jeden Fall nächste Woche oder zumindest so bald wie möglich. Man werde es aufdocken und nach Ghana verfrachten, sobald eine geeignete Verbindung organisiert werden könne.

Petr hat nur noch so wenig in sein Ryman geschrieben, dass man daraus keinen Bericht machen kann. Alles, was nach dem Knoten auf den Aleuten kommt, passt auf zwei Seiten.

[Die Wirkung kommt nicht immer nach der Ursache, und die Ursache geht auch nicht immer wie ein Trommler voran und zeigt an den Straßenecken die Richtung.

Ist Wissen mehr als Glaube und Strafe und Hoffnung und Angst?]

In der Wellington Road waren der Verlauf und der Zeitplan des Wettbewerbs so exakt geplant worden, dass wir im Meilenkorridor durch die Bucht von Anadyr segeln konnten, bevor das Meer den Winter über zufror. Noch immer waren die Siegel über der Motorabdeckung unangetastet und wir mussten nicht einmal das Funkgerät einschalten.

Es war, als wären wir durch eine Seitentür nach Russland gesegelt, niemand bemerkte es oder interessierte sich dafür. Dennoch kam es uns gefährlich vor, ein so großes Land zu betreten, einfach so, ohne jegliche Formalitäten. Ringsum war beiderseits des Meridians alles menschenleer, das Ufer verlassen, und vor uns stieg das Land in Böschungen und Hängen an, weiter weg in Form von Steilhängen, und dahinter ragten schneebedeckte Berge auf.

Wir mussten lange warten, bis aus nordöstlicher Richtung sechs Männer in der Uferniederung erschienen. Sie beeilten sich nicht und wir gingen ihnen nicht entgegen. Alle trugen die gleiche Jacke, vielleicht aus Loden, und Schnürstiefel. Waffen waren nicht zu erkennen, aber unter die dicken Jacken hätten auch Maschinenpistolen gepasst.

Schon von Weitem rief ich ihnen auf Russisch einen Gruß zu. Nur einer antwortete, sie kamen so nah heran, dass man den Geruch ihrer Kleider wahrnahm, sie umringten uns nicht, sondern blieben vor und neben uns stehen, kleine Männer, Tschuktschen, der ein oder andere Russe. Graham suchte in der Deckeltasche seines Gestellrucksacks nach den Dokumenten. Ich versuchte mit dem wenigen Russisch, das ich konnte, Konversation zu machen, aber ich verstand so gut wie kein Wort von dem, was die Männer antworteten oder fragten.

Als Graham die Papiere aus dem Rucksack gezogen hatte, zeigte er als Erstes die persönliche Genehmigung von Roman Abramowitsch vor. Das entspannte die Situation irgendwie, die Männer, die an den Seiten standen, traten einen kleinen Schritt zurück. Ihr Anführer kontrollierte den ganzen Dokumentenstapel und fing jedes Mal am unteren Rand an, bei den Namen und Stempeln.

Ich zeigte, in welche Richtung wir vom Ufer aus weiterwollten. Der Anführer wies in eine andere Richtung, wo ein Felsen fast von der Uferlinie aus aufragte, gefärbt von den Ausscheidungen der Möwen. Ich verstand nicht, was sie, einer nach dem anderen, erklärten. Zwei der Männer gingen auf die weiße Wand zu.

Sie glich einer hohen Stirn, mit Falten in der Mitte und über und über weiß wie Porzellan oder Gebein. Im unteren Teil, in vielleicht zehn Metern Höhe, befand sich eine sehr kleine Hütte.

Dorthin konnte man klettern, erst darüber ging der Hang in einen Felsvorsprung über.

Die Hütte schien von Jägern benutzt zu werden, es lagen einige leere Patronenhülsen davor und man sah eine schwarze Feuerstelle inmitten eines Rings aus Steinen. Graham ging uns zwei Meter voraus, steckte den Kopf in die Türöffnung der Hütte und ließ dabei so viel Tageslicht ins Innere dringen, dass man den Stempelkasten der Memorial Society in dem ansonsten leeren Hochstand sehen konnte. Er nahm den Kasten heraus, öffnete den Deckel und brachte das Verifikationsgrübchen zum Vorschein. Petr machte die obersten Knöpfe seiner Jacke auf und zog den Reißverschluss so weit herunter, bis die Halsschnur sichtbar wurde. Graham hielt zuerst Petr die Vertiefung hin, damit dieser den ockergelben Knoten hineindrücken konnte, dann zeichnete er seinen eigenen Knoten ab.

Die Russen schauten ausdruckslos zu. Graham nahm den Computer aus seinem Bauchrucksack und schaltete ihn ein, keine Minute dauerte es, bis der Signalton erklang und die Bestätigung auf dem Monitor erschien.

Als wir wieder unten auf dem flachen Ufer standen, nahm einer der Männer ein altmodisches, großes Sprechfunkgerät aus seinem Rucksack, drehte an den Knöpfen und lauschte auf die rauschende Verbindung. Nach und nach konnte man russisch-englische Wörter verstehen, der Mann reichte mir das Gerät und ich gab es an Graham weiter. Der Mann stand daneben und drückte auf Tasten und Knöpfe, je nachdem, wie Graham nickte und die Verbindung es verlangte.

Wir gingen auf dem Meridian weiter nach Norden. In die Rucksäcke hatten wir so viel warme Kleidung wie möglich gepackt und dazu an notwendigen Sachen, was wir tragen konnten. Am Ufer fiel das Gehen noch leicht, aber auf dem gewundenen Weg, der bergan führte, erwiesen sich schon die ersten fünfhundert Meter als anstrengend. Auf der langen Seereise waren bei allen die Kräfte geschwunden, in den dicken Kleidern schwitzte man und schon ein kleiner Anstieg sorgte für ein Brennen in den Beinmuskeln.

Bei einer Pause entnahm Graham seinem wasserdichten Geldgürtel ein Bündel Pfund- und Dollarnoten. Ich fungierte als miserabler Dolmetscher, aber auf diese Weise konnten wir die schwerste Last auf die Rücken der Grenzschützer verlegen. Auf einem schmalen Pfad gelangten wir über den Bergrücken, einzeln hintereinander, wie Bergsteiger im Himalaja mit ihren Sherpas.

Auf der anderen Seite war es ebener, dort begann eine Talsenke und eine ins Gelände gefräste Spur, die in eine Verbreiterung mündete, auf der ein graugrün lackierter Geländewagen stand. Die direkte Route nach Norden führte über ein Geröllfeld hinweg, Brocken, so groß wie Häuser, waren die Hänge herabgerollt und sprenkelten das Tal ausgerechnet in Meridianrichtung auf eine Weise, dass man gleich sah, es würde nicht leicht werden, in so einer Gegend vorwärtszukommen.

Graham zahlte zusätzlich etwas dafür, dass die Rucksäcke auf einem Umweg mit dem Auto auf die andere Seite des Tals gebracht wurden. Das schien ihm schwerzufallen, und auch ich spürte einen Widerwillen. In knapp einem Jahr kann ein Mensch eines Neuen belehrt werden und an andere Dinge glauben als zuvor. Aber immerhin konnten wir so mit der Unterstützung von Helfern regelgemäß den Weg durch das Tal fortsetzen. Graham hielt den Computer geöffnet, und beim Umgehen der Felsbrocken wechselten die Koordinaten von einer Seite auf die andere, aber wir fanden eine Route, die gerade genug durch den Meilenkorridor führte.

Die ersten beiden Tage drückte das Gehen auf die Beine, obwohl wir in unseren halb leeren Rucksäcken nur wenig zu tragen hatten und auch das Gelände nicht so schwer war, wie man anhand der Karte hätte meinen können. Die baum- und fast strauchlose Moorebene war hart gefroren, aber Schnee lag noch nicht viel.

Der Spätherbst war die beste Zeit, um Tschukotka zu durchwandern, so sagten wir es uns in den ersten Tagen immer wieder gegenseitig vor und waren zufrieden mit unserem Glück. Jene wenigen Wochen waren das letzte Zeitfenster vor dem Schnee, und vielleicht nur einige Wochen oder einen Monat früher wäre man im Moor noch versunken. Jetzt ging es sich darauf leicht, wie wenn man über trockene, baumlose Heide geht, und über die flachen, zugefrorenen Teiche gelangte man auf direktem Weg wie über eine Brücke, aber dennoch wurden die Beine müde und fingen an zu schmerzen. Zu viele Monate waren auf der *Ginger-Baby* vergangen, ohne dass wir etwas Ausdauerndes und Anstrengendes getan hatten.

Auf ganz Tschukotka gab es nur wenige Zehntausend Einwohner, nicht viele von ihnen lebten im Meridiankorridor. Während der ersten Wanderwoche begegneten wir keinem einzigen fremden Menschen, und wir stießen auch auf nichts, was von Menschen gemacht worden war, aber an jeder Übernachtungsstelle war bereits ein Zelt errichtet worden, als wir ankamen, der Ofen war heiß und das Essen fast fertig. Dank dieser kostbaren Vollpension hatten wir nicht mehr das Gefühl, einfach in die Welt geworfen zu sein.

Im Zelt warteten warme Kleider, sodass wir die beim Wandern verschwitzten Sachen gegen trockene tauschen konnten. Auf die gleiche Weise organisierte TradChannelTravels in der eisfreien Zeit von Sommeranfang bis September Touren für japanische Geschäftsleute und Hobbyfischer. Auf den teuren Touren der Japaner wurde sogar die Fischsuppe fertig gekocht, nur der frische Fang wurde kurz darin gegart, wenn die Gruppe unter der Führung eines zweiten Guides am vereinbarten Übernachtungsort eintraf. Es gab immer mindestens zwei Guides und Helfer für die Japaner, bei uns genügten das Zelt und der Ofen und der Transport der Ausrüstung per Kettenfahrzeug oder Motorschlitten, während wir selbst bei Temperaturen unter null Grad genau im Meridiankorridor durch die menschenleere Gegend wanderten.

Auf der Bodenplane des Zelts lagen als Polsterung dünne Schaumstoffstreifen in Hüllen und darüber eine zweite Plane. Man schlief gut darauf, und im Zelt war genügend Platz für vier. Zu Beginn der Nacht war es zu warm, aber durch die Wärme schlief man schnell ein. Im Laufe der Nacht kühlte der bollernde, knackende Burschnika-Ofen, unter dem die Bodenplane eine Öffnung hatte, ab, und am Morgen war es kalt und feucht.

Als wir am Freitag der zweiten Wanderwoche wieder einen der zu Spiegeln gefrorenen Teiche überquerten, einen wie die anderen zuvor, ebenso hell und bruchlos hart, gab das Eis unter uns nach. Wir gingen hintereinander, zuerst brach Isla ein, aber sie konnte sich noch mit den Ellbogen und Knien halten und schaffte es wieder auf den Rand. Petr und ich jedoch brachen komplett ein. Nur Graham kam davon, er ging gerade so weit vor Isla und ein Stück seitlich, dass das Eis fester war.

Zuerst fühlte sich das Wasser eisig im Gesicht an. Ich stieß mit dem Kopf gegen die Bruchstelle, weshalb ich die Wollmütze verlor, und als die Haare nass wurden, schmerzte die Kälte am meisten oben auf dem Kopf und an der Stirn. Ich strampelte in dem Eisloch mit den Beinen und rang nach Luft, Petr machte es neben mir genauso und versuchte sich mit den Ellbogen am

Rand hochzuziehen, aber da wir nass waren, war es zu glatt und man fand keinen Halt. Graham zog seine Jacke aus und Isla schrie laut, die Kälte drückte plackenweise auf die Haut, in dem Maße, in dem die Kleider durchnässt wurden. Ich versuchte meinen Atem zu beruhigen, aber es blieb beim Luftschnappen. Petr half mir, stützte mich von hinten, sodass ich ein Bein auf den Rand bekam und mich hangelnd und zerrend irgendwie aufs Eis ziehen konnte, aber Petr strampelte weiter im Wasser und hustete. Graham hielt den Ärmel seiner Jacke ins Wasser, und so gelang es Petr, sich mit steifen Armen und Beinen mühsam den gesplitterten Eisrand hinaufzuziehen. Ich rutschte und wälzte mich weiter, schließlich kroch ich. Das Kältegefühl war hauptsächlich ein Brennen. Jacke und Knie blieben am Eis hängen, so viele Minusgrade hatte es, noch von der Nacht, mehr als bisher tagsüber.

In einer solchen Situation kann man sich nur auf sich selbst konzentrieren. Mich überkam ein schreckliches Todesgefühl, ich redete nur noch Finnisch und so hörte ich es auch Petr tun, ich musste mich sofort komplett ausziehen und die Haut mit irgendetwas abtrocknen und schnell irgendwelche anderen Kleider anziehen. Das Ausziehen ging schwer und zu langsam und schließlich riss ich mir das unterste T-Shirt in Fetzen vom Leib, weil ich es, so feucht und klebrig, wie es war, nicht anders herunterbekam.

Isla wühlte in den Rucksäcken nach trockenen Kleidern, es gab nicht genug, nur was jeder für eine Tagesetappe als Ersatz dabeihatte. Graham half Petr beim Ausziehen und trocknete ihm mit einem Stück Stoff den Rücken ab, weil Petr schon so stark zitterte, dass er nicht einmal so viel tun konnte wie ich. Schlimmer wurde es nicht, aber nackt und mit feuchter Haut war es schneidend kalt. Aus den Füßen war das Gefühl gewichen und die Hände wurden immer unbeholfener, aber ich zwang mich, mir den Rücken und die Brust mit der abnehmbaren Kapuze der Pausenjacke abzureiben, sodass es mir wenig später schon besser ging und es Fleck für Fleck unter der Haut fast warm wurde.

Ich hatte keine weiteren Kleider zum Wechseln als eine lange Unterhose und die Pausenjacke, die zum Glück dick gefüttert war. In die Wanderschuhe war das Wasser nicht weiter eingedrungen als bis zu den Knöcheln. Von Graham bekam ich Regenhosen, die ich über die Unterhose zog. Obwohl das nicht viel an Kleidung war, besserte sich mein Zustand doch und durch die Bewegung und die Anstrengung verflog das Klamme auf der Haut und mir wurde für kurze Zeit warm, mein Herz hörte auf zu hämmern und die Todesangst verschwand.

So ein winzig kleines Stück Teich, so sinnlos, wie wenn einem Passanten ein Eisklumpen vom Dach auf den Kopf fällt. In der Art redeten wir, nichts Wichtiges, irgendwas bloß. Wir mussten in Bewegung bleiben und hüpfen, damit der periphere Blutkreislauf in den Zehen Blut bekam, und wir mussten die Finger bewegen und uns Ohren und Wangen reiben.

Petrs Husten hatte der Sturz ins Eis nicht gutgetan. Wir teilten erneut alle zur Verfügung stehenden trockenen Kleider auf, sodass Petr am meisten davon abbekam, aber er schien trotzdem nicht von innen her warm zu werden. Sobald wir unsere Ausrüstung einigermaßen in Ordnung hatten, entfernten wir uns von dem Eisloch. Die Heißwasserportionen, die wir am Morgen in Thermosbeutel gefüllt hatten, waren schnell aufgebraucht, aber Graham entschied, dass wir nicht gleich wieder anhalten und auf dem Campingkocher neues Wasser erhitzen konnten, wir mussten gehen und in Bewegung bleiben.

Aber so war es nicht. So war es ganz und gar nicht. Wir waren weit weg vom Meridiankorridor. Wir wanderten nirgendwohin, kein Eis auf einem Teich gab unter uns nach.

Auf Bitte der Memorial Society sollte über die Ankunft in Tschukotka und die gesamte Etappe durch den Autonomen Kreis eine alternative Variante erstellt werden, einschließlich Antizipation und Erklärung. Petrs Krankheit musste verkleinert und aus dem offiziellen Bericht herausgenommen und anstelle der Regelbrüche eine neue, modifizierte Version geschrieben werden.

Im Eis einzubrechen reicht nicht ganz als Heldenepos, aber es ist wenigstens etwas, der Keim einer Krankheit, die vom Land der Tschuktschen aus mitgeschleppt worden ist und später in London ausbricht und tötet, aber eigentlich ging es so:

Es gelang uns, einen Helikopter vom Flughafen Anadyr nach Meinepilgyno zu bestellen, und damit flogen wir über die Uferberge. Graham hatte entsprechende Anweisungen erhalten, und von den Einschränkungen des Regelbuchs war nicht mehr die Rede. Die Nacht verbrachten wir in einem Hotel in der Innenstadt von Anadyr und am nächsten Morgen konnten wir zeitig mit einem silbern glänzenden Geländewagen aufbrechen. Alles funktionierte bestens, denn alles war vorab bezahlt worden.

Graham saß vorne neben dem Fahrer und wir drei anderen auf der Rückbank. Der Verkehr war lebhaft für eine so kleine Stadt. Lastwagen, qualmende Busse und neue japanische Pkws überholten zwischen den Spuren und der Fahrer musste zweimal mit Vollgas durch die engen Lücken auf verstopften Kreuzungen schießen, aber gleich nach der Hauptstadt wurde die Straße schlechter und es begann ein endloses Schaukeln, während der Wagen viel zu schnell und ratternd über die Frostlöcher der abgenutzten Fahrbahn raste.

In Europa war es Abend, hier ein Morgen mit Nebelfetzen, die halbe Erdkugel lag dazwischen. Russland ist groß und die Norwegens und Finnlands sind klein, Länder wie Belgien und die Schweiz umfassen eine Fläche, wie sie von den Tschuktschen als Winterweide für ihre Rentierherden vorgesehen wird. Die Gesamtfläche des Okrugs Tschukotka hätte ganz Frankreich und England abgedeckt, und dabei hätte das schneereiche Kümmerwuchsgebiet noch bis nach Schottland und Wales gereicht.

Obwohl es sich bei der Straße um die Hauptroute nach Norden handelte, herrschte rechts und links vollkommene Leere, nur hier und da gab es so etwas wie eine Ansiedlung, ein kleines Dorf oder eine Vorratsstelle für die Winterweiden. Isla und Graham waren solche weiten, unbesiedelten Panoramen fremd, Petr und ich kannten sie von unseren Lappland-Touren.

Wenn ich jetzt im Nachhinein darüber nachdenke, war es oft so, als hätte ich es im Voraus gewusst. In dem Moment damals war ich mir sicher, dass ich nie mehr mit Petr in die Fjälls zum Wandern gehen würde. Damit war es vorbei, es lagen zu viele Jahre dazwischen, und die Gemeinsamkeit von früher war nicht mehr vorhanden. Nie mehr würden wir eine Tour im Voraus planen, nie mehr die Strecke nach Übernachtungen in Schutzhütten unterteilen, in Tagesetappen nach Schluchten und Seen, wir mussten keine Haferflocken und kein Blaubeertrockenpulver und keine geschmacksfreie Minestrone mehr fertig portioniert in Gefrierbeutel füllen und auch die Nähte der neuen Schuhe nicht im Laufe der Wochen zuvor weich laufen. Nie mehr, das wusste ich damals.

Der Lautsprecher des Autoradios schnarrte, der Fahrer summte mit, auch das einzige Lied auf der ganzen Strecke, das ich kannte, die »Lichter von Moskau«. Nach fast einem Jahr kam mir sogar das wie Heimat vor. Ich erinnerte mich, wie ich es als Junge auf Finnisch im Küchenradio gehört hatte, gesungen von Eino Grön oder Reijo Taipale, manchmal hatte meine Mutter mitgesungen, immer dieselbe Stelle des Refrains. Petr war müde und krank und hatte nicht die Kraft, über früher zu reden.

Als wir schließlich von der Hauptstraße abfuhren, um einen Platz zum Übernachten zu suchen, gerieten wir auf einen hohen Wall, vor dem im Abendlicht ein graugrünes Dorf lag. Die Straße wurde zum Weg, der Weg zur Furche, führte am Ende aber doch wieder als Weg in einem Bogen zum Ufer eines Sees. Von weiter oben hatte das Dorf verlassen ausgesehen, aber es war noch immer bewohnt; heruntergekommene Hütten, die einst mit hellen Farben grob gestrichen worden waren, ein paar rostige Wellblechhallen und auf einer kleinen Anhöhe eine kleine Kapelle aus Holzbalken, ein Haus Gottes.

Sauna Gottes, Säuferanstalt Gottes. So hatte ich in meiner Kindheit die Erwachsenen über die Kapelle der Orthodoxen schimpfen hören, nicht bei uns zu Hause, ich weiß nicht mehr, wo.

Das Auto fuhr auf das Grundstück eines Wachgebäudes. Daneben war der Fußballplatz des Dorfes angelegt worden, er sah jedenfalls so aus wie ein Fußballplatz, war aber kleiner, an den beiden Längsseiten standen ungestrichene Holzbänke, wie sie früher in finnischen Bauernstuben standen, und am Kopfende zwei fensterlose Kabinen. Sie sahen aus wie zu Hause die Kabine neben dem Eishockeyfeld der Schule, dort wurden die Schlittschuhe an- und ausgezogen, in der Mitte glühte ein Ofen, in die Bodenplanken hatten die Kufen tiefe Furchen geritzt. Die hiesigen sahen ihr dermaßen ähnlich, dass es ebenfalls Umkleidekabinen sein mussten.

Die Schrift bemerkte ich erst, als Isla mich darauf aufmerksam machte. An der Wand der Umkleidekabine stand weiß auf graugrün »True Blue Love Good« und »Stamford Bridge Home«. Graham sagte, hier habe Chelsea wohl Heimspiele; Abramowitsch hatte als Gouverneur ein bisschen was organisiert, das Stampfen des Platzes, die Tore oder den Ofen für eine Kabine. Oder es handelte sich um eine Unterstützung der eigenen Mannschaft, weil sicherlich auch hier die Satellitenprogramme Spiele vom anderen Ende der Welt zeigten, was hatte es da noch für eine Bedeutung, ob die eigene Mannschaft Roter Stern Anadyr war oder eine englische Millionärstruppe, in der ab und zu auch mal ein Engländer ein paar Minuten spielen durfte.

Die weiße Schrift auf der Umkleidekabine spornte Graham zu so lebhaftem Reden an, dass sich sogar der Fahrer umdrehte, den Daumen hob und Chelsea sagte und dann den Daumen senkte und Arsenal sagte. Graham klopfte dem Fahrer auf den Rücken und machte die gleiche Auf- und Abwärtsbewegung mit der Hand. Als wir ausstiegen, hatten alle ein Lächeln auf den Lippen, wegen so etwas Kleinem und Überflüssigem; es braucht nicht viel für ein bisschen Gemeinschaftsgefühl.

Der Wind fegte über den Platz und es fiel dünner Schnee. Die vereisten Dachschrägen der Umkleidekabinen glitzerten. Seltsames Licht, das niedrige Fenster des Winters, erleuchtetes, schmales, hochkantiges Rechteck unter dem Schwarz und über der Erde.

Schneegänse, Zwiebelmilch

Obwohl wir den Helikopter oder das Flugzeug hätten nehmen können, wählten wir nicht die schnellste Variante, um nach Norden zu kommen, denn Graham wollte nicht ganz aufgeben. Auf dem Meridiankorridor bewegten wir uns jedoch nicht mehr. Die Gebirgsabschnitte hätten wir nicht einmal mit Hundegespannen oder Rentierschlitten bewältigt. Wir fuhren im Geländewagen weiter, und wo weglose Leerstellen kamen, in noch massiveren, geländetauglichen Fahrzeugen. In solch einer menschenleeren Region gibt es mehr als genug weglose Abschnitte, kein feines Netz von Forst- und Feldwegen wie zu Hause, nicht den geringsten Pfad. Per Luftlinie sind es nur fünfhundert Kilometer bis zum Polarmeer, aber die gilt in einer Landschaft voller Berge und Sümpfe nur für Vögel und Hubschrauber.

Keinen einzigen Kilometer mussten wir zu Fuß gehen. Jedes Stück der Landüberquerung war gesichert, denn der Winter konnte schnell tiefer werden, und wenn in der Tundra die Nächte kälter wurden, konnte man nichts riskieren. Auch die anderen Teams waren zuvor auf die gleiche Weise durch den Autonomen Kreis befördert worden, kein einziges hatte sich den Regeln gemäß vorwärtsbewegt, sondern war nur hier und da mal ein kurzes Stück gewandert, in Gebirgstälern an Lachsflüssen entlang, damit die Leute von TradChannel schönes Bildmaterial für ihre Sendung in den Kasten bekamen.

Vor der Abzweigung nach Zolotogore übernachteten wir im Haus der Lokalverwaltung. Da es in der Gegend keine Herbergen gab, hatte uns das Büro eine Unterkunft im Saal des Amtsgebäudes reserviert, wie der Raum genannt wurde. Hinter dem Schreibtisch hingen ein gerahmtes Foto des Gouverneurs sowie die Wappen von Tschukotka, ein riesiger leuchtender Stern auf dem Rücken eines Rentiers, ein zur Supernova explodierter Polarstern, und ein zweites mit dem gleichen Richtungsweiser, allerdings als leuchtendes Himmelsei unter dem Bauch eines strahlend weißen Eisbären.

Auf dem offiziell wirkenden Schwarzen Brett an der Seitenwand wurden die Errungenschaften und Superlative von Tschukotka abgehandelt. Die Halbinsel lag auf beiden Erdhalbkugeln gleichzeitig und auf beiden Seiten des Polarkreises, es war der nordöstlichste und der östlichste Winkel Eurasiens, an den Ufern tobten gleichzeitig Polarmeer und Pazifik.

Die Tafel enthielt auch Textkästen über Baron von Wrangel und Vitus Bering. Wrangel hatte die Nordküste der Halbinsel kartiert und vergebens nach der großen Insel gesucht, die die Einheimischen kannten. Bering wiederum war südlich des Tschuktschenlandes und durch die Meerenge in Richtung Alaska gesegelt. 1728 hatte er die Meerenge durchquert, nicht als Erster, aber seinen Namen hatte er trotzdem auf die Weltkarte bekommen, so wie Wrangel den seinen für die Insel, die er nicht einmal gefunden hatte. Bering hatte das Zarenreich Peters des Großen bis zu seinem Tod erweitert und war so weit vorgedrungen, dass man auch sein Grab erst zweihundertfünfzig Jahre später fand. Berings Grab auf der Beringinsel im Beringmeer, mehr Unsterblichkeit kann es nicht geben, las Graham laut vor.

In den abgelegenen Randbereichen der Erde verwickeln sich Dinge und Namen. Peter der Große als Schüler Halleys und mit der *Paramour* auf der Themse segelnd. Halley als Kapitän der *Paramour* beim Kartieren der Ärmelkanalküste und der Ozeane. Vitus Bering beim Kartieren der Tschuktschensee und ihres Eises. Alles zur gleichen Zeit, begann Graham, die Jahre Berings mit den Jahren Halleys zu vergleichen. Die beiden mussten auf irgendeinem Weg voneinander gehört haben, zur damaligen Zeit waren die Wissenschaften Gemeingut und die Grenzen zwischen den Ländern nicht hoch, Karten wurden kopiert, die Spione verkauften Routen und die Herrscher Menschen.

Am Abend fuhr ein schwarzes Geländefahrzeug vor, auf dem die Aufkleber eines Reiseveranstalters prangten, auf Russisch, Englisch und Japanisch, dazu das Farbbild eines tiefen Talbodens. Die örtliche Tochtergesellschaft von TradChannelTravels organisierte auf Kosten der Memorial Society die Tschukotka-Etappe. Es war ein Veranstalter, der Spezialreisen in Regionen mit schwierigen Bedingungen anbot und bei dem TCT schon zwei Jahre vor dem Wettbewerb als Teilhaber eingestiegen war. Pjotr-Pawel Nowikow gehörte ein Teil davon, und er kam, um uns weiterzubefördern. Er war Lektor für Japanisch in Wladiwostok und Lektor für Russisch in Muroran auf Hokkaido gewesen.

Ursprünglich stammte Pjotr-Pawel aus dem Süden, vom Asowschen Meer. Mit der Arbeit des Führers hatte er Anfang der Neunzigerjahre im Kaukasus angefangen, als es am unruhigsten in den südlichen Teilen der zerfallenen Sowjetunion gewesen war. Die Menschen hatten damals aus ihren Heimatregionen fliehen müssen und waren weite Strecken gewandert. In den Flüchtlingen hatten die Bergführer gut zahlende Kundschaft gefunden, deren einzige Hoffnung darin bestand, irgendwo Zuflucht zu finden, und wenn es nur ein Auffanglager war, wo man einigermaßen vom Frühjahr bis zum ersten Schnee überleben konnte, wo man dann aber das ganze Jahr über leben musste.

Auf diese Weise erzeugte man billigste Arbeitskraft, Menschen, die als Ware verkauft wurden. Von Abchasien war es nicht weit bis zur Krim, von der Krim nach Transnistrien und Moldau, nach Rumänien und von dort wiederum nach Italien und überallhin, wo Kinder und Erwachsene gebraucht wurden. Pjotr-Pawel erzählte, er habe im Kaukasus die Anfänge dieser Beförderungsketten gesehen.

Sein Reisebüro kümmerte sich um die von Tschukotka abgehenden Flüge der Amundsen-Nobile-Gesellschaft. Aufgrund der örtlichen Bedingungen gehörten die Preise dafür noch einmal einer anderen Kategorie an als diejenigen für die ebenfalls teuren, aber doch immerhin schon regelmäßigen Flüge über die Sahara und die Antarktis. Kein Privatmensch konnte es sich leisten, vom Militärflugplatz auf Kap Schmidt zur Wrangelinsel und zu den Eisgipfeln der Polarregion zu fliegen, nur die allerreichsten, und ein großer Teil der Flüge wurde denn auch von Ölkonzernen bezahlt, als Belohnung für wichtige Kunden. Im Sommer und Herbst gehörte zu den Reisen von TCT das Fischen in den abgelegensten Lachsflüssen, aber im Winter und Frühjahr beschränkte es sich auf die Exotik von Winterdunkelheit und Kälte, auf den Wind, der über der Tschuktschensee und dem Packeis am Luftschiff zerrte.

Pjotr-Pawel war der regionale Reiseleiter, die übrigen Mitarbeiter wurden jeweils gesondert engagiert, Guides und Organisatoren, Dolmetscher, Lenker von Naiad-Booten und Hubschrauberpiloten. Amundsen-Nobile hatte auf Kap Schmidt eigenes Personal und eine eigene Wetterstation. Während die Italiener der Luftschiffgesellschaft sich um die Sahara kümmerten und die Amerikaner und Neuseeländer für *Falcon* zuständig waren, hielten es nur Russen und Norweger länger als ein halbes Jahr am Arktischen Ozean aus.

Am nächsten Morgen ging ich nach draußen und lauschte seit Langem wieder einmal auf die Stille. Es war Sonntag, hell genug, dass man die Landschaft erkennen konnte, und ich kam mir so weit weg vor, wie man es auf der Welt nur sein konnte. Diesen fernsten Winkel Russlands hatte sogar Fiennes auf seiner Transglobe-Tour freiwillig ausgelassen, obwohl der Meridian exakt über Tschukotka lief. Man konnte nicht weiter ins Abseits geraten, aber das gleiche Gefühl hatte ich auch zuvor schon gehabt, beim Umfahren der Insel Semisopochnoi, in den Gewässern der Antipodeninseln und auch im Atlantik, als wir von St. Helena aus direkt nach Süden fuhren und das Meer leer war, frei von jeglichem Verkehr.

Die Sonne stieg über den Horizont, und da sah ich am Himmel einen Trupp ziehender Schneegänse. Auf dem Meer hatten wir sie öfter gesehen, und Petr hatte mir erklärt, woran man sie erkannte. Ihre Route verlief gerade über uns hinweg nach Amerika. Wenn die Sonne von schräg unten kam, sahen die Bäuche der Gänse leuchtend weiß aus. Es waren die letzten versprengten Trupps, bereits spät dran.

Der Vogel ist nicht für den Menschen gemacht und der Mensch nicht für den Vogel, hatte Graham im Boot gesagt. Später hatte ich mit Isla darüber gesprochen. Sie hatte versucht, mir genauer zu erklären, warum Graham bereit war, Fisch zu essen, aber nur in den ungeraden Monaten, und sonst kein Fleisch. Tier und Mensch lebten in einer Welt und waren darum eins, niemand isst seine eigene Hand, und je näher die Hand ist, umso schwerer ist es, dem Eigenen Schaden zuzufügen, der Vogel ist weit entfernt von den Primaten, denn der Mensch ist an den Erdboden gebunden, und der Fisch ist weit entfernt von den Vögeln. So ungefähr hatte Graham in seiner Studienzeit zu denken gelernt.

Der Himmel lag als leere, leuchtende Schale über der Ebene, die Schneegänse hatten es bereits bis an den Rand dieser Schale geschafft. Auf der anderen Seite krümmte sich die Erde unter dem Himmel zur flachen, weglosen Tundra.

Als wir mit Pjotr-Pawels Kettenfahrzeug weiter in Richtung Norden fuhren, gefror es während eines einzigen langen Reisetages. Wir machten auf einer Uferböschung Rast, in einer Flussschleife, nicht breiter als ein Bach. Zu Beginn der Pause war in der Mitte noch eine schwarze, eisfreie Stelle, aber als wir weiterfuhren, war das Wasser auf der Oberfläche zu Glas erstarrt.

[– ein Gefühl, als hätten wir es bald geschafft. Auf irgendeinem Flugplatz warten die Männer von Amundsen-Nobile –]

[Eine Reise ist lang oder kurz. Zweck ist Zweck. Ziel ist Ziel.]

[Ich halte den Husten nicht mehr aus.]

[Hätte ich nur Honig oder Zwiebelmilch.]

Das sind die letzten Eintragungen in Petrs Ryman. Alle Seiten sind vorhanden, wenn auch verknickt und mit Eselsohren.

Kari Petr Petri Peter Jarvi Järvi

Petrs Halsschmerzen und Husten, die im Beringmeer eingesetzt hatten, verschlimmerten sich in den zugigen Unterkünften, wurden zur Bronchitis und dann zur Lungenentzündung. Die ganze Zeit beteuerte Petr, er schaffe es schon, und es sei besser, in Bewegung zu sein, als nur zu liegen. Jetzt im Nachhinein weiß man es besser, aber damals gab es keine Alternative mehr. Wenige Tage zuvor hätten wir noch eine gehabt, aber wir hatten die falsche Entscheidung getroffen. Das Künftige kann man nicht sehen; dort, wo man sich gerade befindet, kann man nur Rand und Schleier des Kommenden greifen.

Eine Lungenentzündung bekommt man nicht durch Überanstrengung, hat man uns später gesagt. Nein. Eine Lungenentzündung ist auch nicht dasselbe wie ein tief sitzender, schlimmer Husten oder sonst etwas, hat man uns gesagt. Nicht?, fragte ich. Nein.

Warum seid ihr nicht sofort weg von dort?, hat man uns gefragt. Ihr hattet doch ein Auto und wart in der Transportkette, die das Büro organisiert hatte, der Fahrer hätte bestimmt eine Stelle gekannt, von der aus man zwischen den Bergen hindurch Verbindung per Satellitentelefon hätte aufnehmen können. Dann hätte er durchgeben können, wo der Hubschrauber in der Nähe landen könnte.

So ist es nicht, wenn man sich selbst mittendrin befindet. Der Kettengeländewagen ist auf den Serpentinen zu langsam, ein richtiges Satellitentelefon ist sowieso nicht zur Hand, das Handy hat kein Netz und Pjotr-Pawel von TCT spricht allgemeine Hoffnungen aus, dass es nicht mehr viele Stunden bis zur Landstraße dauert, auf der man dann schnell ins Krankenhaus kommt, und Petr ist vom Fieber benommen und will niemandem zur Last fallen und auch die Kosten nicht in die Höhe treiben, weil das Budget ohnehin schon überschritten ist, das ganze letzte Stück der Reise voller zusätzlicher Kosten und Maßnahmen.

Der Erste-Hilfe-Koffer und die Antibiotika sind im Stauraum unter der Vorpiek der *Ginger-Baby* zurückgeblieben, nicht geblieben, zurückgelassen worden, als unnötige Last, weil wir mit leichtem Gepäck zu den Flugplätzen von Kap Schmidt oder Vankarem gelangen sollten, oder wo auch immer die Meteorologen von Amundsen-Nobile die günstigsten Luftströmungen voraussagten, und dann hätten wir einfach nur einsteigen und über das Eis des Nordpolarmeeres nach Europa fliegen müssen.

Wir hatten nicht einmal ein Fieberthermometer, aber man sah Petr auch so an, dass er hohes Fieber hatte und dass es so nicht mehr lange weitergehen konnte. Er bekam einen hämmernden, wimmernden Husten und konnte nicht mehr richtig atmen.

Nur mit einem guten Satellitentelefon und viel Glück wäre es vielleicht gelungen, auf dem Kesselboden zwischen den Bergen Verbindung mit der Außenwelt aufzunehmen. Mit dem Handy konnte man nicht einmal Radiosender hören, es bestand kein Netz in irgendeine Richtung.

In dem engen Geländefahrzeug lehnte Petr schlaff an meiner Schulter, mit schweißnassen Haaren. Die Fahrerkabine schwankte in den Senken und auf den Anstiegen hin und her, das Verdeck über uns hing in der Mitte herab und quietschte. Die Scheiben beschlugen und froren zu, und durch die Dunkelheit mussten wir entlang des schmalen gelben Kegels der Scheinwerfer fahren.

Zweimal hielten wir an, Pjotr-Pawel füllte Naphtha aus dem Ersatzfass im Laderaum nach. So stand es auf dem Fass, ganz ohne die Werbefarben eines Ölkonzerns, mit Weiß auf das vom Rost gesprenkelte Metall gemalt: »naft«.

Nur wenige Hundert Meter vor den ersten Siedlungen wurde die Fahrspur so eben, dass man die Veränderung spürte, aber erst als das Geländefahrzeug anhielt und ich ausstieg, erkannte ich zwei blassgrüne Gebäude. Ich half Petr aus der Kabine. Der Boden war von glänzendem Eis überzogen, steinharte Klumpen hatten sich daraus gelöst.

Tschukotka war schon eine abgelegene Gegend im russischen Imperium, aber dieses Dorf lag im hintersten Winkel Tschukotkas. Ringsum sah man zwanzig, dreißig im Verfall begriffene, spärlich gestrichene Häuser und Schuppen und dahinter vor Felserhebungen eine Art Bergwerk, eingesunkene Türme und von dünnem Schnee bedeckte Schlackehaufen. Menschen waren nirgends zu sehen. Laute Aggregate produzierten Strom, und Rentierhunde und kleinere schwarze Köter bellten, trauten sich aber nicht nahe heran.

Ein kleiner Tschuktsche tauchte auf, er trug eine Windjacke der Universität Oregon, an den Füßen aber ausgefranste, spitz zulaufende Lappenstiefel aus hellem Leder. Als wir ihn nach einem Krankenhaus fragten, erklärte er, kein Arzt, keine Medikamente. Ich nahm Graham die Karte ab. Pjotr-Pawel legte den Finger auf den fast einzigen schwarzen Punkt, der eine Siedlung bezeichnete, aber bis dorthin waren es noch mehr als hundert Kilometer.

Wir konnten den alten Lastwagen des Dorfes borgen oder genauer gesagt mieten. Er stand neben der ehemaligen Mine, ein alter GAZ mit kaputter Ladefläche, aber mit ihm kam man schneller auf der Straße voran als mit dem Kettenfahrzeug. Der Tschuktsche, der ihn uns zeigte, rieb die Spitzen von Zeigefinger und Daumen gegeneinander. Graham nahm Dollarnoten aus einem Rucksackfach, der Mann nickte und wartete ab, wie viel von Grahams Bündel abfiel, er schaute zu und bedeutete dann, dass noch zwei fehlten. Graham zahlte 220 Dollar, damit war der Mann zufrieden.

Pjotr-Pawel stieg ins Führerhaus und versuchte den Laster anzulassen, der GAZ schnaufte ein paarmal, verstummte dann aber, und beim nächsten Versuch rührte sich der Anlasser überhaupt nicht mehr. Der Tschuktsche erklärte etwas, beugte sich unter den Motor und winkte. Ich ging in die Hocke. Unter dem Fahrzeug sah man einen verrußten Kreis auf dem Boden. In der Nähe lagen unter rostigem Wellblech Stücke von zersägtem Bauholz. Die benutzten wir, um unter dem Motor ein kümmerliches Feuer zu entfachen, das aber bald größer wurde, bis die Flammen fast die Unterseite des Motors erfassten. Der Mann setzte sich neben dem Laster auf den Boden, um aufzupassen, dass die Flammen nicht zu groß wurden, und immer wieder schürte er entweder das Feuer oder stieß mit einem Stock das am stärksten brennende Holzstück zur Seite.

Erst als das Öl im Motor flüssig geworden war, kletterte Pjotr-Pawel wieder ins Führerhaus, und nach einigen Versuchen gelang es ihm, den GAZ zu starten. Danach ließ er den Fuß schwer auf dem Gaspedal liegen, damit der Motor nicht wieder ausging.

Wenn wir uns zusammengedrängt hätten, wären vielleicht vier ins Führerhaus hineingegangen, aber wir einigten uns darauf, dass Petr genug Platz haben sollte und wir anderen uns mit dem dritten Sitzplatz abwechselten. Graham setzte sich als Erster vorne hin, Isla und ich kletterten auf die kaputte Ladefläche. Der Tschuktsche kam herauf, um ein Seilpaar zwischen den Seiten zu spannen, damit man sich leichter festhalten konnte.

Pjotr-Pawel fuhr auf der einzigen Straße, die von der Mine wegführte, los. Bis man sich daran gewöhnt hatte, musste man sich auf der Ladefläche mit beiden Händen an den Seilen und an den Griffen am vorderen Rand festhalten. Am besten sah man nach hinten, wo die Gebäude zunächst niedriger wurden und dann neben den Felshängen als blasse Farbflecken in der Landschaft versanken.

Das Führerhaus war nicht einsehbar, denn bis zu den Seitenfenstern konnte man sich von der Ladefläche aus nicht vorrecken, und das kleine Heckfenster war mit Sperrholz abgedeckt. Hoffentlich gibt es da vorne so etwas wie eine Heizung, dachten Isla und ich, und hoffentlich ist es wenigstens windgeschützt, denn von den ersten Kilometern an zog es auf der Ladefläche fürchterlich, über uns rotierte der Schnee, der von der Straße und der Böschung aufgewirbelt wurde. Auch wenn man sich mit noch so angespannten Muskeln an den Griffen und den Seilen festhielt und sich zusätzlich ständig ein bisschen bewegte und die Sitzposition veränderte, wurde einem nicht warm. Der Motor dröhnte, und die Ladefläche knirschte und polterte in den Schlaglöchern.

Pjotr-Pawel fuhr vielleicht dreißig, aber auf einer solchen Straße, die zwischendurch bloß eine Furche war, kam einem das Tempo höher vor. Erst nach knapp einer Stunde war Schichtwechsel. Da fror Isla bereits stark, weil sie die Kälte nicht gewohnt war. Das Thermometer meines Handys zeigte zwölf Grad minus, aber das Telefon hatte in der Tasche gesteckt und war dem Wind nicht ausgesetzt gewesen.

Graham fragte mich, ob ich es noch eine zweite Schicht lang auf der Ladefläche aushielte. Isla musste ins Warme kommen. Während Pjotr-Pawel eine japanische, seltsam riechende Zigarette rauchte, rannte ich steif um den Laster herum und die leere Straße entlang. Unterwegs war uns ein einziges Auto entgegengekommen, ein schwarzer Geländewagen, auf dessen Seiten in westlichen Buchstaben »KUPOL« gestanden hatte.

Petr war vom Anhalten aufgewacht und aus dem Führerhaus geklettert, um zu pinkeln. Wir hatten ihm literweise heißen Tee und zähflüssigen, aus Energiekonzentrat angerührten Saft eingeflößt.

Wenn man sich im Nachhinein zu erinnern versucht, wird man vielleicht jenen ortlosen Ort vor Augen haben: die schnurgerade Fahrspur, keine Böschung, keine Gräben, auf beiden Seiten flaches Gelände, Schnee gerade so viel, dass er die Steine und den gefrorenen Schlamm bedeckte, aber zugleich fiel leise neuer Schnee. Petr entfernt sich vom Weg, rutscht auf einem Stein aus und stürzt, steht sofort wieder auf und hustet und hält sich den Kopf, sagt aber, es ist nichts, überhaupt nichts.

Isla steht auf der untersten Stufe. Graham ist halb im Führerhaus und halb draußen. Der Motor dröhnt im Leerlauf, weil Pjotr-Pawel es nicht wagt, ihn abzustellen, es riecht nach verbranntem Öl und Vaseline und schmutzigem Metall. Man hatte es nicht ahnen können. Auch später nicht, kein Vogel flog und keine Uhr blieb stehen.

Wir setzten unseren Weg fort, nach einer halben Stunde

kam uns der aus Swesda bestellte Geländewagen entgegen und wir stiegen um. Pjotr-Pawel fuhr, und der TCT-Mitarbeiter aus Swesda brachte den Schrottlaster zurück zu den Tschuktschen im Bergwerksdorf.

Man altert, bis nichts mehr da ist. Nichts, Maaria. Ich weiß nicht, ob es so gut oder schlecht ist. Es gibt nichts Unsicheres, das den Menschen ruhig werden ließe. Nein, man beruhigt sich nicht, sondern gerät innerlich durcheinander.

Petr starb auf der Rückbank eines Geländewagens mit Mondrädern, irgendwo in der Nähe von Swesda, wo es ein Krankenhaus und Ärzte geben sollte. Vielleicht ist Petr nicht an einer Lungenentzündung gestorben, auch wenn es so auf dem Totenschein steht, sondern durch den Sturz, als er mit dem Kopf aufgeschlagen ist. Und das Krankenhaus war auch kein Krankenhaus, sondern eine Geburtsklinik, die von den Einheimischen »Waisenfabrik Roter Stern« genannt wurde, »Sirotski sawod krasnoj swesdy«. So übersetzte ich es, einen offiziellen Namen gibt es natürlich nicht, auch das Dorf heißt auf neueren Karten nicht mehr »Roter Stern«, sondern bloß Swesda, »Stern«, das »kleine Sterndorf«, und an dessen Rand die Kombination aus Geburtsklinik und Kinderheim, mit einer Ärztin und einer Hebamme, mit Pförtnern und Wachmännern. Fast hätte es Petr auf der Seite des Lebens bis dorthin geschafft, aber es war zu spät gewesen, um noch mit Medikamenten und Infusionen anzufangen.

Wir kamen dort mit dem hochrädrigen Geländewagen von TradChannelTravels an. Er war auf das Chassis eines Ural gesetzt worden, so groß wie ein kleiner Lastwagen und innen isoliert und mit Leder verkleidet, dass es warm blieb.

Wir saßen unter Überrollbügeln, mit Vierpunktgurten angeschnallt, und kürzten das letzte Stück so gerade durch das steinige Gelände mit den schneebedeckten Hängen ab, wie Pjotr-Pawel sich traute.

Petr musste gestorben sein, als wir gerade zur Geburtsklinik abbogen, aber keiner von uns merkte es gleich. So muss der Mensch wohl in den meisten Fällen alleine gehen. Graham hielt Petr an den Schultern und weinte. Isla weinte. Ich wandte mich ab und schaute an ihnen vorbei nach draußen, wo nichts als Schnee war. Mir wurde gleichzeitig kalt und heiß, aber ich konnte nicht weinen, etwas war nicht mehr da, was gerade noch da gewesen war.

Ich wäre nicht darauf gekommen, Graham bedeutete mir, Petr das Kinn festzubinden, so wie man es bei Toten tut. Ich öffnete den Reißverschluss von Petrs Jacke, löste den Schal und band damit den Unterkiefer hoch. Ich musste nur auf die Augen drücken, und sie blieben zu.

Obwohl Petr mit zunehmendem Alter immer mehr Mutter ähnlich gesehen hatte, musste ich an Vater denken, vor knapp einem Jahr, es war auch ringsum Winter gewesen, nur mehr Schnee und richtige Nacht.

Die Geburtsklinik von Swesda war eine vergleichsweise große und saubere, aus verputzten, fast noch weißen Bauelementen zusammengesetzte, zweistöckige Einrichtung. Drinnen, auf den Gängen und in den Gemeinschaftsküchen am Ende der Flure, konnte einem nicht verborgen bleiben, dass hier nur junge Frauen und sehr kleine Kinder wohnten. Die meisten sahen russisch aus, und es gab sogar mehr Koreanerinnen als Tschuktschinnen. Der Name »Waisenfabrik Roter Stern« verriet, dass man dort hinkam, um zu gebären, danach aber schnell und ohne Kind wieder ging.

Ein Teil der Frauen blieb, und diejenigen, die blieben, mussten auch die Kinder der anderen stillen, solange die verlängerte Muttermilch reichte. Noch bevor die Kinder ein Jahr alt waren, wurden sie in andere Einrichtungen geschickt, wo sie auf ihre Adoption warteten, entweder durch reiche Moskauer oder durch Ausländer in Asien oder Europa.

Mich ließ das nicht los, ich ging durch die Gänge und sah mir alles an und stellte Fragen und versuchte Petr zu vergessen. Die Gynäkologin, die den Totenschein ausstellte und als Todesursache Lungenentzündung eintrug, sprach offen mit mir und erklärte kurz und bündig, es sei immerhin besser, wenn eine Organisation wenigstens dafür sorgte, dass die Neugeborenen in besseren Verhältnissen aufwachsen konnten, und dass man die Gebärenden am Leben hielt, als wenn sie in irgendwelchen Löchern von Quacksalbern gestochene Fehlgeburten zur Welt brachten oder wenn sie ihre blau angelaufenen Babys vor die Türen irgendwelcher Anstalten legten.

Dem war schwer zu widersprechen. Vera hieß die Ärztin, sie sagte, die Einheimischen hätten der Einrichtung den Namen »Waisenfabrik« hauptsächlich wegen der russischen Geschichte gegeben. Riesengroße Geburtskliniken mit einem Bedarf an Tausenden Berufsammen und daran angeschlossene Waisenhäuser, wo die Kinder in Schlafsälen verteilt lagen, habe es in den großen Städten des Zarenreichs einst viele gegeben, sie waren damals nötig gewesen, und nach der Revolution habe man sie nicht aufgeben wollen. In einem Teil von ihnen habe man damit begonnen, Erziehungsmethoden der neuen Gesellschaftsordnung zu erproben, da die verstoßenen Kinder nicht die falschen Vorurteile ihrer Eltern als Last mit sich trugen, sondern alles offen vor ihnen lag, eine wahre Tabula rasa des Sinns und des Denkens, auf die man leicht etwas Neues schreiben konnte.

Am Morgen nach unserer Ankunft hielt ich mich in einer der Küchen am Ende eines Korridors auf. Zwei Koreanerinnen kochten, eine hochschwanger und die andere vielleicht kurz nach der Geburt, denn sie musste ihre Schritte langsam und mit gespreizten Beinen setzen. In einem sehr großen Aluminiumtopf köchelte Reis und auf der anderen Gasflamme wurde in einer Kasserolle klein geschnittenes Hühnerfleisch gebraten. Wir sprachen gerade so viel gemeinsames Russisch, dass ich den Frauen ein paar Fragen stellen konnte und durch ihre Antworten verstand, dass sie in einem Lager von Leihwaldarbeitern, die von Nordkorea nach Kamtschatka gebracht worden waren, gelebt hatten oder immer noch lebten. Als ich sie fragte, ob sie dort arbeiteten oder mit ihrer Familie dort seien, spitzte die eine den Mund und lächelte auf eine Weise, die mich verstehen ließ; es war mir peinlich, Sklavinnen von Sklaven, Trösterinnen der Valutawaldarbeiter. Und nun hatte man sie von Kamtschatka noch weiter nach Norden geschickt, um in der Abgeschiedenheit die Früchte ihres Leibes zu gebären, die dann an andere verkauft wurden. Ich wandte mich ab und schaute nach draußen, wo andere Frauen Müll und Plastik zu einem Scheiterhaufen zusammenrafften; mit einer krummen Metallstange beförderten sie Pappstücke in die Mitte des Feuers und verbrannten ihre alten Sachen.

Ich sah Graham in den Hinterhof kommen und in den Schuppen gehen, in den wir am Vorabend Petr gebracht hatten, so wie uns geraten worden war. Ein abgetrennter Verschlag des Schuppens war auch früher schon als Leichenraum benutzt worden, dort stand eine niedrige und schmale, mit Pappe bedeckte Pritsche. Da es bei den Hunderten Gebärenden oder Neugeborenen eines Jahres immer mal wieder zu Todesfällen kam, hatte man den unbeheizten Schuppen zum Aufbewahrungsort vor der Beerdigung auf dem Friedhof des »Sterndorfs« gemacht.

Ich hätte Petr nicht in Tschukotka zurücklassen können. Schon in der Nacht hatte ich über seine Überführung nach Finnland nachgedacht, wie sich das von so einem abgelegenen Ort aus organisieren ließe, ob es in Anadyr oder Magadan oder wenigstens in Wladiwostok einen finnischen Konsul gab. Als Erstes war mir nur eine Empfehlung aus einem Reiseführer eingefallen, die ich einmal gelesen hatte, nämlich dass sich bei einem Todesfall die Angehörigen mit dem Konsulat oder mit der Botschaft ihres Landes in Verbindung setzen sollten, falls es so etwas in dem betreffenden Reiseland gab, die müssten helfen, die könnten alles in die Wege leiten und wüssten, wo man einen Zinksarg bestellen konnte. Warum er aus Zink sein musste, hatte ich mich in der durchwachten Nacht gefragt, wurde das bloß so gesagt, oder verhinderte Zink die Verwesung? Ohne den wäre eine Überführung nicht zu organisieren, er müsste zugelötet werden, damit sich keine Krankheiten und kein Todesgeruch verbreiteten.

Da der Leichenschuppen im Hinterhof der Geburtsklinik steht, werden die Toten nicht mit der Bahre oder mit einem lautlos davongleitenden schwarzen Auto abgeholt wie im Leichenschauhaus einer Kapelle. Von den Flurfenstern aus schaute man zu, wie Graham und ich den in seinen Schlafsack gewickelten Petr ins Freie trugen.

Sein Körper war fast in Embryonalhaltung erstarrt, und beim Tragen kam es mir vor, als hätte er sich über Nacht noch mehr gekrümmt. Graham trug ihn am Kopf und ich an den Füßen. Es war schwierig, ihn zu tragen, das Gewicht ungleichmäßig verteilt. Die Kälte hatte noch zugenommen, aber durch das Tragen wurde mir so warm, dass ich stehen bleiben und beide Reißverschlüsse meiner Jacke öffnen musste.

Isla ging neben uns, von oben sah man uns aus den Fenstern beider Stockwerke zu, alles junge Frauen, Gebärende und solche, die gerade geboren hatten, eine hielt ein in weißen Stoff gewickeltes Bündel auf dem Arm. So viel nahm ich um mich herum wahr, und ich dachte noch, dass es fast gut war, wie alles im Leben seinen Gang geht und die zurückliegenden Tage verstreichen.

Das meiste steckt in einem selbst. Wenn man trauert, trauert man wegen seiner selbst, und auch wenn es vielleicht so aussieht, dass es nur wegen des anderen ist, so ist es um mehrere Ecken herum doch wegen seiner selbst, weil in einem drin ein leerer Fleck entstanden ist.

Das ist keine Herzenskälte, und ich habe auf dem Hof von Sirotski sawod bestimmt nicht so gedacht. Schreiben ist eben Klugheit im Nachhinein. Man kann nichts notieren in dem Moment, in dem man lebt, man ist immer zu spät und kann das Vergangene mit Späterem vergleichen, sodass es nicht mehr dasselbe ist, ein Teil aber schon, nicht alles verfliegt und wird überdeckt.

Ich weiß noch, wie ich durch das Tor trat, etwas zur Seite ging und mich umblickte. Graham stand neben dem Leichensack, Isla mit zwei Schritten Abstand daneben. Aus den Flurfenstern schauten noch immer Frauen in den Hof, aber nicht mehr so viele wie beim Tragen. Fast direkt über mir war das

Fenster der Gemeinschaftsküche, in der ich mich am Morgen mit den Koreanerinnen unterhalten hatte. Eine von ihnen oder vielleicht auch nur eine, die ihr ähnlich sah, schaute heraus, nicht mehr auf uns und nicht in den Hof, sondern weiter in die Ferne, auf die Straße und auf andere Häuser am Rand der Ebene.

Wie viele Tage verbrachten sie hier vor und nach der Geburt? So etwas Konkretes fragte ich mich. Vera, die Ärztin, hatte mir nicht alles genau erzählt, nicht einmal, dass die Frauen, die entbunden hatten, wieder weggingen, von den Neugeborenen aber jedes dablieb und nur für die Pflege und das Stillen auch von den Frauen immer ein Teil dableiben musste, um ihre eigenen Kinder und die der anderen zu versorgen.

An diesen Ort brachte Graham Identitäten. Erst später verstand ich richtig, was die gedruckten Zahlenreihen und Namen von Orten und Personen auf den Blättern bedeuteten, vielleicht Verschollene oder bei der Geburt Verstorbene, Notgetaufte, Unregistrierte, mit deren Identitäten ein Teil der in der »Waisenfabrik« Geborenen nun ausgestattet wurde. So war es leichter, die Überstellungen und Transporte wurden beschleunigt, auf den russischen Flughäfen musste nicht vorab etwas organisiert werden, es fielen keine zusätzlichen Zahlungen fürs Wegschauen an, und in Larnaka oder Palermo musste niemand nach einem Visum fragen.

Wir wären auf jeden Fall über Swesda gefahren, nicht wegen Petr, sondern weil das schon viel früher geplant gewesen war, die ganze Reiseroute durch Tschukotka hatte bereits vor der Ankunft am Ufer von Meinepilgyno festgestanden. Graham hatte seinen Part erledigt, er setzte den Plan um und beglich so einen kleinen Teil der Kosten.

Der Ort ähnelte bereits der fernen Arktis. Noch hatte es nicht viel geschneit, aber im Hof der »Waisenfabrik« war immerhin alles weiß, so weit im Norden gab es keinen einzigen Baum mehr und es ragten auch keine kümmerlichen Sträucher über die sonstigen Huckel hinaus. Die Temperatur war mittlerweile auf zwanzig Grad minus gefallen.

Graham wollte, dass wir, solange wir auf den Transport warten mussten, einen Sarg oder wenigstens eine Kiste suchten, damit Petr nicht bloß im Schlafsack transportiert werden musste. Wir klapperten die Schuppen ab auf der Suche nach Holz oder einer schon fertigen großen Kiste.

Schließlich fanden wir eine Transportkiste für Gasum-Gasflaschen. Wir entfernten die Zwischenwände und erhöhten die Seiten um ein paar Bretter, dadurch entstand ein enger Sarg, in den wir Petr mitsamt seinem Schlafsack hineinbekamen. Graham nagelte den Deckel zu. Der Hausmeister der Klinik, der uns geholfen hatte, schaute mit einem Gesichtsausdruck zu, als wüsste er nicht, ob diese Art von Leichentransport richtig oder falsch war. Als der Deckel dicht war, machte der Mann ein Kreuzzeichen von der Stirn zur Brust und von Schulter zu Schulter, sagte aber kein einziges Wort.

»Und sagte kein einziges Wort« – erinnerst du dich daran, Maaria? Hast du das gelesen?

Ich kann nicht lügen und sagen, ich hätte lang und tief getrauert. Eher war ich gefühllos, müde von der Reise und redete mir ein, das sei der Gang der Dinge. Ein paarmal fiel mir auf, dass ich Petrs Tod zwischenzeitlich schon vergaß, wenn ich über etwas von früher nachgedacht hatte und mich zu ihm umdrehte, um ihn danach zu fragen, er aber nicht im Wagen saß. Die Kiste war mit Gummibändern und einem Netz auf dem Dachgepäckträger befestigt.

Die restliche Strecke bis zum Hangar auf dem Flugplatz konnten wir an einem Stück zurücklegen, in der Nähe der Küste war das Land so weit besiedelt, dass wir fast schon auf Straßen fahren konnten. Die Außentemperatur betrug jetzt minus achtundzwanzig, aber es herrschte kein einziger Sekundenmeter Wind mehr, was man an den Instrumenten des Armaturenbretts ablesen konnte.

In den kurzen Pausen schlossen wir einen Hochleistungskocher am Zigarettenanzünder an und kochten Wasser, in das wir Kaffeepulver und Fruktosegranulat rührten. Einmal stieg ich aus dem Wagen und sah am Rand des Himmels die Schleier des Polarlichts heraufziehen. Die grünlich gelben Schleierwirbel strichen in Schwüngen von der anderen Hälfte des Himmels herüber. So groß und mit so abrupten Bewegungen hatte ich sie in Finnland nie gesehen, nicht einmal in Lappland. Zu Hause tauchten sie auch manchmal auf, aber da blieben sie niedrig und schillerten nur als Echo oder Widerschein der richtigen Polarlichter knapp über dem Horizont.

Wenn man mit dem Vierpunktgurt angeschnallt hin und her geschaukelt wurde, fiel es einem leicht, einfach nur dazusitzen. Draußen strich das Polarlicht über den Himmel, als wäre Wasserfarbe zerlaufen und auf eine beleuchtete Glaskuppel getropft. Zwischendurch gab es Momente wie nach Vaters Tod, als ich versucht hatte, die vorangegangenen Tage zu vergessen, als ich das Ordnen und Organisieren und das Fragenstellen hatte bleiben lassen und einfach mit den Skiern auf den hellen See hinausgelaufen war, damit es auch noch etwas anderes gab.

Das Gedächtnis und das Denken müssen so konstruiert sein, dass die Bestandteile ab und zu ruhen dürfen, damit sie nicht übermäßig belastet werden. Darum kann man auch die schwersten Dinge mittendrin vergessen und für einen Augenblick in etwas anderes hineinfallen.

Petr war gestorben, aber mich überkam zwischenzeitlich das gleiche wirre Gefühl, wie ich es vom Januar her erinnerte, dass ich jetzt frei war von etwas, das es gegeben hatte. Ich versuchte es mir damit zu erklären, dass alles Mögliche im Inneren bereitliegen muss und bei Gelegenheit dann an die Oberfläche sprudelt wie die Blasen und der Schlamm aus einer Quelle. Alles ist eins in einem, so wie der Mensch ein Einzelner ist, und wenn auch inmitten von anderen, so doch separat, und darum muss er niemandem gegenüber Rechenschaft über seine Gedanken ablegen. Erst das Handeln bedeutet, aus dem Vorrat eine Auswahl zu treffen, und ein böses Wort an einen anderen bedeutet, dass man schlechte Momente in sich nach außen verlagert, oder es versucht, denn sie lassen sich nie verlagern, sondern wachsen und erstarren und werden zu Schutt, den man dann auch von außen sieht und der um einen herum den Kreis zieht, der die Aura bildet, die man für die anderen hat.

Im Januar, nach dem Tod meines Vaters, war ich im Anschluss an meine hellen und ermüdenden Skitouren immer in die Sauna gegangen und hatte auf der Pritsche vielleicht zum ersten Mal in meinem Leben länger über solche elementaren menschlichen Dinge nachgedacht. Zwar war im Jugendheim viel über Gut und Schlecht und das Auswählen geredet worden, aber die anderen hatten darüber mehr gesprochen als ich, wenn wir uns damit beschäftigen mussten, was die Schüler und zwischenzeitlichen Bewohner wieder angestellt hatten, Diebstähle und Schlägereien, ich hatte sie früher nicht in mir verortet, obwohl beides auch in mir die ganze Zeit da war und nur darauf wartete, von den Taten ausgewählt zu werden.

Ich weiß nicht, ob die Entscheidung richtig war, Petr bis zum Schluss mitzunehmen. Damals schien es die richtige Wahl zu sein und wir glaubten, dass auch Petr es so gewollt hätte. Wer will so etwas wissen? Man redet es sich und den anderen ein, für einen Moment sind alle einer Meinung.

Die Elektronik in Grahams und weiterhin auch in Petrs Halsband schrieb das Vorwärtskommen und den jeweiligen Ort mit der Genauigkeit von Bogensekunden fort. Der Memorial Society machten wir keine Mitteilung, dort wusste man von der ganzen Sache unter Umständen gar nichts, denn die Nachrichtenübermittlung über die Schnüre und das digitale Empfangsgerät funktionierte wie bisher, die Reise wurde fortgesetzt, der Wettbewerb ging weiter. Graham führte weiterhin das Logbuch, als wäre nichts geschehen, aber als ich die Seiten später ganz genau las, kam Petr darin eigentlich überhaupt nicht mehr vor, und Graham mochte in seinen Eintragungen auch nicht mehr über das hinausgehen, was unbedingt nötig war oder von dem er dachte, dass es nötig sei, damit die Vertuschung später nicht aufflog.

Log (Gr. H.)

2. 12. 07, 19:00 Uhr
68° 54' 36" N, 179° 29' 41" W

Seenebel über der Tschuktschensee. Abweichungsgenehmigung vom Korridor, weil in der Gegend so spärliche Besiedlung. Unterkunft in Ryrkaipi. Vertragsfamilie von TradChannelTravels. Brot und Wodka zum Empfang. In Honig gegarte Kartoffeln mit

Schale und Knoblauch, getrocknetes Rentierfleisch in dünnen Spänen.
Dunkler Tag, helle Nacht. Dunkelheit begegnet Dunkelheit. Schwarze Kohle, weißes Feuer. Die Hand spricht zur Hand, das Auge schaut das Auge. Die Wünsche der Gastgeberin, als wir von verzierten Keramiktellern aßen und den selbst gebrannten Wodka aus sehr kleinen Kristallgläsern tranken.

Log (Gr. H.)
4. 12. 07, 8:00 Uhr
68° 54' 36" N, 179° 29' 41" W

Gestern nichts. Keine Mitteilung auf dem Monitor.

15:00 Uhr
Isla und Kari an der Wetterstation. Niemand, nicht einmal ein Zettel an der Luke. Vorhängeschlösser am Tor des Zauns.
Nehme keinen Kontakt zur Wellington Road auf. Müssen versuchen, hier selbst klarzukommen.

Log (Gr. H.)
7. 12. 07, 12:00 Uhr
68° 51' 45" N, 179° 22' 12" W

Im Hangar neben dem Flugplatz von Kap Schmidt Stützpunkt von Amundsen-Nobile. Großer, dunkler Raum, Halogenlicht an Decken und Wänden. Mitten in dem hohen, gewölbten Tunnel ein Verschlag aus Metallstangen, beheizt durch einen Petroleumofen. In der Ecke hinter einer Plane eine Tonne als Klo.
Das Sibirien-Luftschiff der Gesellschaft heißt Mammoth. Damit zur Wrangelinsel und über die Polarregion. Die anderen Teams wurden schon Oktober/November transportiert.
Mit den Norwegern auf Kap Schmidt darüber geredet, dass un-

ser Team das einzige ist, das fast vollständig innerhalb des Meilenkorridors durch Tschukotka gekommen ist, die anderen haben die jeweils leichteste Route genommen.
Genau so, als wäre die Expedition von Roald Amundsen mit dem Flugzeug zum Südpol gebracht worden und am selben Tag zurück an Bord eines Luxuskreuzfahrtschiffs, in ein heißes Bad und zu einem Glas Champagner, daraus wäre keine Heldengeschichte entstanden und keine Bedeutung. Wenn ein Mann auf einen Berg steigt, dann will er nicht, dass jemand von oben am Seil zieht und ein anderer ihn von unten am Arsch anschiebt, sagte einer der Norweger.
Zusammen schimpften wir auf die Russen.

Log (Gr. H.)
7. 12. 07, 22:30 Uhr
68° 51' 38" N, 179° 22' 07" W

Kap Schmidt/Mys Shmidta
Im Windschatten neben dem Flugplatz Zufahrtswege und Startplatz frei gepflügt. Für die Ankerseile stabile Ösen in den Boden geschraubt. In Richtung Wrangelinsel. Dort lebten zwischen den Bergen einst die letzten Mammuts.
Das Messgerät in der Gondel zeigt 5 m/s Wind an. Temperatur –18 °C. Für das Reality Modeling der Luftströmungen sind Sonden vorausgeschickt worden. Startzeit im Logbuch 23:30.
Unten die Lichter der Siedlung zu erkennen, die Lichtpunkte des Flugplatzes als Kreuz. Sonst nichts im Schwarz.
Gepäck im kalten, nicht unter Druck gehaltenen Ende verstaut.

Log (Gr. H.)

8. 12. 07, 4:20 Uhr

70° 54' 18" N, 179° 34' 02" W

Die Umrisse der Wrangelinsel zeichnen sich ab. Letztes Landgebiet auf dem Meridian vor der Küste Englands. Knotenverifizierung zuerst hier, dann auf dem Polareis.

Am Sternenhimmel über dem Horizont eine lichtlose Erhebung erkennbar, die Umrisse von Zaliw Krasina und Sowetskaja. Auch hier ist die Sowjetunion im Namen eingefroren.

Wieder ein Etappensieg. Das in Stücke unterteilte Band wächst wieder zum Ring zusammen, die Schlange beißt sich in den Schwanz.

Von Tschukotka aus und dann während der Fahrt auf der Sibirien-Route von Amundsen-Nobile übernahm Graham alle Eintragungen ins Logbuch selbst, weil sie anders gemacht werden mussten, als die Reise verlief. Wir kamen nicht einmal in die Nähe der Wrangelinsel, und es bestand auch gar nicht mehr die Absicht, uns innerhalb des Meilenkorridors vorwärtszubewegen. Zwar bestiegen wir das *Mammoth*-Luftschiff, aber das war schon für andere Passagiere reserviert, und wir mussten mehrere Tage auf die Abfahrt warten.

Die Unterkunft war etwas weiter weg in einem gewöhnlichen Einfamilienhaus, wo der Strom jeden Tag für mehrere Stunden ausfiel und nur verlässlich floss, wenn man ein dröhnendes Aggregat einsetzte. Das Essen wurde auf der Platte eines rot glühenden Burschnika-Ofens gekocht und im Fernsehen lief Fußball. Auf dem Hausdach war eine Satellitenkonstruktion installiert, eine halbe Schüssel und ein dickes Bündel Kabel, aber man konnte trotzdem irgendwie ein bisschen sehen, wie Chelsea Sunderland besiegte.

Ich hörte mit dem Handy die Radiostationen durch, *Stille Nacht, heilige Nacht*, auch diese Zeit kam jetzt wieder. Ich hörte per Kopfhörer zu, ging in den Flur, zog Jacke und Mütze an und verließ das Haus. Obwohl es bereits zehn Uhr am Morgen war, herrschte ringsum noch immer sternklare Nacht. An dieser Stelle der Kleinstadt Ryrkaipi gab es auch nur wenige Straßenlampen.

Ich ging zum abgeschlossenen Motorschlittenschuppen der Familie, wo Petrs Leiche im Kalten lag, die ganze Zeit war uns das gelungen, es war ständig kalt genug gewesen, manchmal dreißig Grad minus, manchmal wärmer, aber kein einziges Mal wärmer als minus zehn. Ein Trampelpfad führte zum Schuppen. Ich war oft hingegangen, um das Schloss zu überprüfen.

Die Zeit schien völlig unnütz zu vergehen. Das Warten strapazierte alle. Es kam zu Spannungen, zu Streitereien. Graham trank abends mehr, als nötig gewesen wäre, und wenn er betrunken war, fing er an, über berufliche Dinge aus der Vergangenheit zu reden, lang und breit, über Umwege lobte er sich selbst und zum Abschluss des Abends stritt er sich mit Isla über Kleinigkeiten, sodass ich mich fragte, wie das möglich war, wie er die Stirn haben konnte, so etwas zu tun. Wenn er in der entsprechenden Stimmung war, konnte Graham sehr gemein sein, dabei verstand ich nicht einmal alle Sticheleien und Anspielungen.

Wenn Graham im betrunkenen Zustand über Petr sprach, tat er das nie so überheblich wie bei fast allen anderen Leuten. Petr war immer sein Freund und auf seiner Seite gewesen und hatte nie hinter seinem Rücken gegen ihn intrigiert, im Gegensatz zu allen anderen.

Während der Wartezeit in Ryrkaipi packte ich Petrs

Rucksack aus und sah durch, welche Sachen ich aufheben wollte. Den größten Teil der Kleider und der anderen Dinge stopfte ich in den Müll oder gab sie der Gastgeberfamilie. Man braucht keine Erinnerungen, wenn man sich erinnert, aber die zwei dicht beschriebenen Ryman-Notizbücher konnte ich damals noch nicht lesen, sondern nur durchblättern, weshalb ich sie in meinen Rucksack steckte und aufhob.

Man würde nicht glauben, dass in einer dermaßen abgelegenen Gegend die ganze Zeit ausgerechnet der Geruch vom schmutzigen Diesel eines Aggregats in der Luft liegt und alles dominiert. An manchen Tagen war es keinen Moment lang still, in einem fort ging es rrr-rrrrrr-rrr-rrrrrr, zwischendurch zäck-zäck-zäck, und dann wieder rrrrrr-rrr, endlos.

Als die Mitteilung über die Abfahrt kam, fuhren wir zum Flugplatz, wo die Maschine mit den reichen Kunden von Abramowitsch bereits gelandet war. Graham sortierte das Dokumentenbündel und schrieb sich sicherheitshalber die Genehmigungs- und Lizenznummern, die er für die Grenzbehörden und die Organisationsabteilung des Innenministeriums erhalten hatte, mit Kugelschreiber auf den Handrücken.

Zum Problem wurden die Anzahl der Plätze und die Gewichtsgrenze. In der Kälte des Nordpolarmeeres war an etwas anderes als eine voll unter Druck gehaltene Passagiergondel überhaupt nicht zu denken. Genau so eine hatte die *Mammoth* von Amundsen-Nobile, aber sie war wesentlich kleiner als diejenige der *Africa*, die über Sahara und Sahel geschwebt war. Wegen der russischen und deutschen Gäste des Ölkonzerns mussten außerdem ein Koch und Bedienungen mit an Bord.

Graham musste sich stark für uns einsetzen, damit Isla und

ich nicht zurückbleiben und auf die nächste Abfahrt warten mussten. Zunächst versuchte Graham, sich auf die Verträge zu berufen, aber dann rief er in London an, von wo aus mithilfe der Sponsoren die Dinge schnell vorankamen. Ein ums andere Mal kam der russische Bereichsleiter von Amundsen-Nobile auf die offiziellen Übersetzungen der Verträge und die Propuske der Verwaltung zurück, verlangte, sie Zeile für Zeile durchzugehen, damit sich darin eine Unklarheit fände oder eine Stelle, mit deren Hilfe die Gesellschaft von der Beförderungsvereinbarung befreit werden könnte, und so wurde ich im Verlauf der Überprüfung von Genehmigungen und administrativen Bestimmungen und Wettbewerbslizenzen zu meinem Bruder Petr.

In den alten offiziellen Papieren standen entweder nur die Namen von Graham und Petr oder die von allen dreien, aber mich gab es nirgendwo anders als in dem Schnellvisum für Meinepilgyno. Ich wollte jedoch nicht die nächste Abfahrt abwarten, die im *Mammoth*-Flugplan für Januar vorgesehen war. Also versteckte ich meinen Pass zwischen der Unterwäsche, holte Petrs Pass aus dessen Nachlass und schob ihn in die Brusttasche meiner Jacke. Ich schaute mir das vier Jahre alte Bild an, damals durfte man auf Passfotos noch lächeln. Der Pass war in Helsinki ausgestellt worden, Petr war damals in einem seiner vielen aufeinanderfolgenden Projekte beschäftigt gewesen und hatte im Stadtteil Vallila gewohnt, im Keller eines ehemaligen Ladens, wo die Fenster von der Decke zu hängen schienen, man sah nur den Himmel und manchmal die Beine von Passanten.

Wir sahen uns nicht ähnlich, aber wer kann anhand von Passfotos schon fremde Menschen mit Sicherheit auseinanderhalten, und eine biometrische Kennung gab es noch nicht, außerdem existierte auf dem von einer Schneekruste überzogenen Militärflugplatz auf Kap Schmidt gar keine Flugabfertigung im eigentlichen Sinn. So bekam ich den Namen meines Bruders.

Graham gelang es, uns mit guten Worten und Argumenten an Bord zu bringen, und die Reisegruppe des Ölkonzerns musste einen Kellner mit gegelten Haaren auf die nächste Abfahrt warten lassen.

Wegen des Gepäcks mussten ebenso komplizierte Verhandlungen geführt werden, es wurde gewogen und gefeilscht, aber Graham hielt stur an der Forderung fest, dass die Ausrüstung für die Greenwich-Runde, die in der großen Gasum-Holzkiste verpackt sei, mitgenommen werden müsse, und so wurde die Kiste samt unserem übrigen Gepäck mit Spanngurten in einem kalten Käfig hinter der Passagierkabine befestigt.

Nachdem die Gondel geschlossen worden war und man anfing, den Druckausgleich herzustellen, wurde das Luftschiff langsam nach oben gesteuert. Auf dem Boden löste die Mannschaft die letzten Trossen. Die *Mammoth* schwankte, bevor die Stabilisatoren richtig funktionierten.

Von oben sah man das von Halogenscheinwerfern grellweiß erleuchtete Flugfeld und die kilometerlange Startrampe für die Bomber als beleuchtetes Kreuz. Direkt hinter dem Rand der Lichter fiel fast alles in Dunkelheit, ein dunkles Loch schluckte die Ansiedlungen und das Meeresufer.

Die Startfeier begann, fast unmittelbar nachdem das Schaukeln aufgehört hatte, und der Kapitän erklärte, man dürfe die Sicherheitsgurte lösen. Das Licht in der Gondel wurde gedimmt und russischer Champagner in überhohe Gläser gegossen.

Log (Gr. H.)
11.12.07, 12:10 Uhr
90° 00' 00" N, 180° 00' 00" E & W

Vielleicht nicht genau diese Werte. Wo die Längengrade enger werden und an einem Punkt zusammenlaufen, beruhen die Koordinaten auf Verträgen. Die 180° sind bereits 0° und es gibt weder Ost noch West noch Nord.
Dort, irgendwo in der Dunkelheit, werden wir landen, dann Verifikation der Knoten und weiter.

Mehr mochte Graham die Logbucheintragungen zum Knoten am Nordpol nicht fälschen. Wir sind dort nicht gewesen, nicht einmal in der Nähe, vielmehr schlängelte sich die Sibirien-Route von Amundsen-Nobile, der die *Mammoth* folgte, die Polarmeerküste entlang, mal mit einem Schlenker ins Landesinnere, mal den Strömungen nach übers Packeis, aber nicht annähernd über den tausend Kilometer entfernten Nordpol.

Außer uns dreien waren alle anderen Passagiere besondere Gäste eines Öl- und Gaskonzerns, sie waren aus Frankfurt und Berlin zuerst nach Sankt Petersburg geflogen, wo sich auch die Russen aus Moskau und anderswo getroffen hatten. Von Sankt Petersburg aus starteten sie zu einer luxuriösen Rundreise unter der Überschrift »Durch die Großmacht der Energieproduktion«. Zuerst wurden sie mit einem Privatflugzeug über die Ölpipelines und Gasfelder Sibiriens geflogen, dann landeten sie auf dem flachen Jenissej, um sich die riesigen Staubecken und Kraftwerke anzuschauen. Vor Kap Schmidt hatten sie einen Abstecher in die Winterdunkelheit von Tschukotka gemacht, wo man ihnen inmitten der Finsternis die Sicherheitsflammen der Gaspumpstation und die angestrahlten Betonkuppeln des Kernkraftwerks Bilibino mit seinen vier Reaktoren gezeigt hatte.

Die gesamte Reisegruppe war gleichmäßig leicht angetrunken, sie feierten, als befänden sie sich in einem superteuren Restaurant mitten in Sankt Petersburg oder Moskau und nicht in einer Gondel, die am Bauch eines Luftschiffes hing, 1800 Fuß über dem Nichts und dem finsteren Packeis. Jeder Tag und jede Nacht waren lustig und leicht. Mit uns unterhielten sie sich gern, alle sprachen gut Englisch, keiner schien einen niedrigeren Posten zu haben als Generaldirektor oder Vizeminister. Die Grande Tournée der Energieproduktion war so geplant, dass es von der sibirischen Küste aus aufs Packeis ging und danach quer über den Lomonossow-Rücken und das Stokman-Erdgasfeld. Die Abschlussfeier sollte in der russischen Steinkohlestadt Barentsburg auf Spitzbergen stattfinden, und anschließend würden sich alle wieder dorthin begeben, wo sie herkamen, und sich weiter um die Weltenergiewirtschaft kümmern. So erzählten sie es uns in kultiviert angeheitertem Zustand, nicht sturzbetrunken; Isla gegenüber waren sie über die Maßen höflich und schmeichlerisch und zu Graham und mir wie große Brüder oder Freunde des Vaters.

Wenn die Turbinen nicht liefen oder die Stimmung gerade nicht auf dem Höchststand war, zumeist in den frühen Morgenstunden, konnte es manchmal sehr still sein. Dann konnte man durch die Lichtblenden der Panoramafenster hinausschauen und das Gefühl bekommen, in dem wenigen Licht zu schweben, mit ausgebreiteten Schwingen über die schneebedeckte Ebene zu gleiten. Wenn die Expeditionen von Salomon August Andrée und Umberto Nobile bei ihrem Aufbruch zum leeren Himmel der Polarregionen etwas

Ähnliches empfunden hatten, dann musste es damals noch intensiver gewesen sein.

Nie zuvor hatte ich eine so leblose und große Landschaft gesehen. Die Eisebene dehnte sich geriffelt und gefleckt nach allen Seiten aus. Bei Vollmond hob sich die Eisplatte mehrere Zentimeter dem Mond entgegen und der Druck der Anziehungskraft brach lange Spalten ins Eis. Ich erinnerte mich daran, so etwas gelesen zu haben, als ich Dominique Arduins Versuch, als erste Frau allein und auf Skiern von den sibirischen Inseln zum Nordpol zu gelangen, mitverfolgte. Ich hatte regelmäßig zugehört, wenn sie per Satellitentelefon mit einem Radiosender sprach, hatte mir im Internet die Koordinaten ihres Vorankommens angeschaut, aber dann war es mit den Radiointerviews plötzlich vorbei gewesen und die Koordinaten kamen auch nicht mehr. Dominique war verschwunden und es ist nie geklärt worden, was für ein Ende ihr Leben im Eis genommen hat. Auf dem Fjäll Kiilopää hatten die Wildmarkführer eine Gedenkstunde abgehalten, und in Frankreich, in der Kirche von Dominiques Heimatort, waren brennende Kerzen in den Sand gesteckt worden.

Als der Navigierer auf der Suche nach günstigen Luftströmungen die *Mammoth* in einem Augenblick um mehrere Hundert Fuß nach oben zog, war es dort plötzlich hell, als hätte man die Winterdunkelheit unten an der Erde hängen lassen. Zwar konnte man von der Sonne selbst nicht einmal eine Ecke sehen, aber das gefilterte Licht von schräg unten wurde durch die schwebenden Eiskristalle in der Luft gestreut und brach sich in den kleinen Kristallprismen in den Spektralfarben der Knoten.

Grün

Eine zufällig in die Welt gezeichnete Linie, selbst durch Zufall dabei, selbst gegangen und gefahren, aber es musste sein. Die Wände des Tunnels gesehen und mit viel Glück vor sich den Lichtschein.

So gehen alle Reisen hier vonstatten, gerade und schief und im Zickzack, zwischendurch unterbrochen, und einige wenige nur von Punkt zu Punkt, ohne umzukehren, ganz gleich, was kommt.

Nach der Landung der *Mammoth* auf Spitzbergen warteten im Terminal auf Isla ein Diamantring und ein großer Strauß roter Rosen. Sie waren in Sämischleder gewickelt, das mit Gazprom-Seidenpapier ausgekleidet war. Die Crew sowie Graham und ich bekamen protzige Uhren mit eingraviertem Namen. Auf meiner Uhr stand Peter Jarvi und das Datum der Landung: 13.12.2007.

Die Gravuren mussten gemacht worden sein, als das Luftschiff noch fuhr, und die Rosen für Isla musste man von sehr weit weg eingeflogen haben. Wir standen mit der Crew im Halbkreis und hörten uns die schnellen, witzigen Dankesreden der Ölbosse an. Isla schnupperte neben mir, ob die Rosen noch dufteten; dunkelrot, die Stiele grün, irgendwo anders waren diese Farben durch die Sonne entstanden, nicht hier und nicht in Sibirien, auch wenn die Schutzverpackung aus Sämisch die Initialen von Sibneft trug.

Dann wurden die Gäste der großen Energietournee vom Terminal Longyearbyen zum Abschlussbankett nach Barentsburg gefahren, in die westlichste und nördlichste russische Stadt der Erde. So wurde es in der letzten Festrede am Flughafen formuliert, aber auch das stimmte nicht, in Tschukotka gab es Städte in der Größe von Dörfern, die unmittelbar am 180. Längengrad lagen, von Egwenikot ging es auf diesem Planeten nicht weiter nach Westen.

Wir fingen an, den Transfer zum Hafen zu organisieren. Bei allen Wegen zu Fuß und im Freien achtete Isla darauf, dass die Rosen im Wärmeschutz des Sämischleders durch den eisigen Wind kamen.

Es war fast stockdunkel, obwohl schon spät am Vormittag. Sobald wir aus tausend Metern durch die letzte Wolkenschicht gesunken waren, hatte sich die Winterdunkelheit wie ein Sack über uns gelegt. Man sah nichts als Grautöne, abgesehen vom Orange der Straßenlampen und von den bläulichen Xenon-Scheinwerfern der Autos.

In der Gravur auf der Rückseite der Uhr lebte Petr noch. Seinen Pass musste ich auf Spitzbergen nicht mehr vorzeigen, niemand wurde nach Einreisepapieren gefragt und das Gepäck wurde nicht überprüft. Von den örtlichen Mitarbeitern von Amundsen-Nobile erhielten wir unsere eiskalten, mit Kristallen überzogenen Rucksäcke und die Gasflaschenkiste, dann fuhren wir zum Hafen.

Es dauerte keine zwei Stunden, bis das norwegische Frachtschiff auslief. Obwohl dem Kapitän unser Kommen angekündigt worden war, hätte er nicht einmal bis zum Abend gewartet, falls sich unser Flug verspätet hätte.

In der Kabine zog ich mir eine zusätzliche Schicht Kleider an und ging dann auf die Kommandobrücke, um mir das Auslaufen aus dem Adventsfjord anzuschauen. Mit demselben eisfesten Schiff waren auch die Teams gefahren, die früher als wir dran gewesen waren, erzählte der Kapitän. Man hatte sie bis in den Hafen von Harwich gebracht, sodass sie von dort nur noch eine kurze Schlussetappe nach London zurückzulegen brauchten.

Aber ich weiß, dass ihr noch ein Stück segeln müsst, das ist euer Part, erklärte der Kapitän und lachte, als wäre daran irgendetwas witzig.

Drei Teams waren mit der Novemberfahrt der *Mammoth* herübergekommen. Der Wettbewerb war im Fernsehen und im Internet übertragen worden, es hatte jede Menge Interviews und dramatische Wendungen gegeben. Die Beziehungen waren angespannt gewesen, und die Männer hatten sich gegenseitig angeschnauzt. Auf dem Schiff hatte zwischen den Teams noch Frieden geherrscht, aber im Hafen von Harwich war das Wettrennen dann wieder losgegangen. Die Sieger der gesamten Erdumrundung würden freilich erst später verkündet, bei der Halley-Jubiläumsfeier. Zu diesem Zweck würden die Punkte aus allen Etappen zusammengezählt, Bonusse und Malusse, erzählte der Kapitän. Ich wusste von diesen Regelungen nichts.

Als ich die Brücke verließ, polterte und krachte das Eis unter dem Bug. In die Kabine drangen die Geräusche als dumpfes Dröhnen ein. Die Dieselmotoren brummten und vibrierten. Die schmale Koje, die mit Ketten an der Wand befestigt war, wackelte und knirschte.

Log (Gr. H.)

15. 12. 07, 9:32 Uhr

71° 03' 28" N, 0° 00' 00" E & W

Ungefähr auf der Höhe von Jan Mayen. Düsteres Wetter, Außentemperatur und Windstärkewerte gerade nicht zu bekommen.

Gestern Abend auf der Höhe der Bäreninsel. Dort ging Amundsens Rettungsexpedition im Meer unter, auf der Suche nach dem verschollenen Nobile.
Die Unberechenbarkeit ist in Russland geblieben, das Wissen ist zurückgekehrt. Dennoch kann sich alles im Nu ändern. Wer kennt schon hundert Prozent von seiner Umgebung? Etwas Neues beginnt. Das Alte geht weiter. Immer muss man sich dazwischen entscheiden.

Über die Grönlandsee und das Europäische Nordmeer kamen wir mit einer Geschwindigkeit von über fünfzehn Knoten. Graham saß tagsüber in der Funkerkabine und nahm Kontakt zur Wellington Road auf sowie zu dem Transportschiff, das uns von den Shetlandinseln entgegenkam und ein Segelboot mitbrachte.

Isla und ich konnten viele Stunden gemeinsam verbringen. Wir machten Pläne, manchmal sogar für konkrete Dinge, aber trotzdem schien die Zukunft noch immer unsicher zu sein, und ich hatte Angst, aus Versehen etwas Falsches zu sagen und damit alles kaputt zu machen.

Islas Regel war im Pazifik ausgeblieben, mehrere Wochen vor Russland schon. Sie hatte es mir damals mitgeteilt und gesagt, sie sei sich dessen, was in ihrem Inneren passiere, sicher, aber eine ärztliche Meinung oder Bestätigung gab es nicht, denn in Tschukotka hatte sich Isla nicht untersuchen lassen wollen.

Bevor die Ölbohrfelder kamen, gingen wir zu dritt aufs Außendeck. Isla wollte ihre meterlangen Rosen nicht länger aufbewahren. Es wurden zwar keine Begräbnisworte gesprochen, die Rosen aber trotzdem für Petr ins Meer geworfen. Gleichzeitig legte ich Petrs Namen ab und beerdigte ihn ebenfalls; seinen Pass brauchte ich auch nicht mehr. Es war so düster, dass der Rosenstrauß sofort unsichtbar wurde, aber das Seidenpapier wurde vom Wind erfasst und neben dem beleuchteten Radar zum Himmel geschleudert. Die Hülle aus Sämischleder blieb leer zurück, mitsamt den Sibneft-Stempeln. Auch diese Firma gab es nicht mehr; während des Fluges hatte man uns darüber aufgeklärt, wie die Ölkonzerne ihre Interessensphären neu aufteilten.

Auf der Atlantik-Etappe schrieb Graham nicht viel ins Logbuch. Dann und wann Daten und Koordinaten. Auf den erlogenen Abschnitten gibt es lange Lücken, vom Nordpol abwärts zweitausend Kilometer und bis zum nächsten Eintrag mehr als tausend. Graham versuchte, nicht zu lügen, aber er ließ Dinge weg, sodass der Eindruck entsteht, die *Mammoth* hätte einen großen Bogen um Spitzbergen gemacht und wir wären bereits viel weiter nördlich ins Segelboot umgestiegen und auf dem Meridian über den Atlantik gesegelt.

Als uns bald nach dem Lichterhorizont der Bohrinseln das Segelboot gebracht wurde, hatte man überhaupt nicht das Gefühl, noch einmal in ein fremdes, kippeliges Boot steigen zu wollen, aber so war es nun mal entschieden worden. Das Wetter war von Anfang an unangenehm und tückisch, die Windrichtung wechselte hin und her. Ich musste auf einer rissigen Styroporplatte am Ruder sitzen, mit einer Schutzbrille gegen die Spritzer und im dicken, wasserdichten Overall. Es war Winter und es herrschte Winterwetter, und beim Segeln ging es ausschließlich darum, die Risiken zu minimieren.

Petrs Sarg hatten wir mit dem Ersatzsegel zugedeckt, um ihn vor dem Spritzwasser zu schützen. Die Lufttemperatur lag bei null Grad. Wenn es regnete, schien der Regen in Form von Wasser aufs Meer zu treffen und in Form von Schneeregen aufs Boot, und Isla musste mit allen Mitteln darauf achten, dass sie nicht ausrutschte und sich verletzte.

Erst als wir uns langsam der Küste von Yorkshire näherten, teilte uns Graham mit, was dort geplant war. Von Kingston upon Hull käme uns eine Segelcrew am Ufer entgegen und würde das Boot für uns wegschaffen. So hatte er es mit der Memorial Society vereinbart.

Die letzten siebzig Kilometer segelten wir so dicht an der Küste entlang, dass man nach und nach sogar einzelne Häuser erkennen konnte. Scarborough, Flamborough Head, Hornsea, las Graham laut von der Seekarte ab. Isla räumte ein, sich zu erinnern; während des Studiums waren sie zu zweit in dieser Gegend unterwegs gewesen und hatten auf beiden Seiten der Halbinsel das Strömungsspektrum gemessen. Flaches Land, klar gezeichnete Uferlinie, sehr heller Sand und weiter oben zwischen den Feldern die langen Geraden der Grabenränder.

Ich drehte von der Mitte des Meridiankorridors so weit nach Osten, dass ich an Spurn Head vorbei zur Mündung des Humber steuern konnte, an dessen Südufer. Die Stadt Grimsby konnten wir nicht erreichen, denn der Korridor von zehn Seemeilen wurde am Ufer wieder zu einer Landetappenmeile.

Ich musste mit Motor am Rand der Gezeitensandbänke hin und her fahren, bis ich einen Zugang zu festerem Boden fand. Isla hielt auf dem Vorderdeck Ausschau und Graham lotete die Fahrrinne mit der Ballastschnur aus, damit der Kiel nicht auf Grund lief.

So kamen wir nach England, bei diesem Licht, in ein rundum graues Land. Etwas weiter weg sah man Nadelbäume und Grasgrün, so etwas hatten wir seit Monaten nicht gehabt.

Die Segelcrew kam im Landrover, so wie es vereinbart war. Sie zogen Watstiefel an und gingen durchs Seichte, nahmen unsere Rucksäcke in Empfang und brachten sie an Land.

Petrs Sarg wurde vom Vorderdeck herabgelassen, und Graham und ich trugen ihn zu zweit aufs Trockene. Überwinternde Möwen ließen sich über unseren Köpfen im Wind treiben, Mantelmöwen wohl, ich wusste es nicht, weil Petr nicht mehr da war und die Arten nannte.

Wir trugen die Sargkiste zu einer etwas höher gelegenen Stelle im Sand. Isla brachte die Rucksäcke. Die Segelcrew fuhr bereits das Boot rückwärts in die schmale Fahrrinne zurück. Nur der Fahrer des Landrovers war bei uns geblieben und half Isla. Graham kauerte auf dem Boden, verdeckte die Augen mit der Hand und weinte vielleicht, über irgendetwas oder über alles. Ich konnte kein Wort sagen.

Dorthin, wo die Kühe fliegen

Graham wollte nicht mit dem Auto nach London gefahren werden, Isla wollte es nicht und ich auch nicht. Man musste nicht darüber nachdenken, denn alles war, wie es war, und konnte nicht mehr geändert werden. Wir konnten das Unvollendete nicht einfach liegen lassen, sondern mussten es zum Abschluss bringen, nicht für andere, sondern für uns. Da Graham nicht mehr konnte, mussten Isla und ich die Organisation in die Hand nehmen. Ich suchte aus Grahams Rucksack das Kartenblatt von Lincolnshire heraus, auf dem er bereits die Meridianlinie eingezeichnet hatte. Beiderseits der Linie verliefen kleine Straßen zwischen den Feldern und weiter im Süden schloss sich das ehemalige Moorland der Fens mit begradigten Flussbetten und Drainagekanälen an.

Den Sarg konnten wir nicht tragen, kein Stück weiter, er war zu schwer, wir mussten als Erstes ein Transportmittel dafür beschaffen. Ich blickte auf die Karte und auf die Landschaft, die weiter weg im Nebel versank, und entdeckte die für den Winter entkleideten Gestelle und Budenkonstruktionen eines Campingplatzes am Ufer. Zwei Wohnwagen standen auf Dauer dort, jedoch mit Winterplanen abgedeckt, dahinter begann die Besiedlung entlang des Humber.

Isla und ich gingen nach Cleethorpes, um nach einem Transportrad oder einem Karren zu suchen, mit dem man die Rucksäcke und den Sarg befördern könnte. Graham wartete am Strand. Es war früher Nachmittag bei winterlich grauem Licht.

Über einen Mitsänger aus seinem Chor beschaffte uns der Rover-Fahrer auf einem Kricketfeld einen Karren mit Gummirädern. Er war genau richtig, die Ladefläche war groß genug, verrutschte nicht und hatte erhöhte Ränder und von den vier Rädern waren die vorderen lenkbar. Wir bekamen ihn ohne Gebühr geliehen, denn der Platz war im Winter zu feucht und darum geschlossen. Isla verriet über den Greenwich-Wettbewerb so viel, dass wir zu Fuß gehen, aber die wissenschaftlichen Proben, die wir im Beringmeer genommen hätten, in einer Kiste bis ans Ziel bringen müssten.

Also schoben wir den schwarzen, abgenutzten Karren über die Straße, die vom Kricketfeld wegführte. Es war gut, ein Stück zu zweit zu gehen, denn wenn Graham dabei war, konnten wir nicht über alles reden. Meiner Meinung nach wäre es höchste Zeit dafür gewesen, aber Isla bat mich, nicht damit anzufangen, sondern vorerst alles weiterlaufen zu lassen wie bisher.

Wir gingen in einen Laden und kauften Essen und Trinkwasser, Fertigpizzas in glänzenden Folien und lauter solche Sachen, die uns beim Gehen in den Sinn gekommen waren und die Isla während des vergangenen Jahres außerhalb ihres Heimatlandes vermisst hatte.

Als wir in die von Einfamilienhäusern gesäumte Straße, die zum Ufer führte, einbogen, fragte ich Isla direkt, wozu sie bereit sei. Noch nicht, bald, mittendrin geht es nicht, wir müssen erst ins Ziel kommen, sagte sie. Es war, als hätte Graham gesprochen, man kann nicht fünfzehn Jahre gehen, ohne Spuren zu hinterlassen, man nähert sich dem anderen an, anders geht es nicht.

In England wurde das Land wieder genutzt und an den Grenzen markiert, innerhalb von Zäunen und Gärten bebaut, kleinteilig, sauber und dicht. Seit den letzten ähnlichen, alten europäischen Landschaften war so viel Zeit vergangen, dass man schon angefangen hatte zu glauben, die Welt sei viel leerer und viel weniger durchstrukturiert. Denn so war es auf dem größten Teil der Greenwich-Runde gewesen, menschenleer und noch fast unbeschrieben, nicht in Etagen bebaut, die Grenzen unmarkiert, weites, leeres Meer, der Schnee von Tschukotka und das Eis der Küstengewässer, die Steine und der glühende Sand von Sahara und Sahel, hier und da ein Stückchen Insel und ein Streifen Festland, ein Stück Erde, Land aus der Luft, hauptsächlich aber Wasser, Meer, von den Wellen gleichmäßig gefurcht und gerippt, von oben beschienenes, blau reflektierendes Meeresfeld. Dieses bisschen immerhin hatte ich über die Welt gelernt.

Graham schien nicht mehr in dem Maß Verantwortung für die Route übernehmen zu wollen, wie er es früher getan hatte, und er schien auch vorab keine Entscheidungen für die Schlussetappe getroffen zu haben. Vor neuen Landabschnitten hatte er immer als Erstes den Monitor überprüft und dafür gesorgt, dass die Koordinaten auf die Bogensekunde genau ins Logbuch eingetragen wurden, aber am Ufer des Humber musste man ihn sogar daran erinnern, den Computer überhaupt einzuschalten. Auf dem Monitor bauten sich keine Anweisungen auf, nicht mal ein Willkommensgruß, es tickten nur die Koordinaten und die Zeit.

Wir waren zu früh an Land gegangen und darum auf der Ostseite außerhalb des Meridiankorridors geblieben, aber das Gerät hatte keinen Alarm gegeben. Ich schaltete mein Handy ein und verglich die Koordinaten. Auf dem Kartenblatt zeigte ich, wie wir im Korridor weitergehen könnten. Graham nickte nur und antwortete wie pro forma.

Wir luden den Sarg und die Rucksäcke auf den Karren und brachen in südwestliche Richtung auf. Anfangs war es leicht, den Karren zu schieben, der Sandboden war hart und so eben, dass die Gummiräder kaum Abdrücke hinterließen. Nach einer Weile wuchsen erste Grasbüschel und wir mussten umständlich zwischen ihnen hindurchkurven und einen Weg suchen. Graham kam immerhin so weit wieder zu sich, dass er auf dem Monitor die Richtung ablas.

Ich ließ das GPS meines Handys eingeschaltet, schob den Karren an seinem Metallgriff und hörte den lokalen Radiosender. Ein Teil der Berichte kam mir vollkommen fremd vor, aber die Auslandsnachrichten klangen teilweise so, als wäre in einem Jahr nichts passiert, sondern alles über viele leere Tage hinweg einfach weitergegangen.

Die Lufttemperatur lag wenige Grad über null. Das hätte nicht sein dürfen. Seit Tschukotka hatte sich die Leiche fast ständig in einer Luft unter null Grad und während des Flugs im Laderumpf der Gondel in noch größerer Kälte befunden. Erst auf dem Meer, in der Nähe der Shetlandinseln, war es wärmer geworden.

Also kaufte ich an der Frischetheke eines Supermarktes Eis, bunte Plastiktüten voller Eiswürfel, die aus Fischkisten geschaufelt worden waren, und dazu Fünf-Liter-Wasserkanister. Das Wasser kippten wir in den Gully, dann füllten wir die Kanister mit dem Eis.

Da Menschen in der Nähe waren, konnten wir den Sarg nicht öffnen, aber ich ging in einen Eisenwarenladen, kaufte einen Hammer und ein Messer und einen Stapel Styroporplatten von einem Zoll Durchmesser. Später hielten wir an der ersten geeigneten Stelle an, um etwas zu essen, in einem Wäldchen am Ende eines Feldwegs, und da hebelte ich mit dem Hammer die Deckelbretter los. In der Kiste kam der blaugraue Schlafsackstoff zum Vorschein, auf dem sich durch das Meerwasser Salzflecken gebildet hatten.

Wir mussten Petr herausziehen und die Kiste mit den Isolierplatten auskleiden, es waren genug für zwei Lagen, sodass die Fugen an verschiedenen Stellen verliefen. Graham hatte noch einen Rest von dem silbernen Isolierband im Rucksack, mit dem er in den winterlichen Pyrenäen Petrs Fuß in Plastik verpackt hatte. Damit konnten wir die zurechtgeschnittenen Styroporplatten fixieren.

Ich wollte nicht in den Schlafsack hineinsehen, aber ich öffnete den Reißverschluss weit genug, um vier mit Eis gefüllte Kanister unmittelbar neben die Leiche schieben zu können. Ich fühlte dabei nicht mehr als das, was ich tat, es half nicht, weiter nachzudenken, es musste einfach getan werden. Beim Platzieren des Eises versuchte ich, den Toten nicht zu berühren, und auch wenn ich an der Hand die Kleider und den erstarrten Körper spürte, dachte ich nicht daran, sondern agierte bloß, rückte das Eis an seinen Platz und zog den Reißverschluss des Schlafsacks wieder zu. Dann schob ich Petr in die Kiste zurück, stellte die restlichen vier Kanister an die Stellen, an denen noch Platz war, und legte den innen verkleideten Deckel auf.

Trotzdem zitterten mir anschließend die Hände. Ich versuchte es zu vertuschen, indem ich anfing, eine Pizza aus der Alufolie zu essen. Keiner sagte etwas, Graham ging allein ein Stück weiter weg, auch Isla ging, aber in die andere Richtung. Ich aß das Stück Pizza, das im kalten Zustand nach nichts schmeckte außer nach gewürztem und gestocktem Fett.

Der Mensch muss so konstruiert sein, dass er Teile des Denkens kurzzeitig wegschieben kann, damit er fähig ist, zu vergessen, und das Kalte von innen heraus akzeptiert. Petrs Tod lag bereits viele Wochen zurück. Er kam mir nicht mehr jeden Morgen als Erstes in den Sinn, aber doch mehrmals an jedem Tag. Irgendwann würden auch die Tage weniger werden, es könnte eine Woche ohne einen einzigen Gedanken an ihn vergehen, andere Dinge würden sich darüberlegen. Niemand ist schuld daran, wie sich die Erinnerungen übereinanderschichten. Wenn das Erinnern eine Seele ist, dann ist das Vergessen auch eine Seele, so setzen sich Bilder aus kleinen Teilchen zusammen, die immer wieder abreißen und immer wieder neu zusammengefügt werden, an seinen Bildern kann man nicht schuldig werden.

Log (Gr. H.)
21. 12. 07, 19:30 Uhr
53° 26' 11" N, 0° 00' 02" E

Bei Covenham
Übernachtung und Essen. Mehrere Tage Schlafdefizit vom Boot. Noch immer keine Nachricht. Die letzten Confluence Points 53° und 52°.
Richtung Louth und Boston. The Wash. The Fens.

Ist man innerlich müde, ist man ganz und gar müde, aber das merkt man nicht unbedingt, sondern man macht weiter und weiter und legt sich unter Umständen noch mehr ins Zeug, damit man munterer wird, aber diese Munterkeit ist ein ungedeckter Kredit, für den man umso schwerer bezahlen muss. Wir waren alle viel zu müde, das merkte man an den anderen, an sich selbst nicht so sehr, und das wenige, was ich mir eingestand, versuchte ich vor den anderen zu verbergen.

Obwohl man Graham ansah, dass er eigentlich überhaupt nicht mehr die Kraft hatte, an seine alte Sicherheit und seinen alten Führungsanspruch anzuknüpfen, versuchte er es dennoch. Isla und ich mussten tun, was er abrupt entschied, aber ihm fehlte die Kraft, auch nur ein Stück weiterzudenken. Als ich einer Route ansah, dass sie sich schon nach wenigen Meilen als schwierig erweisen würde, versuchte ich zu widersprechen, aber Graham konnte zumindest von mir absolut nichts mehr annehmen. Isla versuchte zu beschwichtigen und auf den alten Kartenblättern von Ordnance Survey einen dritten Weg zu finden oder eine Abkürzung.

Die Karten waren wirklich veraltet, von vor zwanzig Jahren, neue Straßen waren inzwischen gebaut worden, die Wohngebiete hatten sich ausgebreitet und quollen über die Ränder wie Krebsgeschwüre. Überall sonst auf der gesamten Tour rund um die Welt war Graham außerordentlich genau darauf bedacht gewesen, dass wir immer möglichst neue Karten zur Hand hatten, aber in England benutzte er seine alten Serien aus der Studienzeit, als er in verschiedenen Gegenden unterwegs gewesen war, an der Küste und in den Regionen mit Seebecken, und seine Gewässervergleiche angestellt hatte.

Wenn ein Kartenblatt veraltet ist, Kompass und Lokalisierung aber auf dem neuesten Stand sind, gerät man in merkwürdige Situationen. Man stößt auf etwas, das an der betreffenden Stelle nicht sein sollte. Man landet zwischen eingezäunten Anwesen und in Labyrinthen von Privatgrundstücken, wo es einfach nicht geradeaus weitergeht, ganz gleich, was die wechselnden Koordinaten anzeigen. An solchen Stellen entstand Streit. Graham konnte nicht zugeben, dass die Karten nicht mehr dem entsprachen, was sich verändert hatte, und ich konnte mir nicht verkneifen, etwas zu sagen, obwohl ich es auch nicht immer besser wusste.

Trotzdem kamen wir nach allen möglichen Umwegen, nach häufigem Umkehren und Suchen Stück für Stück voran, es gab immerhin relativ viele leicht begehbare Wege und Straßen, auf denen der Karren gut zu schieben war, und die zweite Nacht in England verbrachten wir bereits in Boston. Auch dieser Tag war viel zu lang geworden, weshalb wir gegen Abend alle drei am Ende waren.

Ein Mensch ist keine Maschine. Nicht einmal die Strecke eines einzigen Marathons geht sich leicht, wenn man von vornherein innerlich müde ist, und nach dem Vormittag kann man einfach nicht mehr freundlich sein, auch wenn in jedem Dorf die Kinder glotzen und die alten Leute freundlich grüßen und in aller Ausführlichkeit fragen, wohin des Wegs und was für eine Kiste da mit so ernsten Gesichtern geschoben wird, die haben gewettet, vermutet einer, die Kleider sind zerfasert und voller Schmutz, Islas und Grahams Gesicht vom Wetter gegerbt und fleckig braun, als hätten sie jahrelang irgendwo unter südlicher Sonne gelebt oder wären Segler von Beruf, und die Wangenknochen stehen hervor, weil im Lauf des Jahres alles überflüssige Fett am Körper verbrannt ist.

Dank des Spiegels im Motel wusste ich, dass ich mich in der gleichen Weise verändert hatte. Erst jetzt, nach der Rückkehr in eine so dicht besiedelte Gegend, inmitten anderer Menschen, nahm man sich durch ihre Fragen und Blicke selber wahr, denn vor dem Spiegel der anderen setzt man sein Bild von sich zusammen.

Log (Gr. H.)
22.12.07, 23:00 Uhr
52° 59' 00" N, 0° 00' 56" W

Boston
Knotenhinweis eingetroffen: dorthin, wo die kühe fliegen.

Als ich am Morgen aufwachte, sah ich unter dem Fenster einen Park und hinter dem Park eine Windmühle. Das war ein seltsamer Anblick. Ich erinnerte mich, zuletzt im spanischen Aragonien eine gesehen zu haben, und dort gehörten sie auch hin, nicht mitten in die Stadt Boston. Das Bad war auf dem Flur, ich wusch mich, und als ich zurückkam, versuchte ich zu hören, ob Isla und Graham in ihren Zimmern schon wach waren. Wir schliefen jeder für sich. Isla hatte vor der Nacht in Covenham erklärt, es wäre besser, wenn jeder den Rest der Reise so ungestört schlafe, wie wir es nur einrichten könnten, auch wenn es zehn Pfund mehr kosten sollte.

Graham schien sich über die Zimmeraufteilung nicht zu wundern. In Boston hatte er sich das schlechteste Zimmer ausgesucht, aber es lag gegenüber dem Geräteschuppen, und dort hatten wir nach dem langen Tag zu Fuß den Karren mit dem Sarg hineingeschoben. Auf die kurze Distanz müsste der Kontakt zwischen den Schnüren noch funktionieren, hatte er vermutet.

Isla war schon wach. Durch die Tür hörte ich sie reden, aber so wie am Telefon, mit langen Pausen und gelegentlichen Antworten. Ich zog mich fertig an und ging dann wieder auf den Flur, da war Islas Stimme nicht mehr zu hören. Ich klopfte an die Tür, sie öffnete mit wirrem Haar und müden Bögen unter den Augen. Ich habe zu Hause angerufen, sagte sie als Erstes.

Ich fragte, ob alles in Ordnung sei. Nicht alles, es passiert immer etwas. Mama hat ihren siebzigsten Geburtstag gefeiert, viele Reisen auf den Kontinent, Geschenke von ihren Schwestern, die haben Häuser in Frankreich und Italien. Sie hat sich gewundert, dass von mir nichts kam, nicht mal eine Karte. Ich habe gesagt, ich sei in Sibirien gewesen und der Postsack ins Polarmeer gefallen. Papa hat sich die Hand gebrochen, weil er beim Basketballtraining hingefallen ist, sagte Isla und sah mich während des gesamten Berichts an. Ich nickte nur, weil ich nicht wusste, ob ich etwas Bestimmtes hätte entgegnen sollen, eine Zustimmung oder Billigung. Ich trat einen Schritt näher und nahm sie in den Arm. Isla war in sensibler Stimmung und begann zu weinen. Ich fragte nicht, was sie hatte, und tröstete sie auch nicht, außer, dass ich sie festhielt.

So standen wir in der Umarmung da, als Graham, ohne anzuklopfen, die Tür öffnete. Er geriet kurz aus der Fassung, als er uns sah, oder vielleicht mehr, weil Isla weinte.

Ich habe Mama angerufen, fing Isla an, ihm zu erklären, und ich hatte das Gefühl, dass sie ihm ihr Weinen wie auch die Umarmung mit der gebrochenen Hand ihres Vaters erklärte, sie zum Unfall hochstilisierte. Isla konnte immer gut reden und mit ihrer Wortwahl die Dinge unauffällig etwas verrücken. Ich hätte das nicht einmal auf Finnisch fertiggebracht und war auch sicher nicht annähernd fähig, alles von dem zu hören, was Isla sagte und was hinter den Worten steckte, und Graham wohl auch nicht. Islas Art zu sprechen hatte etwas Feines und Altes, ein kleines Stück aus einer anderen Welt, die es für mich nie geben würde und die es vielleicht auch für Isla nicht mehr gab, jedenfalls nicht heil und als die eine einzige.

Na, dann wünschen wir ihm das Beste, sagte Graham und machte kehrt. Wir verabredeten uns zum Essen im Frühstücksraum. Auch ich ging. Zum Abschied spitzte Isla den Mund und markierte mit den Fingern Anführungszeichen, als wollte sie ihre Erklärungen von eben annullieren.

Nach dem Frühstück, mitten in den Vorbereitungen zum Aufbruch, fing Graham plötzlich damit an, dass die Zeit der Entdeckungsreisen vorbei sei. Die letzten großen irdischen Expeditionen seien schon vor hundert Jahren auf den Weg geschickt worden. Die neuen Ziele lägen anderswo. Auf dem Meeresgrund gebe es noch eine Menge davon, vulkanische Kompressionen, Wasser, das bis zu Temperaturen von mehreren Hundert Grad hochkoche, Schwarze Raucher und Gesellschaften von Urbakterien, metallische Kegel in den Schürfungen der Tiefrinnen, zum Einsammeln bereit. Und im Gestein der Erde und in ihrem flüssigen Innern existiere noch Grubenplatz für Milliarden von Wurmlöchern, für immer wieder neue und tiefere Tunnels und Höhlen, und im Weltall warteten noch alle Richtungen darauf, entdeckt zu werden.

Grahams Meinung nach wurde trotzdem nichts Wirkliches getan, es wurden keine Besitztümer und auch keine Armeen mehr geopfert, um etwas Neues zu entdecken, Entdeckungsreisen wurden nicht mehr wie früher für das gehalten, was sie waren. Es gab nur einen ahistorischen, leeren Zwischenraum, in dessen Dahintreiben und Zirkusvergnügen die Zeit des Wartens ewig andauerte. Schwarz und Weiß waren zurückgekehrt, der amerikanische Präsident betete auf Knien, in Russland schlug Putin für das Fernsehen das Kreuz, die Menschen interessierten sich nur noch dafür, wie sie garantiert auf die richtige Seite kamen, erklärte Graham mitten im Aufbruch, und dass es irgendwann wieder mit neuen Entdeckungsreisen losgehen würde, die gute Zeit der Aufklärung käme wieder, neue Expeditionen brächen auf, es würden noch große Opfer gebracht und das Ende und der Anfang des Wegs würden gefunden werden.

Wir schauten auf dem Plan von Boston, auf welchen Straßen wir die Leichenkarre am schnellsten durch die Stadt schieben konnten. Die Wintersonnenwende war vorbei. In Finnland war der Tag im Kalender markiert, von da an nahm das Licht wieder zu, ich erinnerte mich, dass es mir immer so vorgekommen war, auch wenn es nicht stimmte. Auch wenn man wusste, es würde noch viele Wochen lang nicht so sein, fing es doch an, denn wenn Schnee lag, stiegen die Wolken höher und das Licht wuchs in die Morgen und in die Nachmittage hinein.

Vergessen, wenn man vergessen will. Man vergisst trotzdem nicht, glaubt zu vergessen, so versucht man sich das Vergangene passend zu machen. Glaubt, man kann es, kann es nicht, keiner ist allein, immer sind andere da, Rücksichtnahme, alles muss berücksichtigt werden, man kommt nicht mal von sich selber los.

In dem ehemaligen Moorland, so tief liegend, dass man sich in den Senken unterhalb des Meeresspiegels befand, waren die Wegränder über Nacht hart gefroren. Felder und Ackerstreifen erstreckten sich in alle Richtungen, es waren so viele und sie waren überall, es passte nichts anderes in dieses Land hinein als Landwirtschaft, kein Wald, kaum Bäume, hier und da mitten in den Äckern errichtete Dörfer zum Wohnen und zur Versorgung der Anbauflächen und ein bisschen häufiger einzelne Bauernhäuser, umgeben von gut gepflegten Hofgebäuden.

Das Vorankommen ging leicht, aber eckig vonstatten. Über die Winteräcker konnte man mit dem Karren nicht abkürzen, darum musste man an jeder Wegkreuzung versuchen, die relativ kürzeste Strecke zu wählen. Wenn man sich nicht ganz sicher war, war es besser, so dicht wie möglich am Nullmeridian zu bleiben.

Von den fliegenden Kühen des Knotenhinweises erzählte Graham Isla und mir erst, als wir schon bis Mittag gewandert waren. Er erwähnte es nur, und es schien nicht mehr so wichtig zu sein wie zuvor.

Die Stunden des Tages vergingen mit dem Schieben des Karrens. Die Müdigkeit kam, der Druck in den Beinen, ringsum wurden die Felder weniger und am Abend trafen wir auf den zum Kanal ausgebauten Nene. Den Fluss innerhalb des Meilenkorridors zu überqueren gelang uns nicht, keine einzige Brücke lag passend in der Nähe.

Bis wir ein Boot zum Übersetzen aufgetrieben hatten, war es bereits dunkel. Der Mond schien als fast voller, hell leuchtender Klumpen vom Himmel. Mit einem flachen Flusskahn wurden wir übergesetzt, und nicht einmal Graham sagte etwas, obwohl das Boot mit Motor fuhr, er bedankte sich nur und zahlte mit den Pfundnoten, die sich als letzter Rest in der Reisekasse befanden. Am anderen Ufer bekamen wir den Karren mit dem Sarg über eine Plankenbrücke an Land, aber weiter wussten wir nicht. Der Mann mit dem Boot wunderte sich laut über diese Art von ziellosem Vagabundieren, aber keiner von uns brachte die Energie auf, es ihm zu erklären.

Wir fanden auf die Straße zurück, aber es dauerte nicht lange, bis neben uns ein Polizeiauto anhielt. Graham musste vom Greenwich-Wettbewerb erzählen, was sie nicht glaubten oder nicht wussten. Wir mussten die Papiere vorzeigen,

Graham und Isla ihre Führerscheine, ich meinen Pass. Irgendwer wurde vom Polizeiwagen aus angerufen. Wir standen neben dem Karren und warteten auf die Antwort. Wir konnten nur hoffen, dass sie den Inhalt der Kiste nicht kontrollieren würden.

Als das Warten immer länger dauerte, trat Isla an den Wagen heran und versuchte durchs offene Seitenfenster noch einmal mit den Polizisten zu reden, nannte die Namen und die Londoner Adresse ihrer Eltern und bat darum, diese anzurufen, sie könnten bestätigen, dass wir wir waren und aus dem richtigen Grund unterwegs, das heißt, Isla sprach nur von sich und Graham, ich existierte für ihre Eltern nicht. Die Einstellung der Polizisten änderte sich, es war die Adresse oder Islas Art zu reden, gleichzeitig vollkommen freundlich und vollkommen sicher, auf Augenhöhe und zugleich von etwas weiter oben. Damit war die Kontrolle beendet, und als Isla nach dem Weg zu einer Unterkunft fragte, gaben die Polizisten bereitwillig Auskunft und boten sogar an, uns hinzubringen. Der Karren passte nicht in den Wagen, aber Isla fuhr im Auto vorneweg, um Zimmer für uns zu reservieren.

Bis dahin hatten Graham und ich nie zu zweit wandern müssen. Es war eine schmale, von winterlichen Efeumauern gesäumte Straße, die in ein Dorf führte. Die LEDs der Stirnlampen warfen weißgraue Lichtflecken. Ich schob den Karren, und Graham sorgte vorne dafür, dass die Vorderräder gerade liefen. Auf der Straße lagen Eicheln und Zweige, sie knackten unter den Rädern und den Schuhsohlen.

Zuerst redeten wir nur ein bisschen über den zurückliegenden Tag und darüber, was als Nächstes geplant war. Noch ein paar Tage, dann haben wir den Kreis geschlossen und kommen aus der Richtung zurück, der wir beim Aufbruch den Rücken gezeigt haben, sagte Graham. Mich zog ich davon ab.

Graham fing wieder an, von der Zeit in Cambridge und von Petr zu sprechen. Über ihre gemeinsamen Laborarbeiten, über das Laufen und das Fußballspielen auf einem Naturfeld zwischen Eichen.

Das war die beste Zeit gewesen. Peter war ein prima Kerl. Und du bist nicht dein Bruder, sagte Graham und veränderte dabei die Stimme, dass ich erschrak. Ich sah nur seinen Rücken vor schwarzem Hintergrund und zwischendurch ein Stück vom Blau seiner Jacke, wenn er die Vorderräder des Karrens korrigierte und dabei versuchte das Licht seiner Stirnlampe auf der Straße zu halten.

Ich weiß über dich und Isla Bescheid. Kein Problem. Gut, wenn der Mensch Freunde hat. Zwei Tage noch, höchstens drei, dann ist die Runde komplett und das frühere Leben fängt wieder an. Bei dir doch sicher auch? Graham drehte sich fragend nach mir um, ich schwenkte den Lichtkegel von seinen Augen weg und konnte nicht so antworten, wie es richtig gewesen wäre, denn richtig war nicht dasselbe wie gut oder am besten. Ich weiß nicht, sagte ich, mehr nicht, obwohl ich es wusste.

Als wir ins Dorf kamen, wartete Isla an der ersten Kreuzung, an der man die falsche Richtung hätte einschlagen können. Sie hatte Zimmer für die Nacht reserviert und brachte uns zu einem Haus, über dessen weiße Außenwände Eichenbalken in großen X-Buchstaben liefen. An den Kreuzungspunkten der Xe lagen die Fensterscheiben, weshalb jede einzelne Scheibe ein Dreieck darstellte, sich aber aus vier Dreiecken immer ein viereckiges Kreuzfenster bildete.

Isla hatte drei Zimmer reserviert. Im Gang sagte Graham ruhig, als würde er nur laut denken, wir brauchten bloß zwei. Isla widersprach und erklärte, es wäre besser, wenn jeder noch einmal richtig Schlaf bekäme, außerdem würde sie sich die ganze Nacht hin und her wälzen und immer wieder aufwachen, was unweigerlich dazu führte, dass Graham schlecht schliefe.

Ich habe nicht gemeint, wir, sondern du und Kari, sagte Graham und schaute zuerst Isla und dann mich an, und er hatte es nicht einfach dahingesagt, sondern meinte es auch so. Wir standen mitten im Flur, die Zimmertüren waren offen, damit die Wärme aus dem großen Kohlenofen im Erdgeschoss besser hineinzog.

Bald ist die Runde zu Ende, wir kommen nach Hause, sagte Graham dann, löschte das Licht im mittleren Zimmer und schloss die Tür, ging zum nächstgelegenen Zimmer und bedeutete uns, das am weitesten weg gelegene sei für uns bestimmt.

Ich sah Isla an. Man hörte, dass Graham in seinem Zimmer den Fernseher eingeschaltet hatte. Wir gingen in das Zimmer am Ende des Ganges und redeten bis weit in die Nacht hinein über alles, bis Isla einschlief, während ich ihren Nacken kraulte und streichelte und ihr über das achtlos geschnittene Haar fuhr, und dann schliefen wir nebeneinander, nackt und wie Kinder.

Am nächsten Morgen kam niemand mehr auf den Abend zurück. Wir frühstückten zu dritt und sahen uns auf dem Flachbildschirm neben dem Kamin die Weihnachtsvorbereitungen in verschiedenen Teilen der Welt an, beziehungsweise der Christenheit, wie der Moderator des Frühstücksfernsehens sich ausdrückte. So übersetzte ich es für mich, over the Christian world; dann aber wanderten meine Gedanken auf die andere Seite der Erde: Ich erinnerte mich an die Atollinsel, zu der ein Prediger der Londoner Missionsgesellschaft das Christentum erst vor hundertfünfzig Jahren gebracht hatte, und auch nur, weil er zufällig in seinem Kanu auf dem Ozean dorthin getrieben worden war. Die Erde war immer noch gleich groß, auch wenn die Bilder sie schrumpfen lassen, zu Fuß kann man die Erde kein bisschen schneller umrunden als damals, selbst wenn man daheim auf seinem PC ein Bild von jedem einzelnen Confluence Point sehen könnte. Auch wenn man beim Durchklicken der Bilder glauben sollte, die ganze Welt auf einmal zu sehen und alles zu wissen, wüsste man nichts und sähe nicht mehr als ein undichtes Netz, um die gepixelte Kugel herumgeknüpft, fast leer, fast jede Masche beschädigt, nicht ganz, nicht jeder Fisch schwimmt durch die Leere hindurch. Hatte ich von der Welt viel gesehen oder wenig? Wie wenig? Mir ging durch den Kopf, wie viel doch Zufall war, wie oft neue Prediger wieder irgendwo zufällig über ihre Meere gespült wurden. Nur Länder und Meere blieben, und auch sie alle nur einen Moment.

Wir machten uns relativ zeitig auf den Weg, weshalb der Heiligabendverkehr noch nicht eingesetzt hatte. Die Luft war von der Nacht feuchtkalt, der gute alte Winter kündigt sich an, sagte Isla und musste sich bei einer Rast einen zusätzlichen Pullover unter die Jacke ziehen.

So durchwanderten wir an zwei Tagen das niedrige Land der Fens, wo ehemaliges Moor trockengelegt und zu Ackerland gemacht worden war. Wir mussten den Forty Foot überqueren und kleinere, zu Kanälen begradigte Bäche, in denen das Wasser so langsam floss, dass die Oberfläche zugefroren war. Wir brachen Eisscheiben los und legten sie auf den Karren, wo wir sie leichter zu Splittern in der passenden Größe brechen konnten, mit denen wir den Sarg und die Wasserkanister neu füllten. So blieb es kalt um Petr herum, ein kleiner Winter blieb erhalten, auch wenn tagsüber Plusgrade herrschten.

Die Christnacht mussten wir auf dem Fußboden einer Schule verbringen, auf Turnmatten. In der Gegend von Bluntisham gab es keine Unterkünfte, aber Isla hatte uns durch Reden den Platz in der Schule beschafft. Sie erzählte dem Rektor vom Greenwich-Wettbewerb, worauf wir ein Klassenzimmer benutzen durften, und am nächsten Morgen beseitigten wir unsere Spuren und brachen früh auf.

Log (Gr. H.)
25. 12. 07, 13:30 Uhr
52° 10' 00" N, 0° 00' 06" W

Nur noch ein kurzes Stück, dann fast die Lichter von Cambridge.

Wir näherten uns dem Süden und mussten im fließenden Verkehr große Straßen überqueren. Graham und Isla schauten immer öfter auf die Karte und unterhielten sich über Stellen, die sie kannten, die nicht in den Meilenkorridor fielen, sondern unmittelbar jenseits des Randes lagen. Am Wegweiser nach Madingley erzählten sie mir von den Labors, in denen sie gearbeitet hatten, auf dieser Straße wäre man, vorbei an einem amerikanischen Soldatenfriedhof und zwischen Forschungseinrichtungen hindurch, zum Churchill College gekommen, in die Säle und die Kapelle ihrer Alma Mater.

Vom Bau der Kapelle erzählten sie, der Nobelpreisträger Francis Crick habe das religiöse Bauwerk auf dem Campus der Wissenschaft nicht ertragen und so lautstark dagegen protestiert, dass Winston Churchill ihm geschrieben habe, niemand werde gezwungen, die Kapelle zu besuchen. Seinem Antwortschreiben hatte Crick zehn Guinee beigefügt, damit Churchill einen Grundstock habe, um mit derselben Begründung Geld für den Bau eines Bordells neben der Kapelle zu sammeln.

Als ich mir ihre College-Geschichten anhörte, kam ich mir wieder wie ein Außenstehender vor. Ich war früher nur zwei Mal in England gewesen, in London und beim zweiten Mal auch in Stonehenge, um mir das steinerne Instrument anzusehen, aber nie anderswo.

Einen Abstecher nach Cambridge konnten wir nicht machen, nicht mal in das daneben gelegene Churchill College, denn wir konnten uns innerhalb des Meilenkorridors nicht weiter nach Osten bewegen. Graham hatte den Computer offen auf dem Bauchrucksack liegen, damit er auf den gewundenen Wegen, die sich der Landschaft anpassten, immer genau die Koordinaten ablesen konnte.

Als wir an einen Wegweiser kamen, auf dem Haslingfield stand, schlug Isla vor, einen Schlenker zu machen und uns Petrs ehemalige Wohnung anzusehen, aber Graham wollte keine unnötige Schleife mehr, weshalb wir den Schlenker bleiben ließen und auf der alten, römischen Straße, die von Cambridge wegführte, weiterzogen. Ich schob den Karren, Graham lenkte die Vorderräder, eines davon war in ein Schlagloch geraten und eierte. Isla ging manchmal neben dem Karren und manchmal hinten.

Am Abend, als wir in unserer Unterkunft in Melbourne waren und wieder eine Nacht zu zweit hatten, erzählte mir Isla von der Wohnung, die Petr vor acht Jahren gehabt hatte. Nach jenem Sommer war er nach Finnland gegangen. Durch

Europa war eine Zone vollkommener Sonnenfinsternis gezogen, und Petr hatte seine Freunde nach Haslingfield eingeladen, wo er am Ortsrand ein bescheidenes Haus für den Sommer gemietet hatte. Dort hatten sie sich die Verdunkelung der Landschaft mitten am Morgen angesehen, die Miniaturnacht der Sonnenfinsternis und den danach anbrechenden zweiten Morgen, und anschließend hatten sie den ganzen Tag, den Abend und die Nacht gefeiert. Petr war mit Sarah Ong schlafen gegangen. Isla hatte Sarah nie gemocht, das sagte sie direkt, und sie gebrauchte Wörter, von denen ich nie geglaubt hätte, dass sie sie benutzen könnte: aufdringliches Immigrantenpüppchen, neureiche Streberin. Sarah Ong wäre für Petr die schlechtestmögliche Wahl gewesen, sagte Isla und schüttelte den Kopf auf dem Kissen. Ich konnte darauf nichts antworten, und es war auch überhaupt nicht meine Sache, ich betrachtete Isla von oben, auf den Ellbogen gestützt, während sie auf dem Rücken lag, die schwarzen Haare und die wettergegerbte Haut ihres Gesichts im Kontrast zum blütenweißen Kissenbezug.

Erst jetzt, nachdem ich die Ryman-Bücher gelesen habe, ist mir auch eingefallen, was wir in Melbourne geredet haben. Die Dinge liegen doch immer übereinander. Wie Teile in einem Spiegel, das Linke rechts und das Rechte links, aber auch so, dass die fernsten näher sind und die nächsten verdeckt. Ich weiß nicht, Maaria, bleibt am Ende etwas? Soll überhaupt etwas von dem, was in den Rymans geschrieben steht, an die Memorial Society gehen? Wenn wir uns so entscheiden, dann schließen wir was aus. Ist so etwas dann noch ein Spiegel oder bloß ein Bild?

Log (Gr. H.)
26. 12. 07, 9:45 Uhr
52° 03' 01" N, 0° 00' 06" W

Nahe Royston
Vom Morgen an gute, gerade Wegführung und kaum Verkehr. Der letzte Confluence Point vor dem Ziel. Die Präzisierung des Knotenhinweises fehlt.

Ob das Weglassen der Einträge nun Lüge ist oder nicht, das Ende kann ich nicht abändern, nur bis dahin, wo Petr stirbt, nicht mehr bis nach England. Es gibt keine Wahrheit, aber gibt es das Richtige? Soll man einfach eine Wahl treffen und dann in die Richtung gehen, ohne sich weiter zu scheren, Maaria? Oder müssen wir alles selber machen?

Eine Riesenarbeit für uns. Aber auf jeden Fall sind von jetzt an Grahams Logbucheintragungen nicht mehr dabei, nicht mal in Betracht zu ziehen. Falls wir im Schlussabschnitt doch etwas in der Art brauchen, dann machen wir es selbst und unter deinem Namen. Und wenn zu dem Vorigen etwas hinzugefügt werden muss, dann machen wir es genauso, entweder von dir oder von Petr, du schreibst deine eigenen, ich die Stellen von Petr.

Weihnachten bedeutete für uns lediglich, dass wir größere Schwierigkeiten hatten, eine Unterkunft zu finden, und morgens war es auf den Straßen ruhig, daran merkte man es. Am zweiten Feiertag kamen wir früh los, wir schoben die Fuhre mitten auf der Straße und mussten nur selten an den Rand oder auf die Böschung ausweichen. Ohne solche Unterbrechungen ging es schnell vorwärts, bis Graham auf der Karte den genauen Schnittpunkt von 52. Breitengrad und Nullmeridian ausmaß. Dort mussten wir hin, Graham war absolut dieser Meinung, denn nach diesem Breitengrad kamen keine ganzen Grade mehr, und die Nachrichten auf dem Monitor waren in der Regel auf solche Schnittpunkte hin automatisiert oder eben auf die Nähe der Knotenverifikationskästen.

Auf der Karte von Hertfordshire maß Graham den Punkt etwas westlich von Barkway. Eine Straße führte in die Nähe, aber danach müssten wir den Karren geradewegs über die Winteräcker schieben, und das würde nicht gelingen, die Erde war nicht mehr hart gefroren, die schmalen Gummireifen würden tief einsinken und die Aufhängungen würden das nicht mehr mitmachen, das linke Vorderrad schlingerte ohnehin schon und wir konnten es nicht reparieren.

Graham entschied, dass der Confluence Point unbedingt aufgesucht werden musste, aber er würde allein hingehen, und falls der Computer wegen zu großen Abstands Alarm geben sollte, käme er sofort zurück. Isla und ich blieben am Rand des Dorfes und Graham ging quer über das feuchtgrüne Feld.

Von der Reise waren nur noch wenige Tage übrig, das hier waren die letzten stillen ländlichen Straßen, bevor es mit endloser Besiedlung losginge, die Dörfer zu Vororten würden und die Vororte zu London. Isla und ich redeten über das, was uns bald bevorstehen würde. Nichts von dem hier würde bleiben, etwas Neues würde beginnen. Ich versuchte mich zu versichern, dass unsere wenigen Vereinbarungen auch Bestand haben würden, und ich hatte tatsächlich das Gefühl, dass Isla so dachte wie ich und nicht bloß einwilligte. So dürfte der Dorfrand von Barkway ein neuer gemeinsamer Ort für uns geworden sein, an den wir uns erinnern würden, wie die Brücke und das braune Café in Frankreich, die Landschaft in Aragonien und das Hotelzimmer in Tema, in das der Mond im Zenit von der Decke schien, und alles andere, was wir später auf der Reise gemeinsam gehabt hatten, irgendwo war der Mond an der Haut festgenäht gewesen, irgendwo anders hatten wir auf dem Meer einen Hund aus Wolken gesehen.

Als wir am Nachmittag unseren Weg fortsetzten, eierte das Vorderrad des Karrens immer mehr und löste sich schließlich unmittelbar vor den ersten Häusern von Stanstead Abbots. Mit drei Rädern wären wir vielleicht irgendwie weitergekommen, aber durch das Abfallen des linken Vorderrades ging die Befestigung der Vorderachse kaputt und das rechte Rad verbog sich unter dem Gewicht der Last.

Wir versuchten es zu reparieren, doch mit unseren Hilfsmitteln bekamen wir weder die Achse noch das Rad wieder an Ort und Stelle. Isla fragte Passanten nach einer Autowerkstatt und einem Schweißer, aber niemand konnte uns weiterhelfen. Außerdem war Feiertag.

Bis ins Zentrum von Stanstead Abbots schafften wir es irgendwie humpelnd. Am Rand stand die Kirche St. James. In deren Schuppen durften wir den kaputten Karren abstellen, man versprach uns, ihn gegen Bezahlung reparieren zu lassen und als Frachtgut in den Norden zu schicken, zum Geräteschuppen des Kricketfeldes.

Somit kam der Schlussabschnitt der Reise erst durch die Hilfe vieler fremder Menschen in Gang. Trotz des Feiertages verkaufte uns der Besitzer eines Eisenwarenladens eine aluminiumglänzende Sackkarre, an deren Gestänge wir die Gasum-Kiste befestigen konnten. Der Betreiber der Pension in der High Street empfahl uns den River Lea und die Kanäle, im Boot wäre das Gepäck leichter zu transportieren. Graham breitete die Karten auf dem Eichentisch aus und folgte dem Lea bis zur Mündung in die Themse.

Es schien nicht unmöglich. Fast auf der gesamten Strecke verliefen Straßen neben dem Fluss oder Fußwege entlang der Kanäle. Der Pensionswirt rief einen Bekannten an, der Bekannte rief seinerseits einen Bekannten beim Ruderklub an, und bevor es am Stephanstag dunkel wurde, hatten wir ein Boot, das unter der High-Street-Brücke auf uns wartete.

Am nächsten Morgen lag Nebel über dem Fluss. Wir trugen zuerst die Sackkarre und dann Petrs Sarg ans Ufer und brachten alles mit den Rucksäcken im Boot einigermaßen ins Gleichgewicht. Die Sackkarre mussten wir mit einer Plastikschnur an den Bug binden, sonst hätte der Platz nicht gereicht.

Am Abend zuvor hatte ich zuletzt das Eis im Sarg gewechselt. Seit zwei Nächten war es nicht mehr unter null Grad gewesen und es hätte nicht mehr lange so weitergehen können. Wir sprachen nicht über die Leiche, es war meine Sache geworden, mich darum zu kümmern, und ich hätte schon früher eine Lösung finden müssen, aber das hatte ich nicht getan, ich hoffte nur Tag für Tag auf kaltes Wetter.

Ich ruderte als Erster, denn wenn es etwas gab auf der Welt, was ich konnte, dann das. Geräusche von anderswo drangen in den Morgennebel, der Verkehr nebenan, das Poltern von Baustellen; Hundegebell und Rufe von Kindern erreichten uns wie gedämpft, als gäbe es nur den schmalen Streifen grau umschlossenen Wassers und in der Mitte das Boot, eingefasst das alles, nur die Ruderenden brachen das Oval. Ich schaute nach hinten und ruderte, der Sarg war auf der Achterducht befestigt und Isla saß davor auf den Rucksäcken. Als sich der Nebel auflöste, peilte ich Fixpunkte am Ufer über Islas Kopf an und hielt so die Richtung.

Es kamen die Seitenkanäle des Lea und Engstellen, es roch nach Schlamm und dem erstorbenen Jahr, Laub lag am Ufer und in braunen, dunklen Haufen unter dem Uferwasser. Ab und zu sah man Gärten von Häusern, Rasenflächen und umbrochene Felder, leere Sportplätze und Kartbahnen. An den Wasserfällen der Kraftwerke mussten wir ausweichen und die Sachen mit der Sackkarre und das Boot auf einer Plane und mit Räderachsen umständlich über Land befördern. Das nahm Zeit in Anspruch, und als wir nach viel zu vielen schwierigen Stellen Chingford erreichten, waren wir erleichtert, nicht mehr weiterzukönnen, denn die Kette von Fluss und Kanälen machte dort eine Biegung aus dem Meridiankorridor hinaus.

Wir banden den Sarg mit einem Stück Gummischnur an der Sackkarre fest und schoben ihn durch die nördlichen Stadtteile in Richtung Zentrum, die Rucksäcke mussten wir tragen. Der Alltag war zurückgekehrt, und tiefer in den Wohngebieten kroch der Nachmittagsverkehr ruckartig voran. Graham ärgerte sich über den Lärm und wollte nicht stehen bleiben, um vorbeifahrende Autos abzuwarten, sondern schob die Sackkarre mitten in den Verkehr hinein. Manche hupten und auf dem Gehweg beschimpfte uns ein Mann mit schwarzen Haaren als Sozialschmarotzer und wegen der Buchstaben auf der Gasum-Kiste als Russen und forderte uns auf, zurück nach Tschernobyl zu gehen.

Es war ein warmer Tag, aber auf langen Geraden traf uns der Gegenwind. Mithilfe des Stadtplans gingen wir ungefähr in südliche Richtung. Man hatte nicht das Gefühl, ins Ziel einzulaufen, man hatte überhaupt kein Gefühl. Nach einem Tag Rudern und Gehen war man einfach wieder gleichmäßig müde und vom Lärm und von der Bewegung empfindungslos. Die Luft war schlecht und stank. So hatte sie zuletzt in Tschukotka in die Kehle gestochen, aber dort war es das brennende Naphtha der Aggregate und der Lastwagen gewesen, hier jedoch etwas Undefinierbares, ein ganz feiner Gestank, der überall war. Man wurde ihn nicht los, man musste einfach weitergehen.

Erst am Abend kamen wir innerhalb des Meridiankorridors fast bis ins Zentrum. Am Bahnhof Leytonstone tranken wir einen Tee, aßen ein Sandwich und blätterten in den Zeitungen, die auf den Bänken liegen geblieben waren. In Nepal war eine Brücke eingestürzt. Sarkozy machte mit seiner Freundin Urlaub in Luxor, aber die größten Fotos des Artikels zeigten Churchill und Thatcher und ein Hotel für Reiche am Nil.

Bei den Bautafeln des Olympiaparks klingelte der Signalton des digitalen Empfangsgeräts. Graham klappte es auf, hinter dem vorigen Hinweis wo die kühe fliegen war etwas hinzugefügt worden: greenwich vor greenwich. Auch früher waren mir die Knotenhinweise schon unbegreiflich vorgekommen, aber so müde, wie ich war, brachte ich jetzt nicht die Energie auf, zu rätseln, auch Isla nicht, stattdessen sagten wir zu Graham, wenn er es wisse, dann los.

Der Anfang ist klar, dorthin, wo die Kühe fliegen, das ist die Isle of Dogs. Von Greenwich aus sah man mit dem Fernrohr die Kühe auf der Weide in der Luft schweben, was Halley damit erklärte, dass Flut und Verdunstung die Brechung des Lichts verzerrten. Irgendwohin dort oder von dort aus, irgendetwas ist Greenwich vor Greenwich, sagte Graham.

Ringsum war bereits die Nacht angebrochen, aber es waren noch viele Leute unterwegs. Im Schaufenster eines Elektrogeschäfts brannten Autos auf zig Flachbildschirmen, auch auf den Mattscheiben war Nacht, und Menschen in weißen Kleidern rannten umher. Die ehemaligen Docks umrundeten wir von der Themseseite her. Entlang des Flusses und über ihm sah man Zigtausende große und kleine Lichter.

Graham musste auch das Ende des Knotenhinweises kennen, so direkt, wie er uns ans Ende der Hunde-Insel führte, zum ehemaligen Bahnhof North Greenwich. Am gegenüberliegenden Ufer ragte der Hügel von Greenwich mit seinen matt erleuchteten alten Gebäuden auf. Graham ging geradewegs auf eine offenbar geschlossene Luke zu, befühlte sie, bis er sie aufbekam, und nahm den Kasten mit dem Stempelgerät heraus.

Der Hunde-Insel-Knoten war magentafarben. Graham zog die Halsschnur unter dem Kragen hervor und hielt den passenden Knoten in den Verifikationsdimpel.

Dann war Petrs Schnur an der Reihe. Isla ging etwas weiter weg, um nicht hinsehen zu müssen, sagte aber, sie halte Wache. Graham nahm den Hammer, mit dem wir den Deckel der Kiste aufgehebelt hatten, wenn wir das Eis wechselten, aus dem Rucksack. Ich klopfte die Nägel weiter heraus und schob den Deckel komplett zur Seite, dann zogen wir den Schlafsack zur Hälfte heraus, sodass er auf dem Gestänge der Sackkarre zu liegen kam, ich stellte die Eiskanister auf die Erde und zog den Reißverschluss weiter auf. Wir hatten nicht viel Licht, aber ich hätte auch gar nicht hinschauen mögen. Ich versuchte, nur durch den Mund zu atmen, und tastete über den Hals, die Hautoberfläche war hart und kalt wie eine gefrorene Lederjacke. Ich drehte die Schnur so weit, dass ich sehen konnte, wo sich ein Knubbel in der magentaroten Farbe des Verifikationsdimpels befand, dann drückte ich die Farben zusammen und führte somit die Bestätigung durch.

Viel musste ich bei dem Licht nicht sehen, aber Petr war wie immer, nur weißer, und seine Kleider waren dort, wo die Eisbehälter gelegen hatten, mit Reif überzogen.

War es ein Sieg, war es wenigstens ein Teilsieg, war es überhaupt etwas? Ich erinnere mich, etwas in der Art gedacht zu haben, aber hauptsächlich war ich einfach nur schrecklich müde. Ich verschloss die Kiste und nagelte den Deckel zu. Graham war ein Stück zur Seite gegangen und las im Licht der Taschenlampe die Verifikationsnachricht, die auf dem Monitor erschienen war.

In der Nähe sah man die erleuchtete Kuppel über dem Zugang einer Fußgängerunterführung. Durch die sollten wir ans andere Ufer nach Greenwich gelangen. Der Aufzug war nicht in Betrieb, aber die Treppe zum Tunnel war offen. Wir trugen die Sackkarre und die Rucksäcke hinunter und als Letztes die Totenkiste. Es wurde heiß, auf der Wendeltreppe war es schwierig, etwas so Schweres zu tragen.

Der Tunnel bildete ein Gewölbe auf dem Grund, die Metallstützen am Anfang waren mit rötlichem Rost überzogen und auf dem Boden plätscherte Wasser in kleinen Pfützen. Unter den Deckenlampen bog sich das Gewölbe zur beleuchteten Röhre, die zum Ende hin schmaler zu werden schien, falls das überhaupt das Ende war und nicht erst die tiefste Stelle der Themse. Graham wollte die Sackkarre schieben, Isla ging voraus und ich als Letzter. Unsere Schritte und das Rattern der Räder hallten von den Wandkacheln wider. Es war nach Mitternacht, also schon der 28. Dezember, Petrs Geburtstag, Petr wäre vierzig geworden, am Tag der unschuldigen Kindlein, aber Petr wurde nicht unter dem Fluss hindurch nach Greenwich gebracht, um geboren zu werden, sondern um zu sterben.

4

Von dort und dorthin

fw & faqs

Gewidmet meinem Bruder Petr Petri Järvi (1967–2007)
To my brother, Greenwich explorer Peter Jarvi (1967–2008)

Für eines von beidem müssen wir uns entscheiden, Maaria, beides geht nicht.

Als es darum ging, eine Grabstelle für Petr zu organisieren, machte sich Graham zunächst viel Mühe, aber dann gab er auf und der Rest blieb an Isla und mir hängen. Die Beerdigung fand am 14. Januar statt, bis dahin hatte er Energie, zu agieren, aber dann war wohl die Grenze der Pflicht oder des Versprechens erreicht.

Noch in der Nacht der Ankunft in Greenwich meinte Graham, es sei richtig und das Beste, wenn Begräbnis und Grab in London wären. Als er am nächsten Tag direkt vorschlug, Petrs Leichnam oder Asche nicht nach Finnland zu überführen, stimmte ich zunächst nicht zu, aber schon zwei Tage später, noch im alten Jahr, nachdem ich ausführlicher darüber nachgedacht hatte, war ich derselben Meinung. Ich gab ihm die Erlaubnis, herauszufinden, wie eine Einäscherung durchgeführt werden könnte und auf welchem Friedhof es möglich wäre, einen Fremden beizusetzen.

Ich versuchte mir vorzustellen, was Petr selbst gewollt hätte, die Uhr blieb nicht stehen und kein Vogel flog gegen das Fenster, aber ich hielt es für ein ebenso gültiges Zeichen, plötzlich mit absoluter Sicherheit zu wissen, dass Petr es genau so gewollt hätte. Er hatte die besten Jahre seines Lebens in England verbracht und war wieder hierhergekommen, von hier aufgebrochen und erneut zurückgekehrt.

In Cambridge wollte Graham gar nicht erst versuchen, ein Grab zu organisieren, auch wenn Cambridge der Ort in England war, zu dem Petr die engste Verbindung hatte, aber Graham selbst verband damit hauptsächlich schlechte Erinnerungen. Er schlug den Friedhof St. Margaret im Süden von Greenwich vor. Dieser hatte den gleichen Namen wie der, auf dem Halley zu Beginn des Jahres 1742 begraben worden war, fast dieselbe Erde und nahe an Halleys Grabstätte.

So hatte es Graham geplant und eingefädelt, es war etwas mehr dran an dem Ort, darum stimmte ich zu. Die Memorial Society konnte Graham leicht auf seinen Plan einschwören, in der Stiftung im Hintergrund der Memorial Society fand sich ein passender Fürsprecher und über diesen erhielt ich sehr schnell vom Domkapitel East Lewisham und von der Gemeinde Lee die Sondergenehmigung für die Bestattung meines Bruders.

Zusammen mit dem Küster sah ich mir die Stelle an. Auf dem alten Friedhof, wo sich noch immer der Steinsarkophag des Ehepaars Halley samt Gedenkstein befand, durften nicht einmal mehr Urnen bestattet werden, er war voll und schon vor langer Zeit außer Betrieb genommen worden, aber auf dem neuen Friedhof St. Margaret fand sich ein Platz.

Schon zu Petrs Beerdigung war ein Grabstein angefertigt worden. Er war aus Granit und nach langen Überlegungen und Verhandlungen mit der Inschrift versehen worden: GREENWICH EXPLORER PETR JÄRVI (PETER JARVI), 1967–2008.

So einigten wir uns, so war es für alle am besten. McCollister von der Memorial Society dürfte als Erster den Vorschlag gemacht haben. Der Totenschein der Ärztin aus Swesda ist nie herangezogen worden. In seiner Organisationswut war es Graham gelungen, in London einen neuen zu besorgen, auf dem als Petrs Todesursache eine Blutvergiftung infolge einer Lungenentzündung und ein Datum des neuen Jahres angegeben waren.

McCollister schlug vor, dass Petr im endgültigen Reisebericht bis London mit dabei sein sollte, schon krank, aber noch am Leben, und dann erst Anfang Januar schnell der Folgeerkrankung seiner Lungenentzündung erlegen wäre. So wäre es im Hinblick auf alle und alles gut. Niemand brauchte zu wissen, was passiert war und wann, es geriete ohnehin bald in Vergessenheit, es bliebe nur das, was auch bleiben solle.

Den Sieg im Greenwich-Wettbewerb hatte McCollister uns bereits versprochen, denn auch in dem Fall würde dadurch von allen Möglichkeiten die richtige und beste Wirklichkeit werden. Obwohl wir als letztes »From-Greenwich-to-Greenwich«-Team in London eingetroffen waren, hatten wir einer bestimmten Zählweise nach trotzdem die meisten Vormarschpunkte oder Etappenpunkte gesammelt, und wenn nicht das, so waren wir zumindest als Sieger am besten geeignet. Von zwölf Teams hatten nur vier bis zum Schluss durchgehalten, und von diesen vier waren wir das passendste. Bedeutungen müssen geschaffen werden, niemand bekommt auch nur eine einzige Bedeutung als fertiges Paket von der Welt überreicht. So erklärte es uns McCollister in seinem holzgetäfelten Büro in der Wellington Road.

Ich stimmte allem schnell zu, genau so wollte Graham es, und Isla auch. Das falsche Todesjahr war beinahe gar keine

Lüge, sondern nur ein kleiner Irrtum, ein Vergessen bloß, ein Ausrutscher des Steinmetzen und die Schuld meiner Unachtsamkeit. Eine einzige abweichende Ziffer ändert nichts am Leben eines Menschen. Genau so hatte sich bei Halley das Geburtsjahr verändert; bei Petr war es das Todesjahr, ein Irrtum von einer Ziffer macht aus einem Menschen keinen anderen.

Ganz unten auf den Urnenstein kamen drei Zeilen aus *Die Toten* von James Joyce. Isla wollte die Stelle, die Worte über den Schnee, und ich hatte nichts dagegen, auch wenn ich nicht katholisch bin, so wie Isla es in ihrer Kindheit und Jugend gewesen und vielleicht ein kleines bisschen noch immer war.

»HIS SOUL SWOONED SLOWLY AS HE HEARD THE SNOW FALLING FAINTLY THROUGH THE UNIVERSE AND FAINTLY FALLING, LIKE THE DESCENT OF THEIR LAST END, UPON ALL THE LIVING AND THE DEAD«.

Petrs Seele schwebte langsam und leise wie das Geräusch des fallenden Schnees, wenn dieser aus dem Universum heraus alles bedeckt, die Lebenden wie die Toten, und die Seelen der Toten und der Schnee schweben langsam durch das ganze Universum, ebenso leise, wie ihr endgültiges Ende kommt, so verstand ich es, sicherlich nicht richtig.

Am linken Rand des Steins wurden die sekundengenauen Koordinaten des Grabes eingraviert: 51°27'44" N, 0°00'07" E.

Graham wollte die Angabe auf dem Stein haben, weil St. Margaret der Londoner Friedhof war, der mitten im Meridiankorridor lag. Das Todesjahr wurde bei der Memorial Society beschlossen. Isla bekam ihr Epitaph auf den Stein. Von Petr selbst blieb nichts als das Geburtsjahr und der Name, und auch da kam Petr Järvi nur deshalb auf den Grabstein, weil ich es wollte. Als Ureigenes blieb Petr also nur das Geburtsjahr, alles andere kam letzten Endes von anderen.

Ein Toter besitzt keine Macht und kann nicht über die Lebenden hinweg entscheiden, jedenfalls nicht immer, und das sollte auch nicht sein, dachte ich damals. Ich hatte mit dem Reisebericht bereits begonnen und Petrs Ryman-Bücher durchgelesen. Vom Prinzip des Sichfallenlassens hatte er an mehreren Stellen geschrieben, etwas Ähnliches war das Beschriften des Grabsteins mit Wörtern und Zahlen, die andere Menschen vorgeschlagen hatten. So erklärte ich mir auch das als richtig.

Der Tag der Beerdigung war ein Montag, früher hatte Graham es mit der Blitzorganisation nicht hinbekommen, aber erst später verstand ich, dass sie es so haben wollten, genau an dem Tag. Nach der alten Zeitrechnung war Halley am 14. Januar gestorben.

Als ich mich bückte und die Urne aus Eichenholz in die Grube setzte, spürte ich nichts als Leichtigkeit. Zu lange hatte das Sterben mich begleitet. Die Bestattungssitte der wärmeren Länder ist nicht schlecht: Zwischen Tod und Begräbnis darf die Sonne nicht zwei Mal sinken.

Ich betrachtete die Inschrift auf dem glänzenden Stein und konnte über allerlei nachdenken, während Isla und Graham ihre Blumen auf die Urne legten, außer uns war auch gar niemand da, nur eine junge Frau von der Gemeinde, die dafür sorgte, dass alles ablief, wie es sich gehörte.

So sah Petrs Beerdigung aus. Alles lief, wie Graham es wollte. Im Krematorium waren sie damit einverstanden gewesen, Petr in der Gasum-Sargkiste einzuäschern, auch wenn sie es nicht für schicklich gehalten hatten, aber Graham hatte allerhand Gründe ins Feld geführt und den Geschäftsführer des Krematoriums schließlich davon überzeugt, dass der Tote es so gewollt habe, dass die von Swesda in Tschukotka als Erinnerung mitgebrachte Kiste eine große Bedeutung habe, dass dies keine gewöhnliche Beerdigung sei, sondern die Bestattung eines Forschungsreisenden, wie mitten auf der Reise und mitten in der Arbeit.

Beim Verlassen von St. Margaret merkte man Graham noch nichts an, vielleicht war er stiller als sonst, aber das waren wir alle. Jetzt hatte ich eher das Gefühl, an einem Schlusspunkt angelangt zu sein, als im Dezember, als wir in der Nacht aus dem Tunnel der Unterführung ans Greenwich-Ufer gekommen waren und die Sackkarre mit der Sargkiste den Hügel zum Observatorium hinaufgeschoben hatten.

Vom Friedhof fuhren wir mit dem Taxi nach Lewisham. Graham fuhr vom Bahnhof aus nach Westen weiter und Isla und ich mit der U-Bahn mit Umsteigen nach Hampstead, wo wir vorübergehend eine Wohnung gefunden hatten. Islas Cousine war das Frühjahr über ans MIT gegangen, um an Kursen in internationalem Organisationsmanagement teilzunehmen. Sie hatte Isla die Dreizimmerwohnung günstig vermietet, nicht zuletzt, damit jemand Vertrauenswürdiges darauf aufpasste, ich durfte gegenüber der Cousine und der Tante nicht erwähnt werden, auch nicht gegenüber Islas Vater, ihrer Mutter hatte sie es gesagt.

Wir sahen Graham viele Wochen lang nicht und erreichten ihn auch nicht per Telefon. Uns hatte er nichts gesagt, aber der Memorial Society teilte er mit, dass er von nun an alles abgebe, für seinen Teil sei die Greenwich-Runde vorbei. McCollister lud Isla und mich in die Wellington Road ein und schilderte uns die Lage. Obwohl er sich nicht direkt äußerte, sondern darum herumredete, verstanden wir, dass

Graham müde war, vor Müdigkeit krank und einfach nur ausruhen wollte, aber das war keineswegs die größte Sorge bei der Memorial Society.

McCollister machte allerlei Andeutungen, und als wir beide nicht reagierten, sagte er schließlich offen, wir müssten jetzt die Verantwortung für die Nachbereitung der Greenwich-Reise übernehmen. Ohne uns wäre sie nichts, denn das Entstehen und Hegen von Bedeutung passiere nicht beim Gehen, sondern erst später, wenn vom Gehen und von der gesamten Erdumrundung erzählt werde, in immer größer werdenden Kreisen, wie wenn man einen Stein ins Wasser werfe. Die Bedeutung entstünde erst, wenn wir es selbst erzählten, wenn man uns nach Auftritten in Schulen und bei Publikumsvorträgen Fragen stellte, wenn uns Zeitungen und Fernsehen interviewten.

Das »From-Greenwich-to-Greenwich«-Resultat sollte am 31. Januar in einer Livesendung von TradChannel bekannt gegeben werden. Nach der neuen Zeitrechnung war das der Gedenktag von Halleys Begräbnis. Erst dann sollte unsere Arbeit mit den Auftritten richtig losgehen.

Ihr seid ein sehr gutes Paar dafür, lobte uns McCollister und hielt es überhaupt nicht mehr für ein Hindernis, dass keiner von uns die gesamte Strecke zurückgelegt hatte, denn offiziell waren wir nicht einmal Mitglieder des Teams gewesen und hatten uns nicht wie Graham und Petr vorschriftsgemäß vorwärtsbewegt.

Aber auf diese Weise wurden wir beide im Büro in der Wellington Road zu Team Nummer 6, das neue Team an Grahams und Petrs Stelle. Von da an bereitete man uns auf die Auftritte und Interviews vor. In der Sendung, die am letzten Donnerstag im Januar um 21 Uhr beginnen sollte, werde man uns zu den Siegern küren. Auch Konkurrenten aus den anderen Teams seien in der Sendung dabei, wegen der Spannung sozusagen, aber sie könnten nicht gewinnen, über das Resultat sei bereits entschieden worden, bei jedem anderen Team sei etwas ans Tageslicht gekommen, was einen Sieg verhinderte, man könne Bedeutung nicht in Hände von Leuten legen, die sie nicht richtig zu tragen und weiterzutransportieren wüssten, sagte McCollister und sprach uns dabei sein Lob aus.

Die beiden letzten Wochen im Januar waren eine gute Zeit. Über Graham machten wir uns keine Gedanken, ich jedenfalls nicht, auch wenn wir manchmal über ihn redeten und Isla hin und wieder versuchte ihn anzurufen, aber sein Handy war ausgeschaltet. Auf einige SMS antwortete er, und über die Memorial Society hörten wir, dass er keine größeren Probleme oder Todesgedanken hatte, sondern nur leer und erschöpft war, dass er nichts tun wollte als ausruhen, ungestört und für sich. Wir glaubten den Erklärungen McCollisters, weil er beteuerte, Graham sei in ärztlicher Behandlung gewesen und habe bereits Hilfe erhalten. In gewisser Weise war das die bestmögliche Erklärung und für uns zugleich die Erlaubnis, zusammenzuleben, wie wir es bereits taten.

Da wir bis zur Beerdigung alle praktischen Dinge in London und in der Wohnung geregelt hatten, bildete die Beerdigung selbst eine Grenzlinie, den Anfang eines guten, ruhigeren gemeinsamen Lebens, für eine kurze Zeit. Wir erholten uns einige Tage, Isla ging zum Gynäkologen und zu Labortests, alles war außerordentlich gut, Islas Blutwerte waren besser als je zuvor, nach dem Höhenlager auf dem ganzen Planeten, wie sie zu ihrem Arzt sagte.

Dann fuhren wir nach Irland, um nachzusehen, ob das Haus am Killary Harbour das Jahr über in gutem Zustand geblieben war. Wir flogen nach Dublin und fuhren von dort mit dem Zug nach Westport, wo ein vorab reservierter Leihwagen bereitstand. Isla fuhr, auf der Küstenstraße wehte der Wind vom Meer so stark, dass das Auto ins Schwanken geriet und Isla das Lenkrad fest umklammern musste. Über dem Croagh Patrick jagten die Wolken dahin, in ebenso schnellen und seltsamen Tentakeln, wie wir sie über den Bergen von St. Helena gesehen hatten.

Die Straße wurde schmaler, je näher wir dem Killary Harbour kamen, und war am Ende so breit wie ein Auto. Zwei Fahrzeuge kamen nur an Verbreiterungen aneinander vorbei und dort, wo Nebenwege einmündeten. Als wir fast schon am Ziel waren, bogen wir zu einem alten weißen Bauernhaus ab. Isla stellte mich als Petrs Bruder vor, erzählte von Petr, erzählte, Graham sei in London geblieben, um sich auszuruhen, und habe uns zwei gebeten, herzukommen und nachzusehen, ob alles in Ordnung sei. Der Mann, der mir als Mike vorgestellt wurde, runzelte die Augenbrauen und entgegnete, es sei vielleicht nicht alles in bester Ordnung. Er fuhr uns zu dem Haus am Ufer hinterher.

Die Straße endete auf einem Grundstück, auf dem zum Meer hin ein niedriger Schuppen stand und weiter oben, zum abgeschabt wirkenden Bergrand hin, ein weiß gekalktes Wohnhaus. Die schmale Meeresbucht oder Flussmündung setzte sich unten fort und öffnete sich im Westen zum großen Atlantik.

Die Türen zum Schuppen und zum Wohnhaus waren in irgendeiner Nacht im Herbst oder auch am Tag aufgebrochen worden. Die genaue Tatzeit wusste Mike nicht. Sie waren ungefähr einmal die Woche zum Nachschauen hergekommen. Mitte Oktober hatten dann die Türen offen gestanden. Ein bisschen was schien aus dem Haus verschwunden zu sein, leicht zu transportierende Elektrogeräte und vielleicht etwas aus den Kommodenschubladen.

Isla verstummte und ging vorsichtig von Zimmer zu Zimmer, öffnete Schubladen und Schränke, sagte aber nichts. Das Haus war kalt und unbehaust, sehr feucht, man hatte keine Grundwärme gehalten und draußen war es windig und ein kalter Januarnachmittag.

Hier kann man nicht über Nacht bleiben, können wir zu euch kommen?, wandte sich Isla an Mike. Mike gab ihr die Schlüssel für die neuen, ausgetauschten Schlösser und versprach, mit Edna ein gutes Abendessen zu bereiten.

Als er im Rückwärtsgang vom Hof gefahren war, fing Isla an zu weinen und unter Tränen zu erklären, die gestohlenen Sachen seien ihr eigentlich egal, es schien nichts allzu Wertvolles weggekommen zu sein, CD-Spieler und Ferngläser konnte man kaufen. Einige Erinnerungen, die ihr wichtig waren, bekam man in keinem Laden, aber am schlimmsten sei es, dass jemand eingedrungen sei und dass von nun an in jeder beliebigen dunklen Nacht die Nächsten übers Meer kommen und klingeln, dann das Schloss aufbrechen oder die Scheibe einschlagen und durch das Türfenster das Sicherheitsschloss von innen öffnen könnten.

Ich wollte sagen, dass so etwas nicht zweimal passiert und dass wir jetzt das kalte Haus verlassen würden, aber Isla erwiderte, sie wolle in ihrem ganzen Leben keine einzige Nacht mehr darin verbringen. Sie sagte, sie packe jetzt ihre persönlichen Sachen, zuerst die Kleider, die sie nach London mitnehmen wolle, und dann alles andere, was sie schnell aussuchen und endgültig mitnehmen oder als Frachtgut schicken könne. Alles Schwere und die Möbel und Grahams Sachen sollten bleiben, wo sie waren, falls sich Graham doch dazu entschließen würde, hierher zu ziehen.

Ich ging inzwischen in den Schuppen, von den Gerätschaften dort verstand ich nichts, das Gebäude war eine Kombination aus Büro und Werkstatt, Lampen und Messgeräte und Reagenzgläser in sauberen Reihen eins neben dem anderen. Die Fenster hatten Sicherheitsgitter und auf der Seeseite einen dicken, abgeschlossenen Laden.

Zwischendurch kam Isla immer wieder vor die Haustür, um sich zu vergewissern, dass ich nicht weiter weg gegangen war. Sie hatte mich darum gebeten, ich versprach, im Hof zu warten und zu helfen. Sie packte Blusen und andere weite Kleidungsstücke ein, brachte immer eine Tasche an die Tür, die ich dann zum Auto trug.

Als Kofferraum und Rückbank voll waren, beendete Isla das Auflösen ihres Hausstands, ging auf die Toilette, drehte den Wasserhaupthahn ab und die Sicherungen im Sicherungskasten heraus, sodass nur noch das Hoflicht und die Bewegungsmelder nachts funktionierten. Dann gingen wir zum Ufer hinunter.

Die kleinen Gruben, die Isla als Grahams Salzbecken bezeichnete, waren kaputt und die Plastikplanen flatterten zerfetzt im Wind. Flut und Sturm müssen irgendwann den Wasserpegel so weit gehoben haben, dass die Wellen die Ränder der Becken zerstört und den aufgehäuften Sand ins Meer gespült haben, sagte Isla, ging herum und wunderte sich über die Kraft, so weit oben auf dem trockenen Land, und wie vollkommen die Becken zerstört worden waren, aber es schien ihr nicht viel auszumachen.

Wir gingen mit dem Wind im Rücken an der Uferlinie entlang und redeten über alle möglichen anderen Dinge. Der Fjord roch stark nach Meer und den angeschwemmten Tangbüscheln. Als man nicht mehr so gut vorankam, kletterten wir über Steine zum unteren Hang des Mweelrea hinauf, Isla wollte mir auch die Landschaft dort zeigen und suchte einen Weg auf die kleine Erhebung, von wo aus man weit über Killary Harbour hinwegschauen konnte, bis dahin, wo er sich tief ins Land hineinbog, und auf den Gipfel von Devilsmother dahinter.

Wir gingen so lange umher und betrachteten die Landschaft, dass es schon dämmerte, als wir zum Haus zurückkamen. Isla zeigte mir das Arbeitszimmer, in dem Petr den Monat vor der Reise über geschlafen hatte. Durch das große Fenster sah man direkt aufs Meer. Weit draußen war ein Licht angegangen, ein nur dann und wann aufblinkender Leuchtturm auf einer flachen, vom Horizont nicht zu unterscheidenden Insel oder auch nur ein Lichtschein, der an einer verankerten Boje befestigt war.

Als wir losfuhren, Isla wieder am Steuer, rannte gleich nach der Kurve ein Rudel Hunde in allen Größen vor die Scheinwerfer. Ein Teil wich zur Seite aus, worauf man nur ihre Augen in den gemischtrassigen Köpfen sehen konnte. Isla war gezwungen anzuhalten und packte mich am Arm. Das heisere Gebell und das Jaulen drangen in das Blechgehäuse. Dann verschwanden die Tiere in unserem Rücken, ohne Berührung setzte das ganze Rudel wie auf Befehl seinen Weg fort und rannte hinter dem Auto in die Dunkelheit hinein.

Isla sagte, so etwas habe sie noch nie gesehen, einzelne Hofhunde, die frei gehalten wurden, seien schon mal am

Ufer entlanggelaufen, manchmal auch ein paar ausgebüxte Schäferhunde zusammen, aber nicht so, dass sie ein ganzes Rudel gebildet hätten. Sie fuhr zum Haus von Mike und Edna, ich stieg aus und öffnete das Hoftor. Ich lauschte in beide Richtungen der Straße, ob man etwas hörte, während Isla durch das schmale Tor auf den Hof fuhr und Motor und Licht ausschaltete. Danach war es leer und lautlos, ein abgelegener Winkel der irischen Küste, wenige Häuser hier und da mit gelblichen Lichtflecken in den Höfen und Fenstern, sehr spärlich alles entlang des baumlosen, zum Meer hin abfallenden Hangs.

Im Lauf des Herbstes waren die Hunderudel immer größer geworden. Die Leute ließen ihre eigenen Hunde nachts mit den Rudeln laufen, obwohl es verboten war, Hunde nicht anzubinden. Im Frühjahr, wenn die Schafe lammten, streiften halb verwilderte und mit ihnen geflohene Hofhunde um die Häuser und jagten und rissen schwerfällige, trächtige Muttertiere und frisch geborene Lämmchen. So war es schon immer gewesen, das war man gewohnt, aber im Sommer hatte jemand damit angefangen, gezielt große Leithunde auszubilden, damit sie die Ufer bewachten und auf Fremde losgingen, und wenn im Dunkel der Nächte wieder Flüchtlinge versuchten über Killary Harbour und Killadoo an Land zu kommen, liefen die Hunde in Rudeln hin, warteten ab und stürzten sich auf die aus dem Wasser steigenden Menschen.

Edna und Mike erzählten, was alle an der Küste von Mayo wussten, worüber aber nicht laut geredet wurde. Weder die Polizei noch die Küstenwache mischte sich ein, in den Zeitungen wurde über die Hunde sehr wenig geschrieben, und wenn, dann warnte man davor, kleine Kinder im Dunkeln allein aus dem Haus zu lassen, und empfahl, die Zäune von

Schafverschlägen und Gattern in Ordnung zu halten und am besten mithilfe von Stacheldraht zu erhöhen. Erzählt wurde auch, die Leithunde seien zu allen Häusern entlang des Ufers gebracht und an die Gerüche der Einheimischen gewöhnt worden, damit sie Fremde von Hiesigen unterscheiden konnten. Die Leute ließen zu, dass sich ihre Hunde den Rudeln anschlossen und in den Nächten Wache hielten. Man hoffte, die Information über diese Art von Empfang werde schnell diejenigen erreichen, die noch den Plan hegten, über das Meer nach Europa zu kommen.

Edna und Mike akzeptierten diese Wachmaßnahme nicht. Man kann das Meer nicht besitzen und nicht über das verfügen, was das Meer bringt, sagte Mike. Auch viele andere waren gegen die Strandhunde, aber keiner wollte der Erste sein, der forderte, mit den Rudeln der nächtlich losgelassenen Hunde Schluss zu machen. Man hielt sie für das kleinere Übel und den geringeren Anlass zur Angst als die mit Booten und Torpedoflößen verfrachteten Afrikaner, die seit zwei Jahren durch Mayo zogen, im letzten Jahr zunehmend, entweder auf dem Weg nach Nordosten in die Küstenstädte Nordirlands, wo sie auf einen Transport nach Schottland warteten oder zur Schwarzarbeit in die Vorstädte Dublins, jedenfalls auf eine erneute nächtliche Überfahrt, die sie bezahlen müssten, und wieder über das Meer.

Am Esstisch sagte Isla, auch aus dem Grund habe sie nicht vor, in das Haus am Ufer des Killary Harbour zurückzukehren. Als Edna nach weiteren Gründen fragte, antwortete Isla, sie habe sich hauptsächlich ihrer selbst wegen so entschieden, dann wegen Graham, außerdem gebe es da noch andere Dinge, aus all diesen Gründen würde sie nicht mehr hierherkommen. Wir aßen Topinambursuppe und eine Hauptspeise aus vielen verschiedenen gedünsteten Gemüsen, dazu Wittling in dünnen Scheiben, und zum Nachtisch gab es Brotpudding und Holunderwein.

Isla erzählte von Grahams Erschöpfung und dass sie in London nicht mehr zusammenwohnten. An dem Punkt wandte sich Edna an mich. Ich schaute Isla an und sagte: Freunde. Gute Freunde, korrigierte Isla, aber so sanft, dass sie die Wahrheit sagte, ohne sie auszusprechen. Weder Edna noch Mike stellten weitere Fragen, es entstand eine kurze Pause, bis Edna das Gespräch wieder auf das Übliche lenkte.

Als wir am nächsten Morgen aufwachten, waren Edna und Mike schon lange draußen bei der Arbeit, sie brachten mit der Schubkarre getrocknete Äste näher ans Haus, unter das Regendach. Ich schaute vom Wohnzimmerfenster aus zu, es sah nach einem guten Leben aus.

Wir fuhren auf der nach Westport hin breiter werdenden Straße, auf der wir gekommen waren, davon, in der Stadt packten wir auf dem Hof einer Spedition die Sachen aus dem Auto in stabile Kartons und diese in Transportcontainer, dann gaben wir den Leihwagen zurück und stiegen in den Zug.

In dem Moment, in dem am Flughafen Dublin auf der Tafel der abgehenden Flüge in der untersten Zeile Helsinki erschien, spürte ich zum ersten Mal das Heimweh nach Finnland aufflackern und kurz zupacken. Ich machte Isla auf die Zeile aufmerksam und sagte, wir könnten ebenso gut dorthin fliegen. Sie schaute auf die große Anzeigetafel mit den blinkenden Lämpchen, bis sie Helsinki gefunden hatte, und erwiderte, nicht jetzt, irgendwann.

Ende Januar hielt ein kleiner, klarer, warmer Winter in London Einzug. Wir waren viel draußen, in den Parks und am Themseufer, an Orten, wo man richtig gehen konnte, ohne ständig Menschenschlangen ausweichen zu müssen, und wo man blau schmeckenden Sauerstoff einatmen konnte. Isla kannte die offenen und stillen Stellen der Stadt und hätte jeden Tag ein neues Ziel für uns aussuchen können.

Jede Woche fuhren wir auch weit auf die andere Seite der Themse und besuchten Petrs Grab. Alles war in Ordnung, es waren Blumen hingebracht worden und man hatte die Erde vor dem Grabstein begradigt. Graham ging oft hin und wechselte die Blumen in dem schmal zulaufenden Glas, am Tag der Beerdigung hatte ich ihm erzählt, so sei es in Finnland Brauch, keine künstlichen Blumen, keine Seide und kein Plastik, sondern solche, die gewachsen und zum Strauß gebunden waren, ein Mensch lebt so lange, wie sich jemand an ihn erinnert oder etwas Grünes auf seinem Grab ist, eine lebende Pflanze oder noch nicht verwelkte Schnittblumen, im Winter Fichtenzweige und eine Kerze, die im Schnee brennt.

Wir machten einen Abstecher zum alten Friedhof in der Nähe, mit der Kirchenruine und Gräbern, die im Lauf der Jahrhunderte grau verwittert waren. Die ursprüngliche Steinplatte von Halleys Sarkophag hing mittlerweile im Observatorium von Greenwich an der Wand, und auf dem Grab lag eine neue als Ersatz. Darauf stand, dass außer Edmond Halley auch dessen Frau in diesem Grab liege, zwei seiner Töchter sowie Henry Price, der Ehemann der einen Tochter.

Vor der Veranstaltung, bei der die Gewinner des Greenwich-Wettrennens bekannt gegeben werden sollten, bereiteten wir uns auf die Zeit danach vor, indem wir den Abschlussbericht für die Memorial Society zusammenstellten. Die ganze Arbeit fiel an uns, da Graham sich aus der Verantwortung zurückzog. Wir schrieben beide seitenweise Skizzen zu dem Bericht, ich mehr als Isla, die alle meine Passagen sprachlich verbessern musste.

Es war schwer, sich für einen Umfang zu entscheiden, und zwischenzeitlich kam es mir so vor, als verfasste ich mehrere Berichte auf einmal. Der Memorial Society hätte eine einfache, kurze Schilderung genügt, in der die Fakten gestimmt hätten. Aber je mehr ich schrieb und je mehr ich Petrs Ryman-Bücher durchging, desto mehr hatte ich das Gefühl, auch etwas anderes schreiben zu müssen, über Petr und uns alle, für uns und um unserer selbst willen und nicht für die Memorial Society und deren Zwecke.

Nachdem wir nach Hampstead gezogen waren, fing ich gleich am ersten gemeinsamen Morgen an, Isla hin und wieder bei einem neuen Kosenamen zu nennen, indem ich ihren zweiten Namen Mary in Maaria umwandelte. Das gefiel ihr, sie sagte, es klinge irgendwie nach Kirchenlied und zugleich so, als würde jemand von weit weg nach ihr rufen.

So sah ich mich an dem offiziellen Dokument und dem Bericht schreiben, aber oft schrieb ich auch etwas nur für Isla und mich, und wenn wir am Abend die Seiten durchgingen, dann sagte ich ihr, die sind mehr für dich, Maaria, für dich gemacht, lass uns gemeinsam das Überflüssige und Falsche herausnehmen, lass uns auswählen und die Lücken neu füllen, und wenn etwas Wichtiges fehlt oder wenn für gestrichene Stellen etwas Neues oder mehr gebraucht wird, dann fügen wir es hinzu.

Es ist doch nichts falsch daran, wenn man am Eigenen festhält und sich selbst die Dinge klarmacht? Alle möglichen

Bruchstücke kommen einem beim Schreiben in den Sinn und verbinden sich miteinander, so entsteht das Schreiben aus kleinen Teilchen. Diese Teilchen gingen Isla und ich abends nach den Schreibtagen durch, sie verbesserte die Sprache und seufzte ab und zu und war auch mal anderer Meinung, aber diese Stellen veränderte ich nicht. Natürlich waren einige Teilchen peinlich und beschämend und was auch immer, intime Dinge, aber was soll's, am Ende wollte ich keine einzige Zeile ausradieren, ich legte nur alles auf zwei Stöße, sich selbst kann man nicht in eckige Klammern setzen, das können nur die anderen.

So schichteten wir Seite für Seite den Abschlussbericht auf. Daneben aber wuchs ein wesentlich dickerer Stapel mit eigenen Blättern. Bisweilen war das Schreiben wie Gehen auf dünnem Eis, mit der Unsicherheit, ob der andere das überhaupt lesen könne. Aber am Abend sagte ich dann wieder, es kann ja gar nichts sicher und vorab entschieden sein, Maaria, sondern alles ist immer bloß unsicher, immer geht man auf dem dünnen Eis einer einzigen kalten Nacht, weil man letztendlich vom anderen gar nichts mit Sicherheit weiß. Die Unsicherheit und das Gehen auf dem Eis einer einzigen kalten Nacht beruhigen nicht, sondern bringen von innen her den ruhigen Sinn durcheinander. Oft kam Isla bei solchen Dingen nicht mit und reagierte darauf nicht so, wie ich es mir gewünscht hätte, sondern lächelte nur und fuhr mir durchs Haar wie ihrem künftigen Sohn über den Kopf.

Petrs Notizbücher benutzte ich, so viel ich nur konnte, so viel, wie darin stand, aber doch nicht alles, man darf nicht alles erzählen und muss es auch nicht, bei einer Reise von einem Jahr kann man gar nicht jeden einzelnen Tag aufnehmen. Die Schwierigkeit beim Zusammenstellen des Berichtes lag darin, dass man ständig eine Auswahl treffen und wichtige Stellen herausschneiden musste.

Am schwersten war es, die Seiten zu schreiben, auf denen Petr gar nicht tot war, sondern lebendig bis zum Endknoten in Greenwich mit dabei. Isla musste viel ergänzen und verändern. Sie erweiterte Grahams gefälschte Logbucheinträge, sodass wir dazwischen nichts vollkommen Neues erlügen mussten.

Stück für Stück kamen Jahr und Reise zu ihrem Abschluss. Innerhalb des offiziellen Berichts entstand eine eigene, logische Wahrheit, kurz und prägnant, und die war bald mehr als unsere Wahrheit. Irgendwie wussten wir das schon beim Schreiben, aber wir taten einfach, was getan werden musste. Die Skizzen und das für uns selbst Geschriebene wurden auf den Stapeln daneben in viel größerem Umfang fertig, und daraus wählten wir etwas für das wenige aus, was in die endgültige offizielle Version hineinpasste, wir schrieben und modifizierten die Lücken, wie es sein sollte, oder Isla schrieb und nahm die Veränderungen vor, weil sie besser wusste, wie man in London über eine Greenwich-Reise schreiben muss. *From Greenwich to Greenwich by Zero. Our Story.*

Als der letzte Tag im Januar kam, der Tag, an dem die Resultate des Wettbewerbs bekannt gegeben wurden, überreichten wir den offiziellen, gehefteten Reisebericht während der Direktübertragung, weil auch ein solcher Punkt mit Zeitangabe im Regelbuch stand und wir den Sieg nicht mehr gefährden wollten.

Ansonsten hatten wir uns auf das, was kommen sollte, nicht vorbereiten können. Bei der Memorial Society war ein Programm mit Auftritten bis weit in den Frühling hinein erstellt worden. Wir hatten akzeptiert, dass sie so etwas machten, und widerspruchslos auch alle Daten hingenommen, die im Lauf der Wochen immer mehr geworden waren. Solch eine Aufmerksamkeit, das Gefühl, wichtig zu sein, das schmeichelt schon. Während der letzten beiden Januarwochen waren wir beide das Team geworden. Dem wurde das neue Pressematerial angepasst und dementsprechend würden auch die künftigen Informationen ausfallen.

Am Tag der öffentlichen Bekanntmachung gingen wir im Gebäude von TradChannel den Abend und die kommenden Tage durch. Man hatte einen genauen Plan für uns aufgestellt. Da es nicht möglich sein würde, Petrs Tod und Grahams Rückzug lange geheim zu halten, war beschlossen worden, beides zur Sprache zu bringen, aber auf die richtige Art, gleich in der ersten Woche nach dem Sieg. Der Januar nach dem anstrengenden Reisejahr sollte zum tragischen Monat der Veränderungen gemacht werden. Mein Part sollte die Trauer um den Tod meines Bruders sein und Islas Part ebenfalls das Trauern um das unerwartete Dahinscheiden von Petr, aber auch über die Trennung von Graham. Als Gemeinsames bliebe für uns eine neue, aus den Verlusten entstandene Beziehung und das Glück, das daraus resultierte.

Als man uns den Präsentationsplan darlegte, klang das schrecklich, billig, so als würde man seine Haut zu Markte tragen. Isla versuchte Änderungen zu erreichen und formulierte dabei gut, so wie sie es kann, aber die Argumente von TradChannel und der Memorial Society waren zu stark.

Wenn man vorhabe, auf der Welt neue Bedeutungen zu schaffen, wenn man wenigstens eine einzige neue Bedeutung, wie die moderne Entdeckungsreise entlang des Greenwich-Meridians eine sei, durchsetzen wolle, müsse sie in sauberer Form dargeboten werden. Sie könne gut und gern Konflikte, die bewältigt werden mussten, enthalten, ein Todesfall, eine Trennung und eine neue Liebe waren gute Teilchen des großen Ganzen, aber auch mit den Konflikten musste es sauber sein, gereinigt von Plunder, glänzend wie eine Silbermünze.

So sieht eine Bedeutung aus, belehrte man uns. Wir könnten uns glücklich schätzen, weil wir das Privileg hätten, bei der Entstehung einer neuen Bedeutung dabei zu sein. So sei es seinerzeit mit den Eisexpeditionen von Amundsen und mit Pearys Reise zum Nordpol gewesen. Von den neueren Forschungsreisen hatte die Transglobe Expedition komplett in der Öffentlichkeit stattgefunden, bis zum abschließenden Höhepunkt, als der Prinz von Wales kurz das Kommando über die Transglobe übernommen habe und das packeiskompatible Schiff der Expedition, die Überwinder aller Schwierigkeiten und das Heldentum auf der Themse nach Greenwich gebracht habe.

Auf diese Weise wurde uns dargelegt und beigebracht, was kommen würde. Es war keine Zeit und keine Möglichkeit mehr, abzulehnen, wir mussten mit dem Drehbuch, das andere geschrieben hatten, ins Studio gehen und für die Siegerinterviews proben.

Von der Liveübertragung am Abend sind mir am stärksten die Panik und die Euphorie in Erinnerung geblieben, beides gleichzeitig. Was vereinbart und geprobt worden war, wechselte wie im Flug, der Regisseur gab im toten Winkel der Kameras unverständliche Zeichen, wie wir stehen, sitzen und uns drehen sollten. Wir sollten jubeln und ernst sein, innerhalb von dreißig Sekunden die besten Anekdoten der Reise erzählen, Isla sollte das tun, meine Aufgabe bestand darin, derselben Meinung zu sein und als Ausländer die Organisation und die britische Unnachgiebigkeit und Verrücktheit zu loben, die lange Tradition der Forschungsreisen und die große Unterstützung durch Unbekannte.

Als Einschübe hatte die Edmond Halley Memorial Society kompakte Häppchen von Halley-Gedenkorten für die Sendung produziert, von Greenwich, Oxford, Newtons Cambridge, von den Konferenzräumen der Royal Society, vom Polarlicht, vom Erdmagnetismus und von Halleys leuchtendem Kometen. Am Schlussgespräch im gedämpften Licht von Child's Coffee-House, das als Studiokulisse diente, nahm auch Geschäftsführer McCollister teil.

Noch sei es möglich, auf der Welt Entdeckungen zu machen, noch sei es möglich, etwas Neues auf der Welt zu finden. Mit diesen erhabenen Worten endete der Studio-Teil. Wir blieben nachdenklich auf unseren Plätzen sitzen, die Scheinwerfer gingen aus, Child's Coffee-House verschwand rundum, der Regisseur machte mit den Fingern das Okay-Zeichen, alle wurden gelobt.

So kam das Große in Gang, das über uns hinwegflutete. Am nächsten Morgen waren wir im Frühstücksfernsehen und in allen Zeitungen. Wir waren jetzt

Das Paar, das die Erde umrundete,

Ohne auch nur einmal umzukehren.

Über einem gestellten Foto von uns stand

Expedition LIEBE.

Auf dem ganzseitigen Foto auf der anderen Seite waren entlang des Greenwich-Meridians Vermessungspunkte abgebildet und in ihre Fahnen hineingeschrieben:

Von hier und hierher, Von dort und dorthin, Hin und zurück.

Und auf der Weltkarte daneben waren die gewaltigen Zahlen all der Meilen auf dem Meer, an Land und in der Luft eingetragen.

Nach den ersten fünf Interviews wiederholten sich die Fragen, und man selbst wiederholte beim Antworten schon immer fast dieselben Sätze, das Sprechen wurde geschliffener, man wusste vorher, wie die nächste Frage ungefähr lautete, und konnte antworten, was der Frager hören wollte. Isla war natürlich viel besser als ich und konnte Worte, Nuancen und Stimmungen nach Gefühl für die Situation variieren. Es war ein Unterschied, ob man auf Kurzfragen der *Sun* antwortete oder ob man den Redakteur von *Global Traveller* so anzuleiten versuchte, dass die acht Doppelseiten seines Artikels so ausfielen, wie wir und die Memorial Society es wollten.

An fünf Tagen in der Woche fuhren wir durch London und das ganze Land und hielten Vorträge. Das Büro hatte Bildmaterial vorbereitet und uns auf einem USB-Stick mitgegeben, Fotos, Karten und kurze Verlaufsanimationen von verschiedenen Abschnitten der Reise. Ein Teil der Orte auf den Bildern war uns vollkommen fremd, aber wir lernten sie am Anfang der Tournee so gut auswendig, dass wir gleichzeitig von der Reise erzählen und die Bilder und Kartenstreifen auf dem Laptop wechseln konnten, ohne uns auch nur umzudrehen und zu schauen, ob sie in der richtigen Reihenfolge auf den Wänden der Vortragssäle erschienen.

Ob der Auftritt in einer Schule oder in einer Universität stattfand, in einem Gemeindezentrum oder bei der Jahresversammlung des Century Club, die Fragen aus dem Publikum waren immer die gleichen. Man lernte schnell, fließend darauf zu antworten und dann immer geschliffener, aber jedes Mal musste man sie zu Ende anhören, mit interessiertem Gesicht, als wären sie an jedem Ort neu.

Nach der praktischen Organisation der Reise wurde am

meisten gefragt. Nach Geld und Budget natürlich, aber auch, welche Rucksäcke und Wanderschuhe wir auf den langen Landetappen getragen hatten, wie wir Krankheiten vorgebeugt hatten und was dann trotzdem plötzlich passiert war, außerdem nach Details zur GPS-Technik und in einigen Städten viel über die *Ginger-Baby* und die Luftschiffe von Amundsen-Nobile.

Über Budget und Geld durften wir nichts Genaues sagen, das hatte man uns verboten, aber Isla wusste auch gar nicht alles darüber. Graham hatte die Finanzierung auf eigene Faust organisiert und war dabei vielleicht ungewollt zum Seelenverkäufer geworden. Jedenfalls glaubte Isla das, obwohl schon im Ausscheidungswettkampf für den Transport der Patenfamilien bezahlt worden war, und das hatte Isla sehr wohl gewusst.

Über die Länder und Inseln entlang des Meridians mussten wir oft etwas erzählen und zeigen, an welchen abgelegenen Stellen der Erde sie sich befanden, ob sie überhaupt existierten oder ob wir sie erfunden hatten. Nichts ist abgelegener als etwas anderes, jeder Punkt auf der Oberfläche einer Kugel ist der Mittelpunkt seines Kreises, London ist nur für sich selbst und für ein paar Hundert Meilen rundherum der Mittelpunkt, von überall anders aus gesehen liegt es abseits und am Rand, fing ich jedes Mal an, wenn ich auf solche Fragen antworten musste.

Niemand hatte während der gesamten Tournee behauptet, über Niuoku, Semisopochnoi oder Taveuni etwas mehr zu wissen, und auch über die Verhältnisse im Okrug Tschukotka war nicht mehr bekannt als Roman Abramowitschs Chelsea-Kontakt. Über sein Sekretariat schickte Abramowitsch der Memorial Society auch tatsächlich ein Dankesschreiben, weil die Route durch sein Gouvernement geführt hatte.

An jedem einzelnen Auftrittsort gingen wir »From Greenwich to Greenwich« als Erstes Knoten für Knoten durch, vom Morgen des Aufbruchs bis zur Nacht, in der wir das Ziel erreichten. Wir kamen abwechselnd zu Wort, manchmal unterbrach einer den anderen mit einer Zwischenbemerkung oder einem Witz. So hatten wir es vorher geprobt. Die vierzig Minuten sollten frisch und überzeugend klingen, damit sich auch so die Erdumrundung, die jetzt als große Forschungsreise bezeichnet wurde, den Menschen als erinnernswerte Bedeutung einprägte.

Der erste Knoten nach dem Start wartete in Peacehaven an der Kanalküste, es war der violette, den ich nicht einmal zu Gesicht bekommen hatte, aber nach der Probe redete ich darüber ebenso sicher wie über die anderen Dinge. Jeder zweite Knoten war lediglich ein Durchgangspunkt und lag exakt auf dem Meridian, aber die anderen Knoten dazwischen beruhten auf Hinweisen und Anweisungen, und die konnten auch neben der Meridianlinie liegen. So befand sich der violettblaue Knoten auf der Grenze zwischen Frankreich und Spanien nicht an der schlimmsten Stelle auf dem Gipfel eines Bergs, sondern in einer Wanderhütte neben einem Kletterpfad, unterhalb der vom Schneesturm umwehten Brèche de Roland.

Der afrikanische Knoten war blau. Obwohl Graham und Petr die Verifikationsstelle im unübersichtlichen Grenzgebiet von Burkina Faso, Ghana und Togo nur zu zweit aufgesucht hatten, erzählten Isla und ich die Afrika-Etappe, als hätten wir selbst die tausend Kilometer zu Fuß zurückgelegt, zuerst von Gao zur Drei-Länder-Grenze am Nordostkorridor Togos, der wie ein Skorpionstachel aussieht, und von dort in die brütende Feuchtigkeit des ghanaischen Seengebiets.

Der Bergknoten auf St. Helena war türkis, der in der Antarktis blaugrün und der ozeanische auf Taveuni grün. Über diese Orte mussten wir viele Fragen beantworten, auch über die Regionen zwischen den Knoten, oft über die Antipodeninseln und jedes Mal die Frage, wie das Eis im Süden in der tiefsten Winterdunkelheit ausgesehen habe. Fragen zur Klimaerwärmung handelten wir möglichst kurz ab. So hatte es uns McCollister empfohlen, damit der Auftritt nicht in die falsche Richtung ging und die Bedeutungen sich nicht von unserer Sache lösten.

Über den gelblich grünen amerikanischen Knoten auf den Aleuten erzählten wir beide unsere eigene Geschichte, ich vom Segeln und vom Wind, Isla vom Anlegen und von der isolierten Stille Semisopochnois, des leersten Ortes der Welt.

Über den ockergelben Knoten Asiens und Russlands, den orangefarbenen auf der Wrangelinsel und den roten der Arktis hatten wir nicht viel zu erzählen, aber wir sprachen über die Landschaften von Tschukotka und die Fahrt im Amundsen-Nobile-Luftschiff. Sobald man die richtige Geschichte auswendig konnte, kam sie einem überhaupt nicht mehr erlogen vor.

Das Segeln vom nördlichen Atlantik zu den Britischen Inseln und die letzte Etappe durch Nordostengland stießen überall auf Interesse, über die bekannten Dinge gibt es am meisten zu fragen, und über die Einzelheiten der Wanderung war es wiederum leicht, Auskunft zu geben, weil man selbst genau wusste, was man gesehen und was für ein Gefühl man an den einzelnen Tagen gehabt hatte. Das Kleinerwerden der Strecke und am Ende die Ankunft in London mit dem magentaroten Knoten waren in der Wellington Road so gut geprobt worden, dass sie zum erhebenden Schluss des Vortrags gerieten. Wir erzählten es so, dass Petr schon krank war, aber trotzdem unbedingt mit uns bis Greenwich weiterwollte und wir ihn deshalb zwischendurch immer mal wieder auf einem Karren schieben mussten; wenn ab und zu das Fieber nachließ, konnte er auch noch selbst gehen. Wir kamen aus dem menschenleeren Tunnel unter der Themse heraus, stiegen die Treppe zum Ufer hinauf und sahen oben die Lichter in den Fenstern des Observatoriums. Es war eine warme Winternacht, wir erzählten, wie wir im Park von Greenwich unmittelbar vor dem Ziel anhielten, uns umdrehten, um die Strecke zu betrachten, die wir heraufgekommen waren, und das nächtliche London, und wie wir alle vier überglücklich waren, dass die einschließlich Umwegen und Abweichungen mindestens 50 000 Kilometer lange Aufgabe erfüllt war und wir das Ziel erreicht hatten.

Sie haben das Unmögliche möglich gemacht und sind erschöpft nach Hause zurückgekehrt. Sie sind großen Gefahren und schweren Prüfungen ausgesetzt gewesen, haben sie aber in einen Triumph verwandelt. Das Team mit der Nummer 6 hat mit seiner Greenwich-Tour etwas absolut Außergewöhnliches geleistet, vor allem eines erreicht: Sie haben sich selbst gefunden.

Jeder Auftritt endete mit diesem Schluss der Sendung, die TradChannel vom Wettbewerb zusammengestellt hatte. Die dreißig Sekunden lange Sequenz, die an die Wand geworfen wurde, zeigte die Erde vom Weltall aus, ein bläulicher Ball, der sich langsam drehte und um den sich ein heller Meridianstreifen bog.

Isla und ich saßen unter dem projizierten Fernsehbild und warteten, bis die Musik zu Ende ging. Dann zog ich den USB-Stick heraus und klappte den Laptop zu. Man applaudierte uns und wir standen auf, um uns zu bedanken. So war es jedes Mal, an fünf Tagen in der Woche, wochenlang. Normalerweise war die Stimmung am Schluss gehoben, man spürt so etwas einfach, und man fühlt, dass man wieder ein kleines Stück Bedeutung weitergegeben hat.

Einmal fragte ein Zuhörer, ob es tatsächlich vierzehn Knoten gewesen seien, wie wir zu Beginn unseres Vortrags gesagt hatten. Wir versicherten beide, dass es vierzehn gewesen waren, aber als ich innerlich nachrechnete, kam ich keineswegs auf vierzehn. Zwar gab es so viele Knoten in unterschiedlichen Farben, das wusste ich von Petrs Halsschnur, aber ebenso viele Verifikationspunkte konnte ich auf der Reiseroute nicht entdecken.

Im April, als wir bereits fast hundert Orte bereist hatten, traten wir im Auditorium einer Schule in Weybridge auf. Da sah ich Graham in der letzten Reihe sitzen. Er musste zwischendrin hereingekommen sein oder wir hatten ihn wegen der Lampen vorher nicht bemerkt.

Wir zogen die Stecker heraus, die Schüler verließen das Auditorium, ein paar Lehrer blieben noch, um zu plaudern und von ihren eigenen Reisen und Wanderungen zu erzählen. Graham lehnte sich an die hintere Wand und wartete.

Als Isla und ich auf ihn zugingen, sah er so aus, wie wir ihn zuletzt gesehen hatten, nicht krank oder müde, aber er kam uns keinen Schritt entgegen, grüßte nur, umarmte Isla nicht.

Wie geht es dir?, fragte Isla. Geht so. Wann gehen wir nach Hause?, lautete seine Gegenfrage.

Wir standen im Mittelgang des Auditoriums und sahen uns verlegen an. Alles geriet ins Stocken, die Ströme, die vom Vortrag noch übrig waren, verknäulten sich und der Körper erstarrte, dass man sich nicht traute, etwas zu sagen, um nicht aus Versehen etwas kaputtzumachen.

Wären nicht Lehrer hinzugekommen, weiß ich nicht, wie lange es gedauert hätte, aber als sie kamen, war es auch schon vorbei. Ich fragte Graham, ob er sich den ganzen Vortrag angehört habe. Die letzten fünfzehn Minuten, sagte er, kehrte mir dann den Rücken zu und verließ den Saal. Isla schaute aus dem Fenster. Ich beantwortete die Fragen, die die Lehrer noch hatten, dann kamen wir endlich weg von dort.

Das nächste Mal erschien Graham eine Woche später in Richmond und danach noch öfter, manchmal an mehreren Tagen hintereinander, er musste den Auftrittsplan genau kennen, denn jedes Mal betrat er den Saal, wenn der Vortrag höchstens noch fünf Minuten dauerte. Immer wartete er, und anfangs gingen Isla und ich zu ihm, worauf er immer dieselbe Frage stellte. Die ersten Male antwortete Isla, manchmal nur mit Nein und manchmal länger, dass es diese Zeit nicht mehr gebe, aber Graham wollte es nicht verstehen.

Die Situation wurde allmählich so belastend, dass sie beendet werden musste. Die Tournee konnten wir nicht abbrechen, das war volle Arbeit, immer häufiger zwei Orte am Tag, und dazu das Reisen, das Abstimmen der Verbindungen, da konnte man nicht auch noch Graham als Ballast gebrauchen, sodass man jedes Mal auf der Hut sein und Angst vor dem Schluss des Vortrags haben musste und immer wieder einen Blick auf die hinteren Reihen warf.

Isla fing an, schlecht zu träumen und nachts aufzuwachen, und sie ging nach den Auftritten nicht mehr zu Graham hin, auch ich nicht, wir verließen den Raum durch eine andere Tür, wenn es eine gab, oder wir gingen an Graham vorbei, ohne stehen zu bleiben. Es war anstrengend und traurig, mit so etwas Ungeklärtem immer weiterzumachen, aber eines Morgens im Mai wachte Isla auf und sagte, sie wisse jetzt, was zu tun sei.

Als Graham das nächste Mal in den Schlussminuten eines Vortrags hereinkam und später das Publikum den Saal verlassen hatte, gingen wir geradewegs zu ihm hin, und noch bevor er seine Frage stellen konnte, lud Isla ihn nach Hampstead ein. Graham freute sich ganz offensichtlich darüber und versprach zu kommen, seinetwegen sofort. So habe ich das auch gemeint, wir fahren zusammen, sagte Isla.

An dem Abend fuhren wir mit der U-Bahn und einmal Umsteigen nach Hause. Auf dem Weg unterhielten wir uns über alles Mögliche, aber man kann nicht sagen, dass Graham besonders gesprächig gewesen wäre. Über sich selbst sagte er kein Wort, obwohl wir versuchten ihn danach zu fragen.

In der Wohnung sah er sich um. Isla ging Tee kochen, sagte, sie ziehe sich zuerst etwas anderes an. Drinnen war es warm, es gab einen guten, großen Elektrokamin im Wohnzimmer und in den anderen Zimmern die Belüftungslöcher der Zentralheizung. Islas Cousine hatte gerade im Sommer zuvor alle Fenster gegen isolierte Doppelfenster mit Aluminiumrahmen ausgetauscht, sodass kein Zug zu spüren war. Ich versuchte die Unterhaltung mit Graham in Gang zu halten und redete über die Reise und die von der Memorial Society organisierten Auftritte, aber Graham reagierte nicht weiter, selbst wenn ich fragte, und schließlich saß auch ich stumm da. Durch die Tür hörte man Isla mit Geschirr oder Schubladen klappern.

Graham blätterte in den Zeitungsausschnitten mit Interviews auf dem Glastisch. Wenn ich ihn betrachtete, wie er da auf der fremden Couch saß, fiel mir ein, dass wir über viele Dinge der gleichen Meinung gewesen waren, nicht über das hier, aber über vieles andere. So könnte alles weitergehen. Vergessen, wenn man vergessen will, so versucht man, sich das Vergangene passend zu machen, man glaubt, dazu fähig zu sein, ist es nicht, niemand ist allein, immer gibt es andere und Rücksichtnahme, alles muss berücksichtigt werden, man kommt nicht mal von sich selber los.

Als ich Isla aus Versehen Maaria nannte, zuckte Graham zusammen. Er korrigierte mich nicht, sondern redete einfach weiter.

Gleich danach erinnere ich mich an ein Bild:

Es ist warm im Zimmer, draußen peitscht englischer Regen gegen das Isolierfenster. Wir drehen beide die Köpfe. Maaria tritt vor den elektrischen Kamin, nur mit einem Slip bekleidet. Ihr Bauch ist ein großer Hügel, neben dem Nabel schimmern zwei blaue Adern.

Graham kam zu keinem einzigen Auftritt mehr, aber er ging jetzt ans Telefon, auch ich rief ihn manchmal an und Isla häufiger. Jedes Mal fragte er, wie es Isla gehe, und an dem Tag, an dem die Tournee beendet war und ich Graham das mitteilte, sagte er zum Abschluss des Gesprächs, es sei gut, dass das Leben weitergehe.

Und so war es auch. In London wurde es Sommer. Islas Cousine kehrte aus Boston zurück und wollte sofort in ihre Wohnung. Ich fuhr nach Finnland und Isla zog zu ihren Eltern.

Der elterliche Hof hatte anderthalb Winter gut überstanden. In den Beeten stand das Wasser, im Wald lagen am Boden der tiefsten Senke noch alter Schnee und altes Eis, von Fichtennadeln bedeckt. Eine Woche lang wohnte ich allein am Vuojärvi, erledigte tagsüber, was zu tun war, und fuhr auch in die Stadt. An meinem alten Arbeitsplatz konnte ich bei dem Besuch noch nicht vorbeischauen.

Zwei Wochen nach meiner Rückkehr brachte Isla einen kleinen Jungen zur Welt. In den Krankenhausakten wurde als Name Peter Robert Fetterley eingetragen, Robert nach Islas Vater und Peter nach Petr.

Isla nahm das Baby aus dem Krankenhaus zu sich nach Hause mit. So sei es leichter, alles zu organisieren, sagte sie. Ich wohnte in einem Hotel in Bayswater und kam allein den Pflichten der Memorial Society nach. Hin und wieder kamen noch Einladungen zu Vorträgen, ich fuhr hin und hakte sie ab. Der Reisebericht musste ergänzt und modifiziert werden. McCollister wollte vor der Veröffentlichung noch mehr Heldentum darin haben, noch mehr überwundene Schwierigkeiten und damit Bedeutung.

In die neue Version fügte ich Stellen aus Petrs Ryman-Notizbüchern ein, nämlich das, was er über die Summa geographica und den schmalen Streifen der Welt geschrieben hatte. Auch schrieb ich selbst noch etwas hinzu und verschob Passagen hin und her, aber großes Heldentum konnte ich nicht entdecken, auch wenn ich noch so sehr danach suchte.

Wenn ich abends zu Isla und dem Baby fuhr, wenn das Baby nach dem Stillen zufrieden war und in Islas altem Rattanbabykorb schlief, zeigte ich ihr, was ich geschrieben hatte, so wie im Winter in Hampstead, damit sie die sprachlichen Fehler korrigierte und wir zusammen die guten Stellen auswählten.

Der kleine Peter atmete neben uns, Isla las die neuen Seiten und ich hörte und schaute zu. Isla hatte versprochen, dass sie mich gleich im Herbst besuchen würden und danach zum Beispiel jeden Sommer und jeden Winter. Bei den Winterbesuchen könnte ich Peter das Skilaufen beibringen und bei den Sommerbesuchen das Schwimmen im Vuojärvi, aber vorher schon würden wir alle zusammen zur Insel Silmäsaari rudern, beim ersten Mal wäre es Herbst und die Blätter an den Laubbäumen bunt.

Isla las schnell und korrigierte, was zu korrigieren war. Auf der letzten Seite, nach Petrs Summa geographica, hatte ich von Hand hinzugefügt: Könnte man so aufhören? Sehnsucht ist die Summe der Welt. Denn das wollte ich dir sagen, Maaria, und zwar jetzt, schon vorher, falls die Entfernung oder die Zeit uns ganz voneinander entfremden. Ich beugte mich über den Rattankorb und streichelte Peter an der Wange und unter dem Ohr, und davon wurde er wohl wach, die Augen gingen blinzelnd auf und zu und auf und zu.